CONSTANTIN MELNIK

PRÉSENTE

LE PARA

DU MÊME AUTEUR

BÉRETS VERTS EN ALGÉRIE (Éd. Rossel).
LES HARKIS (Éd. B.M.).
LE BAROUDEUR (Éd. Grasset).
FUSILIERS MARINS ET COMMANDOS (Éd. Copernic).
LES FUSILIERS MARINS DE LA FRANCE LIBRE (Éd. Grasset).
LA PÊCHE À PIED (Éd. Pen-Duick).
LE GUERRIER (Éd. Grasset).

GEORGES FLEURY

LE PARA

BERNARD GRASSET
PARIS

« J'ai accepté que Georges Fleury publie cet ouvrage parce que je le considère comme un vibrant hommage à tous mes compagnons parachutistes morts en dix années de combats, des Vosges en 1944 à Diên Biên Phu en 1954. »

René Leguéré,
chef de bataillon (R)

« Prends garde aux rapaces qui fondent du ciel ! »

(Devise du 1er Régiment
de chasseurs parachutistes.)

PROLOGUE

Un Dakota ventru roule en grondant sur la longue piste en ciment de l'aérodrome militaire de Bach Mai. Ses roues passent sur les innombrables traces de gomme usée laissées par la noria ininterrompue des lourds transports qui se sont envolés et posés tout au long de la journée et les jours précédents.

La nuit du 5 avril 1954 vient noyer brusquement, sans transition, les hangars et les bâtiments de servitude qui bordent le début des deux pistes en croix de l'aérodrome. A un peu plus de quatre kilomètres au nord, au-delà du lac Sacré, Hanoi somnole déjà, sauf le Quartier général où s'affairent, sur les nerfs, des dizaines d'officiers de tous grades.

La roulette de queue de l'avion quitte le sol râpeux et tourne dans le vide pendant quelques instants avant de se stabiliser. Les deux hélices à trois pales qui encadrent le nez camus du C. 47 brassent l'air de la fin de la saison sèche. C'est le dernier décollage avant l'aube. Une à une, les lumières s'éteignent aux façades des bureaux voisins du début de pistes. Dans les hangars de Bach Mai, des mécaniciens aux gestes nerveux et précis luttent contre la fatigue. Ils remettent en état des avions presque tous hors d'âge, qui devront prendre l'air coûte que coûte le lendemain.

Le Dakota gris prend peu à peu de l'altitude. L'avion doit aller larguer un stick de parachutistes du 2/1 R.C.P. au-dessus de Diên Biên Phu. Les hommes qu'il transporte, Européens et Vietnamiens casqués et en tenue camouflée, ne chantent pas ces airs virils et paillards qu'ils ont l'habitude de brailler à chaque départ en mission aéroportée. Ce soir, ils sont graves, anormalement tendus. Mal assis sur les étroites et basses banquettes de grosses lanières de toile entrecroisées, ils savent qu'ils n'ont pas beaucoup de chances de revenir de ce voyage dans la nuit.

Le matériel lourd du stick — fusils mitrailleurs, postes de radio et munitions de complément — est serré avec précision dans deux gaines de toile de type A 5 qui seront larguées avant les hommes.

Juste derrière les deux sacs rebondis déposés tout près de la porte de saut, René Leguéré pèse, peut-être plus justement que les autres passagers de l'avion, les réalités de ce qui les attend à Diên Biên Phu. De taille moyenne, le visage en lame de couteau, Leguéré sort du rang. Il vient d'être nommé lieutenant il y a quelques semaines seulement. Ses yeux, d'un bleu métallique, se sont glacés à force de fixer l'horreur des combats tout au long de dix années de fracas. Ils se posent sur les formes tassées de ces hommes qu'il va mener au feu une nouvelle fois, sans doute la plus dure. Pas un seul d'entre eux, Européen ou Vietnamien, n'a songé un seul instant à se soustraire au danger en se faisant porter malade quelques jours auparavant, lorsque la nouvelle avait couru dans les sections que le bataillon allait sauter sur Diên Biên Phu. Pourtant tous savent la position coupée du reste du monde par des milliers de bo doïs armés de centaines de pièces d'artillerie de tous calibres, qui tiennent la longue cuvette sous un feu continuel.

Les parachutistes connaissent d'ailleurs pour la plupart le site où ils devront sauter dans un peu plus d'une heure. Ils ont déjà été largués, le 20 novembre 1953, sur la longue et large bande de plaine tapie entre des collines boisées, là où meurent, chaque jour et par dizaines, les soldats français engagés par le haut commandement sur cet endroit qu'il considère comme un véritable verrou de l'Indochine. Le but de l'opération à laquelle les parachutistes avaient alors participé était justement d'établir les premières bases de ce cadenas hypothétique. Les régiments engagés, parachutistes coloniaux du commandant Bigeard et métropolitains de Bréchignac, avaient bousculé les forces du Viet Minh avec succès. « Castor » — tel était le nom de l'action — avait été une réussite et la zone à traiter libérée de toute présence ennemie.

Aujourd'hui, le Viet Minh était revenu en force.

Peu à peu engourdis par la position inconfortable imposée par l'exiguïté de la carlingue frémissante du Dakota, les hommes de Leguéré commencent à se trémousser pour éliminer les désagréables sensations de picotis qui leur dévorent les muscles. Le C. 47, volant à faible altitude, pique vers le sud-ouest. L'air frais qui s'engouffre par la porte ouverte sur son flanc gauche frappe les visages de loups maigres des parachutistes casqués. L'avion piloté par le capitaine Pinon porte le matricule 666. Lorsqu'il l'avait appris, Leguéré avait manifesté bruyamment son étonnement :

René Leguéré, en 1944, équipé par les Américains.

— Bon sang ! C'est trop fort..., s'était-il exclamé.

C'était ce même appareil qui l'avait largué au feu au cours d'une opération de récupération de Cao Bang quelque sept années plus tôt. Discret, le vieux briscard n'avait glissé mot de cette coïncidence à ses compagnons d'équipée :

— Pas la peine de remuer le passé !, avait-il murmuré pour lui-même en se hissant, le dernier, dans l'avion dont les hélices au point fixe déchiraient rageusement la nuit indochinoise.

Emprunter le vieux coucou était, somme toute, de bon augure. Le saut sur Cao Bang, solidement tenue par les Viets Minhs, avait été glorieux pour le R.C.P.

Des rizières inondées, argentées sous la lune qui entame sa course oblique dans le ciel, défilent sous le ventre de l'avion. Ses deux vieux moteurs bien réglés ronronnent à un rythme égal et bercent les hommes de Leguéré. Malgré l'intolérable tension nerveuse, certains paraissent somnoler. Les gorges sont nouées, le silence, tout relatif, n'est troublé par aucun éclat de voix. Leguéré repense aux briefings des jours passés : les vues aériennes de Diên Biên Phu, précises, se sont fixées dans sa mémoire. Il sait, à quelques dizaines de mètres près, où ses hommes tomberont. Son objectif, en bout de la piste d'aviation de la cuvette, est situé sur des points d'appui qui portent le joli prénom féminin d'Éliane.

Insensiblement anesthésié par l'atmosphère inhabituelle de ce vol angoissant, le parachutiste laisse un peu ses pensées vagabonder. Malgré lui, les points forts de sa vie de soldat s'imposent à sa mémoire. Un coup d'œil au dehors, pour essayer de distinguer le relief du paysage qui court sous les ailes de l'appareil, ne réussit pas à le distraire de son obsédant voyage. Ses compagnons, figés, ressemblent à des statues dans la lumière sourde des veilleuses qui éclairent chichement l'intérieur de l'avion. Il commence à faire frais.

Les choses du passé sont les plus fortes. Le lieutenant, comme pour exorciser le proche futur si menaçant, se laisse aller au plaisir trouble de revivre les combats anciens. Ses galons, il les a gagnés un à un, de deuxième classe à lieutenant, payant le tribut du sang, touché à quelques mois d'intervalle par un éclat de mortier et une balle de fusil, glanant onze citations, la Médaille militaire et la Légion d'honneur.

Ce dernier mot résonne dans sa tête : l'Honneur... C'est peut-être simplement pour lui que l'holocauste des parachutistes français a commencé depuis plus d'un mois de tourmente, à la face du monde, tout entier à l'affût de la curée inéluctable...

PREMIÈRE PARTIE

LA CAMPAGNE DE FRANCE

1

PREMIERS ACCROCHAGES

L'été 1944 se meurt, les chasseurs parachutistes se morfondent en Italie, tout près de Rome. Surentraînés, ils ont atteint le point critique de leur organisme. Le combat qu'on semble à plaisir vouloir leur refuser leur manque cruellement. Des bagarres éclatent presque chaque jour en ville avec des civils italiens et même des soldats d'autres armes, français, anglais et américains.

Leguéré est caporal-chef à la 6e compagnie du lieutenant Thiriot. Il remplit la fonction de tireur à la mitrailleuse Browning de calibre 7,62. Comme tous ses compagnons, anciens comme lui des 601e et 602e compagnies d'infanterie de l'Armée de l'air, il commence à être sérieusement écœuré de la routine de la vie qui consiste à occuper un pays où il n'a pas combattu pour faire sa conquête.

Heureusement, un matin, un ordre vient faire reculer les limites de l'ennui.

– Cette fois, ça y est : on va au casse-pipes !, annonce, tout joyeux, le sous-lieutenant Lambert, chef de section de Leguéré.

L'animation est à son comble dans les compagnies lorsque les choses se précisent et, le 4 septembre 1944, le régiment tout entier embarque à bord d'avions américains qui prennent la direction de la France. Les deux débarquements qui y ont eu lieu, le 6 juin sur la côte normande et le 16 août en Provence, avaient profondément déçu les parachutistes qui, depuis plus de deux ans, enduraient les plus sévères entraînements dans l'espoir de sauter un jour sur la patrie occupée pour porter la mort au cœur même des troupes nazies.

– T'en fais pas, avait claironné Graveleau, un ancien des corps francs de 1939-1940, en voyant la triste mine de Leguéré à l'annonce du débarquement en Provence, notre tour viendra...

Le jeune parachutiste, amer, lui avait répondu :

— Il faudrait que cela arrive vite...

Et, comme toujours avare de paroles, il avait ajouté pour lui-même :

— Ce serait vraiment trop injuste de ne pas sauter un jour au-dessus des Allemands !

Après les combats de l'Est, Leguéré prêt pour un saut d'entraînement.

Leguéré a pris place dans un Douglas avec une grande partie des hommes de sa section. Après un peu moins de trois heures trente de vol tranquille à deux mille cinq cents mètres d'altitude, le lourd avion se pose sur la piste de Valence, dans la Drôme. En foulant, pour la première fois depuis trois ans, la terre de France, le caporal-chef sent son cœur se serrer.

— Même si ce n'est pas au bout d'un saut opérationnel, se dit-il, ça fait tout de même plaisir de retrouver le sol du pays...

Il fait beau, le ciel est bleu, septembre à peine entamé promet une belle arrière-saison.

Pour ne pas perdre la main, l'entraînement reprend aussitôt sur la base aérienne de Valence. Si intensif qu'il fait croire une nouvelle fois aux hommes du régiment à l'imminence d'un saut sur une partie du pays encore tenue par l'ennemi.

Affûtés comme des lames tranchantes, les nerfs à vif, tous

muscles prêts à la bagarre, les chasseurs du 1er R.C.P. ne se différencient des parachutistes de la légendaire 101e Airborne américaine que par les insignes qu'ils portent sur leurs uniformes U.S. Ils ont appris à porter le petit calot des G.I's., crânement penché sur le côté de la tête aux cheveux ras.

Leurs espoirs sont déçus. Ils embarquent un matin dans des camions qui, longeant le Rhône, prennent la direction du nord. Lyon est traversé très vite, presque dans l'indifférence. Ses habitants, habitués depuis le 3 septembre, date de la libération de la ville, à voir passer des convois alliés, ne prêtent guère attention à la file de G.M.C. Trompés par leurs uniformes et leur armement, ils prennent certainement les Français venus d'Afrique du Nord pour des Américains.

Les traces des combats des semaines passées s'offrent tout au long de la route aux visages curieux des parachutistes. Des F.F.I. embrassardés et armés jusqu'aux dents les saluent à la traversée des villes et villages libérés. Après deux journées de route, le convoi, guidé par des gendarmes et des M.P. au casque cerclé de bandes blanches, se retrouve aux environs de Lure, dans la Haute-Saône. Les parachutistes entendent pour la première fois le canon qui donne vers le nord-est. Le régiment apprend qu'il va être employé comme unité d'infanterie légère.

— C'est tout de même mieux que d'être placés en position d'appui, annonce le sous-lieutenant Lambert à ses hommes impatients d'en découdre.

Lambert, qui sort du rang, est très proche de ses parachutistes. C'est un grand gaillard qui a suivi son stage d'officier au Maroc. Sa section comprend trente-sept hommes. Elle est articulée en deux pièces de mitrailleuses légères, une voltige et une pièce de mortier de 60 mm.

Les chasseurs parachutistes prennent bientôt place à bord de véhicules légers et rapides, des Dodge, 4/4 et 6/6, qui foncent sur Rupt-sur-Moselle, à trente-sept kilomètres au nord-nord-est de Lure.

Dans son Dodge, Leguéré vérifie encore une fois son arme pourtant très bien soignée.

— Il ne faudrait pas qu'elle se coince au bon moment, lâche-t-il à Jules Rechignat, son chargeur. On aurait l'air malins, toi et moi...

Le convoi stoppe. Les hommes souples sautent sur le sol détrempé par une pluie fine et glacée. Les premiers beaux jours de septembre à Valence sont loin. Le chef de bataillon Faure inspecte rapidement l'unité, compagnie par compagnie, et rend compte au colonel Geille qui vient de prendre le commandement. L'ordre de départ est donné, la colonne de parachutistes s'ébranle dans la brume et la pluie. Bien entraînés, les hommes respectent d'emblée des distances intercalaires importantes entre eux. La tête de la chenille ondulante pénètre bientôt dans une forêt épaisse. Les voltigeurs se déploient comme à l'exercice. Les pièces collectives marchent un peu en retrait, prêtes à intervenir.

— Attention !, hurle une voix nerveuse.

C'est celle de Graveleau, l'ancien des corps francs qui le premier, a vu une forme bouger dans les hauteurs d'un grand sapin. Un coup de feu claque. Un homme de la section de Leguéré, le caporal Chateau, s'écroule, touché par la balle précise du fusil allemand.

— Il y en a d'autres..., hurle un chasseur.

Des *snippers* se dévoilent les uns après les autres sur un front de cinq à six cents mètres de forêt humide. Les Garant des voltigeurs les prennent aussitôt en compte. Chaque fois qu'un Mauser à lunette tire une balle en direction de la progression, deux parachutistes aux aguets lui font un sort. Les Allemands touchés tombent de leurs perchoirs en cassant des branches et restent pendus, pantins fracassés, au lien qui les rattachait à leur repaire. Les parachutistes de Lambert passent sous les hommes qui saignent et meurent dans un lent mouvement de balancier lugubre.

— Ça fait tout de même drôle, lance un caporal en ramassant un Mauser au pied d'un arbre et en l'examinant.

— Fous-moi ça en l'air tout de suite !, crie le sergent Graveleau. On a autre chose à faire qu'à ramasser des vieilles saloperies...

L'infirmier de la section se penche sur le corps de Chateau en écartant précautionneusement ses vêtements de combat. Il hoche la tête en faisant une moue significative : la mort a fait son œuvre.

Leguéré, en passant tout près de la forme allongée, découvre la croix d'or que son malheureux camarade ne quittait jamais et qui dépasse au ras du cou de son chandail kaki. Chateau, croyant fervent, n'oubliait pas de faire un signe de croix à chaque saut d'entraînement. Incroyant, Leguéré l'avait toujours observé, sans rien dire, respectueux des convictions profondes de celui qui est maintenant le premier mort de la compagnie du lieutenant Thiriot.

Les effets de la canonnade allemande se rapprochent de plus en plus. Des hautes branches de sapins sont déchiquetées sous une grêle d'obus. Les parachutistes, pris pour la première fois sous un tir d'artillerie, laissent passer l'orage. La machine des sections est bien réglée et il n'y a pas un souffle de panique. Leguéré, soldat chevronné avant même d'avoir connu le feu, essaie de deviner, au sifflement angoissant qu'ils produisent, où vont tomber les obus qui arrivent, de plus en plus dru, au-dessus de sa section.

Pendant que Chateau mourait, hurlant pour appeler sa mère avec une voix irréelle, déformée par la douleur, il n'avait pas mis sa mitrailleuse en batterie : quelques *snippers* ne valaient pas la peine de gaspiller quelques-unes des deux mille huit cents cartouches de sa dotation réglementaire de pièce. Les exercices de feu, suivis en Afrique du Nord sous la houlette ferme d'hommes de fer tels que Mayer, Le Bourhis et Sauvagnac, respectivement appelés Prosper, Papillon et Toto par les anciens, puis en Sicile sous les ordres d'entraîneurs parachutistes américains, lui avaient donné le respect de la discipline de feu la plus stricte. Comme tous ses compagnons avaient été formés au même moule, pas un coup de feu inutile et hasardeux n'avait été tiré au cours de ce premier engagement.

Le mouvement d'ensemble, à peine ralenti par l'action des *snippers* et les pertes causées par les éclatements d'obus de canons et de mortiers, touche son but. Le col du Brochet est nettoyé de ses occupants. La section Lambert, qui marche en tête de la compagnie, le dépasse sans souffler et avance vers un autre col, le Morbier, mordu par une route forestière à neuf cent six mètres d'altitude dans la forêt du Gehant. Ce deuxième objectif est atteint à son tour.

– On va passer la nuit ici, annonce Graveleau à ses hommes crottés et gelés.

Après avoir soigné leurs armes, les parachutistes se restaurent. Ils mangent froid pour ne pas attirer encore plus l'attention de l'ennemi tout proche.

– Nom d'un chien !, souffle Leguéré, alors que la nuit est tombée depuis deux heures déjà. Ils sont juste en dessous de nous... Écoutez !

Ses compagnons transis ne dorment presque pas. Rechignat tend l'oreille à son tour. Toute la nuit, les Allemands déplacent des batteries de 155 à deux ou trois cents mètres seulement du Morbier, sans se douter que les Français sont arrivés si près d'eux. La pluie qui tombe inlassablement ne facilite pas, semble-t-il, leur travail, et les jurons rauques qu'ils poussent dans l'effort résonnent sous les arbres de la pente du col. A l'aube, les hommes de Faure sont littéralement transpercés par la bruine tenace.

– J'ai l'impression d'être devenu moi-même une goutte d'eau glacée, souligne au petit jour Leguéré qui a pris soin, au cours de la nuit, de bien protéger sa mitrailleuse des atteintes de l'élément liquide.

Rechignat, pâle, méritant bien son patronyme, râle sans arrêt contre tout. Les Allemands se sont tus depuis quelques heures. Les parachutistes ne peuvent plus les situer avec précision. Un ordre relance la progression vers le nord-est.

— Nous allons descendre à travers la forêt du Gehant dès que les nôtres auront fait un tir de préparation, précise calmement Lambert.

Les paroles du sous-lieutenant sont couvertes par les premières déflagrations qui déchirent la forêt à trois cents mètres devant le bataillon. Pendant plusieurs minutes enragées, les canons amis se déchaînent. Lorsqu'ils se taisent, les parachutistes aux muscles noués par l'inconfort de la nuit qu'ils viennent de passer commencent à avancer.

Le sol détrempé ne facilite pas la progression. Des hommes glissent sur la terre grasse tandis que, comme la veille, des tireurs isolés se manifestent. Plus nombreux qu'au premier accrochage, ils meurent comme leurs compagnons de la journée précédente sous les balles des voltigeurs aux fusils Garant. Une nouvelle fois, Leguéré ne daigne même pas lâcher quelques rafales sur le faîte des arbres. Quelques hommes de la 6e compagnie sont touchés, mais pas un seul ne meurt. Les blessés sont dirigés sur l'arrière du mouvement d'attaque par les infirmiers.

Des mitrailleuses M.G. se dévoilent un peu sur la gauche de la section Lambert. Un nouveau tir d'artillerie ami, guidé avec précision, les fait taire. Le col est pris.

Des canons allemands, sans doute ceux que les parachutistes avaient entendu manœuvrer au cours de la nuit, sont abandonnés par leurs servants. Des cadavres déchirés par les éclats de la préparation d'artillerie de l'assaut gisent sur le sol boueux, près des armes aux canons luisants de pluie encore braquées sur l'ancienne position des hommes de Faure.

Le dernier bond en avant vers les batteries conquises a coûté deux morts à la section de Lambert.

— Cela fait déjà trois depuis hier, ne peut s'empêcher de faire remarquer Rechignat à ses compagnons de pièce.

Très froid, Leguéré lâche sourdement, sans souci d'être entendu de ses camarades :

— Et alors ? C'est pour cela qu'on est venus... Pour se battre et mourir... C'est naturel !

Habitués à ses phrases incisives, les servants de la mitrailleuse du parachutiste le dévisagent comme s'ils le découvraient. Ses yeux bleus, qui ont vu le feu pour la première fois, sont fixés sur les corps allemands qui encombrent les abords du col. Sans haine.

– On reste ici pour la nuit, et peut-être plus longtemps, annonce Graveleau, revenant de l'arrière pour prendre les ordres du lieutenant Thiriot.

Résigné à ne pas poursuivre l'avance vers l'artillerie allemande qui, au nord, se remet à pilonner la position du régiment et des unités qui le flanquent, Leguéré installe son arme en position défensive, à l'abri d'un tronc d'arbre couché sur le sol et à demi enfoncé dans l'humus gorgé d'eau.

– Vous ne perdez rien pour attendre, souffle-t-il en direction de l'ennemi. A demain !

La nuit envahit le site dévasté. Le pilonnage allemand baisse d'intensité. La pluie ne cesse de tomber, de plus en plus froide. Des lueurs d'explosions embrasent par instants la longue bande de terrain occupée par le R.C.P.

Les parachutistes ont vécu leur premier combat. Ils ont vu la mort de près et n'ont plus qu'une impatience : la retrouver le plus tôt possible pour oser la braver encore.

2

LA BATAILLE DES VOSGES

La pluie, toujours tenace, a transformé les trous individuels de protection creusés par les parachutistes de Lambert en baignoires inconfortables. Le mouvement d'attaque paraît se développer sans le Ier R.C.P. Les hommes commencent à s'impatienter. De temps en temps, figés sur leurs positions désagréables, ils sont pris sous des tirs de mortiers qui n'arrangent pas les choses et sapent peu à peu leur moral.

Au matin du samedi 7 octobre, ils sont enfin relevés par des tirailleurs algériens. Dépaysés au possible dans l'enfer humide et froid, les Maghrébins sont taciturnes et se meuvent avec des mouvements lents. Une fois la relève effectuée, les parachutistes se dirigent vers la Tête du Midi qui domine la forêt du Gehant de ses neuf cent cinquante et un mètres de hauteur. La position a été enlevée auparavant par une autre compagnie du régiment.

La nuit tombe déjà lorsque les premiers voltigeurs de Lambert y mettent enfin le pied. Les hommes, à bout de forces, les jambes lourdes et douloureuses, s'abattent sur la position enchâssée dans le brouillard.

— Tu boufferas mieux demain !, plaisante Leguéré en s'adressant à son chargeur qui, comme tous ses compagnons, réclame de la nourriture.

Le caporal-chef est tenaillé lui aussi par la fringale mais ne veut pas le montrer. Il ajoute, pour détendre un peu l'atmosphère :

— De toute façon, comme ça, le ventre creux, tu seras plus léger pour courir à l'assaut des Boches...

Mais, ni le lendemain ni les jours suivants, les parachutistes n'avancent sur l'ennemi. Leur position de la Tête du Midi, piétinée, bombardée, est devenue un cloaque bourbeux.

Sans même porter une attention particulière au vendredi 13 qui est une date porte-bonheur pour les optimistes et lourde de menaces pour les pessimistes, Leguéré n'est pas mécontent de se remettre en mouvement lorsque l'ordre de reprendre la progression vient secouer l'inaction insoutenable de sa section. L'objectif désigné est un endroit marqué sur la carte d'état-major par le nom de Tête de Canard. Au bout de vingt minutes de marche malaisée, des rafales de mitrailleuses accueillent une des sections de la compagnie Thiriot. L'engagement est très vif.

– Stoppez !, hurle Graveleau à ses hommes qui, comme par enchantement, disparaissent sous les arbres.

Leguéré se met en position, prêt à tirer. Des obus de mortiers s'abattent juste au-dessus de la position d'attente. Lambert, après avoir constaté le bon étalement de ses hommes dans la forêt, essaie de voir ce qui se passe sur son flanc droit, là où les rafales ont éclaté.

Près de Leguéré, un voltigeur, qui s'était adossé tranquillement contre un tronc humide, est touché par un éclat de mortier et se coule au sol. A quelques mètres, deux autres parachutistes, plus gravement atteints, gémissent, se taisent et meurent.

Directement au contact des Allemands, la section engagée sur la droite de celle de Lambert réussit à bousculer les armes nazies.

– On repart ! En avant...

L'ordre de Graveleau remet les chasseurs de Lambert sur l'axe initial de leur approche des positions à enlever. Ils laissent derrière eux une demi-douzaine de blessés qui sont regroupés autour des cadavres de leurs malheureux compagnons en attendant leur évacuation vers l'arrière.

La Tête de Canard est maintenant proche. Les mortiers allemands pilonnent toujours l'avance assez lente des Français.

L'objectif atteint, les parachutistes s'installent à la place des Allemands qui ont décroché au tout dernier moment.

– Placez-vous en défensive ! Très serrés !, ordonne Lambert à ses hommes.

La compagnie est stoppée une fois encore dans son avance. Leguéré installe judicieusement sa pièce. Il tient dans son angle de tir une longue bande de terre dénudée qui court entre les arbres sur deux cents mètres environ au flanc de la Tête de Canard.

Ce n'est qu'au matin brumeux du dimanche 15 octobre que la marche reprend sur les traces de l'ennemi qui recule sérieusement. Les parachutistes distinguent leur nouvel objectif. C'est un gros morceau : le col du Ménil, fortement occupé par l'ennemi et qui barre la route du nord-est vers les bois de Cornimont et, plus loin, Gérardmer.

Graveleau, qui marche à sa place d'adjoint de Lambert, un peu en retrait de la mitrailleuse de Leguéré, houspille les traînards de la section :

— Cette fois, c'est du bon les gars ! Plus vite... Plus vite !

Leguéré, faisant un roulement avec Rechignat, porte tantôt sa mitrailleuse et tantôt l'affût de la pièce.

— Heureusement que les Américains nous ont fait cadeau de ces Browning, constate-t-il à un passage difficile et glissant. Avec nos lourdes et vieille Hotchkiss d'Afrique du Nord, nous n'aurions pas pu suivre ce rythme...

A la mi-journée, un contrordre cueille la compagnie dans son élan.

— Ils ne savent vraiment pas ce qu'ils veulent, souffle Lambert, en faisant signe à ses hommes de rebrousser chemin.

La nuit tombe lorsque les parachutistes retrouvent leurs anciennes positions. Personne ne parle. Ayant repris place dans leurs inconfortables trous d'homme à demi remplis d'eau, ils cherchent un semblant de sommeil sous la protection des équipes de garde. La nuit résonne de centaines de coups de canons, alliés et ennemis, mêlés en un discordant concert.

A l'aube, un café chaud est amené de l'arrière. Il est infect, mais pourtant avalé à petites gorgées gourmandes.

La 6e compagnie semble sortir des tranchées de la guerre 1914-1918. Les hommes, boueux, mal rasés, sales, n'ont plus rien de commun avec les paras fringants et nets qui ont débarqué des Douglas U.S. sur la piste ensoleillée de Valence le 4 septembre dernier.

— Retour sur le Ménil ! annonce un message de Faure tout au début de la matinée.

— Au moins, on connaît déjà une bonne partie de la route à suivre, souligne Lambert en remettant ses hommes sur leurs brisées de la veille.

Les parachutistes essuient encore quelques tirs de mortiers. A quelque trois cents mètres du col qui, au-dessus d'un affluent de la Moselle, domine la départementale 486 entre les forêts du Gehant et du Bonhomme, l'ordre de stopper leur avance pendant une préparation d'artillerie fige les hommes en kaki sous les arbres. Les 105 Français dévastent tout sur la route et ses abords.

— Bon Dieu !, souffle Leguéré en serrant machinalement son arme au rythme des explosions, qu'est-ce qu'ils dégustent !

Le tir ami est très court. Le parachutiste à la mitrailleuse se plaque au sol sous le souffle d'une salve de trois coups qui tombe à une vingtaine de mètres seulement de la voltige de Lambert.

Prêts à se lancer à l'attaque dès que le tir sera suspendu, les voltigeurs et les hommes des pièces se retournent tous ensemble dans un mouvement réflexe. Un obus, encore plus court que les autres, est tombé derrière eux en soulevant une gerbe de terre en mottes.

— Bon sang !, craint Graveleau qui ne se trouve pas loin du point d'impact, on va prendre les prochains en plein sur la gueule...

Les hommes, tendus, accueillent avec soulagement l'ordre d'avancer. Toutes les mitrailleuses de la compagnie sont étalées en ligne, face à l'objectif matraqué. Elles ouvrent le feu à l'unisson. Les parachutistes distinguent nettement les Allemands qui ont survécu au tir d'artillerie à l'orée de la forêt. Les soldats de la Wehrmacht sont terrés de l'autre côté de la route. Des obus de 81, montant très haut dans le ciel, partent d'une position allemande située plus à l'est. Les obus de mortiers retombent en souffle rauque sur les arrières de la compagnie Thiriot. Quelques hommes sont légèrement touchés sous les arbres. Les mitrailleuses d'accompagnement du bataillon, qui ont sérieusement progressé, entrent en action pour couvrir l'assaut qui se prépare. Leur tir passe au-dessus des têtes amies.

— Merde !, crache Leguéré. Regarde ça...

Un obus de mortier vient de tomber pas très loin de sa pièce. Rechignat, qui lui passe une bande de 7,62, contemple la main gauche de son caporal-chef. Le tireur à la Browning la secoue nerveusement, du sang coule.

— C'est rien du tout, constate heureusement le caporal, en arrachant rapidement une dizaine de petits éclats de pierre fichés dans sa chair.

— Attention pour l'assaut !, annonce Graveleau en se relevant à demi du sol labouré par les mortiers.

Leguéré, l'œil rivé sur le col à nettoyer, empoigne sa mitrailleuse toute chaude. Rechignat prend le trépied de l'arme d'une main et la caisse de bande de l'autre pour se mettre en position de départ comme le ferait un sprinter.

— En avant !

Le cri de Lambert est repris par tous les paras qui se mettent à courir à découvert en hurlant de toutes leurs forces.

Des hommes trébuchent, tombent, se relèvent, se remettent à courir en tirant. D'autres, touchés par le feu allemand, restent plaqués au sol, blessés ou morts. Leguéré franchit la route au milieu de ses compagnons. Son arme brûlante lui chauffe les mains mais il continue à tirer sur les formes imprécises qui se tassent derrière leurs abris à un peu plus de deux cents mètres de l'assaut furieux.

Le terrain de l'envolée mortelle n'offre pas d'abri. Sous la mitraille infernale, dans l'explosion fantastique des mortiers, les parachutistes courent comme des robots, toujours en hurlant, vers le but assigné qui est bientôt atteint par les premiers voltigeurs.

Leguéré, en bout de course, se jette en position derrière une petite levée de terre. Rechignat le suit comme son ombre et l'alimente en munitions. Les Allemands, du moins ceux qui le peuvent encore, décrochent en profitant de l'appui d'un tir de barrage de leurs mortiers. Les parachutistes sont plaqués au sol.

Lambert place en batterie le mortier de 60 de sa section, un peu en retrait au-dessus de la route pour pilonner la déroute allemande. Un obus de 81 tombe à deux mètres sur la droite de l'arme au tube vert qui se tait. Criblé d'éclats, le caporal-chef de pièce meurt en quelques secondes. Les mortiers allemands augmentent encore la cadence de leurs tirs. Le souffle désagréable des obus à ailettes qui suit les coups de départ fait instinctivement rentrer les têtes des paras dans leurs épaules. Regroupés, ils sont prêts à poursuivre l'ennemi dès que les mortiers se calmeront un peu, mais ils reçoivent l'ordre de creuser des trous individuels sur leur position.

— Ça veut dire qu'on n'est pas près de continuer !, enrage Leguéré en indiquant à Rechignat et ses pourvoyeurs le meilleur emplacement pour mettre son arme en batterie fixe.

Le feu se meurt peu à peu. Seuls des canons allemands tirent encore de très loin lorsque le soir saisit la position. Les cadavres de *feldgrau*, figés à leurs anciens postes de combat, ont pour la plupart des postures invraisemblables. Certains semblent contempler leurs vainqueurs qui ne prêtent aucune attention aux corps truffés de fer.

Après ce succès foudroyant, la compagnie Thiriot reste sur le Ménil pendant quatre jours. Les hommes, de plus en plus mal ravitaillés, souffrent de la faim. Ils abattent deux chevaux allemands, miraculeusement épargnés par la tourmente des combats.

En se servant de leurs poignards américains bien aiguisés, les parachutistes taillent dans la masse de viande des steacks sanguinolents qu'ils dévorent goulûment, à peine cuits.

L'entraînement inhumain que tous ces hommes ont subi pendant de longs mois porte ses fruits. Ils sont en train de dépasser le seuil critique des limites de la fatigue sans perdre pour autant un atome de leur combativité.

Le froid se fait plus vif, la pluie se transforme en une sorte de neige fondue et grasse. Le jeudi 19 octobre, la 6e compagnie reçoit la mission de se porter vers les cotes 1008 puis 1111.

– Bon sang que c'est dur !, crache Rechignat en glissant pour la dixième fois au moins sur la pente glaiseuse.

Soufflant, râlant, jurant et crachant, les parachutistes se hissent dans le brouillard. Ils atteignent leurs objectifs sous des tirs de mortiers intermittents. Redressant la lame de leur pelle individuelle à manche court, ils creusent, une fois de plus, des trous de protection.

– Moi qui aime le jardinage, reconnaît Leguéré en pensant un instant au potager familial des bords du Cosson à Blois, je suis servi !

Les pelles à virole s'enfoncent facilement dans la terre gorgée d'eau et le travail est vite effectué. Avec l'arrivée de la nuit, les pièces de mortiers allemandes intensifient la puissance de leurs tirs. Les parachutistes ne dorment pas, attentifs aux lugubres approches des engins de mort. Le froid se fait plus mordant, les pieds commencent à geler dans les bottes de saut au cuir détrempé.

Au matin, Lambert reçoit l'ordre de lancer sa section en patrouille de reconnaissance dans la forêt du Bonhomme. L'ennemi est encore dans le secteur, les parachutistes avancent bien espacés entre les arbres. Leguéré, qui a passé son arme en bandoulière autour de son cou, progresse comme un voltigeur. Têtus, les 81 pilonnent toujours la forêt mais, sous les grands arbres, les obus sont moins dévastateurs que sur les positions du Ménil et sur les cotes 1008 et 1111.

Au bout d'une heure de marche prudente, les parachutistes atteignent la limite de leur reconnaissance. Alors qu'ils n'espèrent plus trouver d'ennemis et songent déjà à faire demi-tour vers leurs positions d'appui embrumées, des formes furtives apparaissent à une vingtaine de mètres en avant de leur progression, au sortir d'un creux de forêt particulièrement épais.

Les Allemands, surpris, se rejettent en arrière au plus profond du rideau d'arbres. Les hommes de Lambert, tirant de toutes leurs armes, foncent vers eux. La riposte immédiate des tirs allemands, violente, se mêle aux coups de feu français. Des hurlements s'élèvent dans le fracas de la mitraille, cris de douleurs de blessés et ordres gutturaux des officiers allemands qui tentent d'ordonner le décrochage de leur unité surprise.

– Bon sang !, souffle Leguéré, la main une fois encore douloureusement brûlée par le corps surchauffé de son arme. Il ne faut pas les lâcher...

Les parachutistes, enragés, collent aux traces de l'ennemi qui prend le large en tiraillant. Soudain, des Allemands, faisant volte-face, se mettent en position défensive pour tenter de protéger le repli de leurs compagnons. Les tirs désespérés des sacrifiés ne réussit pas à stopper l'avance des chasseurs.

Leguéré se jette tout près de l'abri improvisé des Allemands. Ses rafales en balayage en couchent quelques-uns sur le sol recouvert de mousse brunâtre. Un cri jaillit du groupe haché par les balles de Browning.

— Ne tirez plus !

Un instant interdit, le caporal-chef suspend son tir, craignant une méprise dramatique. Une forme, les bras en l'air, se dresse dans le taillis.

— On se rend ! hurle-t-elle, toujours en français. Ne tirez pas...

L'uniforme vert-de-gris de l'homme dissipe les doutes du parachutiste qui reprend son tir en évitant de toucher le vaincu. D'autres cris implorants se mêlent aux rafales.

— C'est fini... On se rend... C'est fini !

Les mains croisées sur la nuque, tout en arrière de leur casque, d'autres combattants allemands apparaissent, tremblants. Un blessé, l'uniforme déchiré, se traîne hors du boqueteau en rampant dans la boue.

— Par pitié ! Ne tirez plus..., hurle-t-il d'une voix perçante, au bord de la crise de nerfs.

Quelques rafales poursuivent encore les Allemands qui fuient. Les hommes de Lambert récupèrent sept blessés hébétés. Autour d'eux, seize cadavres ensanglantés témoignent de la dureté de l'engagement.

— Avancez par ici... Vite !, ordonne Graveleau aux prisonniers, en leur indiquant la direction de la cote 1111.

Tout en marchant d'un bon pas, les compagnons de Leguéré, essoufflés, encore sous la tension de l'effort surhumain de leur assaut, écoutent à peine les trois ou quatre Alsaciens du groupe captif qui plaident en geignant :

— Nous, on ne voulait pas... Non, on ne voulait pas... Vous devez nous croire, se lamentent-ils en aidant à marcher leurs compagnons plus sérieusement touchés.

Les chasseurs, préoccupés de mettre le maximum de distance entre eux et une éventuelle contre-attaque allemande, ne leur répondent pas. Sans haine ni brutalités gratuites ils se contentent d'accélérer encore l'allure. De nouveaux tirs de mortiers les accompagnent dans le repli. Çà et là, sous les arbres qui portent tous des traces des bombardements des jours derniers, une botte allemande ou un bras dépassent d'un fourré signalant un cadavre de la dernière attaque. Dans les bribes de discours de justification des « malgré nous », Lambert apprend que sa section s'est heurtée à une compagnie complète d'ennemis bien retranchés.

— Ils ont cru que nous étions beaucoup plus nombreux, se dit le sous-lieutenant.

Pour reposer sa main gauche brûlée, Léguéré a passé son arme qui refroidit peu à peu à Rechignat et porte le trépied de la pièce en appui sur son épaule droite. La section rallie sans encombre sa position de départ. Les prisonniers blessés sont poussés vers l'arrière. Ils franchissent le rideau de parachutistes indifférents à leur présence craintive.

La nuit est encore plus fraîche que les autres. Leguéré ne sent plus ses doigts de pied torturés par les morsures de froid mais il n'est pas question de se déchausser, ne serait-ce qu'un court instant, pour les soigner. Comme les Allemands peuvent contre-attaquer à n'importe quel moment, le parachutiste se contente de bouger inlassablement ses orteils dans leur prison de cuir gelé.

Dans l'après-midi du samedi 21 octobre, la compagnie apprend qu'elle doit dévaler la pente de forêt qui mène à Travexin, un petit village proche de Cornimont, dont les maisons prennent en tenaille l'embranchement en « T » des routes départementales 486 et 43.

— On recule encore..., soupire Leguéré en préparant son matériel.

Les parachutistes ne sont tout de même pas mécontents de quitter leurs trous à rats pleins d'eau. Un ordre arrive juste avant le début du mouvement, qui les remplit de stupeur :

— Il faut enterrer vos grenades !, claironne à la cantonade leur chef de section, tout aussi perplexe que ses hommes.

Les chasseurs creusent des trous et y entassent toutes leurs grenades ainsi que leur excédent d'obus de mortiers.

— Sans doute nos chefs veulent-ils nous éviter la fatigue de les transporter une nouvelle fois jusqu'ici quand ils donneront l'ordre de remonter dans le coin, avance, sans trop y croire, un voltigeur de Graveleau.

Ce dernier, qui a maintenant retrouvé tous ses automatismes guerriers du temps des corps francs, le rabroue :

— Avance et boucle-la !

Le parachutiste râleur se tait. La colonne d'ombres transies entame la descente sur Travexin.

3

LES CANOTS PNEUMATIQUES

Après quarante-cinq minutes de vol en direction de Diên Biên Phu, Léguéré se secoue une nouvelle fois pour tenter d'échapper aux images obsédantes de son passé de batailles. Au-dessous de l'avion, vers le nord, un trait de lumière ponctue l'inconnu ouaté du noir absolu.

– Un poste qui trinque..., se dit le lieutenant.

L'avion, pris dans un trou d'air, tombe, les ailes vibrantes. Le pilote du C. 47 emballe ses moteurs. Les parachutistes semblent pour un instant renaître. Tassés par le bond mort du lourd engin, ils reprennent leurs inconfortables positions.

Impassible, le chef de stick jette un coup d'œil furtif sur le cadran de sa montre-bracelet d'acier chromé.

– Bon sang !, souffle-t-il, ça ne passe pas vite...

Puis, reprenant le cours de ses souvenirs, il se retrouve à Travexin...

***

Des tirailleurs algériens aux yeux creux attendent les parachutistes au village. Ces derniers, satisfaits de ne plus marcher à pied, embarquent aussitôt dans les camions qui ont amené les Nord-Africains de la relève. Les chasseurs du colonel Geille se laissent transporter, à bout de forces, sans se demander où on peut bien les conduire. Les bruits de la bataille s'estompent peu à peu. Le convoi prend résolument la route du sud. Bientôt, les parachutistes se retrouvent parqués dans un camp de repos, non loin de Vesoul.

Leur première nuit de calme est douloureuse. Enfin défaits de leurs bottes de saut, les hommes souffrent atrocement de leurs pieds torturés par le froid intenable des derniers jours.

— J'aurais dû garder mes godasses pourries, se lamente un des compagnons de Leguéré, en constatant qu'il ne supporte pas le frottement de la grosse couverture de mauvais coton sur ses orteils gonflés.

Graveleau, marqué par la fatigue, inspecte ses hommes. Leguéré l'observe :

« Sacré bonhomme tout de même, se dit-il, il pense aux autres avant de s'occuper de lui... »

Pratique, le parachutiste taille des scions flexibles dans les arbres gelés qui bordent le campement lugubre noyé sous la neige fondue. Il les installe en arceaux sous sa couverture pour éviter les frictions agaçantes du coton rêche sur ses pieds gelés. Ses camarades, qui s'étaient résignés à dormir les pieds enveloppés de leurs mauvaises chaussettes dépassant du rectangle de gros tissu brun, se relèvent et l'imitent en silence.

La nuit est peuplée de geignements. Les hommes cauchemardent presque tous. Certains hurlent leur terreur. Ils se réveillent, couverts de sueur froide, hébétés. Puis se plaquent sur leurs paillasses et replongent dans un lourd sommeil de bête brisée.

Au matin, les parachutistes prennent une douche chaude. Ils oublient en un instant tout ce que fut l'enfer des jours passés. La guerre n'est pourtant pas loin. Des files de fantassins embarquent dans les camions qui ont amené le R.C.P. au repos et partent vers le nord.

Après la douche, prolongée à plaisir, Leguéré, un peu à l'écart de ses compagnons, tient entre ses doigts nerveux une lettre de chez lui : la première depuis deux ans ! Ses yeux avides courent sur les lignes régulières de l'écriture de sa mère. La missive est rapidement dévorée, il la range dans une poche de son uniforme, négligemment, comme insensible au rappel du passé de paix.

Au bout de deux journées de repos et de remise en état du matériel de combat, le bruit court que le régiment doit être envoyé en permission. La nouvelle cueille Leguéré comme si elle ne le concernait pas.

« En perm' ?, se demande-t-il simplement, pourquoi ? La guerre n'est pas encore finie, que je sache... »

Un homme de sa pièce, lui, jubile franchement :

— C'est chouette ! Demain ou après-demain, je serai à la maison...

Le Blésois le fixe, lointain.

L'enthousiasme des parachutistes retombe bien vite. Sur le front, les choses ne se passent pas assez bien pour que le haut commandement allié puisse se priver de forces vives.

Le régiment remonte en ligne le 6 décembre.

Les Vosges sont traversées en détours. Les chasseurs débarquent de leurs camions en Alsace et montent aussitôt au feu sous un tir d'artillerie très nourri. La section de Leguéré, promu sergent et chef de groupe, se retrouve dans le gros village de Gerstheim, à vingt-cinq kilomètres au nord de Strasbourg. Les hommes s'installent tant bien que mal dans des maisons abandonnées.

— Que personne ne se déshabille, annonce Lambert. On monte sur les Boches demain matin...

Le sous-lieutenant ne termine pas sa phrase. Des obus, en grappes, tombent sur le village.

— Ce sont des 88 !, crie Leguéré qui a tout de suite reconnu les éclatements particuliers des redoutables obus.

Les automatismes de la bataille des Vosges sont retrouvés en une fraction de seconde mais les nouvelles recrues, pour la plupart de très jeunes maquisards du Jura, roulent des yeux fous dans le vacarme. Toute la nuit se passe sous le feu et, au matin gris et sale, le site alentour est dévasté.

— C'est un vrai miracle que nous n'ayons pas eu plus de casse !, souffle Leguéré en aidant un de ses hommes, blessé, à gagner l'ambulance qui le mènera loin du tumulte.

Le nouveau sergent enrage de ne pouvoir rendre coup pour coup aux Allemands, trop éloignés et qui tirent en aveugle sur tous les villages de la région.

Le feu se calme peu à peu au cours de la journée mais, dès le soir revenu, reprend avec autant d'intensité que la veille. Les hommes ont fignolé leurs abris individuels et il n'y a pas de nouvelles pertes dans la compagnie.

Le lendemain, en fin d'après-midi, des G.M.C. boueux prennent le R.C.P. en charge et le rapprochent du front. Ils roulent pendant une heure à bonne vitesse puis, lorsque la nuit tombe, poursuivent leur route au ralenti et tous feux éteints.

Les tirs allemands pilonnent maintenant bien en arrière de la colonne de véhicules aveugles. Des estafettes transies, armées de torches sourdes, guident le convoi vers son but. Les parachutistes, qui ignorent tout de ce qui les attend, sont impatients de retrouver le contact direct avec l'ennemi.

— Au moins, si on meurt, lance un homme de Leguéré, vaut mieux que ce soit tout près des Boches ! Pas vrai, les gars ?

Le chasseur, n'obtenant pas l'assentiment de ses compagnons, se tait et se renfrogne contre la ridelle de son camion.

La colonne s'arrête. Les hommes sautent sur le sol gelé. De longues lames de glace luisent sous la lune au milieu des plaques de boue qui bordent la route.

– Sale coin !, crache Lambert en regroupant rapidement son monde en avant des véhicules.

Leguéré, nouveau chef de groupe, s'assure en silence que ses hommes sont parés pour le départ dans l'inconnu.

– On va marcher environ deux kilomètres, annonce Lambert, à voix basse, à ses gradés, puis on va avoir à jouer aux matelots...

En quelques mots, le sous-lieutenant apprend à ses hommes que des canots pneumatiques les attendent au bord d'une rivière qu'ils devront traverser pour surprendre l'ennemi terré sur la rive opposée.

La colonne frileuse se met en marche, bien étirée.

« Qu'est-ce qui se trame dans ce secteur ? », se demande Leguéré, inquiet de ne pas entendre les habituels échanges de tirs d'artillerie entre les Alliés et les Allemands.

Les chasseurs ne distinguent rien à plus de cinq mètres dans le brouillard qui nappe le paysage. La lune a disparu lorsque les emplacements des canots sont atteints. Des hommes du génie les ont habilement dissimulés depuis le matin. Le terrain est entièrement inondé.

– On ne va pas facilement retrouver le vrai lit de la rivière dans tout ce merdier !, prédit Leguéré.

Montrant l'exemple à ses hommes, le sergent empoigne rageusement un lourd engin pneumatique. Les boudins de caoutchouc, bien gonflés, paraissent énormes. La marche reprend, considérablement ralentie.

– On doit piquer à travers bois dans quelques instants, annonce Graveleau au bout d'une heure de progression.

Lambert, à la lueur aveugle de sa lampe-torche américaine, détaille sa carte une dernière fois, un genou en terre. Il ne peut retenir un juron sourd :

– C'est pas Dieu possible !, enrage-t-il après avoir fait le point. On n'avance pas...

La colonne encombrée n'a parcouru que deux kilomètres au cours de la dernière heure de marche. Les hommes contrôlent difficilement leur équilibre dans les champs coupés de sillons remplis d'eau qu'ils traversent. Lorsqu'ils pénètrent enfin dans le bois, c'est encore pire. Des petits cours d'eau leur barrent la route tous les cinquante mètres environ.

– Allez, bon sang ! Encore un effort !, souffle, rageur, Leguéré.

Le bois est enfin franchi.

Lambert couche d'un ordre sec sa section contre un talus.

– Tout le monde au sol !

La rivière est là, roulant des flots grondants.

– Sale coup !, rouspète sourdement Rechignat en remuant ses doigts gourds. Ça va pas être facile de passer ce truc-là avec nos boudins...

Le ronronnement régulier de la rivière en crue est tout à coup déchiré par les premiers obus de la longue préparation d'artillerie amie. Les projectiles passent en sifflant au-dessus des têtes des parachutistes et vont éclater sur les positions allemandes.

De leur talus, les hommes de Lambert découvrent, aux lueurs des éclatements, toute la plaine environnante. Ils essayent, en vain, de situer les emplacements des points de défense ennemis. Dans ce vacarme continu, pendant plus de deux heures, des obus, par milliers, s'abattent sur la rive opposée de l'obstacle à franchir.

Lorsque le tir s'apaise un peu et que seuls les obus les plus longs tombent encore sur le site embrasé, les parachutistes reçoivent, par radio, l'ordre d'avancer. Libérés de leurs appréhensions, ils empoignent leurs lourds canots et se jettent dans la rivière incertaine. Leurs armes en bandoulière, ils pagaient rageusement. Le canot de Leguéré, parti en tête du mouvement, traîne une longue et grosse corde qui permettra d'installer un va-et-vient entre les deux rives.

Les hommes souquent à grands coups de pelles rageurs, en essayant de distinguer ce qui les attend de l'autre côté du flot tourbillonnant. Leguéré encourage ses compagnons à forcer encore sur les manches courts des pagaies. Il serre nerveusement les mains sur sa carabine U.S. de 7,62 à crosse repliable.

Deux troncs d'arbre, à demi échoués sur le bord à atteindre, empêchent son canot de poursuivre sa route. Les hommes du groupe se mettent à l'eau pour contourner l'obstacle.

– Du nerf !, souffle le sergent en s'agrippant, le premier, à une grosse racine gluante et en se hissant péniblement sur la glaise de la rive.

Pataugeant dans l'eau sale jusqu'au nombril, les parachutistes prennent pied derrière leur chef de groupe.

– Planquez-vous dans la boue et attendez sans faire de bruit, leur intime ce dernier.

Les chasseurs, le nez au ras du sol, s'immobilisent dans la seconde qui a suivi l'ordre chuchoté. L'artillerie poursuit son pilonnage, le sol tremble sous les ventres mouillés.

– Attention !

Leguéré, qui scrutait la nuit, à demi relevé, se replaque au sol. Un bruit de galopade se rapproche.

« Qu'est-ce qui se passe ? », se demande le parachutiste, l'index de sa main droite crispé sur la queue de détente de sa carabine.

Ses compagnons retiennent leur souffle. Une poignée de secondes s'écoule, martelée par le bruit inquiétant.

Leguéré, sur le point de tirer, se retient au tout dernier moment. Il lâche un éclat de rire nerveux, vite étouffé. Un énorme cheval de trait à la croupe rebondie, affolé par les tumultes de l'artillerie, s'arrête pile devant lui. Au-dessus des corps couchés dans la boue, l'animal semble humer un court instant les hommes, s'ébroue, hennit en se retournant d'un brusque saut et se perd dans la nuit en direction des lignes ennemies.

— En route !

L'ordre de Lambert relève les chasseurs trempés. La progression, freinée par les difficultés de regroupement des éléments engagés, après la pagaille du franchissement malaisé de la rivière, reprend vers les lueurs des impacts des obus amis.

Une ferme, qui brûle sur la gauche du mouvement, éclaire l'avance des formes prudentes. Les hommes, en étouffant difficilement les jurons qui naissent sur leurs lèvres gercées, tombent fréquemment dans les ruisselets en crue qui coupent les champs gelés. L'ennemi ne se manifeste que par quelques volées d'obus de mortiers qui s'abattent en sifflant sur les sections, fauchant chaque fois quelques parachutistes.

Le jour se lève bientôt, embrumé de longues langues laiteuses de brouillard et enfumé par les milliers d'explosions qui ont labouré tout le site pendant des heures.

— On doit prendre ce village, là-bas !, indique d'un geste de bras le sous-lieutenant Lambert à ses chefs de groupe en désignant le bourg de Witternheim.

Méconnaissable dans le petit jour, l'officier est recouvert de plaques de boue des pieds à la tête. L'objectif est atteint sans difficulté. Des cadavres allemands, déchirés par les obus de la solide préparation d'artillerie, gisent çà et là dans des gangues de terre. Lorsque les voltigeurs de Leguéré pénètrent entre les premières maisons isolées de Witternheim, des chars Tigre et Panther se dévoilent et donnent un feu nourri. Le mouvement français ne ralentit pas pour autant. Les Allemands ont à demi déserté le village.

Leguéré est à son affaire. Le combat de nettoyage des maisons, prises une par une, méthodique, lui plaît. Ses hommes, dans un ballet de mort calme, suivent ses ordres donnés par cris et gestes précis.

Les Tigre et les Panther, craignant d'être pris au piège des bazookas alliés, s'éloignent dans un vacarme grinçant de ferrailles entrechoquées et disparaissent bientôt.

Essoufflé, le sergent parachutiste met un genou en terre, tout près d'un de ses voltigeurs légèrement blessé qui lui indique une maison aux murs criblés d'impacts.

— Il y en a encore quelques-uns là-dedans, souffle l'homme en faisant un geste du bras pour montrer une fenêtre derrière laquelle il a vu des formes se mouvoir.

— Tu es sûr ?, demande le sergent.

Le voltigeur ne peut en dire plus. Une nouvelle fois touché, il s'écroule contre la pierre froide qui lui servait d'abri précaire.

— C'est rien, chef ! C'est rien, trouve-t-il le courage d'affirmer à son sergent. On va les avoir...

Leguéré fait signe à trois de ses hommes et se jette vers la maison encore occupée. Après un bond nerveux, il se plaque au sol, tout contre un mur d'argile à demi écroulé, pour observer encore le groupe ennemi terré sous le tir d'une mitrailleuse qui a pris les voltigeurs en soutien.

Piégés, les Allemands tirent encore quelques coups de feu, imprécis, du haut de leur repaire. Puis c'est le silence. La mitrailleuse a eu raison de leur dernière résistance. Le village est conquis.

Pendant les dernières fouilles, quelques coups de feu isolés éclatent encore, signant la mort de quelques Allemands terrés au fond des caves.

Lambert place sa section victorieuse en défensive.

— Ils peuvent très bien revenir en force et nous déloger à leur tour, craint-il en faisant avec ses gradés un rapide tour de la situation.

La section n'a presque pas eu de pertes. L'artillerie alliée poursuit avec acharnement l'ennemi qui se replie.

Quand la nuit tombe sur le champ de bataille, les veilleurs, crispés sur leurs armes, contemplent la plaine qui éclate à nouveau sous de violents tirs d'artillerie. Les Allemands ripostent de loin, mais ne prennent pas pour cible le village occupé par les parachutistes. Les heures passent, presque tranquilles. Les hommes, ravitaillés en munitions, ne dorment pas d'un lourd sommeil : ils attendent l'attaque promise pour le lendemain matin.

4

SOUS L'ARTILLERIE ALLEMANDE

Dans la carlingue vibrante de l'avion 666, l'ambiance se fait de plus en plus lourde. Leguéré, tranquille, observe ses hommes à la dérobée. Il constate que chacun d'eux, plus ou moins consciemment sans doute, évite de croiser le regard de l'homme qui lui fait face.

Dans la pénombre incertaine, une voix de fausse basse se lève et entonne un refrain de combat :

– Quel est cet orage qui gronde... Quel est ce rythme dans le ciel ?

Un cri salue l'essai timide.

– Ta gueule !

Leguéré ne reconnaît pas la voix nerveuse et anormalement haut perchée qui a cassé net la chanson des Commandos de France. Les bruits de l'avion grondant reprennent leurs droits. L'homme qui voulait faire chanter ses compagnons se renfrogne, tassé un peu plus sur la banquette étroite. Près de la portière béante de l'appareil, le lieutenant aux yeux bleus goûte les coups de fouet du vent sur son visage aiguisé. En rudes caresses, les gifles de souffle frais le ramènent à ses rêves insistants, loin de la terre indochinoise qui court à deux mille mètres au-dessous des ailes du C. 47.

⁂

Le mouvement de nettoyage implacable est relancé autour de Witternheim dans le matin piquant. La neige, qui est tombée presque toute la nuit, s'étend à perte de vue sur la plaine d'Alsace et masque les destructions des canons allemands et alliés. Les parachutistes avancent lentement entre des éclatements épars. L'ennemi les suit à vue et resserre progressivement ses tirs. Des hommes tombent, râlent et sont aussitôt recueillis par les infirmiers du bataillon.

Des canons automoteurs allemands sont venus se placer pendant la nuit aux positions clés du site à conquérir. Des chars Tigre et Panther, que les chasseurs avaient entendus gronder pendant les deux dernières heures d'obscurité, se dévoilent en aboiements rageurs.

L'objectif du bataillon se découpe, imprécis, dans le petit matin. Le clocher du but de l'action, Bindernheim, se détache en bout de la plaine blanche.

— On dirait qu'on pourrait le toucher !, s'étonne un voltigeur de Leguéré en soufflant des nuages de buée. Mais, ajoute l'homme frigorifié, on n'est pas encore à ses pieds...

Des explosions d'un son nouveau se mêlent au concert familier des éclatements d'obus.

— Bon Dieu !, hurle Lambert. On est en plein dans un champ de mines...

Les hommes figent net leur marche vers le village. Fixant le sol à quelques mètres devant eux, ils essaient de deviner les pièges mortels. Des spécialistes du déminage arrivent de l'arrière du mouvement. Une salve d'artillerie, plus précise encore que les autres, enflamme le paysage. Des mines, par dizaines, explosent en sympathie. Des chasseurs roulent au sol, truffés d'éclats, sous des masses de terre qui retombent en crissant.

— Il faut passer tout de même !, hurle Leguéré. Sinon, on va tous y rester...

Suivant son bond en avant, ses hommes sont miraculeusement épargnés et franchissent les derniers mètres du champ de mines. Derrière eux, à quelques enjambées seulement, quelques combattants moins chanceux sautent en hurlant leur douleur.

— Chef !, hurle un voltigeur de Leguéré touché à son tour. Qu'est-ce que j'ai ?

Le sergent se retourne, alerté par le cri implorant du parachutiste cueilli par les éclats en faisceau d'une mine bondissante. Posant les yeux sur la forme pantelante qui gît à huit mètres de lui, il se rend compte qu'il n'y a plus grand-chose à faire pour le malheureux.

— Plaque-toi au sol !, intime-t-il tout de même au chasseur moribond et secoué de spasmes douloureux. T'en fais pas... Les copains vont venir te tirer de là... Tiens bon !

Puis, arrachant ses yeux du corps agonisant, le sergent maigre reprend sa course vers l'objectif.

De nouveaux obus ravagent le sol non loin du groupe amoindri. Entre les explosions, les parachutistes courent vers l'église de Bindernheim qui les attire comme un aimant.

— Il nous reste huit cents mètres !, enrage Leguéré en évaluant d'un œil précis le chemin qui reste encore à parcourir sous le feu de l'ennemi.

Au bout de deux cents mètres de course folle, il se jette au sol, à l'abri tout relatif des premiers arbres d'un bois de sapin vert-noir, et resserre du geste et de la voix son groupe haletant.

Les chars allemands ont exécuté un déplacement adroit qui leur permet de prendre à partie toute la ligne du bataillon sous leur feu. Le bois n'est bientôt plus qu'un magma de fer et de boue, de branches brisées et de troncs éclatés.

– C'est pas possible !, souffle Leguéré. On va tous crever ici !

Bloqués sous le tir rageur, ne pouvant ni avancer ni reculer, les parachutistes ne réagissent plus.

« Et les nôtres, qu'est-ce qu'ils foutent ? », se demande Leguéré en serrant à se faire mal le bois brun de sa carabine U.S. inutile.

Trois longues heures passent dans le vacarme. La riposte de l'artillerie amie ne se déchaîne toujours pas en contre-batteries. Dérisoires face aux armes qu'ils affrontent, les mortiers du bataillon essaient en vain de faire taire un peu les pièces ennemies les plus rapprochées.

Pris eux aussi sous le feu de leur artillerie aveugle, des *feldgrau* sacrifiés jaillissent de leurs abris et se lancent à l'assaut des parachutistes en hurlant des insultes inaudibles. Comme si le contact humain retrouvé exorcisait l'incroyable pilonnage des armes lourdes, les chasseurs, un instant libérés, les cueillent de leurs armes individuelles et de leurs mitrailleuses légères. Les Allemands reculent, touchés un à un par le feu des parachutistes.

Des plaintes montent dans le sous-bois humide. Des hommes appellent Dieu et leurs parents. D'autres maudissent le diable et meurent en hurlant.

– Il faut tenir !

Dur, le leitmotiv, déjà cent fois répété, court de section en section aplaties au sol tout au long de la ligne de front.

Une nouvelle poussée désespérée lance la compagnie de Leguéré une centaine de mètres en avant. Elle bouscule les derniers défenseurs des points d'appui sacrifiés par les Allemands. Leguéré court en tête de la section Lambert. Graveleau, imperturbable dans le fracas, surveille l'ensemble ordonné des pièces et des voltiges qui progressent. Une mitrailleuse s'enraie derrière le groupe de Leguéré. Le sergent, attentif au rythme des rafales qui couvrent, tant bien que mal, les bonds de ses voltigeurs, se retourne vers l'arme muette. Il se rejette d'un bond en arrière, franchissant à nouveau les vingt mètres d'enfer qui le séparent de la pièce.

— Donne-moi ça ! Vite...

Leguéré a presque hurlé son ordre. Il connaît par cœur le maniement délicat de la Browning en panne. Il l'empoigne et commence calmement à la démonter. Le chef de la pièce, Bataille, est couché sur le flanc, mort ou blessé. Les pourvoyeurs de l'arme, presque tous touchés, sont éparpillés dans la boue de terre et de neige. Ils regardent les gestes précis de leur chef au visage acéré. Comme il l'a fait plus de mille fois à l'entraînement, Leguéré sépare le canon de l'arme surchauffée du corps de la culasse et, comme absent, insensible à tout ce qui l'entoure, replace la pièce d'acier en prenant bien soin de la redévisser de deux crans pour régler l'espace de feuillure. L'arme est à nouveau prête à être mise en batterie.

Deux pourvoyeurs se jettent contre leur chef et lui tendent une bande de 7,62 entoilée. D'un claquement sec, le parachutiste referme le dessus de la culasse, manœuvre par deux fois son levier d'armement et lâche une rafale en direction de l'ennemi.

— Couvrez-moi !, hurle-t-il en confiant la mitrailleuse réparée à un chasseur indemne.

Le sergent se jette en direction de ses voltigeurs :

— Granelle !, crie-t-il, en constatant qu'un de ses caporaux, un jovial petit bonhomme blond, a été décapité par un éclat d'obus.

La gorge en feu, le sergent regarde, incrédule, le corps sans tête qui tressaute dans l'amalgame de neige et de terre fouaillé par les tirs allemands.

Un nouveau bond en avant l'éloigne du supplicié. Les obus fusants qui s'abattent alentour déchiquettent les derniers arbres du bois saccagé.

Une fois encore, l'ordre de tenir coûte que coûte parcourt les rangs de plus en plus clairsemés des parachutistes.

Pendant les trois heures du pilonnage, plus de deux cents hommes tombent et jonchent le sous-bois et ses abords. Les survivants, collés au sol vibrant, vivent dans l'attente certaine de la mort. Graveleau, calme, rassurant, court de groupe en groupe pour resserrer les rangs décimés. Devant la compagnie qui ne recule pas d'un pouce, les Allemands, massacrés eux aussi par le tir de leur artillerie, commencent à se débander.

Un peu avant 18 heures, l'ordre de reculer enfin parvient aux premières équipes engagées. Lambert le répercute en se redressant. Méthodiquement, sans panique, malgré leurs très lourdes pertes, les parachutistes reprennent la direction de Witternheim en empoignant sans ménagement leurs blessés.

Le long calvaire du repli, sur près de trois kilomètres battus par le feu, mène le cortège de fantômes hagards vers une zone relativement plus calme autour du village quitté au matin.

Après une heure de course folle coupée de stations inquiètes sous le pilonnage des canons ennemis et les harcèlements des sections allemandes, les formes harassées s'abattent à même le sol.

Avant que la nuit tombe, Leguéré reçoit l'ordre de repartir en direction de l'enfer pour récupérer encore quelques blessés oubliés dans la tourmente. Le spectacle qu'il découvre dans le bois massacré est dantesque, tous les arbres ne sont plus que des squelettes noircis. Des lambeaux d'uniformes sales collés à des moignons sanglants pendent aux branches brisées.

Les hommes de la patrouille, épargnés par les derniers tirs de l'ennemi qui semble reprendre son souffle, se guident dans la pénombre naissante grâce aux râles des blessés.

« Granelle !, se souvient tout à coup le sergent. Il faut que je retrouve son corps... »

A l'emplacement où avait été cueilli par la mort le parachutiste blond aux yeux si gais, le sergent ne découvre plus qu'un amas de chairs méconnaissables mêlé à d'autres débris de cadavres informes. Un hoquet incoercible le secoue et il se détourne du lamentable tableau.

– Saloperie !, gronde-t-il en luttant contre la nausée qui le gagne. Mon pauvre copain...

Les morceaux du corps ami, étalés sur plus de trois mètres, témoignent de l'acharnement des tirs allemands qui ont découpé une nouvelle fois, bien après leur mort, les dépouilles des parachutistes.

Il ne reste plus rien de ce qui était, il n'y a pas trois heures, un corps d'athlète de vingt ans, bouillant de vie.

Un sinistre hululement trouble le silence maudit qui s'est brusquement abattu sur le bois. Leguéré se jette au sol jonché de débris humains. L'obus fusant éclate à une dizaine de mètres sur sa gauche. Des bouts de bois et des mottes de terre retombent sur le sergent.

– Je dois être touché, se dit-il en se relevant prudemment pour chercher des yeux ses camarades de patrouille.

Un à un, ses muscles secs jouent. Leguéré se redresse sur un genou et s'ébroue. Incrédule, il se relève tout à fait, indemne, dans un nuage de fumée noire et piquante, les yeux emplis de larmes.

Traînant tant bien que mal les quelques blessés récupérés, poursuivis par des tirs aveugles, les chasseurs, couverts de terre, à bout de forces, rejoignent leurs lignes.

– Creusez des trous, vite !, ordonne Lambert après leur retour, ayant reçu la mission de tenir les abords du village pour la nuit.

Avec des gestes d'automates, les hommes obéissent puis disparaissent dans leurs abris étroits comme des tombes.

Au matin, après une nuit sans sommeil, ils peuvent détailler à loisir les environs. Il neige lorsque leurs ombres lasses émergent de la torpeur. Les tirs de l'artillerie sont calmés. Leguéré, transi, les muscles douloureux et gourds, passe lentement d'homme à homme, sans parler, précis dans son inspection de matériel. Les yeux qu'il croise sont morts, froids, inhumains.

Traînant un de leurs camarades qui, blessé, a réussi à regagner les lignes amies au cours de la nuit au prix d'un effort démentiel, des chasseurs passent près de lui. Les talons du revenant de la mort tracent deux sillons imprécis dans la neige sale. L'homme, qui a fermé les yeux, n'est plus qu'un pantin souple, un amas de chairs inertes.

Un peu plus loin, quatre hommes, crottés, les yeux creux, groupés à l'abri d'un pan de mur d'une chapelle profanée, font chauffer de l'eau dans un casque lourd pour préparer le café. Les tirs allemands reprennent, moins nourris que ceux de la veille. Les parachutistes ne réagissent pas. Ils se considèrent inconsciemment comme des morts en sursis.

Un obus frappe la petite église de plein fouet. Il traverse, sans exploser, l'édifice religieux de part en part. Inerte, il roule sur le pan de mur en biseau qui domine le groupe qui prépare du café. Comme un seul homme, les quatre chasseurs plongent au sol.

L'ogive menaçante cascade lentement sur les pierres disjointes, roule sur deux mètres de pente et tombe en plein sur le casque posé en équilibre sur le foyer de fortune, le renversant. Le liquide répandu fait grésiller les tisons en braises. L'obus s'immobilise à un mètre du casque chaud. Les parachutistes fixent la masse de fer. Ils attendent l'explosion, collés contre la terre. Un homme se redresse enfin, rompant le charme mortel. Il éclate d'un rire nerveux. La crécelle de sa voix pointue, irréelle, tendue, a ranimé ses compagnons qui, comme si rien ne s'était passé, ignorant l'obus allemand, reprennent leurs occupations feutrées de la remise en train.

Quelques minutes après l'incident, la terre se remet à trembler en grondant mais, cette fois, c'est l'artillerie alliée qui se déchaîne.

Sur toute la largeur du front et sur une profondeur de plusieurs kilomètres, les Allemands subissent l'enfer à leur tour. Les pièces de tous calibres, impeccablement mises en place au cours de la nuit par le général de Lattre, les matraquent inexorablement.

– Chacun son tour !, lâche Rechignat en s'affairant aux soins de son arme.

Le bataillon reçoit l'ordre de rester sur sa position précaire, menacée de contre-attaque. Les parachutistes, fantômes mangés de barbe, sont enfin relevés le 16 décembre. Les hommes qui prennent leur place au village les détaillent comme s'ils étaient des zombies.

Après quatre kilomètres de marche lente, tandis que les obus alliés éclatent sur l'ennemi en faisant naître un roulement continu, cinq camions G.M.C. attendent la compagnie de Leguéré.

Les survivants de la tourmente embarquent lourdement dans les véhicules. Quand ils sont grimpés, Leguéré est travaillé par une curieuse sensation d'insolite. Il met un long moment à comprendre, puis souffle nerveusement :

– Nom d'un chien ! La compagnie tient maintenant dans deux camions...

Sur les cahots de la route défoncée, les parachutistes, ballottés comme des balles de chiffons, leurs armes entre les jambes, se laissent mollement bercer par le tangage irrégulier.

Comme les autres, Leguéré ne se sent plus vraiment vivre.

– On revient de loin, confie-t-il à Graveleau, assis tout contre lui, en lui montrant d'un geste les trois camions vides qui suivent leur G.M.C.

Devant les yeux brûlants de fièvre du sergent naissent des images de carnage. Malgré sa fatigue insupportable, une formidable envie de combattre encore le taraude. Il tient, froidement, sans haine, à faire payer aux Allemands, en professionnel, l'obsédante image des véhicules vides, qui, moteurs emballés, tressautent sur les obstacles de la route.

La neige tombe, de plus en plus épaisse, moirant le paysage et feutrant les échos de la bataille qui se poursuit vers Bindernheim, au bout de la plaine.

5

LE PREMIER SAUT

La file de G.M.C., protégée par un groupe d'automitrailleuses, mène les parachutistes à bonne allure vers un havre de repos. Leguéré, émergeant de l'horreur, rajeunit de quatre ans pour revivre les événements, dérisoires en regard de ceux qu'il vient de subir, qui l'ont porté jusqu'aux portes de l'enfer de la plaine d'Alsace.

⁂

Il retrouve sans peine les premières images de guerre qui se sont offertes à lui : des avions allemands, plongeant en carrousel vociférant pour bombarder les ponts de la Loire en juin 1940.

La tourmente avait obligé son père, cédant à regret au mouvement de l'exode général qui mêlait civils et militaires dans un flot lamentable sur les routes du sud, à entasser toute sa famille, quatre garçons et sa femme, dans sa Citroën B 14, pour rejoindre un voisin parti dès les premières alertes sérieuses, non loin de Bergerac, en Dordogne. Puis, lorsque la défaite des armes de la France avait été consommée et concrétisée par l'armistice signé à Rethondes le 23 juin 1940, le père de famille, ancien adjudant de la « Coloniale », avait décidé de remonter son petit monde sur les bords de la Loire. La maison de la rue Neuve-des-Pontchartrains, à Blois, était intacte. Les Allemands étaient en ville.

Au bout de quelques mois, tuant le traintrain du quotidien en travaillant sans enthousiasme dans une bonneterie en gros, le futur parachutiste avait décidé de changer de vie.

– Papa, avait-il proposé au cours d'un repas du soir, je vais essayer de passer en zone libre pour rejoindre Londres ou au moins de partir en Afrique du Nord.

Le père, tranquille, avait simplement levé le nez de dessus son assiette de potage et avait lâché :

– Si tu veux, mon garçon... D'ailleurs, je ferais certainement comme toi si j'avais encore mes vingt ans!

Accompagné de Vallier, un garçon de son âge, le jeune homme avide d'action avait franchi facilement la ligne de démarcation qui coupait la France en deux mondes. Un ami du père de son compagnon de voyage, qui livrait chaque jour des marchandises de l'autre côté du Cher, à Vierzon, avec un gros camion, avait transporté les deux jeunes gens au nez des sentinelles allemandes postées en bout d'un pont franchissant l'affluent de la Loire devenu frontière.

Ne plus voir de soldats en vert-de-gris avait été la toute première satisfaction de Leguéré livré à lui-même. Il ne supportait plus de devoir s'effacer devant eux sur les trottoirs des rues familières de Blois.

Riche d'un viatique de mille cinq cents francs donné par son père la veille de son départ, le jeune homme avait passé la nuit qui avait suivi le franchissement de la ligne dans un petit hôtel sans luxe de Vierzon-Sud. Puis, il s'était présenté, cœur battant, au camp de la Martinière, près de Châteauroux, pour s'engager dans l'Armée d'Afrique. Noyé au milieu d'une centaine de volontaires, venus de tous les milieux, fils d'ouvriers, paysans et étudiants attardés, il avait vu son enthousiasme sérieusement entamé au fil des jours par les tracasseries des cadres de la base. Il s'était attendu à rencontrer des soldats et une sérieuse organisation, mais il n'avait trouvé au camp que des caricatures de militaires et une complète anarchie.

Après des visites médicales sans fin et une série d'interrogatoires ineptes, il avait décidé de reprendre la route : il avait appris qu'il n'y aurait pas de départ de cette pagaille avant au moins un bon mois.

Alors que son camarade Vallier, écœuré, avait préféré repartir à Blois, un jeune Basque avait fait miroiter au fils de l'ancien colonial la possibilité de franchir les Pyrénées pour fuir par l'Espagne. Au bout d'un voyage à l'économie, pour entamer le moins possible son capital, Leguéré s'était retrouvé au pied des Pyrénées. Il faisait froid mais beau.

– Pauvres garçons, avaient fait remarquer des gens de la région de Perpignan aux deux jeunes hommes, en ce mois de février, avec la neige que vous allez trouver à partir de mille deux cents mètres, vous ne pouvez pas compter aller bien loin...

Têtus, les deux garçons avaient tout de même essayé de passer, sans guides. Mal chaussés, ils avaient dû renoncer, vaincus par le froid. Des gendarmes en patrouille, méfiants, les avaient cueillis sur le chemin du retour dans la vallée.

— Qu'est-ce que vous faites par ici ?, avait questionné rudement le brigadier du groupe et, sans attendre les explications embarrassées des voyageurs, les prenant visiblement pour des déserteurs, ils les avait conduits à la gendarmerie de Vernet-les-Bains.

N'ayant signé aucun engagement au camp à la Martinière, le duo avait dit toute la vérité et où il voulait aller.

— Bon, avait alors tranché le gradé de gendarmerie, presque paternel, vous n'êtes pas les premiers. Mais je dois vous garder ici... juste le temps d'effectuer des vérifications...

Un restaurateur bon marché, installé en face des locaux de la maréchaussée, accepta de livrer des repas aux jeunes gens emprisonnés qui prenaient leur mal en patience.

— Vous êtes libres !, leur avait-on annoncé un matin. Si vous tenez encore à vous engager, avait ajouté le gendarme de service, vous trouverez tout ce qu'il vous faut à Perpignan.

Dans la ville catalane, Leguéré et son ami avaient facilement repéré plusieurs jeunes gens, refoulés comme eux de la frontière. Regroupés dans la salle des fêtes de l'endroit, ils attendirent plusieurs jours qu'on leur fasse enfin signer un acte d'engagement. Tout comme à la Martinière, on ne semblait pas bien pressé de les incorporer.

— Je suis certain qu'ils préféreraient nous embrigader dans leurs chantiers de jeunesse, avait soufflé Leguéré à son compagnon après avoir impatiemment suivi un long discours emphatique vantant les mérites et les bienfaits d'une vie au grand air avec un déguisement de scout attardé offert par les services du Maréchal.

Ayant enfin signé un engagement de quatre ans au titre de l'Armée de l'air, quittant son ami basque qui avait opté pour un régiment d'artillerie, le futur parachutiste avait été dirigé sur Marseille.

Rêvant de devenir pilote, le jeune homme, qui avait suivi pendant plus de deux ans la formation de l'Aviation populaire à Laborde près de Blois et avait même commencé à voler sur le vieil appareil entoilé du petit centre, avait pris conscience de ce que pouvait vraiment être la vie militaire en découvrant les tristes alignements de baraques du camp Sainte-Marthe.

Insensible aux hurlements des gradés suffisants et gras qui poussaient leurs recrues de visite en contre-visite, mal habillé, mal nourri, Leguéré attendit, fataliste et taciturne, le jour de son départ pour l'Algérie. Enfin, le 18 juin 1941, il embarquait sur un moutonnier crasseux puant le suint. Une tempête dans le golfe du Lion ajouta des remugles de vomissures à l'odeur insoutenable qui régnait dans les cales du vieux navire. Le rafiot mit trois longs jours pour traverser la Méditerranée.

A Alger, parqués au D.I.M. de la caserne d'Orléans surpeuplée, dans des conditions presque aussi lamentables qu'au camp phocéen, les engagés subirent, dans la bonne humeur, de longues séances d'épouillage et de nouvelles visites médicales. Se sentant vraiment à l'abri de l'emprise allemande, Leguéré acceptait sans grogne ces nouvelles tracasseries des gradés du quartier en se disant qu'il finirait bien par rencontrer un jour des hommes différents de ces rossards hurleurs.

Dirigé, en train, sur Blida, le Blésois toucha en arrivant à la base aérienne de la ville un paquetage réduit et coiffa, ravi, la casquette plate ornée des deux ailes prestigieuses de l'Armée de l'air. Le groupe des nouveaux « rampants » prit deux jours après, en camions, la route de Relizane.

La première casquette plate
de l'Armée de l'air.

A la base-école de la cité paisible, le dégrossissage des recrues était assuré par des gradés provenant des compagnies de fantassins de l'Armée de l'air, les premiers parachutistes français. Leurs méthodes étaient rudes, il fallait marcher droit ou abandonner. Ces parachutistes avaient tous combattu dans les corps francs en 1939-1940. Ils portaient l'insigne qui allait devenir celui du 1er R.C.P. : une étoile bleue à cinq pointes, surmontée des ailes jaunes de l'Armée de l'air et coiffée d'une corolle de parachute blanche.

Peu enclin aux bavardages inutiles, Leguéré, plus grave que ses compagnons d'incorporation, observait les événements, encaissant bien les chocs de sa nouvelle vie. Il avait touché un fusil Lebel à moitié désarticulé.

Un matin, alors que le centre d'instruction était en manœuvre d'infanterie, un gradé était entré en coup de vent dans la tente du Blésois.

— Qu'est-ce que c'est que ce bordel ?, avait hurlé le sergent en constatant qu'un des lits de campagne du marabout était fait tout de guingois.

Leguéré avait été désigné comme responsable de l'abri de toile. Le sous-officier avait continué à vociférer.

— Faites-moi refaire en vitesse tous ces puciers informes... Sinon, gare !

Avant de sortir de la tente, l'homme, furieux, avait flanqué trois lits au sol à coups de pied rageurs. Leguéré, en se mettant au travail, avait lâché :

— Qu'est-ce qu'il peut bien nous les tanner !

Le gradé avait malheureusement cueilli la réflexion. La toile de tente avait tremblé lorsqu'il s'était propulsé d'un bond au milieu du groupe.

— Équipez-vous et suivez-moi !, avait-il rugi. Vous allez souffrir...

Pendant deux journées et deux nuits infernales, le chef de tente et ses compagnons avaient subi de brutales séances de pelote. Le sergent instructeur les avait obligés à monter et redescendre une dune de sable qui surplombait la plage de Mazagran. Pour corser le plaisir, les punis avaient dû subir l'épreuve en tenant sans cesse leur fusil à l'épaule, avec la baïonnette et son lourd étui à poste. Sadique, le sergent leur avait même fait démonter les culasses mobiles pour que les longues « cannes à pêche » glissent des épaules au moindre relâchement. Leguéré, le corps endurci par la pratique assidue du canoë sur les eaux de Loire, avait supporté la brimade sans se plaindre, serrant les mâchoires.

Le deuxième jour de la punition, après le repas du midi, les hommes tournaient en rond en plein soleil sur la plage, marchant sans trêve sur le même sillon tracé dans le sable par leurs pas. Soudain, trois recrues s'affalèrent sans connaissance, le nez dans la silice brûlante.

— Laissez-les par terre et continuez !, avait hurlé le sergent, la bave aux lèvres. Ça leur apprendra à ce tas de gonzesses ! Plus vite, nom de Dieu ! Plus vite...

La ronde des automates en sueur avait duré plus de deux heures au même rythme régulier. Leguéré, la gorge en feu, le regard fixé sur les talons du puni qui marchait devant lui à deux mètres, mordu de crampes tenaces, n'avait tenu le coup qu'à force de volonté de ne pas perdre la face devant son tortionnaire narquois. La plupart de ses compagnons étaient tombés les uns après les autres. Il ne restait plus que quatre hommes debout.

– C'est bon, ça suffit comme ça !, avait enfin décidé le chef de groupe, sans doute lassé de rester sur la plage en plein soleil. J'espère que vous avez bien compris la leçon...

Pendant que les moins marqués par l'épreuve aidaient les plus fatigués à remonter la pente de la dune de sable, Leguéré avait franchi l'obstacle en courant, serrant les dents et retenant des larmes nerveuses, pour prouver à l'instructeur qu'il lui restait encore de la ressource.

Après les dures classes, Leguéré avait été affecté à Sétif. La vie d'aviateur dont il avait idéalisé les avantages était loin. Il n'approchait les avions de l'Armée d'Afrique – des Potez d'observation – que pour les bichonner et faire, de temps en temps, des pleins d'essence nauséabonde.

Malgré de fréquentes corvées d'installation de fortifications, le Blésois se prenait à regretter les exercices plus rudes de Relizane et Mazagran. Les hommes qui l'avaient formé là-bas lui avaient, au moins, légué le goût de l'effort physique et du danger.

Les Américains ayant débarqué en Afrique du Nord en novembre 1942, les Rangers s'installèrent sur la base de Sétif. La nouvelle de la création prochaine d'unités de parachutistes tomba peu après. Craignant de manquer l'occasion d'aller combattre les nazis en Europe, Leguéré s'inscrivit dans les premiers et partit suivre un stage de préparation au camp de Baraki, à l'issue duquel il rejoignit l'école de saut de Fez, au Maroc.

Un instant tiré de ses rêveries ouatées par des soubresauts de son G.M.C., Leguéré sourit en pensant à ses premiers contacts avec le parachutisme.

« C'était tout de même un sacré folklore ! », se dit-il en se replongeant dans son proche passé.

Pour pallier le manque de bottes de saut, les instructeurs, pour la plupart des anciens cadres de Relizane, avaient appris à leurs élèves à se bander solidement les chevilles avec des lanières taillées dans des ceintures de flanelle et les vieux Potez 541 de l'école semblaient battre de l'aile au décollage. Avant de gagner la zone de largage, ils passaient juste au-dessus du cimetière de Fez.

– Regardez bien les tombes !, hurlaient dans le vacarme les largueurs à l'adresse des apprentis parachutistes. C'est là qu'on vous plantera si vous faites les cons ! Bien vu ?

Leguéré, qui avait effectué ses trois premiers sauts avec des parachutes à ouverture semi-automatique, avait été tout désorienté dès son quatrième plongeon dans le vide en ne trouvant pas de poignée rassurante sur les nouveaux parachutes automatiques touchés par l'école. Quant aux suspentes des vieux Irving, elles étaient bien fatiguées et distendues et les torches n'étaient pas rares.

Le sergent s'ébroue dans le camion : l'image insoutenable d'un de ses camarades de stage mort en incident de saut s'impose à lui, très nette.

Tout le monde, sur le terrain de Fez, avait suivi des yeux le corps tombant comme une pierre sous la torche du parachute, dans l'axe de la piste. Le pantin hurlant avait vainement essayé d'ouvrir son ventral et s'était écrasé dans un nuage de poussière avec un bruit mat. L'accidenté avait rebondi comme une balle de caoutchouc sur plus de deux mètres avant de se tasser, disloqué. La voilure en torsade s'était couchée tout près de lui.

Complètement ramené à la réalité du voyage qui l'éloigne de la zone de combat d'Alsace, Leguéré se souvient qu'il lui avait fallu de longues minutes pour retrouver l'usage de ses membres et de la parole. C'était son tour de sauter, un moniteur avait poussé le stick dans l'avion en gueulant pour éloigner la peur collective. C'est en fermant les yeux que le Blésois s'était lancé dans le vide. Le rude contact avec le sol l'avait exorcisé.

Deux années après l'accident spectaculaire, le sergent se demande encore si le fait d'avoir sauté tout de suite après la scène d'horreur ne l'avait pas empêché de rejoindre, malgré lui, le groupe des dégonflés qui pourrissait sous des tentes individuelles au milieu de la base, parqués dans un carré ceint de barbelés rouillés.

Ces hommes avaient refusé le saut. Sales, dépenaillés, dépouillés du moindre objet valable de leur paquetage, moqués par leurs compagnons et brimés inlassablement par les gradés, ils suppliaient, en vain, qu'on leur accordât une nouvelle chance. Leur calvaire ne se terminait que lorsque l'ordre de leur mutation les chassait, honteux, de l'école de saut.

La discipline de fer en usage chez les parachutistes n'autorisait qu'une seule sorte de punition en cas de manquement aux règles militaires : les coups distribués par les moniteurs aguerris. Les fautifs sortaient de la tente de leurs chefs, les yeux pochés, parfois le nez cassé ou les pommettes ouvertes. Comme ils avaient le droit de se défendre, les plus durs ne s'en privaient pas. Coincés au milieu de trois ou quatre gaillards qui frappaient pour faire mal en professionnels, ils ne pouvaient pas grand-chose, sinon sauver la face. La

Un Potez 541 d'entraînement au saut. Fez, 1940
(photo : E.C.P.A.)

méthode avait du bon, elle évitait la prison qui chassait les hommes de la famille de fer qu'ils s'étaient donnée.

Après le stage proprement dit, Leguéré avait poursuivi sans trêve l'entraînement inhumain qui lui avait certainement sauvé la vie dans les Vosges et en Alsace. Il était devenu peu à peu une machine à tuer bien réglée, comme tous ses compagnons qui ne vivaient plus que dans la perspective de fondre sur l'ennemi, en France.

— Tu te souviens ?

Le sergent donne un coup de coude amical à Graveleau qui avait été un de ses plus féroces instructeurs à Fez avant de devenir son plus sûr camarade de combat.

Massif et harassé, l'ancien des corps francs grogne, refusant le réveil. Leguéré n'insiste pas.

Le but du voyage se profile en bout de route, les parachutistes brisés se laissent tomber des camions. Ils ne parlent pas et se dirigent, automates souillés, vers le lieu de repos qu'on leur assigne pour s'abattre comme des masses sur les lits de campagne où avaient dormi les hommes qui les ont relevés dans la plaine d'Alsace en éruption.

6

LE DÉTROUSSEUR DE CADAVRES

Lorsqu'ils émergent difficilement du lourd sommeil de leur première nuit de repos, les parachutistes réalisent peu à peu qu'ils ne sont plus en enfer. Ils vaquent pendant trois jours à la remise en état de leur matériel qui a fortement souffert.

« Je me demande bien pourquoi on ne nous donne pas plus de munitions », se demande Leguéré en surveillant la distribution des cartouches de complément.

La réponse à sa question arrive bientôt, claironnée par un sergent du P.C. du bataillon :

— On va partir en perm' !, hurle le joyeux messager.

Un groupe de curieux l'entoure aussitôt. Les questions fusent, l'homme se défait difficilement de l'emprise de ses camarades et regagne le P.C. du commandant Faure qui a pris la succession du colonel Geille appelé à l'état-major de l'Armée de l'air.

La 2e division blindée du général Leclerc, à laquelle le R.C.P. a été rattaché pour emploi au cours des dernières opérations, est riche en véhicules modernes : des convois dispatchent les permissionnaires dans tous les départements de France libérés du joug allemand.

Leguéré retrouve sa famille à Blois. Ses yeux, endurcis, brillent d'une lueur étrangement glacée qui effraie un peu sa mère. Mme Leguéré ne dit rien mais ne retrouve pas tout à fait le jeune homme qu'elle avait vu partir il y a trois années. L'enfant prodigue n'est pas disert. Son père, vieux soldat, respecte ses silences pudiques et ne pose pas trop de questions sur la guerre.

Le temps des retrouvailles passe vite, les jours de détente coulent comme dans un rêve. Noël n'est pas une vraie fête pour le jeune sergent. Pendant que les siens s'amusent, tout à la joie de cette première célébration de la nativité depuis la Libération, lui, revoit une autre messe : celle du sang et de la peur qu'il a célébrée avec ses compagnons dans l'est.

Lorsqu'il rejoint le R.C.P. dans les Vosges au Rudelin, la bataille continue de plus belle.

– On va tout foutre en l'air une bonne fois pour toutes !, tonne le lieutenant Lambert en accueillant ses hommes ragaillardis par leur permission.

Une unité américaine vient très vite prendre la place des parachutistes à leur campement du Rudelin. Les hommes remontent en ligne. De nouvelles recrues, venant des maquis comme les précédentes, ont pris la place des morts et des blessés graves.

L'Alsace est toujours enneigée. Le convoi traverse des dizaines de villages meurtris. La campagne est dévastée. Dans les fossés qui bordent les routes encombrées par l'incessant va-et-vient des véhicules chargés de relèves ou de troupes harassées qui descendent du feu, des chars des deux camps gisent, brûlés. Des canons automoteurs et des jeeps détruits sont repoussés dans les champs par des bulldozers hurlants. A chaque carrefour important, des corps allemands gelés sont alignés tout près de leurs anciennes défenses réduites une à une.

Le R.C.P. débarque des véhicules en dessous de la plaine où se sont déroulés leurs combats d'avant Noël. Les hommes patientent plusieurs jours à une vingtaine de kilomètres de Colmar qui est toujours tenue par l'ennemi.

Le bruit d'une toute proche contre-attaque allemande court le long du front mouvant. Des Américains, impeccables dans des tenues blanches qui leur permettent de se camoufler au mieux sur la neige, flanquent les positions des chasseurs de Faure.

– Voilà bien ce qu'il nous faudrait !, constate Graveleau en les découvrant.

Ses hommes, pratiques, s'éparpillent dans le petit village désert de Guemar, autour de la jonction de la nationale 83 et de la départementale qui vient de Ribeauvillé, et se taillent des chasubles blanches dans de vieux draps et des rideaux. Ainsi affublés, ils ressemblent à des soudards d'une grande compagnie du Moyen Age.

Troublant l'attente du combat, l'artillerie allemande donne de la voix, sans doute pour préparer la contre-attaque annoncée. Sous son feu roulant, la 6e compagnie pique vers l'est et, franchissant l'Ill à Illhaeusern, prend la direction du sud-est, vers Jebsheim toujours occupé.

L'objectif est atteint au matin du 27 janvier 1945.

Tapi dans un long fossé, le groupe Leguéré attend patiemment l'ordre de foncer vers les premières maisons du gros bourg, une des positions clés de la poche de Colmar.

— La fête continue !, souffle le sergent alors qu'une salve groupée d'obus ennemis tombe près de sa position inconfortable.

Bloqués pendant plus de deux heures, les parachutistes subissent un incessant matraquage sans pouvoir faire autre chose que d'essayer de se protéger. Sur tout le long de la route, des hommes sont touchés et râlent en attendant les ambulances blindées. Les Allemands ont mis des pièces de mortiers à tubes multiples en batterie. Les Minenwerfer tirent à une cadence infernale leurs obus de 81 mm qui tassent encore la progression alliée au-dessus de Jebsheim. Ces mortiers ne font entendre leur souffle caractéristique qu'au tout dernier moment de leur trajectoire, juste avant leur éclatement redoutable.

« Je ne m'y ferai jamais... », se dit Leguéré en rentrant la tête dans ses épaules à chaque explosion furieuse.

Un ordre relance enfin le mouvement vers le bourg.

— J'aime encore mieux crever en marchant, plaisante un chasseur, exprimant par sa lugubre boutade la pensée de presque tous les hommes du groupe.

La neige, piétinée, malaxée, n'est plus qu'une gelée grisâtre. Au loin, de l'autre côté de Jebsheim, des chars ennemis grondent, invisibles. Les avions alliés, qui portent encore les trois bandes de peinture du débarquement en Normandie, bombardent à un peu plus de trois kilomètres, vers Colmar. Les parachutistes croisent une unité qui remonte vers les arrières. Silencieux, les malheureux survivants traînent leurs blessés. Les parachutistes se disent, en baissant pudiquement les yeux, que ce sera certainement leur tour. Tout à l'heure, demain ou dans quelques jours...

Sous les tirs intermittents des Tigre et des Panther qui se sont bien embossés en position derrière le bourg à investir, les hommes de Leguéré débouchent devant les premières maisons de l'objectif. Un ordre fige leur élan.

— On reste ici pour la nuit ! Installez-vous !, annonce Lambert à ses sous-officiers.

Graveleau et Leguéré placent leurs équipes et leurs pièces autour des premières habitations occupées.

— Les Boches ont certainement foutu le camp dès qu'ils nous ont vu approcher, plaisante un chasseur en découvrant des reliefs de repas au rez-de-chaussée d'une grande bâtisse.

— Ça veut surtout dire qu'ils ne sont pas loin du tout !, corrige Graveleau en vérifiant l'implantation de ses armes collectives.

La nuit calme les tirs d'artillerie. la neige tombe à gros flocons. Le silence crissant se fait lourd. Nerveux, les parachutistes mangent du bout des dents les reliefs de leurs rations quotidiennes. Un peu à l'écart de son groupe, Leguéré observe le curieux manège d'un chasseur qu'il ne connaît pas. L'homme, qui ne se sait pas observé, fouille et refouille systématiquement une forme allongée, au fond d'un jardinet.

— Qu'est-ce qu'il peut bien fabriquer ?, se demande le sergent en se rapprochant subrepticement.

La neige qui tombe de plus en plus estompe le bruit de ses pas furtifs.

— Merde ! Le salopard..., souffle-t-il gravement en découvrant les sinistres occupations de l'homme isolé.

Celui-ci, penché sur le corps mort d'un soldat allemand, s'escrime en vain sur une des mains crispées du cadavre pour essayer d'en retirer une bague massive d'or ou d'argent.

Le profanateur souffle dans l'effort violent et, lâchant sa prise, se redresse.

Leguéré n'est plus qu'à quelques mètres du détrousseur.

« C'est dégueulasse, se dit-il, mais les autres ont dû souvent en faire autant... »

Pendant qu'écœuré il fait cette réflexion, le voleur passe les bras sous le corps et le tire vers le fond du petit jardin.

« Qu'est-ce qu'il va en faire ? », se demande, de plus en plus intrigué, le sergent aux aguets.

L'homme, sans arme, repose son lourd fardeau sur la neige, déplace quelques planches appuyées contre un tonneau près du mur du jardin. En soufflant et ahanant, le chasseur réussit à faire rentrer le corps de l'ennemi dans le grand récipient puis, masquant la cachette avec les planches, il s'éloigne pour retrouver sa section.

« Toi, se dit Leguéré qui a eu le temps de distinguer un peu les traits du voleur, je ne vais pas te perdre de vue... »

Un mouvement incessant vers le P.C. du bataillon, des allées et venues nerveuses des chefs de section, attirent l'attention du sergent écœuré lorsqu'il rejoint ses hommes. Lambert vient vers lui.

— Leguéré, annonce-t-il, rameutez votre monde. Vous partez en reconnaissance au cœur du bourg...

Vite équipés, les parachutistes attendent l'ordre de leur chef qui a étudié l'itinéraire des rues à reconnaître sur la carte de son chef de section.

— Pas la peine de trimballer tout ça, leur dit-il en désignant les sacs qui alourdissent leurs épaules.

Avisant la grande bâtisse dans laquelle les chasseurs avaient trouvé des traces de passage des Allemands, il leur ordonne d'aller y entasser le surplus de leur équipement. Pendant qu'ils s'exécutent, le parachutiste réfléchit. La situation est confuse dans le secteur. Lambert, catégorique, lui a avoué : « Nous ne savons pas si les Américains sont entrés dans le bourg. » Et l'officier avait ajouté : « C'est pour cela que je vous demande d'être ferme sur la discipline de feu ! N'ouvrez pas le tir avant d'être vraiment certain d'avoir des Allemands devant vous... »

Allégés, les parachutistes entament la progression vers l'inconnu. Il est 22 heures, la neige ne tombe plus. Le ciel est dégagé. La lune, presque pleine, se dévoile et découpe nettement dans sa clarté les arêtes des maisons.

Deux voltigeurs silencieux précèdent Leguéré. Le vent souffle sec, il gèle. La neige brille, les ombres des hommes s'étirent sur elle lorsqu'ils ont à franchir un espace découvert.

Les premières maisons douteuses sont rapidement fouillées. Elles sont désertes. Le radio de Leguéré le suit à trois mètres, prêt à passer un message à Lambert. Les pas des chasseurs crissent dans la neige épaisse qui durcit de plus en plus. Le chef de patrouille, inquiet, détaille les moindres recoins du site silencieux.

Bondissant de porte en porte, vifs, les parachutistes ne rencontrent pas de résistance. La pièce de mitrailleuse Browning suit les voltigeurs, prête à ouvrir le feu.

A quelques trois cents mètres de la patrouille, en arrière et sur sa droite, le paysage s'embrase en un éclair. L'artillerie allemande se réveille et pilonne tous les abords du village pendant de longues minutes. Lorsque le silence retombe, la lune, qui a parcouru un long arc de cercle dans le ciel sans nuages, éclaire de plus en plus le village désert. Les ombres des parachutistes s'allongent encore, en lame de dague.

Leguéré passe un court message pour signaler qu'il n'y a personne devant lui. Lambert le rejoint à la tête d'une deuxième patrouille. Tout semble tranquille.

— C'est étrange, constate le chef de section. D'après les renseignements qu'on nous a donnés il n'y a pas deux heures, ils devraient être encore là... Il faut se méfier...

Ponctuant les réflexions inquiètes de l'officier, trois coups de feu, très rapprochés, éclatent. Les détonations cinglent, métalliques, entre les murs de Jebsheim.

– Ils sont là!, souffle un voltigeur de Leguéré. J'ai bien vu les lueurs des coups de départ... A cette fenêtre, là-bas...

Leguéré se trouve à une vingtaine de mètres de la maison indiquée, de l'autre côté de la chaussée enneigée. Il fait un signe aux deux hommes qui le suivent. Pendant que Lambert regagne le reste de la section, le trio traverse la rue d'un bond nerveux et se plaque tout contre un mur assez bas. Longeant l'abri, courbés, les parachutistes se retrouvent juste sous les fenêtres de la maison suspecte. Une autre équipe, lui faisant face, progresse tout aussi rapidement en tirant des rafales sur la façade d'où ont giclé les trois coups de fusil.

– Il faut passer par le jardin, ordonne Leguéré.

Ses compagnons escaladent rapidement le mur et se retrouvent dans d'étroites courettes aux murs tapissés d'arbres en espaliers. La neige est particulièrement épaisse dans ces resserres.

– Ils ont foutu le camp, chuchote un des deux voltigeurs.

De profondes traces dans la neige trahissent le passage des fuyards. La fouille précise de la maison ne donne pas de résultats. « C'étaient sans doute des égarés », se dit le sergent en relançant sa patrouille après avoir rendu compte à Lambert.

De la neige en plaque glisse d'un toit. Les parachutistes alertés se rejettent à l'abri, prêts à tirer. Quelques secondes passent. Une deuxième épaisseur de neige tombe encore, relâchant les nerfs tendus des chasseurs.

Le froid, de plus en plus vif, mord les visages maigres des hommes de la patrouille qui reprennent leur fouille. Un grondement de moteur se lève au-delà de la zone à reconnaître. Le groupe stoppe une nouvelle fois sa progression. Leguéré identifie le bruit de moteur d'un Tigre qui s'ébranle.

– On dirait qu'ils foutent le camp!, confie-t-il à son radio figé à un mètre de lui.

L'homme, inquiet, ne lui répond pas. D'autres emballements de moteurs se mêlent au premier et s'éloignent. Le silence retombe encore une fois sur le village. La patrouille, bien étirée, poursuit son avance. Elle débouche dans les parages de l'église du bourg.

– Attention!, souffle l'éclaireur de tête en se rejetant brusquement en arrière.

Leguéré parvient à sa hauteur. Les yeux au ras du sol, il essaie de distinguer ce qui a motivé le cri étouffé du parachutiste.

– Là-bas, chef! J'ai vu trois hommes en armes..., précise le chasseur armé d'une mitraillette. J'en suis sûr!

Leguéré découvre à son tour les trois soldats signalés. Ces derniers sont bientôt rejoints par une dizaine d'autres fantassins tranquilles. Le groupe marche à pas lents au milieu d'une petite place bordée de quelques arbres, tout près de l'église qui plante son clocher dans le ciel piqueté d'étoiles. Les intrus sont habillés de blanc.

En chuchotant son message, le radio de Leguéré rend compte de ce qui se passe à Lambert, toujours aux aguets dans les premières maisons du bourg. L'officier conseille la prudence.

— Faites très attention !, intime-t-il à son sergent. De nouveaux renseignements du P.C. nous font croire de plus en plus qu'il y a des Américains dans le secteur où vous vous trouvez... Ne tirez pas !, ajoute le chef de section.

Leguéré dirige l'approche silencieuse de ses hommes vers le groupe douteux.

— Que personne n'ouvre le feu avant mon ordre !, souffle-t-il en installant sa pièce de mitrailleuse un peu en retrait de l'itinéraire de ses voltigeurs.

Rien sur les uniformes blancs ne peut permettre d'identifier à coup sûr les suspects. Alors que l'avance des parachutistes les a encore rapprochés de vingt mètres du groupe inquiétant, Leguéré retient mal un juron :

— Nom d'un chien ! Il y en a encore...

Une cinquantaine de nouveaux soldats apparaissent, tout aussi tranquilles que les autres. Ils se découpent, nets, à moins de quarante mètres des armes françaises. Leguéré les observe pendant quelques instants et décide de brusquer les choses. « On ne peut tout de même pas rester plantés comme ça éternellement », se dit-il en faisant glisser à sa hauteur un de ses hommes qui parle assez correctement l'allemand.

— Demande-leur d'où ils sortent, lui ordonne-t-il, on verra bien...

Une conversation surréaliste s'engage dans le silence ouaté :

— Êtes-vous américains ?

Toutes les têtes du groupe en blanc, qui portent des sortes de casquettes fourrées, se tournent dans le même mouvement vers la direction d'où la voix nerveuse a jailli. Comme dans un rêve, Leguéré entend des bribes de réponses :

— Américains... américains...

Il hésite un instant à faire relever ses hommes.

— Ne bougez surtout pas !, leur ordonne-t-il sèchement, bien décidé à en savoir davantage.

L'ordre d'éviter des méprises dramatiques le taraude. D'un œil précis, il évalue rapidement la situation. L'église, une rue qui part vers la gauche, la petite place et, au milieu du carrefour tout blanc, une échoppe de forgeron qui ferait un bon emplacement pour la mitrailleuse du groupe si les choses tournaient mal.

Sans paraître affolés par l'appel sorti de la nuit, les hommes en blanc disparaissent un à un de la petite place sous les arbres effeuillés et pénètrent dans une bâtisse qui la borde en face de la forge. Le site est redevenu désert.

« Ça ne sent pas bon du tout ! », se dit le sergent. On va reculer un peu vers les copains...

Ses hommes se replient sous la protection de la Browning. Lorsque les deux derniers voltigeurs, couvrant à leur tour le bond en arrière de la pièce, se préparent à quitter les lieux, une longue rafale de mitrailleuse part de l'étage de la maison dans laquelle ont disparu les Américains présumés.

— Ce sont des Boches !, hurle un caporal de Leguéré en reconnaissant tout de suite le rythme de tir d'une M.G. allemande.

Le sergent décide de gagner la forge en face de l'église pour tenter de fixer l'ennemi avant l'arrivée de Lambert alerté par radio. Des obus de mortiers pilonnent la rue, lui coupant définitivement toute retraite possible. Il n'y a plus à hésiter. Il court, le premier, en direction de l'abri choisi.

Un voltigeur qui arrive presque à la hauteur de Leguéré, sur sa gauche, s'écroule à vingt mètres du but, une jambe transpercée par une balle.

L'arme allemande s'est tue, seuls les mortiers donnent encore de la voix. Le parachutiste blessé fait le mort pendant que ses compagnons réussissent à rejoindre leur chef dans la forge. Leguéré, le souffle court, installe sa défense.

— Mets-toi là !, indique-t-il au tireur à la mitrailleuse en lui montrant la gauche de l'auvent en ovale qui sert de vitrine à l'échoppe.

Le mitrailleur tient toute la place et la façade de la maison occupée dans son angle de tir. Il crispe son index droit sur la mince queue de détente qui dépasse de la boîte de culasse de son arme, juste en dessous de la petite poignée en pistolet dont la crosse d'acier a tiédi à force d'être serré par sa main nerveuse. Il est prêt à ouvrir le feu.

— Attends !, lui ordonne Leguéré, craignant encore la méprise malgré les évidences.

Les derniers doutes du sergent sont balayés par de nouveaux tirs rageurs qui giclent de la maison d'en face. Cette fois, des mitraillettes mêlent leurs rafales aux cris de la mitrailleuse M.G. Bien abrités derrière le mur épais, haut d'un mètre et qui soutient l'auvent de la façade de la forge, les parachutistes ripostent enfin.

Sur la neige de la rue, le blessé rampe insensiblement vers ses compagnons.

— Couvrez-le, bon sang !, hurle Leguéré qui s'est aperçu du manège désespéré du chasseur.

Passant sous les rafales amies qui obligent les Allemands les mieux placés à stopper leur tir, le pantin rampant et douloureux réussit à pénétrer dans la forge. Il se cale sans un mot contre le mur bas, tout près de la porte.

Leguéré jette un coup d'œil vers le blessé qui a tracé un large sillon en zigzags dans la neige durcie. La lune a poursuivi sa course dans le ciel, l'étrange et irréelle lueur métallique dont elle inonde le champ de bataille permet au chef de patrouille de distinguer parfaitement la maison transformée en véritable blockhaus par les Allemands.

Un nouvel ordre radio arrive du P.C. de Lambert.

— Vous êtes en plein dans le dispositif ennemi !, annonce le lieutenant. Tenez bon, nous allons vous sortir de là...

La voix de Lambert, lointaine, sèche, s'échappe en grésillements énervants du combiné en cornet du petit SCR 536. Leguéré fixe l'engin de bakélite. Il a compris.

— Bon sang !, rugit-il. Les salopards nous ont laissé entrer dans la nasse... On est faits comme des rats !

Puis, se retournant vers le tireur à la mitrailleuse, il ajoute :

— Surtout, économise bien tes bandes ! On va venir nous aider... Mais en attendant...

De nouveaux bruits de moteurs de lourds engins montent dans la nuit, bien audibles entre les rafales ennemies et les éclatements de mortiers qui matraquent toujours le village.

— Si seulement ça pouvait être les chars des copains, souffle un caporal, serrant dur la crosse de sa mitraillette Thompson braquée sur la place.

Les Allemands de la maison d'en face cessent brusquement de tirer.

— Ne bougez plus !, ordonne tranquillement Leguéré à ses hommes. Ils ont dû croire qu'on a foutu le camp dans la pagaille, en passant par-derrière la maison.

Trois heures sonnent en lugubres tintements au clocher du village. Un chien, la queue basse, sorti du néant, passe en courant au ras de la forge. Retenant le moindre de leurs gestes, les parachutistes se figent dans l'attente des renforts promis par Lambert.

7

L'ALLEMAGNE À GENOUX

Glissant comme des fantômes contre les murs de Jebsheim écrasés de clarté lunaire, les hommes de Graveleau rejoignent le groupe Leguéré figé devant l'ennemi. L'ancien des corps francs pénètre par l'arrière dans la forge où le silence crispé est presque palpable.

– Lambert est mort !, annonce-t-il sans ambages en repérant Leguéré dans la pénombre.

Le sergent est cueilli comme s'il avait reçu un coup de poing.

– Qu'est-ce que tu dis ? souffle-t-il, incrédule. Il me parlait encore à la radio il n'y a pas longtemps...

– Il a pris une balle en pleine tête, tranche Graveleau. Il est mort en quelques minutes...

Leguéré serre les mâchoires et se détourne, fixant la maison d'en face d'où l'ennemi peut surgir à tout instant. Graveleau ressort du réduit pour installer au mieux le reste de la section dont il est maintenant le chef.

Devant les parachutistes silencieux, la scène de leur arrivée devant la place est en train de se reconstituer peu à peu. Les soldats allemands ressortent de leurs abris et se regroupent tranquillement entre les arbres pour bavarder en fumant des cigarettes.

– Bon sang !, souffle Graveleau qui est revenu près de Leguéré. C'est trop beau ! Faut pas les rater...

Toutes les armes de la section regroupée crachent ensemble. Les Allemands, surpris, courent sous la mitraille précise. Plusieurs d'entre eux s'affalent en hurlant dans la neige.

La place se vide en quelques secondes, les armes ennemies ripostent aux Français enragés. Puis une nouvelle accalmie fige à nouveau le paysage. L'attente du renfort promis reprend, encore plus lourde.

— Les voilà !, souffle un guetteur au bout de vingt minutes d'angoisse.

Deux chars amis débouchent aux abords de la place où gisent les cadavres allemands. Ils ouvrent aussitôt le feu. Progressant derrière les blindés, le groupe de lance-roquettes du bataillon intervient lui aussi. C'est l'enfer qui s'abat sur la maison. Les Allemands décrochent dans la pagaille. Un arbre, sectionné par un obus, s'abat devant la forge.

L'aube se lève. Les couleurs grises et noires du paysage se précisent, remplaçant peu à peu la luminosité métallique de la nuit lunaire. Tout se révèle saccagé devant les parachutistes. La bataille est maintenant générale, le bataillon entier est engagé. Les Allemands, sacrifiant des dizaines d'hommes pour protéger le repli de leurs états-majors, luttent farouchement et meurent par dizaines.

Des parachutistes blessés regagnent, en titubant ou en se traînant, leurs arrières enfumés. Certains retiennent à pleines mains leurs tripes qui ont jailli de leurs ventres déchirés par des éclats d'obus. Les ambulances blindées de la division approchent au plus près de l'enfer pour faire leur chargement d'horreur et de douleurs.

Leguéré, glacé de fureur dans la tourmente, prend d'assaut la maison qui était devenue une véritable forteresse. Quelques Allemands épargnés se rendent en implorant. Poussés brutalement vers l'orée du village, ils rejoignent, les mains sur la nuque, d'autres prisonniers abrutis par les coups et la peur.

Lambert a été vengé.

Toute la matinée s'écoule en accrochages dans les maisons en ruine. Vers midi, les derniers sacrifiés du bataillon allemand sont réduits au silence. Jebsheim n'est plus qu'un amas de ruines fumantes. Des corps criblés de fer, brûlés, déchiquetés ou figés, presque intacts, dans des positions invraisemblables, gisent un peu partout. La neige sale leur sert de linceul.

Lorsque le calme revient peu à peu, les parachutistes se regroupent et comptent leurs pertes. Ils apprennent, dans l'indifférence, qu'ils ont largement contribué à vaincre un ennemi bien supérieur en nombre.

— Il paraît qu'il y avait près de deux mille fils à Adolphe dans le coin, souligne tout de même Graveleau, profondément marqué par la mort de Lambert.

Leguéré ramène son monde vers la maison où il avait fait entreposer les sacs du groupe, il y a maintenant plus d'un siècle à ce qu'il lui semble.

– Merde!, souffle-t-il en découvrant l'escalier extérieur de la bâtisse coupé en deux en son milieu par un obus.

Des corps de soldats américains sont couchés sur les premières marches en bois noirci, complètement truffés d'éclats.

– C'est un fusant qui a fait le travail, reconnaît le sergent en enjambant les malheureux gisants.

Franchissant difficilement la rampe brisée, les parachutistes découvrent un spectacle épouvantable à l'étage. Les sacs sont recouverts de gravats et de tas de chair humaine. Le tout forme une pâtée sanglante et écœurante. Au bout de l'horreur, Leguéré est insensible au tableau. Ses hommes, impassibles eux aussi, fouillent dans le magma immonde pour récupérer leur matériel. Les murs de la grande pièce détruite sont tapissés, en crépi, des déchets d'une douzaine de G.I's. qui avaient cru trouver un abri pour se reposer pendant une accalmie des combats.

Jebsheim, 1945
(photo E.C.P.A.)

Après avoir lavé leurs sacs à grande eau dans l'abreuvoir d'une ferme, les parachutistes se placent en défensive. Au soir, l'homme qui avait caché le cadavre du soldat allemand dans un tonneau revient rôder dans le secteur tenu par la section de Graveleau. Leguéré le repère tout de suite et observe une nouvelle fois le manège du rapace. Le charognard ressort du jardin en grommelant.

— Qu'est-ce qui t'arrive ?, lui demande le sergent au moment où l'homme passe devant lui.

Sans relever la tête, le parachutiste à l'uniforme sale répond tranquillement, sans s'arrêter :

— On m'a piqué mon cadavre...

Leguéré, soufflé, le regarde s'éloigner. Il reste sans voix, se rendant compte que l'homme, tout au long des heures de fureur, n'avait eu, frôlant cent fois la mort, qu'une seule idée en tête : revenir au soir pour récupérer la bague de l'ennemi tué la veille.

— Nous sommes tous devenus des blocs de ciment, se dit le sous-officier en regagnant l'intérieur de son dispositif de guet.

La nuit de veille passe tranquillement pour la compagnie. Le reste du bataillon reçoit encore quelques volées d'obus de mortiers qui font de nouveaux morts.

Vers trois heures du matin, l'avance reprend. Les parachutistes laissent Jebsheim derrière eux et, à bout de nerfs, ivres de fatigue, se lancent vers de nouveaux villages à libérer. La plaine n'est plus qu'un immense brasier. Le gros bourg de Widensolen à cinq kilomètres devant eux, matraqué par l'artillerie de la préparation de l'attaque, explose littéralement.

Les survivants de la section Graveleau nettoient une à une des fermes isolées où se terrent quelques Allemands sans chefs. L'ordre de se hisser sur des chars qui arrivent à leur hauteur leur permet de souffler un peu dans la tourmente. Les blindés bringuebalants les amènent à trois kilomètres de Neuf-Brisach à l'orée du grand bois de Kastenvald. Le bataillon exsangue est placé là en réserve pour la dernière attaque sur Colmar qui agonise.

Leguéré est en position vers l'est, face à un bras de canal gelé. Une jeep, armée par trois fusiliers marins français, se hisse tout près de sa position, bientôt suivie par une automitrailleuse et une seconde « Willis ». Les marins semblent se concerter un instant puis se lancent en direction du canal. Leguéré les suit des yeux. Un peu avant que l'automitrailleuse n'atteigne les abords d'un petit pont, un violent tir d'armes lourdes prend les marins à partie. Ils ne sont qu'à quatre cents mètres du Blésois. Les parachutistes, spectateurs passifs, entendent nettement le cri de douleur d'un « sako » qui est blessé. Les balles traceuses des mitrailleuses lourdes allemandes encadrent les trois véhicules qui font demi-tour en emballant leurs moteurs.

— Ils s'affolent pas les matelots, souffle Leguéré, admiratif, en voyant le chauffeur de l'automitrailleuse se placer judicieusement entre l'ennemi et les deux véhicules légers pour les protéger de son blindage pendant que son mitrailleur riposte nerveusement aux Allemands.

Le mouvement de repli a presque réussi. Un nouveau hurlement de douleur se mêle au vacarme. Cette fois, c'est le chauffeur de la seconde jeep qui est touché. Le véhicule désemparé fait une embardée et va s'immobiliser contre un tas de cailloux, dans un champ creusé d'impacts.

— Ils sont foutus, enrage Leguéré en perdant le véhicule des yeux.

Les deux autres engins de la patrouille repassent devant lui, l'automitrailleuse tire toujours vers les Allemands. Une ou deux minutes s'écoulent. Incrédule, le sergent voit surgir la seconde jeep devant lui. Lorsqu'elle le dépasse il s'aperçoit que le chauffeur blessé est affalé sur le siège arrière du véhicule et qu'un marin de l'équipage a pris sa place au volant.

— On a eu chaud !, crie en souriant ce dernier en faisant un signe de la main aux parachutistes.

Les Allemands cessent leurs tirs de poursuite. La nuit tombe, presque calme.

Lorsque le jour se lève, la ligne Siegfried, de l'autre côté du Rhin, est un véritable volcan. Un mur épais de flocons d'éclatements d'obus de D.C.A. est formé. Des vagues d'avions américains, aux fuselages cerclés des bandes distinctives du débarquement en Normandie, plongent au travers du mur de feu pour porter la mort en territoire ennemi.

Les parachutistes, étonnés de n'en pas voir un seul tomber en flammes, reçoivent l'ordre de remonter sur Widensolhen. Après une nuit passée autour des ruines fumantes du village martyrisé, le bataillon se dirige vers Colmar avec l'ordre de nettoyer les quartiers sud de la ville.

Les Allemands rompent le combat, les parachutistes s'installent dans la caserne Lacarre et se couchent sur les lits occupés la veille encore par l'ennemi vaincu. Des explosions secouent les vieux bâtiments, rejetant les chasseurs dans la guerre. Des hommes courent dans les chambrées éclairées de sourdes veilleuses.

— C'est le travail des artificiers allemands !, précise Graveleau qui a été aux nouvelles. Il y a des gars de chez nous qui se sont fait péter la figure en ouvrant un robinet de lavabo.

Le silence retombe, scellant le sort des derniers morts du régiment au cours de la bataille de France.

***

Dans l'avion C. 47 numéro 666 qui trace sa route vers Diên Biên Phu, Leguéré se frotte un instant les yeux, comme pour en chasser les images intolérables des cinquante-deux journées de combat qu'il vient de revivre, d'un seul trait de mémoire précise.

Ses compagnons somnolent toujours ou font semblant de le faire. Leguéré a une dernière pensée pour le sous-lieutenant Lambert, son ancien chef de section. Il ne peut retenir un tic nerveux qui déforme une fraction de seconde son visage régulier :

– Moi aussi je sors du rang..., se dit-il en faisant un sombre rapprochement, et je vais sauter un drôle de chantier de mort !

Les mille cent cinquante-six parachutistes blessés ou morts dans les Vosges et la plaine d'Alsace s'éloignent de son esprit.

– On doit être au-dessus de Van Yen, se dit-il en consultant une nouvelle fois sa montre et en jetant un coup d'œil dans le vide.

DEUXIÈME PARTIE

LA GUERRE DES RIZIÈRES

8

L'ENNEMI INVISIBLE

– Alors, tu restes avec nous ?

La question de Graveleau ne cueille pas Leguéré à froid. Le jeune sergent a mûrement réfléchi. Sa décision est prise, le métier des armes sera le sien, au milieu des hommes qui ont survécu à l'horreur des combats de la délivrance. Sa réponse jaillit, sèche comme une balle de fusil :

– Bien sûr !

Le 1er R.C.P. est basé près de Bourges, à Conliège, au camp d'Avord. Les Américains ont installé en hâte une école de saut ultra-moderne sur le site. Les plus anciens du régiment remplissent les fonctions de moniteurs. Les recrues affluent.

Gourlaouen, Bertrand et Léguéré à Couliège (1945).

— A ce rythme-là, fait remarquer Maillot, un grand sergent-chef qui remplissait les fonctions d'officier des transmissions au P.C. du capitaine Bastouil pendant toute la campagne de France, toute l'armée sera bientôt parachutiste !

— C'est une bonne chose pour nous, souligne Graveleau, mais je ne crois pas qu'on continue longtemps comme ça. On demande des volontaires pour le Japon.

Leguéré, happant la nouvelle, sent le goût de la guerre lui revenir. Près de lui, un sergent, un peu plus petit que Maillot, s'exclame, impatient :

— On va être de la fête ?

— Tu parles, et comment !, répond Graveleau.

Pendant quelques jours, l'enthousiasme croît dans les sections et surtout, chez les moniteurs.

— Cette fois, espère Leguéré, on aura peut-être la chance de sauter au feu...

Mais la bombe atomique qui explose dans le ciel nippon met fin, le 6 août 1945, à tous ses rêves de plongeon glorieux sur les derniers bastions de la tyrannie.

Le traintrain de la vie d'école reprend ses droits. Le 1er R.C.P. quitte le giron de l'aviation pour se retrouver sous la tutelle de l'Armée de terre. Les choses se passent sans heurts. Les chasseurs qui ont accepté le changement conservent leur insigne à l'étoile et gardent sur leurs pattes d'épaulettes l'aigle de leur arme d'origine.

Les nouveaux parachutistes de l'Armée de terre quittent le camp d'Avord et font route sur Bayonne où ils s'installent à la citadelle.

— On a fait de nous des biffins, fait remarquer Graveleau quelques temps après l'arrivée des compagnies au bord de la mer, et voilà que maintenant on nous transforme en gabelous !

Par roulement, les sections montent sur la frontière espagnole au-dessus d'Ainhoa et d'Incheria, pour empêcher les passages clandestins de troupeaux sur des sentes muletières.

Leguéré s'endurcit encore à l'entraînement. Les jeunes recrues qui lui sont confiées ne sont pas à la fête. Le sergent, qui ne se soucie guère d'être aimé, n'a pas oublié les dures leçons de Relizane et de Fez.

— S'ils doivent passer un jour ou l'autre par où nous sommes passés, confie-t-il parfois à ses compagnons instructeurs, il vaut mieux qu'ils soient bien armés pour le faire.

Le 1er R.C.P. saute, au camp d'Avord, de Curtiss commando (photos E.C.P.A.).

Le régiment part en Algérie en avril 1946. L'école de saut se réorganise à Sétif. L'ambiance est au beau fixe, l'unité est toujours encadrée par les anciens de la campagne de France. Leguéré est envoyé en stage à l'École des cadres de Cherchell. C'est là qu'il apprend que le 1er R.C.P. est désigné pour aller combattre en Indochine.

— Bon sang !, rumine-t-il, pourvu que cette histoire de cours ne m'empêche pas de partir avec les autres...

Un ordre de rappel balaie toutes ses appréhensions. Il rejoint le régiment qui s'équipe dans la fièvre.

— J'espère que là-bas, on nous donnera du matériel plus moderne, ne peut s'empêcher de marmonner le parachutiste, en surveillant les préparatifs de sa section.

Les soucis de Leguéré sont malheureusement justifiés. Le beau matériel américain qu'avait possédé le régiment jusqu'à son arrivée à Bayonne ne lui a pas été rendu. C'est armés de fusil Mas 36 à crosses repliables, de pièces de fusils mitrailleurs 24/29, et vêtus de mauvais treillis français, que les parachutistes du 1er bataillon du 1er R.C.P. embarquent le 16 janvier 1947 sur l'Athos II, à Alger.

— Encore heureux qu'ils nous aient laissé quelques mitraillettes Thompson, fait remarquer Graveleau.

Leguéré, lui, fait grise mine en montant à bord du transport de troupes.

— Allez, vieux, lui souffle Maillot, hilare, trente jours de taule, c'est vite passé...

Le parachutiste, l'œil mauvais, ne répond pas et s'éloigne à grandes enjambées sur le pont de bois du navire pour retrouver les hommes de sa section.

— C'est tout de même un sale tour de cochon, enrage-t-il. Trente jours ! C'est dur...

La punition lui a été infligée au retour du stage avorté de Cherchell.

— Qu'est-ce que c'est que cette salade ?, avait demandé à Leguéré le lieutenant Suzanne, officier de la police parachutiste, en secouant à bout de bras un rapport d'infraction.

Le sergent, encore moins disert qu'à l'accoutumée, n'avait pas répliqué grand-chose pour sa défense.

— C'est-à-dire, mon lieutenant, avait-il commencé à expliquer.

L'officier l'avait interrompu sèchement :

— C'est-à-dire rien du tout ! Ou plutôt si, que c'est une sale histoire...

Leguéré avait été désigné comme chef de détachement au départ pour l'école de Cherchell. Lorsque le train bondé avait quitté la gare de Sétif, un sergent du groupe s'était approché de lui :

– J'ai eu des mots avec le chef de gare!, avait avoué le gradé en racontant l'histoire à sa manière.

Leguéré avait souri en imaginant la tête du chef de gare qui avait malencontreusement voulu se mêler d'une algarade opposant trois sergents à un groupe de civils au sujet de places indûment occupées. Le ton avait très vite monté, quelques horions s'étaient abattus sur l'assemblée bigarrée.

Le chef de gare avait porté plainte et, cette dernière, lentement mais sûrement propulsée vers le haut de l'échelle hiérarchique, l'avait redescendue, à chaque degré surchargée. Maintenant, elle était revenue au régiment.

– Tu étais responsable, avait tranché le lieutenant Suzanne, tu aurais dû faire toi-même un rapport et demander une punition pour ton joyeux copain. Maintenant, c'est toi qui dois trinquer!

Leguéré, qui a un profond respect pour les choses de l'amitié, avait tout simplement haussé les épaules.

Le capitaine Le Bourhis, directeur de l'instruction aérienne de la base de Sétif, avait consolé son sergent :

– T'en fais pas, tes trente jours de cabane tu les feras sur le bateau. Et en Indochine, tu n'auras même pas le temps d'y penser!

Leguéré est affecté à la première compagnie du bataillon commandée par le capitaine Laupies. Il remplit les fonctions d'adjoint de section. Son chef direct est l'adjudant Payen. Ses trois chefs de groupes, les sergents Mathieu, Lavabre et Sérignac, sont tous trois des anciens des combats des Vosges et d'Alsace.

– Avec eux, on va certainement pouvoir faire du beau travail au feu, estime le parachutiste, pressé de retrouver le combat.

A bord de l'Athos II,
direction Saigon.

Au bout d'un voyage tranquille, coupé par de courtes escales à Port-Saïd, Djibouti et Singapour, l'Athos II se range à l'un des trois quais des Messageries maritimes de Saigon, le 12 février 1947, à douze heures trente.

Les parachutistes, agglutinés au bastingage du navire, ont tenté en vain, tout au long de la remontée de la large rivière qui mène à la capitale de la Cochinchine, de découvrir des indices de la guerre qui les attend. Le paysage paisible qui a défilé à bâbord et tribord du transport ne leur a rien appris sur ce qu'ils espèrent. Dans l'effervescence des manœuvres d'accostage, tandis que les cordages d'amarres sont halés par des coolies maigres et crasseux, un ordre précise au bataillon que le voyage n'est pas terminé. Le 1/1 R.C.P. doit monter au Tonkin.

Payen annonce à ses hommes que des permissionnaires vont être autorisés à se rendre en ville.

— Avec nos casques coloniaux, plaisante Lavabre, on va certainement plaire aux dames du coin...

Leguéré n'apprécie pas plus que son camarade le ridicule couvre-chef blanc cassé dont l'administration a affublé les parachutistes habitués à des coiffures plus guerrières. Maillot enrage franchement :

— On ressemble à des parachutistes comme ma grand-mère à un pape de Rome, souffle-t-il en regrettant la rigueur plaisante à l'œil de la tenue américaine.

Le lendemain de leur arrivée à Saigon, les sous-officiers et les chasseurs du bataillon débarquent de l'Athos II et vont s'installer dans les locaux de l'Émigration, à Khanh Kôi, sur les bords du canal des Porteries qui se jette dans la rivière de Saigon, au sud de la capitale coloniale.

La nouvelle d'un départ imminent en opération court de groupe en groupe.

— Ça m'étonnerait, avance le sergent Leclère, de la première section de la compagnie Laupies, les officiers n'ont même pas débarqué du bateau.

Contrairement à ce que pense le sous-officier chef de groupe, après une visite rapide du général Duperrier, adjoint au commandant du corps expéditionnaire français en Extrême-Orient, les choses se précipitent. Les sacs de combat sont débarqués de l'Athos II pendant que les commandants de compagnie sont convoqués au P.C. de la 13ᵉ demi-brigade de Légion étrangère, à Gia Dinh, au nord-est de Saigon, de l'autre côté de l'arroyo de l'Avalanche.

Les officiers reviennent bientôt et donnent des ordres qui enfièvrent le bataillon. A l'aube du dimanche 18 février 1947, la compagnie de Leguéré quitte le camp de l'Émigration. Elle se dirige vers Trang Bang, une grosse bourgade située à cinquante kilomètres au nord-ouest de Saigon, sur la route coloniale numéro un, dans la plaine des Joncs.

Les parachutistes, équipés de casques lourds pour la route, dévorent des yeux la légendaire route Mandarine qui relie Saigon aux capitales du Cambodge, de l'Annam et du Tonkin. Des paysans pressés, portant des marchandises aux marchés de Cho Lon, trottinent sur la chaussée et se jettent prudemment dans les fossés au passage de la colonne grondante.

Soudain, le chauffeur du G.M.C. de la section Payen écrase le pied sur la pédale de frein de son engin pour éviter de percuter l'arrière du camion qui le précède. Leguéré contrôle mal son équilibre. Les parachutistes, tassés après l'arrêt brutal, s'agglomèrent en tas gigotant. Des rires fusent, un ordre jette tout le monde à bas du véhicule immobilisé. Les chasseurs se mettent instinctivement en défensive.

Leguéré court vers l'avant de la colonne figée. Un G.M.C. de la 1re section s'est retourné sur un accotement mal stabilisé. Des hommes râlent sous le véhicule. Un chasseur réussit à s'extirper de la masse de ferraille renversée. Grimaçant, il se laisse traîner par deux compagnons venus à son secours. Son pied gauche est complètement écrasé. Le bas de sa jambe n'est plus qu'une bouillie affreuse. De grosses gouttes de sueur perlent sur ses tempes rases tandis qu'il hoquette, choqué par la douleur.

Le coup est rude. Trois sous-officiers de la section : Hiernot, Sanchez et Goutte, sont blessés. Tous leurs hommes sont hors de combat.

— C'est un vrai miracle qu'il n'y ait pas de mort !, souffle Leguéré en regagnant son camion.

Deux ambulances blindées de la Légion viennent prendre en charge les blessés. Le convoi reprend sa route dans la clarté du petit jour. Des langues de brouillard courent au-dessus des rizières en carrés et losanges inégaux. Des groupes de paillotes serrées se découpent aux carrefours de digues. Des nuages d'oiseaux, éveillés par le tumulte des camions, volent au ras des herbes de riz vert pâle. Encordés deux à deux, le ventre dans la boue grasse, des buffles paisibles lèvent leurs lourdes cornes brunes au passage des parachutistes.

Les dernières précisions données au briefing de la veille reviennent aux oreilles de Leguéré. Les noms aux consonances nouvelles n'éveillent en lui aucune image précise.

— Xu Long Dû... Souai Sup... Bo He Hô, sont en effet autant de sigles neutres qui ne parlent pas plus au sergent que les coordonnées du plan de bataille, A 1, B 10, etc.

— Ceux-là, se dit le Blésois, ne sont pas plus clairs... mais plus pratiques... Espérons qu'il y ait des Viets Minhs dans tout le fourbi !

Le sergent, maintenant que le jour est levé, détaille un à un les hommes qui ont pris place dans son G.M.C. Mis à part les sous-officiers, pas un seul d'entre eux n'a connu le feu de la bataille.

— Avec ce qu'on leur a fait subir à l'entraînement, souhaite leur ancien instructeur, il doit bien leur rester quelque chose de bon au cas où...

Lorsque les camions stoppent, il est huit heures trente. Trang Bang est tout proche, silencieux. Les chefs de section reçoivent les dernières consignes concernant leurs missions. La 1re compagnie doit fouiller une vaste étendue de terrain au sud d'une piste incertaine qui quitte la route Mandarine. Il n'y a plus de rizières, le terrain est dénudé.

— Ça ressemble un peu à certains coins du Maroc, remarque Leguéré, impatient de commencer la fouille.

Les parachutistes attendent plus d'une heure et demie l'ordre de marcher vers le sud. Le soleil est déjà haut lorsqu'ils démarrent enfin.

— Si tout se passe bien, annonce Payen en montrant une dernière fois la carte du secteur à Leguéré, on fouille les villages et on remonte ici pour la nuit...

L'adjudant pique un doigt sur un petit point de sa carte qui porte le nom de Xhi Bô Heo.

Il fait très chaud, les gourdes d'eau en aluminium sont déjà presque vides dès les premiers cinq cents mètres de progression. A perte de vue, les longues chenilles mouvantes des compagnies se détachent sur le paysage aride.

— Si avec tout ce fourbi on tombe sur des gens du Viet Minh, se dit Leguéré en essayant d'évaluer la quantité d'hommes engagés dans le mouvement, c'est que leurs guetteurs ne valent rien du tout !

Le premier village donné pour objectif à la section Payen est atteint. Les parachutistes ralentissent l'allure. Leguéré lance trois voltigeurs en reconnaissance au milieu de la vingtaine de paillotes.

— Installe-toi là pour les couvrir, ordonne-t-il à un tireur au fusil-mitrailleur, en lui indiquant deux blocs de pierre bruns qui offrent un emplacement de tir idéal.

Crispés sur leurs armes, agenouillés, silencieux, les hommes du reste de la section guettent le moindre mouvement suspect à l'orée du village.

— Il n'y a personne !, hurle bientôt un des trois voltigeurs en revenant vers son chef.

— On s'en serait douté !, crache Leguéré en relançant le mouvement prudent vers le sud.

Les parachutistes trouvent de temps en temps une femme apeurée, un vieillard au visage creusé de rides ou un groupe d'enfants figés dans leurs jeux de pauvres par l'arrivée des soldats.

— On n'a plus de contact radio !, annonce Payen après avoir vainement essayé de passer un message au P.C. de l'opération.

— On s'en passera !, lui répond Leguéré, la voix sèche.

Sur des centaines de mètres, devant la section isolée, c'est le désert. Les autres compagnies ont disparu aux yeux des voltigeurs. Les hommes ont depuis longtemps vidé leurs bidons d'eau et passent une langue douloureuse sur leurs lèvres surchauffées. Le soleil plombe durement la colonne bien espacée. Des traînards, les pieds brûlés, donnent leurs armes à leurs compagnons plus solides et suivent le mouvement, de loin, l'œil rivé au sol.

— Les cons !, se dit Leguéré sans les plaindre. Ils paient leur croisière sur l'Athos...

Le parachutiste, conscient de l'amollissement progressif de ses muscles habitués à l'effort quotidien, s'était astreint à de solides séances de culture physique tout au long du voyage. Il ne souffre pas de la rude reprise de contact avec la guerre.

Vers treize heures trente, une colonne de véhicules de la Légion étrangère se profile sur une route surélevée. Les deux automitrailleuses et les six camions qui la composent approchent de la section assoiffée. Les chasseurs se regroupent autour des légionnaires, leur tendent leurs bidons vides. Les traînards sont hissés dans la cuve d'un G.M.C. blindé. Leurs camarades leur confient le surplus de leur matériel.

Leguéré, conscient de la dureté de l'épreuve sous le soleil, allège au maximum les servants de la pièce de mortier de 60 mm. Les képis blancs s'éloignent en plaisantant les parachutistes affalés dans le camion blindé.

« Ça ne va pas durer longtemps, se promet Leguéré qui a entendu leurs réflexions. Les gars seront vite dans le coup et, ajoute-t-il l'œil mauvais, ce sera à notre tour de rigoler ! »

Après deux heures de marche et de fouille infructueuse, la compagnie reçoit l'ordre de stopper son avance et de s'établir en point d'appui.

— Heureusement que les légionnaires nous ont donné des piles de rechange, souligne le radio de Payen, sinon on continuait à marcher jusqu'à la fin des temps !

Coulés sous les ombrages providentiels d'arbres bas et aux feuilles serrées en grappes, les parachutistes guettent.

— Si on doit reprendre le plan initial de la manœuvre, prévoit Payen, il nous reste encore quelques kilomètres à fouiller...

— Avec ce foutu soleil, tranche Leguéré, ça ne va pas être facile, les gars sont crevés...

Il est seize heures lorsque les hommes reprennent leur avance. Le but de la manœuvre est atteint en moins de deux heures, sans résistances.

— Drôle de guerre, se dit Leguéré, le seul ennemi à vaincre, du moins pour aujourd'hui, c'est la soif !

Devant le manque de résultats, le commandement de l'opération décide d'abréger le mouvement. Le bataillon reçoit l'ordre de se placer pour la nuit en point d'appui fermé tout autour d'un carrefour de pistes et de routes.

La nuit tombe brusquement, surprenant les chasseurs de Leguéré qui se sont installés face au sud-est du point d'appui. Le paysage obscurci sans transition s'anime de mille frôlements animaux. Les moustiques, jusqu'ici assez timides, se déchaînent par milliers. Des coassements graves de batraciens, d'abord espacés, s'élèvent *crescendo* et donnent bientôt un concert continu et lancinant.

Leguéré ne dort pas. Il savoure sa première nuit dans la nature indochinoise. Ses hommes, lassés par la fouille vaine de la journée, trouvent difficilement le sommeil. De vieilles appréhensions européennes, surgies de puériles histoires de pirates et de brigands aux yeux bridés, les tiennent à demi-éveillés.

Alors que la fatigue a tout de même réussi à vaincre le corps maigre du parachutiste et à l'entraîner dans un sommeil réparateur, des rafales déchirent la nuit.

Levé d'un bond nerveux, Leguéré, sa carabine U.S. à la main, court vers la pièce de fusil mitrailleur qui a ouvert le feu. Le tireur explique, tandis que les grenouilles et les crapauds se taisent et que la nuit se fige sous la lune qui luit au milieu de myriades d'étoiles :

— J'ai vu des gars qui couraient, hoquette-t-il, j'en suis certain...

Leguéré détaille la nuit silencieuse et claire à la jumelle. Rien ne bouge dans la direction donnée par le guetteur.

— T'as rien vu du tout !, chuchote-t-il en se relevant et s'éloignant de la sentinelle trop nerveuse.

Les batraciens redonnent de la voix, timidement dans les premières minutes de leur nouveau concert puis, confiants, coassent de toutes leurs forces tandis que le chasseur, penaud, poursuit sa veille fébrile.

Des scènes identiques se reproduisent tout au long du dispositif d'appui. A l'approche de l'aube, plusieurs fois dérangés dans leurs chansons par les tirs intempestifs des parachutistes, les crapauds se taisent. Lorsque les premières lueurs du jour éclairent le paysage, tout aussi brutalement que la nuit l'avait pris en tenaille, les chasseurs, les muscles gourds, couverts de piqûres de moustiques, se préparent à quitter les lieux. Personne ne parle. Les hommes qui ont tiré au cours de leur veille ne se sentent pas très fiers.

L'opération est démontée. Les camions de la veille viennent récupérer la compagnie Laupies qui retrouve les défaillants confiés à la Légion.

– Pas jolie jolie cette affaire !, conclut Leguéré en arrivant à Saigon. Un camion foutu en l'air, dix-neuf bonshommes à l'hôpital où à l'infirmerie de l'Athos II et tout ça pour rien... Même pas une malheureuse pétoire rouillée de récupérée !

Comme les sergents de la section se détournent sans répondre, le jeune chef ajoute, comme pour lui-même :

– En tout cas, une chose est certaine. Si on veut réussir à faire la guerre dans ce pays, il va falloir l'apprendre par cœur !

***

Ramené à la réalité par une nouvelle chute du C.47 dans un trou d'air, le lieutenant Leguéré conclut sa peu glorieuse évocation :

– Eh oui ! on ne peut pas dire que mon premier contact avec cette guerre qui est sans doute en train de finir ait été des plus encourageants... Heureusement qu'il y a eu des moments plus glorieux par la suite !

Reprenant le fil de ses pensées, le parachutiste contemple les visages impavides des volontaires vietnamiens étoffant le stick qui va bientôt plonger sur la mort, dans la nuit noire.

« Ceux-là, se dit-il, savent certainement plus que nous pourquoi nous nous battons... »

9

A L'OUEST D'HANOI

Une fois encore, délaissant l'examen des visages fermés des parachutistes vietnamiens, Leguéré s'éloigne en pensée de la carlingue vibrante du Dakota piloté par le capitaine Pinon.

⁂

Il est à nouveau sur le pont de l'Athos II encombré d'hommes et de matériel. A bâbord du navire des Messageries maritimes, la côte annamite se dessine en bout d'horizon. Le courrier a quitté Saigon le 19 février 1947 et navigue sur une mer parfaitement calme, escorté de loin par deux cerbères effilés de la Marine nationale.

Les mille cinq cents kilomètres qui séparent le bataillon de Haiphong sont parcourus en un peu plus de trois jours tranquilles. Lorsque le navire se met en panne au sud de l'île de la Cat Ba qui ferme la baie d'Along, les parachutistes découvrent un étonnant spectacle. Des dizaines de hauts pics rocheux surgissent des eaux, tout couverts d'arbres torses qui, de loin, semblent enserrer les monolithes dans une toison laineuse brun-vert.

Le *Docteur-Roux* et le *Pignon-de-Béhaigne*, deux vapeurs stationnaires des Messageries, viennent, le lendemain de l'arrivée de l'Athos II, prendre en charge le matériel et les hommes qu'il transporte pour les mener à leur cantonnement de Haiphong. Un ballet grondant d'engins de débarquement et de patrouilleurs de la Marine blesse la mer calme de longues traînées d'écume. Des jonques ventrues et des petits sampans noirs, filant sous leurs grosses voiles délavées, la rident imperceptiblement.

Abandonnant sur l'Athos II les blessés de l'accident de Trang Bang, les chasseurs débarquent leurs sacs à la lisière de la ville tonkinoise qui marie ses bas quartiers aux eaux de la rivière Cua Cam. Le fort annamite qui ferme l'accès du large cours d'eau porte les traces des combats du mois de janvier passé.

– Là, au moins, souligne Leguéré en découvrant les stigmates du fer sur la pierre, on peut dire qu'il y a eu de la guerre !

Le sergent n'a toujours pas digéré la lamentable expédition de Trang Bang. Il rêve de fulgurantes revanches sur le sort et les hommes.

Des camions chargent le matériel de la compagnie lorsqu'elle débarque des deux vapeurs poussifs qui poursuivent leur va-et-vient entre les bords noirs de l'Athos II et les quais grouillants de Haiphong.

– On part à pied, annonce Payen à ses hommes, ça nous fera une promenade en ville.

Les parachutistes, peu bavards, marchent dans les rues presque désertes de la ville sombre. Des pousse-pousse à longs brancards les sillonnent. Il n'y a presque pas de véhicules à moteur. Seuls, des jeeps et des camions de l'armée passent de temps en temps. Deux ou trois grosses voitures noires se défilent, presque furtives, véhiculant quelques fonctionnaires importants ou quelques gros négociants du port.

Pendant cinq jours, les chasseurs s'affairent à la préparation de la dernière étape de leur voyage. Ils savent qu'ils doivent gagner Hanoi dès que l'ordre tombera au P.C. du commandant de Vismes.

Après un voyage en camion vers la capitale du Tonkin, qu'ils découvrent un peu plus vivante que la ville portuaire, les parachutistes apprennent qu'ils vont être engagés très vite dans une opération d'aération de la région ouest de Hanoi, sillonnée de quelques lacs et d'arroyos qui vont se perdre dans le lit du fleuve Rouge.

– Cette fois, annonce le lieutenant Laupies à ses hommes, on va avoir du travail sérieux !

Les cadres de la compagnie, réunis en briefing au P.C. du cantonnement, sur l'emplacement de la foire-exposition de la ville coloniale, apprennent que les Viets Minhs ont massé sept bataillons dans la zone qu'il va falloir investir.

Sur une ligne menant à Hadong, les responsables des unités de Hô Chi Minh semblent avoir implanté de solides lignes de défense redoublées par une première coupure d'embuscades tout le long de la rivière qui mène à Son Tay.

Leguéré, qui avait, une fois de plus, rêvé d'une opération de saut, est obligé de balayer ses désirs inassouvis. Devant l'ampleur des forces ennemies évaluées grâce aux renseignements du deuxième bureau, il fait contre mauvaise fortune bon cœur. Son bataillon est intégré à un très gros mouvement de troupes comprenant de l'artillerie, des unités du Génie, des blindés et plusieurs régiments d'infanterie.

L'ensemble de la manœuvre comprend deux sous-groupements tactiques. La compagnie Laupies est affectée à celui qui est commandé par le chef de bataillon de Vismes.

— Au début, annonce Laupies à ses gradés, on va suivre le gros du mouvement, en position de réserve.

— Naturellement, ne peut s'empêcher de souffler Leguéré, une fois de plus, on ne sera pas dans le coup !

L'officier commandant de compagnie fait mine de ne pas avoir entendu la réflexion désabusée et poursuit son exposé :

— On nous précisera les détails de la manœuvre selon les réactions de l'ennemi, c'est tout, messieurs !

Le dimanche 2 mars 1957, la compagnie est sur le pied de guerre à partir d'une heure du matin. Les heures passent, lourdes d'attente. Vers trois heures, le silence nocturne s'anime, des camions grondent vers l'ouest.

— Bon sang, enrage Leguéré au milieu de ses hommes assis tout près de leurs sacs de combat alignés dans l'attente du départ, qu'est-ce qu'ils fabriquent ?

Casqués, les chasseurs tuent le temps en plaisantant dans la nuit tiède.

— On ne part plus !, vient annoncer l'adjudant Payen à son adjoint de section.

Leguéré ne peut retenir un geste d'impatience. Il donne un coup de pied rageur dans son havresac posé au sol.

— Il paraît, poursuit Payen, qu'il n'y a pas assez de camions pour nous emmener !

Leguéré donne l'ordre à ses hommes de regagner leur cantonnement et se détourne en marmonnant :

— Qu'est-ce que c'est encore que ce foutoir ?

Pour une fois, le sergent se défait sans retenue de son flegme habituel.

Le lieutenant Laupies, parti au petit matin pour remplir la fonction d'officier observateur au P.C. du commandant de Vismes, revient à sa compagnie vers dix-neuf heures.

— Tout le monde doit être prêt à partir demain matin, claironne-t-il. Et c'est du sûr !

Le jour n'est pas encore levé lorsque les trois G.M.C. de la compagnie, escortés par trois automitrailleuses, prennent la route de l'ouest pour rejoindre l'opération.

Le petit convoi est obligé de s'arrêter plusieurs fois sur la route sabotée par les coolies du Viet Minh. Lorsqu'il atteint enfin le village de Dang Fuon, louvoyant entre les destructions en forme de touches de piano, il est déjà plus de seize heures.

– Quel tape-cul !, se plaint Leguéré en se massant le bas des reins après avoir sauté sur le sol.

Une demi-heure passe sans qu'aucun ordre ne tombe au P.C. de la compagnie, puis la mission du sous-groupement de Vismes est modifiée.

– Il faut que nous rejoignions la route coloniale numéro 5 au carrefour de Tam Lan, annonce Laupies à ses gradés. Nous allons barrer le chemin des unités viets minhs qui remontent de Hadong, chassées par le grenouillage du 3ᵉ R.I.C.

Les parachutistes regagnent leurs G.M.C. Ils atteignent Tam Lan au petit matin, lourds de faux sommeil.

Pendant que la 2ᵉ compagnie du bataillon franchit en bac une rivière boueuse, les hommes de Leguéré s'installent dans le dispositif de défense du P.C. du commandant de Vismes. Des avions passent au-dessus de leur position, piquant vers le sud-ouest. L'écho de coups de canons lointains parviennent aux oreilles des chasseurs qui commencent à se demander ce qu'ils sont venus faire dans ce grand mouvement de troupe, apparemment décousu.

Leguéré, fataliste, observe l'agitation fébrile des radios du bataillon. La silhouette bien droite de son ami Maillot apparaît de temps en temps à son regard.

Des coups de feu éclatent, tout proches, brisant la tranquillité de l'implantation. Des balles sifflent, haut par-dessus la position. Les parachutistes ne prennent même pas la précaution de se jeter au sol.

– C'est parti de là-bas !, indique Leguéré à Payen en montrant de la main gauche un petit village planté à un peu moins de sept cents mètres au milieu d'une longue succession de rizières.

Payen détaille le site dans ses jumelles, sans rien dire.

– Qu'est-ce qu'on attend pour foncer ?, s'impatiente son adjoint.

Aucun ordre du P.C. ne permet au sergent de courir au feu. Les Viets Minhs, profitant de la passivité de leur ennemi, ajustent un peu mieux leurs tirs. Cette fois, quelques chasseurs se jettent au sol sous les balles.

Les troisième et quatrième compagnies du bataillon débouchent à leur tour à la hauteur du P.C. de De Vismes. La section Payen, libérée par le renfort qui s'installe en protection, reçoit enfin la mission de nettoyer le petit village de Mai Linh.

Leguéré retrouve la vie. Il se porte en tête du mouvement de sa section dont les trois groupes bien déployés courent vers les points de feu.

Les parachutistes sont bientôt obligés d'avancer en colonne sur une digue surplombant les pousses de riz noyées dans la boue collante.

— Foncez, Bon Dieu ! Foncez !, fulmine le Blésois. On va les rater !

Le tir ennemi cueille les parachutistes à deux cents mètres du village construit en rond sur un large plateau au-dessus des carrés des rizières.

Les voltigeurs, qui ont troqué leurs casques lourds pour leur béret noir à insigne argenté et rond, manœuvrent calmement. Sérignac, Mathieu et Lavabre mènent leurs groupes directement sur l'ennemi sans se soucier des balles qui claquent maintenant tout autour de leur avance.

— On passe à travers le village, ordonne Leguéré, on balaie tout et on fouille après !

Payen place les pièces de sa section en protection du bond des chasseurs hurlant et tiraillant. Les tireurs aux 24/29 encadrent de leurs rafales une douzaine de fuyards qui s'égaillent vers le nord-ouest du village dès que Leguéré a atteint la lisière des paillotes. Sans jeter un seul coup d'œil à l'intérieur des habitations, les chasseurs fondent comme des rapaces sur l'arrière des Viets Minhs qui décrochent. Ils laissent trois cadavres derrière eux, désarmés.

— Les autres ont eu le temps d'emmener les armes, enrage Leguéré en reprenant difficilement son souffle.

Les pièces de fusils mitrailleurs manœuvrent rapidement et se portent en défense de l'autre côté de la bourgade investie. Trois explosions de grenades offensives, jetées dans la seule maison en dur du village, font jaillir un nuage de poussière d'où émergent aussitôt, toussant et crachotant, deux Viets Minhs en uniforme. L'un des hommes, les tympans crevés par les explosions d'O.F., saigne des oreilles.

Les visages lisses des morts, épargnés par les balles, semblent refléter une paisible assurance de bonheur. Pudiquement, un des deux prisonniers se penche au-dessus de ses compagnons cueillis par les tirs ennemis et leur ferme les yeux en marmonnant une sorte de lamentation.

... en colonne
sur une digue
surplombant
les pousses de riz...

— Il doit y en avoir d'autres !, hurle Leguéré en poussant les deux captifs couverts de plâtras vers l'arrière, fouillez tout au peigne fin !

Les parachutistes, dans l'odeur piquante de la poudre brûlée, s'acharnent sur les moindres recoins du village. Ils découvrent encore une quinzaine de Tonkinois qu'ils regroupent sur la placette de la position conquise. Ce sont des hommes très maigres dont deux seulement sont vêtus d'effets d'uniformes disparates. Ils rejoignent les deux premiers prisonniers accroupis au nord du village.

— C'est assez maigre, souligne Leguéré lorsque tout a été fouillé, mais c'est tout de même ça de pris. On rentre !

Les prisonniers sont accueillis comme des bêtes curieuses par les parachutistes du P.C. qui ont suivi de loin l'action brutale des hommes de Payen.

Les captifs baissent leurs yeux noirs et ronds et refusent de répondre aux questions des officiers du sous-groupement qui les harcèlent par l'intermédiaire de deux interprètes apparemment débordés. Un camion vient bientôt les prendre en charge et les emmène vers le P.C. de l'ensemble de l'opération.

Leguéré regarde s'éloigner le pitoyable chargement tandis que des tirs d'artillerie harcèlent les fuyards du village auquel les parachutistes ont mis le feu.

— Ça fait tout de même un tout petit résultat, se répète une nouvelle fois le parachutiste en se souvenant des fureurs de la bataille d'Alsace. C'est une tout autre guerre que nous faisons là, ajoute-t-il en secouant la tête pour éloigner un instant une nuée de petits moustiques voraces et vrombissants.

La nuit tombe sur le paysage grouillant de mouvements de troupes. Elle est très calme et, lorsqu'elle meurt, des ordres nouveaux arrivent au P.C. du bataillon. La compagnie Laupies reprend place dans des véhicules et rejoint un autre carrefour de routes et de digues, à Tang Quang.

Il est huit heures lorsque les parachutistes sautent des camions et entament leur fouille.

– Tiens, remarque Leguéré, pour une fois, nous sommes en pointe !

La 1re compagnie a reçu pour mission de fouiller le terrain sur un axe Tang Quang, Xan Chô et Hang Yuen. La section Payen, bien espacée, pénètre dans les premiers petits villages déserts. Seuls, quelques chiens efflanqués, les yeux chassieux, manifestent de l'intérêt pour les intrus. Les hommes de Leguéré fouinent partout et mettent le feu aux paillotes abandonnées.

Aux abords d'un village construit serré au-dessus d'une rizière, une dizaine de coups de feu saluent l'arrivée des premiers voltigeurs de la section.

Enhardis par leur précédente réussite, les parachutistes rejouent le même scénario que la veille.

« Je suis certain que ceux-là étaient placés en élément retardateur », se dit Leguéré en suivant à la jumelle quatre rebelles pris pour cibles par un fusil mitrailleur tirant en courtes rafales.

Les quatre Viets Minhs courent en sautillant, vifs comme des singes, au ras des diguettes. Ils se découvrent par moments, quelques secondes, puis disparaissent au regard du tireur de la pièce, et réussissent à s'échapper.

– Stoppez le tir !, hurle Leguéré, dépité. On ne va tout de même pas bouffer toutes nos munitions pour quatre malheureux perdus !

Les parachutistes traversant le village redevenu silencieux et découvrent trois vieillards qui font semblant d'avoir peur.

« Ils ont bien l'air de se foutre de nous », se dit Leguéré en croisant une fraction de seconde l'œil noir d'une des momies couvertes de haillons.

Un ordre tombe de l'arrière, relayé par un poste radio du groupe Sérignac, et accélère encore le mouvement nerveux de la fouille.

– Ne vous attardez plus à fouiner dans les villages, précise le lieutenant Laupies dans le combiné de son poste émetteur, foncez et ramassez tous les bonshommes que vous trouverez sur votre chemin !

Leguéré est perplexe.

« Foncer à travers les gourbis en foutant le feu partout, c'est bien joli, se dit-il, mais si ceux d'en face ont eu la riche idée de piéger les cagnas ayant leur départ, ça va faire du tabac ! »

Les réflexions pessimistes du parachutiste ne se réalisent pas. Lorsque la section débouche en bout de la course qu'on lui a assignée, elle n'a pas perdu un seul homme.

– On remonte vers le P.C. !, ordonne alors Payen.

Les parachutistes poussent devant eux une dizaine de nouveaux prisonniers.

– Y en a toujours pas beaucoup en uniforme, regrette Leguéré.

Isolés au milieu du troupeau encordé à l'aide de bouts de suspentes de parachutes, trois hommes en treillis vert olive très propres tranchent au milieu des nha qués vêtus de noir, veste à col haut et pantalon mi-court qui coupent leurs jambes torses.

– Ils sont tout de même drôlement musclés, constate Leguéré en détaillant l'étonnante ciselure des membres des petits hommes sans âge qui paraissent avoir été modelés dans la glaise de leurs rizières.

Les prisonniers ont perdu leurs couvre-chefs en paille tressée au cours de leur fuite et dans le tumulte de leur capture. Leurs crânes rasés, tout ronds, brillent sous le soleil, nets.

Lorsque l'opération est démontée, un peu après la mi-journée, les parachutistes, harassés par leurs courses dans la boue, regagnent Hanoi à pied.

– Ils ont trouvé le moyen d'embarquer les Viets Minhs dans les G.M.C., fait remarquer le caporal Bonnetin, non loin de Leguéré. Nous, on est tous bons pour le train onze !

Les trente kilomètres menant aux cantonnements de la Foire-Exposition sont abattus en moins de cinq heures. Les chasseurs, après avoir soigné leur armement, tombent comme des masses sur leurs lits de grosse toile rêche.

– Cette fois, constate Leguéré, le lendemain, il y a du progrès. Nous avons tout de même réussi à tirer un peu plus de sept mille cartouches dans le fourbi ! Ça vient, je te dis que ça vient !, ajoute-t-il à l'attention de Maillot avec qui il se dirige vers un restaurant européen de la ville, tu vas voir qu'on va finir par la saisir, cette foutue guerre...

10

LA GUERRE PSYCHOLOGIQUE

Dans un G.M.C. qui roule en troisième position de la longue file de véhicules laissant Hanoi derrière elle, Leguéré détaille les abords de la route qui court au-dessus des rizières et frôle parfois le fleuve Rouge. Des sampans et des petites jonques sont collés aux pontons des villages que traversent les parachutistes.

Dans le cadre d'un mouvement d'ensemble du bataillon, la compagnie Laupies a reçu la mission d'occuper des petits postes isolés à quelque cinquante kilomètres au sud de la capitale tonkinoise.

Il fait beau, le ciel est libre de tout nuage. Le ronronnement des moteurs de G.M.C. est presque couvert par le hurlement de ceux des half-tracks de l'élément de protection du convoi.

— On a reçu l'ordre de prendre des contacts avec la population, lâche en souriant le sergent Sérignac, assis en vis-à-vis de Leguéré, muet comme à son habitude. Ça ne va pas être facile : regardez !

Leguéré tourne son visage anguleux dans la direction indiquée par son ancien élève de l'école de saut. Une douzaine de femmes et d'enfants se faufilent à cinq cents mètres de la route, longeant une coupure d'eau en direction du fleuve Rouge qui s'étale au-dessous de la route-digue.

Après un peu plus d'une heure de route monotone, le convoi stoppe au kilomètre trente de la R.C.1 près du poste de Dô Lè.

Tandis que les première et deuxième sections de la compagnie Laupies se placent en position de défense, face à l'est et au sud du site découvert, Leguéré met ses hommes en position vers l'ouest et le nord. L'aspirant Gourlaouen part en reconnaissance avec sa troisième section aux alentours du village de Dô Lè. Pendant près de deux heures, ses chasseurs, commandés par les sergents Leclère, Lamy et Lhersant, fouillent en vain la plus petite paillote.

— Il n'y a personne à des kilomètres à la ronde !, annonce l'aspirant breton en revenant au P.C. de la compagnie.

Leguéré, qui est venu aux nouvelles à l'annonce du retour de la section de patrouille, ne sent pas du tout le terrain. Il s'en ouvre à Payen :

— Avec le fleuve, là, tout près, et tous les canaux qui y mènent, les Viets doivent se déplacer silencieusement, comme ils le veulent...

Des engins de la Marine nationale passent en grondant sur le fleuve, remontant vers Hanoi en lent convoi. Les matelots en kaki, bonnets informes au vent tiède, font de larges signes d'amitié aux parachutistes figés aux abords de la route. Un nuage gris-brun de gaz d'échappement glisse derrière les L.C.M. et les L.C.V.P. au ras des eaux calmes. Une piquante odeur d'essence brûlée agace les narines des sentinelles placées tout au bord de la large voie d'eau. La nuit tombe brusquement. Les half-tracks d'accompagnement se sont placés aux meilleurs emplacements de tir aux abords de la compagnie.

— On va rester pas mal de temps dans ce coin, annonce Payen à ses sergents qui viennent de vérifier, une dernière fois, l'implantation de leurs pièces et de leurs voltiges pour la nuit.

Lorsque le jour se lève, un brouillard en nappe épaisse traîne sur le fleuve. Leguéré, à la tête d'une patrouille, plonge dans l'humidité ouatée de la rive en direction de la voie ferrée, vers le village de Dô Xha.

Des formes furtives sortent des habitations du bourg et s'évanouissent dans la brume.

— Ne tirez pas !, ordonne le sergent, retenant à temps les rafales de ses voltigeurs. Ce sont peut-être des paysans apeurés...

Le parachutiste, à qui Laupies a remis des tracts pacifiques à distribuer, ne tient pas à effaroucher davantage la population, assez hésitante quant à ses engagements dans l'un des camps du conflit.

Reprenant leur avance, les parachutistes, qui ont adopté le chapeau de brousse des coloniaux, arrivent sans encombre au hameau d'où se sont échappés les suspects.

— Il y a encore du monde, chef !, crie un voltigeur en ressortant de la première habitation investie.

Les villageois, femmes, enfants et vieillards très maigres, se regroupent sur la placette de l'endroit, suivis par des chiens énervés et des cochons noirs qui trottinent inlassablement en rond en couinant.

— Distribuez-leur les tracts !, ordonne Leguéré.

Les mains fébriles des Tonkinois se tendent et crochent les papiers que leur remettent deux parachutistes souriants.

« Si c'est avec cette littérature qu'on espère les convaincre de travailler pour nous, se dit le chef de patrouille en parcourant une nouvelle fois le texte puéril du libelle pondu par les hommes de l'action psychologique, on n'est pas certains d'y arriver... »

La route-digue qui longe le fleuve a été à nouveau sabotée pendant la nuit.

— Ils doivent avoir une sacrée technique, fait remarquer Mathieu, on n'a rien entendu du tout !

Le soleil dissipe peu à peu le brouillard. Leguéré découvre trois petites jonques amarrées qui sortent des dernières langues brumeuses.

— On va les fouiller, décide-t-il en lançant une voltige vers les embarcations dont les voiles, prises en ris, sont abattues.

Les barcasses mafflues dodelinent au rythme léger de la brise matinale et frottent leurs panses sales contre les montants des pontons de fortune qui enfoncent leurs pieds dans la boue de la rive. Les paras sautent sur les ponts glissants.

— Gare aux pièges !, conseille leur sergent resté sur le bord, au-dessus des embarcations. Les Viets Minhs nous ont peut-être réservé de sales surprises !

Prudents, les chasseurs aux chapeaux de brousse délavés et informes fouillent les esquifs empuantis d'odeurs indéfinissables.

— Il y a des marchandises ! crie un voltigeur.

Leguéré saute à son tour sur la première jonque et découvre, dans la pénombre de la soute étroite, une douzaine de sacs de riz empilés.

— Bon sang, que ça pue là-dedans !, souffle-t-il pris à la gorge par une âcre senteur de saumure pourrie.

Le chef de patrouille passe un message laconique au P.C. de la compagnie pour signaler ses prises et reçoit l'ordre de ramener les sacs de riz à Dô Lè. Lourdement chargés, les parachutistes regagnent le poste de veille.

A la nuit, vers vingt-trois heures, Leguéré repart une nouvelle fois en patrouille sur la rive droite du fleuve qui distille un chant monotone de clapotis et de courant léger. Un pistolet Very de signalisation bat lourdement sur le ventre plat du sous-officier au rythme de ses pas souples et retenus.

En approchant des pontons rudimentaires, les parachutistes silencieux ne découvrent plus que deux jonques qui se balancent mollement sous la lune.

— Ils sont bien plus malins que nous !, chuchote Leguéré, faisons attention...

Plaqués sur la digue, les chasseurs restent immobiles pendant une heure et demie, les yeux rivés sur les abords du fleuve et le courant.

— Ça suffit comme ça, décide leur chef pris de crampes, on rentre ! Pas la peine de perdre notre temps, ils ne vont certainement pas revenir ici cette nuit...

Une à une, les formes furtives des parachutistes se redressent avec des craquements d'os et reprennent la direction de Dô Lè.

Prudent, Leguéré se fait reconnaître de loin à l'aide de sa lampe de poche. Un éclair court, suivi de deux coups de lumière plus longs, répondent à son signal. La petite colonne pénètre dans le dispositif de défense. Les half-tracks, menaçants, se découpent en arêtes sous la lune.

Un message du P.C. du bataillon, installé au kilomètre 50 plus au sud, remet les hommes en patrouilles. Toute la nuit, les chasseurs grenouillent en aveugle pour empêcher les sabotages de la route et de la voie ferrée.

Au matin, harassés, les hommes de la compagnie, les yeux creux, voient surgir de la brume une procession de nha qués encombrés de baluchons portés en balancier. Sans un mot, les paysans tonkinois reprennent leurs places au village et leurs habitudes comme si rien ne les avait éloignés de chez eux.

— Voilà toujours de la main-d'œuvre pour les coupures de la route, se réjouit Payen.

— De la main-d'œuvre ? Sûrement, enchaîne Leguéré, ce sont surtout des bonshommes à surveiller jour et nuit, du moins au début...

Au bout de quelques jours d'implantation, le 1/1 R.C.P. tient solidement plus de soixante kilomètres de territoire au-dessus du fleuve Rouge. Les saboteurs ne se manifestent presque plus.

Un matin, un paysan courbé demande à parler à un officier. Guidé vers le lieutenant Laupies, le nha qué, baissant obstinément les yeux au sol, se répand en discours interminables. Il ressort de ses phrases hachées que les Viets Minhs ont décidé de reprendre leur pression sur le secteur.

L'alerte est immédiatement donnée. Leguéré se dirige, à la tête de la section Payen presque complète, vers le point où le premier sabotage important doit être perpétré. Le mouchard trottine en boitillant au milieu de la colonne décidée.

L'homme n'a pas menti. Les parachutistes découvrent bientôt, aux abords de Dô Xha, une trentaine de coolies affairés à creuser la route en touches de pianos sur deux cents mètres de longueur.

— Ils sont salement gonflés de saboter en plein jour !, gronde Leguéré en stoppant net l'avance de la section.

Plaqué au sol, le parachutiste détaille dans ses jumelles une douzaine d'hommes en armes qui protègent les destructeurs.

— Passe-moi la radio !, demande-t-il au voltigeur aplati sur le sol, le plus près de lui.

Passé de main en main, le petit talkie-walkie kaki arrive rapidement jusqu'au chef de patrouille.

— Ils nous dépêchent un half-track en renfort, chuchote Leguéré, après avoir signalé la présence des Viets Minhs.

Lorsque le moteur de l'engin blindé se fait entendre, les gardes disparaissent, comme happés par le paysage. Les coolies, affolés, lâchent leurs pelles et leurs pioches et courent dans tous les sens à la recherche d'un abri.

— On y va ! hurle Leguéré.

Les parachutistes se redressent et se jettent en direction de l'ennemi devenu invisible. Une rafale de mitrailleuse cloue les premiers voltigeurs au sol. Pris en enfilade, les chasseurs ne peuvent que se jeter derrière une petite levée de diguette d'où ils ripostent calmement aux tirs de l'ennemi.

— Ce doit être une pièce japonaise, avance Leguéré en cherchant à identifier le cri de l'arme qui se déchaîne pour protéger la fuite du plus gros de l'élément de protection de la perpétration du sabotage avortée.

Le half-track débouche au-dessus du site. La mitrailleuse de 12,7 de l'engin poursuit les fuyards dans le lointain.

Profitant de l'appui solide du véhicule chenillé, les hommes de Leguéré manœuvrent derrière leur diguette pour surprendre la pièce viet minh qui s'est tue.

— On fonce !, crie Leguéré en se redressant et menant ses hommes à l'assaut.

Sautant au-dessus des corps affolés des travailleurs qui se sont plaqués, visage contre terre, mains en dérisoire protection au-dessus de leurs nuques rases, les parachutistes se lancent à la poursuite des Viets Minhs. Le half-track manœuvre judicieusement et appuie le mouvement rapide et furieux au plus près. Bientôt, les premiers hommes de Leguéré dépassent des corps ennemis.

— Naturellement, gronde le sergent en retournant rapidement un cadavre sanglant à l'uniforme impeccable, toujours pas d'armes ! Ça devient infernal...

... Ils sont gonflés
de saboter
en plein jour !

Les hommes de la patrouille ne trouvent en effet que quelques grenades et des cartouches sur les corps criblés de balles. Les armes individuelles et la pièce japonaise ont été emmenées par les survivants de la protection.

Les coolies, terrorisés, se relèvent peu à peu. Certains d'entre eux restent collés au sol, morts, touchés par des balles perdues.

— Les pauvres types, ne peut s'empêcher de murmurer Leguéré qui, en homme de guerre, respecte les civils désarmés, même enrôlés de force par l'ennemi pour des travaux de sabotage.

Sans ménagement, les coolies sont poussés vers le poste de Dô Lè, derrière le half-track. Ils courent presque, cassés en deux, mains levées vers le ciel en répétant en phrases pleurnichardes qu'ils ne sont pour rien dans toute cette histoire et qu'on les a obligés à creuser des trous sur la route.

Les pauvres bougres, une fois arrivés au village tenu par la compagnie Laupies, racontent tout ce qu'on veut bien leur faire dire. Parmi eux, un homme se tait pourtant, bien plus calme que les autres. Le mouchard du petit matin le fixe : il semble fouiller dans sa mémoire. Il hésite un instant, le reconnaît et se met à hurler en le désignant du doigt :

— C'est le responsable des coolies du Viet Minh !

Le traître aux hommes de sa race paraît sûr de lui. L'homme qu'il a démasqué est happé par deux parachutistes et traîné devant l'officier d'Hanoi qui se met aussitôt à l'interroger.

Le Tonkinois baisse les yeux sans répondre. Un des interprètes du deuxième bureau l'empoigne durement par l'oreille gauche et l'oblige à s'agenouiller. Voyant dans les yeux de ses compatriotes que son sort ne risque pas d'aller en s'améliorant, l'homme se redresse vivement en se dégageant de la prise douloureuse. En un long monologue monocorde, il lâche ce qu'il sait sur l'implantation du Viet Minh dans les villages du bord du fleuve.

— Tout ce qu'il y a de bon pour nous à retenir, tranche l'homme du deuxième bureau, c'est que les gens d'ici sont terrorisés par les actions d'un responsable politique qui habite au village du Du Yen Thiet. L'homme s'appelle Pham Van Dong. Il va falloir le coincer au plus vite...

Le lendemain du raid sur les saboteurs, alors que la brume masque encore le fleuve Rouge aux vues des parachutistes, trois nha qués, visiblement apeurés, approchent du poste de Dô Lè en levant haut les bras au-dessus de leur tête pour éviter de se faire tirer dessus par les sentinelles de la compagnie.

L'un des trois hommes parle correctement le français.

— Ils sont revenus cette nuit !, hoquette-t-il, ils ont tout volé et emmené mes deux frères...

Pressé de questions, l'homme explique aux parachutistes que les Viets Minhs ont profité de l'obscurité pour exercer des représailles sur les petits hameaux du village de Dong Viet.

Écœurés par l'attitude des Viets, de nouveaux ralliés se présentent tout au long de la matinée au poste des chasseurs.

— Heureusement que nous avons conservé le riz trouvé dans les jonques, reconnaît Payen en faisant distribuer des vivres aux réfugiés qui s'installent dans les dernières habitations vides de Dô Lè.

A la nuit, Leguéré part en embuscade près de l'endroit où habite Pham Van Dong. Ses hommes, aplatis à quelques mètres de la piste qui mène à la maison du commissaire politique, se sont fondus dans le paysage humide.

— Attention !, souffle le sergent au bout de deux heures d'embuscade stérile.

A moins de cent mètres, bien découpées sous la lune, trois formes, venant des bords du fleuve, montent vers le village.

Les parachutistes arment leurs mitraillettes en silence, retenant jusqu'au dernier moment le levier d'acier de l'enclenchement de la culasse des Thompson.

— On ne tire qu'à mon signal !, distille Leguéré en ne quittant pas des yeux les trois hommes silhouettés en ombres chinoises.

Les Viets Minhs approchent, s'arrêtent un instant, semblent humer le vent comme des animaux sauvages inquiets et progressent encore vers l'embuscade crispée dans l'attente.

« Plus que vingt mètres ! », se dit Leguéré en serrant sa mitraillette à se faire mal aux mains.

Le souffle raccourci par la tension nerveuse, le parachutiste tient le premier homme du trio ennemi dans son angle de tir.

— Merde !, souffle-t-il soudain.

Le juron du sergent se mêle aux dernières détonations d'une rafale de mitraillette partie d'une autre embuscade, vers le sud de son piège. Les trois Viets Minhs se sont rejetés en arrière d'un bond nerveux et ont disparu vers le fleuve.

Les parachutistes de Leguéré se jettent à leur poursuite mais sont presque aussitôt stoppés dans leur élan par un ordre radio du P.C. de la compagnie.

— C'est foutu !, tonne Leguéré. Il était pourtant fait comme un rat... On n'est pas prêts de le revoir aussi près de chez lui...

Les jours suivants, comme l'avait prévu Leguéré, le redoutable commissaire politique ne donne plus signe de vie.

— Ça nous apprendra à ne pas coordonner nos embuscades avec celles des autres compagnies, fait justement remarquer l'adjoint de Payen en commentant avec ses gradés les événements de la nuit ratée.

Les jours passent, monotones. Les paysans ralliés travaillent dur aux réfections de la route et de la voie ferrée.

Un matin, une rafale de mitrailleuse ennemie surprend un élément du groupe de mortiers sur le chemin de retour d'une patrouille nocturne. Leguéré fonce aussitôt avec deux voltiges pour surprendre la pièce viet minh placée en embuscade.

— C'est sûrement la même que l'autre jour, se dit-il en reconnaissant la cadence de tir de l'arme japonaise.

Le groupe pris sous le feu riposte durement. Les Viets Minhs sont pris en tenaille.

Un caporal des équipes piégées est touché d'une balle dans l'épaule gauche. Il se couche tranquillement sur le dos en grimaçant et comprimant sa plaie d'une main nerveuse.

En écho de la fusillade de l'accrochage, des tirs embrasent toutes les approches de la route sur des kilomètres.

— C'est peut-être l'attaque en règle que semblait redouter l'état-major, se dit, inquiet, Leguéré en poursuivant les derniers Viets Minhs de l'embuscade déjouée qui décrochent en catastrophe.

Le feu meurt bientôt. Les patrouilles lancées tout le long du dispositif du bataillon ne trouvent que de faibles indices d'une attaque bien menée.

— Il y en a qui ont sûrement allumé des fantômes, une fois de plus !, enrage le Blésois dépité de n'avoir pu rattraper la mitrailleuse nippone.

Les parachutistes chargent le corps du caporal Joly sur un brancard de fortune confectionné avec deux fusils et une veste de combat et remontent vers Dô Lè alors que le jour est complètement levé.

Payen, soufflant dans un quart de café brûlant, écoute son adjoint, les yeux fixés sur les dernières lames de brouillard qui filent, poussées par le vent, vers le sud.

— Il faudrait tout de même qu'ils y viennent pour de bon, enrage Leguéré. Ils nous usent les nerfs avec leurs petites touches de temps en temps. C'est pas une guerre pour nous ! Du moins, ajoute le sous-officier, tant que nous ne changerons pas de méthode...

Maillot vient en liaison du P.C. du kilomètre 50.

— Il y a du bon dans l'air, annonce-t-il, tout joyeux, aux deux gradés désabusés.

Leguéré, blasé, n'interroge même pas le grand sergent-chef impeccable.

— Oui, mes gars, poursuit Maillot, les yeux brillants d'excitation. J'ai vaguement entendu parler au P.C. d'une opération aéroportée : une vraie !

Depuis le temps qu'on leur promet un saut sur l'ennemi, Leguéré et Payen n'osent même plus en parler. Mais devant la tranquille assurance de leur compagnon du P.C. du commandant de Vismes, leurs yeux las reprennent de l'éclat.

— Ce serait bien trop beau !, souffle simplement le Blésois, comme pour conjurer le sort, tandis que Maillot remonte dans sa jeep pour regagner le kilomètre 50 après avoir vérifié les postes radio de la section Payen.

L'ordre de démonter tous les points d'appui du bord du fleuve tombe bientôt. Le bataillon regagne Hanoi. Les ralliés regardent partir les parachutistes, visiblement inquiets.

« Pauvres types, se dit Leguéré, repensant à tout le matériel de banderoles de propagande antifrançaise que les villageois peu à peu mis en confiance avaient brûlé dans la joie sur la place de leur village. Je n'aimerais vraiment pas être à leur place... »

Le convoi pique vers le nord. Un nuage de fumée monte droit dans le ciel bleu. Leguéré suit des yeux les volutes torsadées qui s'évadent du village du Du Hyen Thiet.

— Ce Pham Van Dong nous a possédés comme des bleus, conclut le sergent, mais ce n'était tout de même pas la peine de foutre le feu à sa cagna : il doit être bien loin d'ici...

11

HOA BINH

– Cette fois, c'est sûr, on saute !

La nouvelle court en cascade d'exclamations joyeuses dans les sections du bataillon, inactif depuis son retour, il y a une dizaine de jours, des rives du fleuve Rouge.

Les plus anciens sous-officiers de l'unité, si souvent échaudés depuis l'abandon de l'opération du 1er R.C.P. sur l'île d'Elbe en 1944, ne pavoisent pas trop. Malgré les briefings précis de mise au point du saut sur l'ennemi, ce n'est que lorsque la mission du bataillon enfiévré est définitivement précisée qu'ils commencent vraiment à croire qu'ils vont enfin vivre de grands moments.

– Tu sais encore comment ça fonctionne, un parachute ?, demande Leguéré à Sérignac.

Le sergent, depuis qu'il est certain de sauter enfin sur l'ennemi, est beaucoup plus disert et rit souvent avec ses hommes. Sérignac, l'œil malicieux, heureux comme un enfant qui va recevoir le jouet de ses rêves, lui répond :

– C'est comme pour la natation et l'amour. On n'oublie jamais les gestes qu'il faut faire !

Bien qu'aux séances de mise au point du raid, le nom de l'objectif n'apparaisse pas sur les photos aériennes et les calques des zones de saut, ce n'est bientôt plus un secret pour les gradés de l'unité : les chasseurs à l'aigle vont fondre sur Hoa Binh. C'est un chef-lieu de province administrative situé au bord d'un affluent du fleuve Rouge, la rivière Noire, à quatre-vingts kilomètres au sud-ouest de Hanoi.

Au fil de la préparation minutieuse du saut, les officiers et sous-officiers en apprennent un peu plus sur ce qu'ils auront à faire le jour « J ».

— Il y a une colonne qui doit remonter du Laos en partant d'un bled qui s'appelle Sam Neua. Une autre descendra d'Hanoi, leur apprend le commandant de Vismes. Nous aurons simplement, après avoir nettoyé notre objectif, à tenir la route coloniale n° 6 en assurant la jonction entre les deux mouvements.

Le but principal de la manœuvre est de permettre à un régiment de tirailleurs marocains de se porter sans ennuis en garnison à Son La pour la saison des pluies. Accessoirement, les chasseurs doivent libérer des civils prisonniers du Viet Minh, tout-puissant autour de Hoa Binh.

— De tous ces plans compliqués, souligne Leguéré après un briefing autour d'un large bac à sable où les D.Z. et leurs abords ont été matérialisés à partir de photos aériennes récentes, moi, je ne vois qu'une seule chose : on saute sur le coin et on le nettoie rapidement ! Tout le reste, ajoute encore l'adjoint de Payen transformé par les perspectives du saut sur le Viet Minh, n'est que de la haute stratégie...

Le 15 avril 1947, le bataillon au complet, abandonnant seulement quelques impaludés à Hanoi, embarque avant le lever du jour dans ses camions et gagne le terrain d'aviation de Bach Mai.

— Il est cinq heures trente, annonce Leguéré à ses hommes, dans moins de trois heures tout sera fini. On aura sauté et fait notre travail jusqu'au bout !

Les parachutistes bondissent hors des camions qui se rangent aux abords de la piste encombrée d'une cinquantaine d'avions de transport. Le personnel de la maintenance des troupes aéroportées de l'Indochine-Nord leur distribuent rapidement les sacs de parachutes. Ils s'équipent rapidement et s'alignent par sticks à une trentaine de mètres des appareils.

L'attente commence. Engoncés dans les sangles de leurs parachutes et leurs sacs de combat, les chasseurs ressemblent à de lourds bibendums.

Le déchaînement des moteurs des Junker 52, des Curtiss-Commando et des Dakota C. 47 qui doivent les mener au-dessus de Hoa Binh fait vibrer l'air et le sol de l'aérodrome grouillant. Le bruit infernal ne permet pas aux hommes assis au sol de se parler. Dans le ciel qui s'éclaire tout à fait avec la levée brutale du jour, des bombardiers et des chasseurs plus légers passent et repassent au-dessus du terrain en direction de Gia Lam, l'autre base aérienne de Hanoi, située plus au nord de la ville.

Ces appareils font des aller et retour du delta à Hoa Binh pour y

Junker 52.

déverser des tonnes de bombes et des milliers de balles de mitrailleuses.

– On embarque!, crie Leguéré, gonflant les veines de son cou entouré d'un foulard taillé dans un parachute camouflé réformé.

Les hommes de la section Payen se lèvent dans le vacarme croissant des moteurs au point fixe. Les plus chargés sont obligés de se faire aider par leurs camarades pour se décoller péniblement du sol et se mettre en équilibre sur leurs jambes.

– Tu seras plus léger tout à l'heure!, plaisante en hurlant Leguéré qui remet difficilement sur pied un caporal de sa section.

Hissés dans leur avion, un Ju. 52 à trois moteurs, les hommes du stick de l'ancien moniteur de Sétif ajustent, avec des gestes machinaux, les mentonnières de leurs casques lourds. Le largueur de l'avion, qui ne sautera pas tout à l'heure sur Hoa Binh, les place en les bousculant sans ménagement sur les banquettes étroites de la carlingue.

L'avion au point fixe, secoué par l'emballement de ses moteurs, semble s'ébrouer. Puis il roule tout doucement en balançant imperceptiblement ses ailes longues d'une dizaine de mètres pour prendre sa place dans la longue file des appareils de la vague d'assaut.

– Cette fois, soupire Leguéré tandis que l'avion allemand décolle en libérant toute la puissance de ses trois moteurs B.M.W. de huit cent trente chevaux chacun, c'est fini, Il n'y aura plus de contrordre ! Ouf !...

Débarrassé de ses dernières craintes d'annulation de l'opération, le sous-officier, gêné aux entournures par les harnais de ses parachutes bien ajustés, jette un coup d'œil dans le ciel clair.

Le spectacle qui s'offre à ses yeux avides le laisse sans voix. Une cinquantaine d'appareils grondent en cercle au-dessus de Bach Mai pour prendre leur position de vol vers l'objectif.

— Bon sang ! que c'est beau..., souffle Leguéré en redécouvrant les anciennes images d'une répétition du saut annulé sur l'île d'Elbe.

Après avoir attendu que le dernier appareil de la vague ait décollé de la piste de Bach Mai, le Ju. 52 du stick du Blésois pique résolument vers le sud-ouest, sur Hoa Binh.

Mathieu et Sérignac font partie du groupe de Leguéré. Leurs visages bien rasés reflètent l'excitation la plus vive. Dans le vacarme des vibrations qui secouent l'appareil en tôles ondulées, une voix, qui se veut forte et assurée, entame une chanson de guerre :

— En passant par la portière... Souviens-toi, oui souviens-toi...

Mal posée, asséchée par la tension nerveuse qui noue ses cordes vocales, la voix du parachutiste est bientôt couverte par celles de ses compagnons qui braillent à l'unisson les paroles du vieux cantique parachutiste.

Leguéré savoure l'instant en hurlant plus fort que ses hommes, communiant avec eux dans le rite viril.

« La voilà, la vraie vie de parachutiste, se dit-il, chanter pour oublier tout ce qui n'est pas le saut dans le vide au-dessus de l'ennemi menaçant... »

La chanson se meurt, achevée en notes graves. Leguéré qui en est pourtant à son soixante-dix-septième saut ressent une sensation nouvelle, à la fois lourde et excitante.

Le largueur fait un signe au chef de stick pour lui montrer un vol de bombardiers qui remonte de Hoa Binh, soutes vidées sur les abords de la zone de saut.

— On approche !, hurle le sergent d'accompagnement qui paraît tout menu à côté des autres occupants de l'avion, encombrés par leurs sacs de combat.

Leguéré se lève, vérifie son matériel et ajuste l'accrochage des S.O.A. des trois gaines de matériel. Une lampe rouge s'allume derrière le poste de pilotage de l'avion qui perd de l'altitude et de la vitesse.

— Debout !, hurle le sergent à ses hommes redevenus silencieux.

Le Blésois sent une boule lui encombrer la gorge et un picotement agaçant court le long de sa colonne vertébrale.

« Bon sang !, se dit-il, j'ai froid aux mains et aux pieds... »

— On y est !, crie à son tour le largueur, c'est par là.

Penché au-dessus des gaines qui encombrent la porte et barrent l'accès au vide attirant, Leguéré découvre le site de Hoa Binh qui se précise sous l'avion en perte de vitesse. La petite ville, mordue en crochet large par la rivière Noire, est couronnée de nuages de fumée provoqués par les explosions des bombes de la préparation infernale des bombardiers qui ont déserté le ciel pour laisser la place aux lourds porteurs. La rivière brille, lisse, entre les arbres et des montées de calcaire. L'avion perd encore de l'altitude. Le régime changeant des moteurs fait encore vibrer plus fort les vieilles tôles de ses empennages.

Les yeux rivés sur la lampe verte qui annonce le saut, les parachutistes ne sont plus que bruits et vibrations.

La sonnette, aigre, du signal électrique de largage vrille les oreilles des chasseurs. Leguéré se penche une dernière fois sur le vide. Le vent lui fouaille le visage tandis qu'il essaie de distinguer les contours de la D.Z., cent fois repérés sur les photos et le bac à sable des briefings de Hanoi.

Tout autour de l'avion qui se rapproche du sol, les autres appareils, trois par trois, suivent la même courbe descendante.

La première gaine de matériel est larguée. Sa S.O.A. claque contre la tôle ondulée de l'appareil, en arrière de la portière. La deuxième, puis la troisième, sont jetées à leur tour hors de l'avion.

Le largueur tape sur l'épaule de Leguéré. Il plonge résolument dans le vide. Un choc dans ses épaules annonce, comme dans un rêve ouaté, que son parachute camouflé est ouvert. Tout autour de lui, ses hommes, balancés au bout de leurs suspentes fondent sur l'ennemi.

— Bon Dieu !, hurle Leguéré en suivant des yeux la course oblique des sacs de matériel. Ces foutues gaines vont tomber trop loin de nous !

Effectuant des tractions nerveuses sur les harnais de sa voilure, le sergent, imité par les hommes qui sont le plus proches de lui, réussit à coller au plus près des trois parachutes qui filent dans le vent.

Le largage s'est effectué à deux cent cinquante mètres d'altitude, pour éviter que les chasseurs ne restent trop longtemps sous le tir ennemi. Le sol se rapproche très vite. Leguéré, d'un violent coup de rein, évite de justesse un bloc de pierre à l'atterrissage.

— Bon sang !, gronde-t-il en se dégrafant, allongé sur le sol. On ne voyait pas ces foutus cailloux sur les photos aériennes !

Quelques chasseurs, moins heureux que leur chef de stick, heurtent lourdement les rochers et se relèvent en grimaçant.

Leguéré est déjà dégrafé quand la corolle camouflée de son parachute s'aplatit tout à fait au sol. Il court directement vers son objectif.

La compagnie est tombée un peu à l'écart de ce qui avait été prévu sur le plan initial. Sur la rivière Noire, quelques parachutes flottent en grosses bulles. Trois hommes, pris dans leurs suspentes, meurent en suffoquant dans les remous.

Leguéré ne prend pas le temps de s'apitoyer sur le sort de ses malheureux compagnons largués trop long. Regroupant ses hommes, il leur désigne les cagnas qu'ils doivent enlever en priorité. Carabine au poing, il court d'une longue foulée nerveuse, sous le feu de l'ennemi qui se manifeste par quelques rafales d'armes automatiques.

Au-dessus du site incendié par les bombes, le ciel est clair, le soleil est déjà au-dessus des calcaires qui barrent l'est de la D.Z. Le village à nettoyer est atteint en quelques minutes, pendant qu'une deuxième vague d'avions vient larguer les derniers éléments du bataillon sur les méandres de la rivière Noire.

Les balles viets minhs encadrent la position conquise par Leguéré.

— Bon sang, rugit le parachutiste, ils sont coriaces ! Les F.M. vite, les F.M...

Un tireur au 24/29 bondit et s'aplatit tout près de son adjoint de section. L'homme vide sept ou huit chargeurs noirs de vingt-cinq cartouches sur les tireurs ennemis qui protègent le repli de leurs chefs.

A la fin de l'engagement crépitant, les Viets Minhs sacrifiés décrochent par petits groupes. La ville est prise.

Sur le bord de la rivière, un des parachutes des malheureux qui ont coulé dans les tourbillons s'étale de toute sa longueur dans le courant, retenu par les basses branches d'un arbre courbé au-dessus de l'eau. De toute part, des ordres hurlés par les gradés parachutistes montent au milieu des derniers coups de feu de la fouille. Des Spitfire plongent au-dessus des hauteurs de calcaire qui dominent le site investi, suivant les chemins de repli du Viet Minh.

— Ils vont certainement tomber sur la colonne qui descend de Hanoi, espère Leguéré, après avoir récupéré le matériel lourd parachuté à la fin de la deuxième vague.

— Pas de casse, souligne l'adjudant Payen, on a eu de la chance...

Les deux sous-officiers, comblés, se fixent un moment sans parler, communiant dans la fierté du saut réussi.

Lorsque la nuit tombe, Hoa Binh est complètement nettoyée. Les prisonniers du Viet Minh libérés se sont regroupés au nord de la rivière Noire.

Laupies jubile, lui aussi.

— Tout s'est bien passé, claironne-t-il. Pour une première : c'est réussi !

Leguéré sourit dans la pénombre déchirée par les brasiers des incendies mourants. Las, mais heureux, il pense déjà aux lendemains.

« Ce n'est certainement pas fini pour nous, se dit-il, mais nous allons redevenir des fantassins comme les autres... »

Et il s'endort, tout habillé, sur un bat-flanc de bois patiné par des années d'usage, au fond d'une cahute aux murs de lamettes de bambous tressées serré.

12

LA JUNGLE

Les parachutistes, nerveux, prêts à tirer de leurs postes de guet, tiennent les abords de Hoa Binh. La nuit vibre étrangement. La barrière des hauts calcaires, à l'extrémité des rizières luisantes sous la lune, tranche net le ciel clair.

— Ils sont certainement planqués là-haut, souffle un chasseur à l'homme qui veille avec lui, cramponné à son fusil mitrailleur. On ira certainement les déloger dès demain matin...

Le guetteur au 24/29 ne répond pas à son compagnon, qui cherche visiblement à briser la magie de la nuit indochinoise en entamant une conversation stérile. Quelques nuages, effilés par le vent qui souffle en altitude, voilent de temps en temps la lune et ombrent le relief menaçant des falaises avant de disparaître vers le sud-est. La rivière Noire chantonne en clapotis monotones.

Leguéré, lui aussi saisi par l'ambiance extraordinaire, presque magiques, de la nuit, se réveille avant l'aube. Il est dévoré par les moustiques. La cagna où il a élu domicile pour son repos nocturne avec l'adjudant Payen grouille de vermine.

— Sacré bon sang !, souffle-t-il en se grattant vigoureusement la nuque, elles avaient drôlement faim, les bestioles !

La peau du sergent-chef a servi de festin aux punaises et à d'autres insectes pendant de longues heures.

Dans la nuit qui se meurt, Hoa Binh sent le bois brûlé. Les crapauds-buffles se sont tus. Dans le silence, Leguéré, s'étirant pour dégourdir ses muscles noués, apprécie le mélange complexe des senteurs qui montent de la rizière en se mariant aux relents d'odeurs de poudre qui traînent encore dans la bourgade conquise.

Les relèves du système serré de défense de la compagnie se déroulent silencieusement. Le parachutiste suit des yeux les ombres furtives des hommes qui viennent de terminer leur quart et qui, après avoir passé les consignes à la garde montante, se glissent dans les paillotes pour se vautrer, ivres de fatigue et de tension nerveuse, à même le sol pour dormir enfin.

Quelques rafales partent de l'extrémité de la position vers le sud-ouest, éveillant en sursaut la compagnie tapie dans l'ombre. L'écho de la fusillade traîne longtemps au flanc des calcaires abrupts. Les guetteurs se font plus attentifs dans les chuintements du vent qui distille une étrange mélopée en se coulant au travers des rideaux de lianes souples qui pendent au-dessus des grottes.

Le jour se lève, la brume prend à son tour possession du paysage sorti de la torpeur nocturne. Hoa Binh s'éveille, résonnant des éclats de voix des parachutistes qui s'ébrouent.

– Je vais chercher de l'eau, propose Georges, un caporal-chef de pièce de mortier de deux pouces de la section Payen.

Leguéré a coiffé un chapeau de brousse déformé. Il suit des yeux son gradé qui s'éloigne, à la tête de trois hommes chargés de bidons vides et tintinnabulants, vers une source qui cascade entre des fourrés tordus, humides de rosée.

Le village s'anime de plus en plus, les parachutistes allument des foyers pour faire chauffer leur café. Des patrouilles récupèrent les dernières gaines de matériel larguées la veille, en fin d'après-midi, par une vague de Dakota. La brume se dissipe très vite. Les calcaires se dessinent, recouverts de végétation où se marient tous les tons du vert, du tendre au noir.

Des détonations partent d'une grotte à mi-pente de la falaise touffue. Georges et ses compagnons de la corvée d'eau sont pris sous le feu du Viet Minh et se jettent dans les buissons.

– Ils font la guerre de bonne heure !, plaisante Muller, un des tireurs au fusil mitrailleur.

A peine équipé, Leguéré évalue la menace ennemie en quelques secondes. Les Viets Minhs tirent du fond d'une grotte noire. Leurs tirs fichants prennent les parachutistes en enfilade.

– Le lance-patates !, hurle Leguéré, vite, en position. Là-bas !

Un servant de la pièce de deux pouces de Georges court en direction de l'emplacement de tir idéal pour mettre l'arme gris-bleu en batterie. Georges réussit à rejoindre ses hommes et prend possession du tube. Le vacarme va croissant. D'autres points de feu crachent le fer sur la position de la section Payen.

Leguéré, calme, réfléchit un court instant et décide de faire tirer les obus de mortiers en tirs directs, juste au-dessus des grottes.

Georges, avec des gestes mesurés de chirurgien, met son tube en position au-dessus de sa petite plaque de base longue et étroite. D'un tour de main nerveux, il actionne la manette ronde et dentelée qui libère le percuteur mobile de son arme puis, suivant des yeux le petit obus qui explose un peu à gauche du premier objectif indiqué par son adjoint de section, rectifie sa visée. Le deuxième obus de 50 se fracasse au-dessus de l'entrée d'un trou dans le calcaire. Les rebelles s'y terrent, interrompant leurs tirs.

— C'est bon comme ça !, hurle Leguéré dans le bruit assourdissant. Continue : c'est du beau travail...

Le caporal-chef tire à bonne cadence. Les voltigeurs, bien couverts par leurs pièces de fusils mitrailleurs, progressent vers la forteresse des calcaires.

« C'est encore une pièce japonaise », se dit Leguéré lorsqu'une arme automatique se mêle au concert de la mitraille.

Les parachutistes, stoppés dans leur élan, sont obligés de se plaquer derrière le moindre repli de terrain. Le tir de la pièce collective s'échappe d'une grotte un peu plus haute que les autres, presque au sommet de la falaise.

Georges poursuit la pression de son mortier. Un peu plus en arrière, vers Hoa Binh complètement libérée de sa gangue de brumes, le restant de la compagnie, qui ne peut intervenir directement, observe et apprécie l'action nerveuse qui se déroule.

« On va bien arriver à les forcer à décrocher », se promet Leguéré, en accompagnant du regard les groupes de Mathieu et de Lavabre qui se coulent au pied de la falaise, à l'abri des tirs fichants de l'ennemi.

Un avion passe au-dessus du site en balançant des ailes. Le P.C. de la compagnie entre en contact radio avec lui mais les hommes sont trop près des Viets Minhs pour que le chasseur puisse intervenir.

L'engagement ne dure que quelques minutes. Brutalement les Viets Minhs stoppent leurs tirs.

Seuls quelques parachutistes ont été blessés.

— On a dû tout de même en foutre pas mal en l'air, avance le sergent Mathieu, en proposant à Leguéré de monter au flanc de la falaise pour aller aux résultats dans le fouillis des arbres et des lianes.

Leguéré hésite un moment. Il n'a pas le temps de prendre une décision, un ordre de Payen rappelle ses hommes au village.

— On part en reconnaissance en direction de Cho-Bo, dans le

Sud-Ouest, pour préparer la route de liaison avec la colonne qui vient du Laos.

Laupies part avec vingt-cinq hommes le long de la rivière Noire.

La petite colonne se fraie difficilement un passage dans la jungle épaisse à grands coups de machettes. Le bruit des coupe-coupe résonne au flanc des falaises, faisant s'envoler des nuées d'oiseaux colorés qui poussent des cris stridents.

Une passerelle de fortune pour franchir un canal.

Après trois quarts d'heure de progression malaisée, une longue rafale de fusil mitrailleur accueille les premiers voltigeurs un peu avant le village de Dong Vât. Leguéré se jette à l'abri d'un monticule de terre. Les Viets Minhs ne tirent plus.

— Bon sang !, souffle le parachutiste bien protégé. On ne peut rien voir dans ce cirque...

Un chasseur se redresse un peu plus que ses compagnons, une nouvelle rafale jaillit du taillis inextricable. L'homme se rejette derrière son abri. L'arme ennemie se tait à nouveau.

Deux minutes passent, lourdes de menaces ; silencieusement, Leguéré, en sueur, chapeau de brousse rejeté en arrière de son crâne aux cheveux courts, passe une langue nerveuse sur ses lèvres.

— Ils sont malins, souffle-t-il à l'homme qui est le plus près de sa position. Ils vont jouer à cache-cache avec nous...

Les parachutistes, tendus, l'arme braquée vers l'inconnu, essaient de deviner d'où partiront les prochains coups de feu.

Muller s'impatiente, son fusil mitrailleur armé.

— Qu'est-ce qu'ils foutent ?, lâche-t-il d'une voix sourde, sèche.

Une nouvelle rafale hache le silence. Des débris de branchages déchiquetés s'abattent sur la patrouille qui riposte en aveugle.

Leguéré se relève. Faisant un signe de connivence à quatre voltigeurs, il se lance en mouvement tournant à droite de la progression, pendant que les pièces de Muller et de l'autre fusil mitrailleur de la section tirent sans discontinuer dans le taillis épais.

Tandis que Muller, profitant de la faiblesse du tir ennemi, réussit à gagner une hauteur d'où son arme tient en enfilade une sorte de piste qui mord sous la forêt luxuriante, Leguéré réapparaît très vite. Deux de ses voltigeurs poussent devant eux un prisonnier. Le Viet Minh en uniforme vert olive, désarmé, sautille comme un oiseau échassier en se tenant le bras droit d'où sourd une coulée de sang noir.

Les deux derniers voltigeurs de Leguéré, essoufflés, surgissent à leur tour de la jungle épaisse. Ils portent des sacs de combat, récupérés sur les emplacements de tir de l'ennemi en fuite.

— Ils se sont faufilés vers les calcaires, rend compte le parachutiste à son chef de compagnie.

Le bras maigre du sergent-chef indique à Laupies les entrées de grottes à peine visibles aux flancs des falaises qui longent la forêt.

— On continue dans l'axe prévu, décide le lieutenant en relançant la progression de ses hommes vers Cho-Bo.

Les chocs réguliers des coupe-coupe sur les bambous et les branches qui encombrent la piste forestière ponctuent l'avance lente de la section. Au bout de deux heures de marche épuisante, Laupies décide de rebrousser chemin. La patrouille revient sur Hoa Binh en évitant de repasser sur ses brisées de l'aller.

En arrivant aux abords du gros bourg où le reste de la compagnie fignole son installation, Leguéré apprend que la deuxième compagnie du bataillon qui a fait route sur Cho-Bo par un autre itinéraire est sérieusement accrochée.

Les hommes n'ont pas le temps de se reposer, ils repartent dans la jungle, le long de la rivière Noire.

Leguéré, le visage emperlé de sueur, progresse en tête de la section Payen. Lorsque les chasseurs débouchent à l'endroit de l'accrochage annoncé par radio, le feu est mort.

— On arrive comme les carabiniers de la chanson, enrage le

sergent-chef, pas mécontent tout de même de constater que ses compagnons n'ont pas eu trop de pertes.

— On reste là pour la nuit !, annonce Laupies.

Leguéré place ses hommes en défense solide au bord de la rivière.

— Nous passerons le courant demain, précise le lieutenant à l'adjudant Payen.

Leguéré fignole son dispositif de veille.

— Je suis certain que les Viets Minhs sont encore là, souffle-t-il en inspectant à la jumelle le flanc des calcaires à trois cents mètres du cours d'eau.

Le petit village occupé par les parachutistes a été fouillé de fond en comble avant la tombée de la nuit. Les hommes ont récupéré des canards qui cuisent sur des foyers allumés entre des pierres.

— Eteignez-moi tout ça, ordonne Leguéré lorsque la nuit s'abat sur le site.

Les chasseurs écrasent les braises grésillantes de graisse à coups de talons de rangers avant de se partager les volatiles rôtis.

— C'est tout de même autre chose que les rations, souligne un caporal, mordant à pleines dents dans une cuisse de canard.

— Surtout que les copains de là-haut ne se privent pas de fouiller les boîtes avant de nous les envoyer, renchérit un de ses compagnons, furieux de ne pas avoir trouvé sa boîte de rations conditionnées au complet.

La réflexion amère du parachutiste en fait naître d'autres, tout aussi désabusées quant au contenu des vivres parachutés de Hanoi.

Leguéré, tout proche du groupe qui devise, saisit les phrases des chasseurs et se mêle à la conversation :

— Rien ne prouve que ce sont des gars de chez nous qui pillent les boîtes, affirme-t-il, se refusant à croire que des soldats français puissent léser leurs compagnons engagés sur le terrain.

Muller, la bouche pleine, ne répond pas et regagne l'emplacement de veille de son fusil mitrailleur. La conversation se meurt. La tension de la nuit s'abat sur les groupes embusqués. Une vie animale se réveille. Des chuintements, des frôlements, des cris d'oiseaux agacent les hommes de veille.

Les heures coulent sans que le Viet Minh se manifeste.

Lorsque le jour se lève, des avions de chasse passent en grondant au-dessus du village et disparaissent vers le sud. L'ordre de franchir la rivière arrive, par radio. Leguéré secoue son monde :

— Fouillez la rive, ordonne-t-il. On doit bien trouver des embarcations aux abords du village.

Des patrouilles bruyantes se faufilent tout le long du cours d'eau.

De l'autre côté de la rivière, les Viets Minhs se mettent à tirer quelques coups de feu, sans dommages. De nouveaux appareils de chasse ont pris possession du ciel et, guidés par la radio, straffent d'importance les falaises pour obliger l'ennemi à se terrer pendant la manœuvre de franchissement. Tandis que les aviateurs plongent et replongent sur les grottes frangées de lianes compactes, les parachutistes découvrent deux sampans en bon état dissimulés sous les branchages de la rive.

Un à un, les groupes embarquent et passent le courant.

Au quatrième voyage, l'enfer s'abat sur la rive à investir. L'un des sampans, pris sous une grêle de balles, ballotte dangereusement dans les remous du milieu de la rivière. En mettant le pied sur la rive, le lieutenant Laupies est touché d'un éclat de grenade à fusil.

Leguéré reprend la manœuvre de la veille et guide le tir des mortiers de deux pouces. Le caporal-chef Georges est orfèvre en la matière, ses obus explosent juste au-dessus des abris de l'ennemi, faisant un travail considérable.

Sur le pont du petit bateau en difficulté, le sergent Leclère est touché par une balle fichante. Ses compagnons le débarquent sous la mitraille et il meurt sans un mot. La situation n'est pas brillante. Les avions ne peuvent plus intervenir. Cinq autres parachutistes sont mis hors de combat en quelques minutes.

— Continue, c'est bon !, hurle Leguéré à Georges qui actionne le percuteur mobile de son arme approvisionnée à bon rythme par son chargeur.

— Voilà de l'aide, crie Payen dans la tourmente. Les copains arrivent !

Un message du bataillon vient d'annoncer aux hommes piégés sous l'embuscade nourrie l'arrivée d'un élément de la 2e compagnie qui a traversé la rivière un peu plus loin et qui se porte à la rescousse.

Le feu croît encore en intensité mais, lorsque le secours annoncé débouche sur le site, les Viets Minhs décrochent et se perdent à travers les méandres de la jungle.

Les blessés sont portés à l'abri, le reste de la compagnie franchit aisément le courant.

— Sale coup pour nous !, enrage Leguéré lorsque le calme est tout à fait revenu et que le Viet Minh s'est éloigné.

Le parachutiste pose ses yeux tristes sur le lamentable spectacle des corps étendus. Il reconnaît, non loin de la forme morte de Leclère, les visages douloureux de trois autres sergents : Ramblot a reçu un éclat de grenade à fusil dans la jambe, Gasparini a la mâchoire fracturée par une balle de fusil et le sergent-chef Sol, la cuisse transpercée.

Le mouvement est relancé vers Cho-Bo. Le Viet Minh est maintenant loin. La bourgade est investie sans heurts. A treize heures trente, un Morane vient se poser sur le petit terrain de fortune de Cho-Bo pour évacuer le lieutenant Laupies et Gasparini qui souffrent atrocement.

Les chasseurs rendent les honneurs à la dépouille mortelle de Leclère. La nuit tombe, les postes de veille sont mis en place.

Le commandant de Visme, amené par le Morane, a installé son P.C. dans une maison en dur de la bourgade. Il porte sur une carte les mouvements de son bataillon qui grenouille sur plus de quarante kilomètres pour tenir le terrain où doivent faire jonction les colonnes de Hanoi et de Sam Neua.

Leguéré remarque que Payen grimace dans la pénombre. Il s'approche de lui, inquiet.

— Qu'est-ce vous avez, mon adjudant ?, s'enquiert-il en prenant le bras de son chef de section.

L'adjudant, tenaillé par de violentes douleurs au ventre, se force à sourire :

— Je ne sais pas du tout, souffle-t-il, mais ça fait vachement mal ! J'ai dû attraper un sale truc...

Leguéré, pudique, s'éloigne, laissant son chef à ses tourments.

« Le Viet Minh a de solides alliés », se dit-il en pensant aux fièvres, au paludisme et aux parasitoses de toutes sortes qui mettent hors de combat, aussi sûrement que les tirs des bo doïs de Hô Chi Minh, des hommes de fer de la trempe de Payen, rescapé de l'enfer des combats de la campagne de France.

Pour éviter la maladie, Leguéré, prudent, avale sans rechigner tout ce que peuvent lui offrir les infirmiers du bataillon comme médications préventives.

Cho-Bo, étalée de la rivière Noire à la route coloniale n° 6, est morte sous la lune. Ses habitants — du moins les hommes —, regroupés, muets et craintifs, observent les parachutistes qui veillent.

Leguéré, enveloppé dans sa moustiquaire de campagne, pense au lendemain. Il sait déjà que sa section devra poursuivre sa route au sud-ouest, en direction de Su Yut, un autre village des bords de la rivière Noire, situé à trente kilomètres de Cho-Bo. Juste à la frontière de la province de Son La.

⁂

Dans la carlingue du Dakota, le lieutenant Leguéré s'évade à regret de sa rêverie. La province de Son La... Ce sont justement les montagnes de cette région que l'avion du capitaine Pinon survole en ce moment.

Les parachutistes ne sont plus qu'à quatre-vingts kilomètres de Diên Biên Phu.

13

LA RIVIÈRE NOIRE

« Eh oui, poursuit Leguéré pour lui-même, secouant la torpeur qui l'envahit, on a marché pendant plus de vingt jours, à travers des forêts pleines d'insectes et d'animaux sauvages, des calcaires truffés de grottes pleines de Viets et des rizières pleines de boue, jusqu'à ce qu'enfin les colonnes de Sam Neua et de Hanoi fassent jonction. C'est pendant cette équipée que j'ai commencé à comprendre l'Indochine... »

Le lieutenant, pudiquement, ne pense pas : aimer l'Indochine. Il se le répète souvent : peut-on aimer totalement un pays où l'on meurt si facilement ?

Ses réflexions, confuses, s'embrument. Ronronnant, l'avion continue sa course dans la nuit.

Sans même s'en apercevoir, Leguéré se retrouve le 21 avril 1947 au bord de la rivière Noire, quelque part entre Cho-Bo et Su Yut.

⁂

Les parachutistes, bronzés et maigres, aux membres secs comme des branches d'arbre mort, cheminent bien espacés, silencieux et attentifs. La mort, qui les guette à chaque pas, peut jaillir soudain d'un bosquet éloigné ou d'une grotte toute proche.

De temps en temps, au fil de leur avance pénible, un coup de feu isolé ou une courte rafale fait s'envoler des vols serrés de passereaux et quelques grands échassiers au riche plumage. Des avions passent, haut dans le ciel. De larges bandes de nuages annoncent la saison des pluies.

Payen, taraudé par ses douleurs abdominales, marche comme un automate. Il a refusé de se laisser évacuer et, vomissant et se vidant toutes les heures au moins, l'adjudant persiste à vouloir garder le commandement de sa section. Le lieutenant Laupies a été remplacé à la tête de la compagnie éprouvée par son adjoint, le lieutenant Blanc, toujours rieur mais affligé d'une myopie très forte.

Après avoir subi et réduit une dizaine d'embuscades, la section débouche enfin au but de sa progression. Su Yut est là, plaquant ses cagnas de pauvres au bord de la rivière Noire dont le courant chante encore plus fort qu'à Cho-Bo.

« Ça ne va pas être facile de passer de l'autre côté », se dit Leguéré en évaluant l'obstacle à la jumelle.

Ses hommes, après la fouille des premières paillotes du village, attendent les ordres. Ils se sont éparpillés sur plus de deux cents mètres. Le reste de la compagnie stoppe à son tour, un peu plus en retrait des premiers éléments de voltige. Blanc annonce sa position au P.C. du commandant de Vismes et reçoit l'ordre de poster une section de l'autre côté de la rivière Noire. Elle devra tenir les approches du cours d'eau pour permettre au reste de l'avance de le franchir à son tour.

— C'est toujours le même cirque, enrage Leguéré, en constatant que de l'autre côté de la rivière se dressent à peu près les mêmes calcaires qu'à Hoa Binh et Cho-Bo.

Les chasseurs de Payen fouillent les bords de l'eau pour y découvrir des embarcations.

— Il n'y a rien, mon lieutenant, annonce Leguéré à Blanc. On va établir un va-et-vient de fortune...

— Je suis bon nageur, avance le caporal Bonnetin, je vais m'encorder et passer sans histoires...

Le volontaire se passe l'extrémité d'une longue et solide corde de chanvre en boucle autour de la taille et, glissant sur les herbes du bord de la rivière, s'engage résolument dans le courant.

Bonnetin s'enfonce presque tout de suite et se met à nager en longues brasses vigoureuses et efficaces. Ses compagnons, silencieux, le suivent des yeux.

« C'est vrai qu'il nage joliment bien, le bougre », se dit Leguéré en appréciant en connaisseur l'effort athlétique du caporal.

Un parachutiste tient l'autre extrémité de la corde qui file lentement entre ses doigts. Le nageur se retourne dans le courant et fait un signe de bras pour signifier que tout va bien pour lui.

— Plus que vingt mètres, évalue Leguéré pendant que Bonnetin reprend le rythme de ses brasses volontaires.

Des avions tournent dans le ciel, prêts à intervenir en cas d'accrochage sérieux. Baudin, un sous-lieutenant détaché du P.C. du bataillon aux ordres de Blanc, se tient tout près de Leguéré.

Tout à coup, l'éclaireur semble en difficulté dans des remous. Leguéré, aveuglé par la luminosité des franges de vaguelettes brillantes, plisse les yeux pour mieux suivre la forme imprécise. Ballotté comme un chiffon mort, le nageur apparaît et disparaît tour à tour dans les tourbillons.

– Bon Dieu !, souffle le sergent en courant au plus près de la rivière. On dirait qu'il n'avance plus !

Le chasseur qui tient le bout de la corde ne sent plus le chanvre glisser entre ses doigts. Bonnetin sort un instant la tête hors de l'eau au-dessus du remous. Sa bouche, grande ouverte, avale goulûment des gorgées d'air frais.

– Il coule !, hurle presque Leguéré en voyant le caporal faire un geste désespéré du bras droit avant de disparaître dans les flots mouvants.

La corde, soudain lâche, flotte en suivant le courant. Le chasseur la ramène sans efforts vers la rive, machinalement.

Un instant, Bonnetin refait surface en battant l'air de ses deux bras en mouvements désordonnés. Des hommes bondissent dans les flots pour essayer de rattraper leur malheureux compagnon.

– Revenez !, crie Leguéré lorsque le corps a replongé dans le flot tourmenté. Vous ne pouvez plus rien...

Les chasseurs dégoulinants d'eau se laissent hisser par leurs compagnons sur la rive. Silencieux, immobiles, comme frappés de stupeur, tous les hommes de la section braquent les yeux sur le milieu du courant, là où le corps de Bonnetin a disparu. Trois longues minutes passent. Le caporal ne revient pas à la surface.

Leguéré s'aperçoit du trouble de ses hommes et les houspille :

– Il faut passer à tout prix !, leur dit-il. Continuez à fouiller les environs pour trouver une ou deux barcasses. C'est bien le diable si...

L'adjoint de Payen ne poursuit pas son ordre. Les Viets Minhs se dévoilent soudain. Ils sont en nombre et arrosent copieusement la compagnie éparpillée sur la rive du cours d'eau meurtrier.

Le scénario des embuscades précédentes se rejoue. Les obus de mortiers de 50, judicieusement tirés par le caporal-chef Georges, de plus en plus maître de son arme, bombardent les emplacements ennemis au flanc de la falaise.

Les éclaireurs partis à la recherche des embarcations reviennent vers leur chef, courbés sous le feu.

– On a trouvé des sampans, hurle l'un d'eux, essoufflé. Par là-bas...

Tandis que les mortiers ripostent aux pièces ennemies bien embusquées, les hommes des équipes grimpent tout en tiraillant sur les frêles embarcations en très mauvais état. Ils piquent droit sur la rive opposée, luttant contre le courant à grands coups de rames longues et larges.

— Il y a un gué !, hurle un caporal en tombant d'un des sampans pris sous le feu.

Leguéré lance ses hommes dans le passage. En se protégeant derrière les barcasses qui dansent dans le courant, les parachutistes réussissent à prendre pied sur la rive tenue par le Viet Minh.

Les avions de la chasse plongent sur les calcaires et obligent les armes cachées dans les grottes à se taire quelques instants.

— On y est ! Il faut tenir, hurle Leguéré en gagnant une hauteur un peu au-delà d'une rizière étroite gorgée d'eau.

Ses hommes, bien couverts par les pièces restées sur la rive opposée, se mettent en position de préparation d'assaut.

Georges accomplit des miracles de précision. Ses obus, tirés en trajectoire directe, parachèvent le bon travail des aviateurs qui remontent en chandelle. Ils explosent juste au-dessus des grottes. Le site résonnant n'est plus qu'un volcan embrasé. L'odeur familière de la poudre picote les narines des assaillants.

— Ça sent tout de même bon, prend le temps de remarquer Leguéré en commandant son feu comme un automate lucide.

Malgré la pression qu'ils subissent, les rebelles reprennent le tir de plus belle dès que les avions s'éloignent pour négocier un nouveau plongeon au-dessus d'eux.

Les chasseurs de Leguéré réussissent à s'approcher encore un peu plus. Les chefs de pièces viets minhs, menacés d'un assaut imminent, décident de rompre le combat. Ils cherchent le salut dans une fuite bien ordonnée.

Sous la falaise, Leguéré commence à gravir les entrelacs de verdure au milieu des premières grottes, profondes et inoccupées. Le Viet Minh ne tient que celles qui mordent dans le calcaire à mi-hauteur de la falaise.

— Vite !, souffle l'adjoint de Payen en se hissant difficilement sur quelques mètres. Il faut leur tomber dessus avant la nuit. Sinon, c'est gagné pour eux !

En deçà de la progression de l'assaut, les sampans, en aller et retour de plus en plus rapides, permettent au gros de la compagnie de franchir à son tour la rivière Noire. Blanc et Baudin répartissent leurs hommes sur quatre cents mètres pour tenter de prendre les Viets en tenaille.

— Belle manœuvre !, apprécie Leguéré en voyant les parachutistes courir sous le feu.

Des hommes, touchés, trébuchent et se tordent de douleur sur le sol. Ils sont immédiatement pris à bras-le-corps par leurs compagnons et portés à l'abri d'une levée de terrain.

Payen, marqué par les stigmates de sa maladie pernicieuse, reste très calme dans l'enfer. Il dirige le tir de ses deux pièces de fusils mitrailleurs pour couvrir au plus près l'avance malaisée de ses voltiges. Les Viets Minhs apparaissent dans les œilletons des 24/29 pendant quelques fractions de seconde seulement lorsqu'ils sortent de leurs grottes et se faufilent entre les feuillages qui les masquent.

— Encore vingt mètres et on les a !, hurle Leguéré en continuant à se hisser sur la pente raide.

Les tirs de Payen, précis, passent juste au-dessus des voltigeurs qui ahanent en grimpant vers l'ennemi.

Trois corps de Viets Minhs pendent presque dans le vide, devant les premiers éclaireurs de la section. Les yeux des morts, révulsés par leur position acrobatique, semblent fixer les intrus. Leurs compagnons de pièce ont décroché en emportant leurs armes.

Leguéré, furieux une fois de plus de ne pas récupérer d'armement, tempête :

— Ils sont tout de même salement gonflés de prendre le temps de ramasser leur fourbi juste au moment où on va leur tomber dessus ! Sacrés bonshommes...

Sur toute la longueur de la falaise, au-dessus de Su Yut, le silence retombe peu à peu. Enflammés par les balles incendiaires des pièces de la compagnie, par les mortiers et les rafales de l'aviation, des fouillis de branchages brûlent. Des nuages de fumée âcre s'échappent des grottes investies. Les voltigeurs de Leguéré, toussant et crachotant, ne découvrent dans ces dernières que peu de matériel de guerre. Des centaines de douilles vides jonchent le sol des anciens emplacements de tir ennemis bien aménagés.

— Ils y ont été joyeusement, constate Leguéré en éparpillant du pied droit un amas d'étuis cuivrés juste à la place où, il n'y a pas trois minutes encore, une mitrailleuse crachait la mort.

En bas, tout le monde a réussi à franchir l'obstacle de la rivière Noire. Leguéré fait redescendre ses hommes en sueur vers Su Yut.

La nuit tombe bientôt, interrompant les dernières recherches des parachutistes pour retrouver le corps noyé de Bonnetin et les plongeons fracassants des avions de la chasse qui poursuivaient les Viets Minhs sur leurs pistes de repli.

Lorsque l'obscurité a envahi complètement le site, les parachutistes sont installés tout autour de Su Yut. Leguéré, à bout de forces, s'est abattu comme une masse dans une cagna un peu à l'écart du gros bourg.

Son sommeil, peuplé de rêves de sang, est soudain brisé par les éclats d'une rafale de fusil mitrailleur. Arme au poing, le parachutiste bondit dans la seconde qui suit vers la pièce qui a tiré.

— Là, souffle l'homme qui a lâché la rafale, j'ai vu un tigre !

Leguéré fixe un instant son veilleur aux yeux exorbités et essaye de distinguer quelque chose dans la nuit à l'aide de ses jumelles.

— Tu as dû rêver, chuchote-t-il, en fin d'examen, à son tireur au F.M.

— Non chef, renchérit ce dernier en haussant un peu le ton. Je vous dis que j'ai vu un tigre...

Le chef de section se gratte pensivement la tête tout en restant étendu sur le sol humide derrière l'abri d'une grosse pierre.

— Après tout, reconnaît-il, tu as peut-être raison. C'est bien possible...

Une sale odeur de charogne, portée par un vent coulis, entoure la position redevenue silencieuse.

— Qu'est-ce que je vous disais, chef !, souffle l'homme de garde. Vous sentez, hein ? Vous sentez ?...

Leguéré hume à pleines narines l'air empuanti.

— Qu'est-ce que ça peut bien prouver : ça pue, et alors ?

Le veilleur se renfrogne en secouant la tête pour se libérer de l'odeur tenace de viande pourrie.

Leguéré regagne sa cabane en marchant lentement, poursuivi par les effluves de charogne puante qu'un fauve, tigre ou autre, vient de déterrer quelque part dans la jungle toute proche.

Pendant plusieurs jours, inlassablement, le bataillon continue, de calcaire en calcaire, de rivière en rivière, de rizière en rizière, à patrouiller dans le secteur pour protéger les mouvements de troupes venues du nord et de l'ouest. La jonction des colonnes s'effectue enfin, les hommes de De Vismes, amaigris, le cuir tanné, regagnent Hanoi. Des camions sont venus les chercher au col de Kêm où le colonel Gilles avait installé le grand P.C. de l'opération.

— J'ai enfin dégoté un restaurant potable et pas cher, vient annoncer Maillot à Leguéré, deux jours après que le bataillon eut retrouvé ses habitudes au cantonnement de la Foire-Exposition.

Le parachutiste, intéressé, suit son grand compagnon vers les délices promises. Attablés devant une bouteille de vin blanc d'Alsace, les deux sous-officiers apprécient le calme de la soirée en se promettant de manger de la cuisine française. Le patron de l'établissement, qui répond au nom de Tollemer, est un gros homme jovial, cherbourgeois de naissance.

– Tu sais que je suis mort ?, lance à brûle-pourpoint le sergent-chef Maillot tandis que le tenancier rondouillard s'est éloigné de leur table après avoir pris leur commande.

– Qu'est-ce que c'est que cette histoire de fous ?, lui répond Leguéré en souriant de ses lèvres fines.

– Eh oui !, poursuit Maillot. Tu te rappelles, quand tu avais pris tes trente jours de taule au départ de Sétif ? Eh bien moi, poursuit le sous-officier en riant aux éclats, j'ai eu la même histoire, mais en un peu plus grave...

Et Maillot, l'œil pétillant de malice, narre d'une traite une sombre histoire de bagarre dans un café de Sétif. Son cas est un peu plus épineux que celui de son compagnon car il y a eu blessures et plaintes sérieuses.

– C'est pour cela que je suis mort !, tranche le grand parachutiste. Tu vas comprendre : quand, au retour de Hoa Binh, le capitaine Bastouil a reçu les papiers concernant cette histoire, il a tout simplement fait répondre, par messager tout ce qu'il y a de plus officiel, aux autorités civiles d'Algérie que j'étais mort en sautant sur Hoa Binh. Tu te rends compte ! Ça s'arrose, non ?

Joignant le geste à la parole, le sergent-chef hilare commande une deuxième bouteille de gewürztraminer bien frappé.

Maillot, Laubie, Leguéré, Matalou, au repos.

– De toute façon, reprend Maillot soudain très grave, je ne suis pas passé bien loin...

Leguéré apprend que son ami avait obtenu du capitaine Bastouil l'autorisation de quitter le service transmissions du bataillon pour se mêler à une patrouille commandée par un jeune officier.

— On s'est fourrés dans un sale coup, raconte Maillot en secouant la main pour exprimer la dureté de l'affaire. Il y a eu certainement une petite erreur de commandement dans la manœuvre et les Viets nous ont matraqués comme des rois. Une sale embuscade. On aurait pu tous y passer ! Le capitaine Bréchignac n'a pas apprécié du tout cette histoire : tu t'en doutes bien !

Leguéré, stupéfait, apprend que Bréchignac, l'adjoint du commandant de Vismes, un homme très sec avec qui il ne fait jamais bon entrer en conflit pour une question d'honneur, de discipline ou de tactique au combat, avait tout simplement remis le commandement de la section tombée en embuscade au sergent Bouchon, un de ses amis. Le lieutenant déposé avait dû aller planter ses choux dans une autre unité.

— Tu sais, reprend Maillot, c'était à un poil près ! Un peu comme dans les Vosges, tu te souviens ?

Un ange passe entre les deux hommes. Ils se rappellent comment Maillot est resté toute une nuit à une trentaine de mètres d'une pièce d'artillerie allemande, avec une balle dans la cuisse.

— Heureusement que mon copain Raymond Métivier est venu me tirer de là, conclut Maillot pour chasser les images douloureuses des combats de la bataille de France.

Les deux sous-officiers, unis en amitié par des attaches qui ne peuvent naître que dans les fracas des combats, oublient en un instant tout ce qui n'est pas le fabuleux steack accompagné de frites dorées qu'on vient de déposer sur leur table.

— La guerre, souligne Leguéré, en tranchant net dans l'énorme morceau de viande rouge, on aura bien le temps d'en profiter demain !

14

LE PORTE-VOIX

Le Dakota 666 est brusquement secoué par une turbulence au-dessus des montagnes dans la province de Son La qui frôlent les deux mille mètres d'altitude. L'avion se cabre, gronde de toute sa puissance et se stabilise. Dans la carlingue vibrante, les parachutistes se sont nerveusement cramponnés pour ne pas choir de leurs banquettes inconfortables.

Leguéré, en reprenant sa position dérangée par le remous du trou d'air, repense à l'embuscade que vient, dans ses souvenirs, d'affronter son ami Maillot dans la région de Hoa Binh. Au cours de l'engagement, les Viets Minhs avaient mis dix-huit chasseurs hors de combat, blessés ou morts.

La voix de son vieux compagnon de combat, excellent conteur, résonne encore à ses oreilles.

« En tournant la tête, avait sourdement commencé Maillot, j'ai aperçu mon copain Régis Dumont, couché sur le côté. Il hurlait, touché par une balle de 12,7. Son bras droit était complètement détaché et traînait à au moins deux mètres de lui ! Et, le plus fort, c'est que les doigts de la main arrachée se crispaient encore sur la mitraillette... »

Leguéré chasse l'horrible vision.

« On en verra sans doute bien d'autres à Diên Biên Phu », se dit-il en reprenant le fil de ses pensées vagabondes.

***

La saison des pluies s'est abattue sur le delta du fleuve Rouge, transformant la partie septentrionale du Tonkin en un gigantesque marécage, gonflant les moindres canaux et engorgeant toutes les rizières. L'adjudant Payen, vaincu par la maladie, a dû quitter le bataillon. Leguéré l'a tout naturellement remplacé à la tête de sa section.

On ne parle plus d'opérations aéroportées, sans doute jusqu'au retour de la saison des basses eaux. Leguéré, encore sous le coup de la réussite du plongeon sur Hoa Binh, prend son mal en patience. Il est installé avec sa section dans un poste en face du bourg de Ké Sat, à trente kilomètres au sud-est de Hanoi.

Les bâtiments en dur du petit bastion isolé ressemblent à ceux d'une ferme de France. Le gros bourg de Ké Sat s'étend un peu plus au sud, de l'autre côté d'une rivière en crue qu'enjambe un pont cantilever ruiné.

— Il ne faut, en aucun cas, tenter de passer de l'autre côté de la flotte !, avait précisé le précédent chef de poste en passant les consignes très strictes à Leguéré.

Après s'être installé, le parachutiste contemple souvent le village viet dominé par les toits et les clochetons d'une monumentale église. Les chasseurs de la section paraissent à l'aise dans leur nouvelle vie sédentaire. Seul Leguéré et ses sergents chefs de groupe rêvent de tout autre chose.

— On va lancer un maximum de patrouilles et d'embuscades de nuit, propose le chef de poste, impatient de retrouver le contact avec l'ennemi. Tant pis si les ordres d'en haut nous enjoignent de nous terrer comme des rats...

Un soir, alors que les parachutistes ont à peine terminé leur frugal repas, une voix nasillarde et forte à la fois s'élève dans la nuit.

— Camarades soldats français !, hurle-t-elle, amplifiée par un porte-voix, vous ne gagnerez pas votre sale guerre coloniale...

Leguéré a bondi aux premiers accents de la voix sortie de l'ombre humide. Il se précipite vers le fusil mitrailleur Brenn mis en batterie vers la rivière et le pont, en haut d'un échafaudage plaqué sur le mur de l'ancienne ferme.

— Oui, reprend la voix acide, vous n'avez plus qu'une chose à faire : vous rendre dans la dignité ! Rejoignez-nous dans la résistance au capitalisme...

Leguéré fouille la nuit à la jumelle pour essayer de repérer la diguette derrière laquelle le commissaire politique à dû s'aplatir, au milieu de son escorte.

— Il se fout de nous, ce perroquet enroué !, gronde-t-il, torse nu, frissonnant dans la fraîcheur de la nuit.

Après avoir encore lancé quelques slogans en bon français, la voix se tait. Le silence reprend sa loi sur les eaux du delta.

Le lendemain soir, à la même heure, le commissaire politique

... Le petit bastion isolé
ressemble à une ferme de France.

vient une nouvelle fois faire des discours. Cette fois-ci, sa voix nasillarde monte d'une direction opposée.

— Comme ça, gronde Leguéré, il nous empêche de faire des tirs *a priori*. Un bavard politique doublé d'un bon tacticien, cela promet !

A l'aube, une patrouille trouve quelques traces imprécises dans la boue. La pluie qui se remet à tomber empêche Leguéré d'évaluer de façon précise le nombre de ses visiteurs du soir.

— Je suis certain qu'ils viennent tranquillement de Ké Sat, affirme-t-il au cours d'un briefing avec ses sergents. Ordres ou pas ordres, on va aller y faire un tour !

Une jeep interrompt les projets de raid sur le bourg interdit. C'est Maillot qui arrive de Di Su, accompagné par trois hommes en armes. Leguéré range rapidement sa carte au 1/25 000 du secteur et s'avance vers son visiteur.

— Tu vas me changer un peu les idées, avoue-t-il au grand sergent-chef toujours net. Je deviens presque neurasthénique avec cette foutue interdiction de passer le pont !

— T'en fais pas pour ça, lui répond Maillot en bondissant souplement de son véhicule au nez camus. Je t'apporte une bonne nouvelle !

Leguéré fait grise mine en apprenant qu'il doit, en compagnie de Maillot et des sergents Mathieu et Lavabre, se présenter à Hanoi devant une commission d'examen qui devra décider de son aptitude à commander une section au combat.

— Et c'est pour quand cette petite plaisanterie?, demande-t-il, inquiet d'avoir à quitter ses hommes.

— On ne sait pas encore, avoue Maillot, mais ça nous fera toujours un petit dégagement à Hanoi, pas vrai.

Le capitaine Bouvery, qui a remplacé Laupies blessé au commandement de la compagnie, prend les choses très au sérieux.

— Ça ne sera pas une simple formalité, vient-il dire à son chef de section quelques jours après la visite de Maillot à Ké Sat. Vous verrez, ceux qui vous feront passer l'examen ne vous feront pas de cadeaux!

Leguéré, sérieux, travaille son sujet dans un manuel d'infanterie que Maillot a réussi à dénicher dans les cantines du P.C. commandé par le capitaine Bréchignac. Mais son plus grand souci reste l'obsession de franchir enfin le pont détruit et de se rendre à Ké Sat qui semble le narguer.

A la nuit tombée, le commissaire politique revient, une fois encore, faire son brillant numéro de débaucheur.

— Cette fois, souffle Leguéré, on va le coincer...

Près de lui, Muller se crispe sur son fusil mitrailleur en position vers la rivière, prêt à ouvrir le feu en aveugle. La voix ennemie, de plus en plus assurée, monologue, énervante.

— Rendez-vous, camarades soldats français! Il ne vous sera fait aucun mal et vous retrouverez bien vite vos familles dans une France qui ne reconnaît pas la légitimité de votre combat contre la liberté de tout un peuple...

Leguéré fait la grimace.

— Pour ça, souffle-t-il rageur, le bougre a sans doute raison. La France ne reconnaît pas nos efforts...

Muller tourne la tête vers son chef, quêtant un ordre du regard.

— Vas-y, décide le parachutiste, fous-lui une bonne giclée!

La longue rafale de Muller balaye la rizière sur une trentaine de mètres de largeur, en arc de cercle. L'homme au porte-voix s'est tu dès le premier aboiement rageur de l'arme. Les balles françaises ne sont pas passées loin du groupe d'accompagnement du commissaire politique. Les Viets Minhs se débandent bruyamment dans la rizière.

— Pour une fois, ils sont piégés, jubile Leguéré en encourageant le tir de son caporal.

Tous les parachutistes sont au poste de combat. Le ciel s'embrase des traînées des balles traceuses qui convergent vers le pont détruit.

— Pas la peine de tenter une poursuite, ordonne leur chef, ils sont trop loin...

Le calme retombe sur la ferme fortifiée, la 12,7 des chasseurs refroidit lentement. Leguéré est à peine allongé sous sa moustiquaire bien tendue au-dessus de son lit étroit qu'un obus de mortier de 81 explose tout près des murs du poste, rappelant les hommes à leurs emplacements de feu.

Un deuxième obus tombe plus loin, un troisième et un quatrième explosent presque à l'unisson, beaucoup plus au large encore, sans dommages, soulevant seulement de l'eau et de la boue.

— Ils ne sont pas très au point, constate, amusé, Leguéré qui a regagné, dans les premiers, son poste de combat.

Pour la première fois depuis son arrivée à Ké Sat, le sergent décide d'employer le canon de 57 mm sans recul qui arme le poste. Le résultat n'est pas très probant. Les parachutistes, plus habiles à employer leurs armes légères, ne connaissent pas bien le maniement de la pièce.

— Pas la peine de continuer, ordonne Leguéré de guerre lasse. C'est pas notre truc, ce foutu canon!

Les servants de la pièce, penauds, cessent le tir imprécis.

« Pourvu, se dit leur chef, que le jour de mon examen de chef de section on ne me donne pas un sujet concernant l'emploi du 57. Ça ferait du joli! »

Les Viets Minhs cessent eux aussi leur tir maladroit. La nuit redevient silencieuse. Seul l'habite le roulement permanent des flots de la rivière. Les factionnaires, esseulés par le départ de leurs compagnons qui ont regagné leur poste de repos, fixent les arêtes du pont. Au loin, imprécise sous la lune, la grande église de Ké Sat se découpe sur le ciel encombré de nuages.

Trois jours passent, monotones. Chaque fois que la nuit tombe, Leguéré attend vainement la venue du propagandiste ennemi. « Il a peut-être compris la leçon », se dit-il lorsque la quatrième nuit se meurt, noyée sous la pluie.

Le soir suivant, Leguéré décide de faire des rondes. « Le silence de ceux d'en face m'inquiète, se dit-il, on dirait qu'ils nous mijotent un sale coup. Il ne faudrait pas qu'un des nôtres s'assoupisse ! »

Furtif, le sergent-chef, seulement armé de son Colt de 11,43, se glisse de poste en poste.

— Bon Dieu!, gronde-t-il, en arrivant à l'emplacement de garde d'un de ses meilleurs caporaux. Où est-ce qu'il se planque?

Leguéré, tendu, fait quelques pas prudents au pied du mur où le chasseur devrait se trouver.

— Il est sans doute parti pisser un coup, espère-t-il, en attendant pendant deux minutes le retour du veilleur.

Un grognement, montant de derrière le petit mur de défense renforcé par une bonne épaisseur de sacs de jute remplis de terre, attire l'attention de Leguéré. L'homme est là, affalé, endormi, serrant contre son corps las sa mitraillette Thompson.

— Bon sang !, rugit le chef de poste en avalant difficilement sa salive. Le salopard est en train de roupiller !

Secouant le fautif de ses bras nerveux, le sergent-chef le remet sur pied et lui souffle, tout près de son visage à peine éveillé :

— Tu te fous de nous ! Est-ce que tu penses aux copains qui se reposent tranquillement en comptant sur toi pour les protéger ?

Pris en défaut, le caporal ne répond pas. Leguéré le secoue vigoureusement, serrant les dents pour se retenir de frapper.

— Reste à ton poste pendant que je réfléchis à ce que je dois faire à ton sujet, lui souffle-t-il en s'éloignant de quelques mètres pour se calmer un peu.

Le caporal se tasse derrière son muret de protection, tout à fait réveillé maintenant.

« Nom d'un chien, se dit le chef de poste, je ne peux pas laisser passer ça. C'est trop grave. Mais je ne peux tout de même pas l'envoyer au tribunal militaire... »

Le parachutiste, intraitable sur tout ce qui touche la discipline au combat, trouve rapidement une solution :

— Viens ici, souffle-t-il à la sentinelle défaillante. Donne-moi ta mitraillette et suis-moi !

Passant devant le caporal désarmé, Leguéré franchit la porte du poste. Il prend un long bout de bambou et le tend à l'homme qui baisse la tête.

— Tiens, ordonne-t-il, tu ne mérites pas de porter une arme. Tu vas monter la garde avec ce bout de bois. Là-bas. Vers le pont !

Figé, le caporal hésite à s'avancer dans la nuit. Leguéré le pousse violemment d'un coup de pied dans les fesses.

— Je te dis d'aller monter la garde vers le pont ! Tu as compris ?, réitère-t-il, l'air mauvais.

Le chasseur, à pas lents, se décide. Marchant devant son chef sur une diguette détrempée, il gagne la route qui mène au pont de fer. Lorsque Leguéré estime qu'il s'est assez éloigné de son ancien poste de garde, il l'arrête.

— Ici au moins, avec ton bambou ridicule, je suis bien certain que tu ne vas pas roupiller, déclare-t-il. Bonne nuit !

Le sergent-chef ne s'éloigne pas trop. Armé de la mitraillette de l'homme qui s'est maintenant fondu dans la nuit, Leguéré s'assied tout contre le mur du poste. « Je ne vais tout de même pas le laisser tout seul, se dit-il. Je reste là à le surveiller, au cas où... »

Les heures passent, humides ; Leguéré frisonne. « Je crois qu'il a compris », se dit-il en se relevant et s'ébrouant.

Dans l'aube naissante, la rivière chante, il ne pleut pas. Des oiseaux passent en escouades ordonnées, haut dans les nuages. Vers Ké Sat, des nappes de brouillard masquent les contours familiers de l'église, véritable modèle réduit des grandes cathédrales de pierre orgueillement dressées en métropole.

Le caporal a entendu son chef de poste approcher. Soulagé, il se dirige vers lui.

– Pas trop la trouille ? demande Leguéré.

Le fautif baisse ses yeux rougis par la tension nerveuse.

– Allez, on rentre, décide le parachutiste en rendant la Thompson au puni. Et qu'on ne parle plus jamais de cette nuit ! D'accord ?

Le soir même, les discours du commissaire politique reprennent de plus belle sous la pluie qui tombe de plus en plus dru. La rivière monte encore le ton de la chanson de son courant. Cette fois, les Viets Minhs ponctuent leurs appels à la désertion de longues rafales de fusil mitrailleur qui ricochent sur les murs du fortin, sans dommages pour les parachutistes.

Leguéré, faisant donner en riposte toutes les armes de ses défenses, enrage d'impuissance.

– Demain, se promet-il, c'est juré, si ce macaque bavard revient une nouvelle fois, je fonce et on verra bien ce qui va se passer...

15

LE RALLIEMENT

Les Viets Minhs, invisibles, sont revenus trois fois encore harceler le poste au cours de la nuit.

Dans la grisaille du matin pluvieux, l'église de Ké Sat ne se découpe qu'à peine de l'autre côté de la rivière. Mal reposés, les parachutistes vaquent sans entrain à leurs corvées habituelles pendant les deux premières heures de la matinée. Soudain, deux coups de feu claquent, rompant la monotonie du paysage noyé sous la pluie démoralisante. Les chasseurs bondissent à leurs emplacements de combat. Leguéré scrute la bruine à la jumelle. Les deux balles de fusil se sont fichées dans un angle du mur ouest du poste. Quelques minutes passent, le tireur ennemi ne se manifeste plus. Le silence est à nouveau maître du magma de boue qui enserre la position des parachutistes.

– C'est certainement un tireur isolé qui s'ennuie autant que nous, avance Leguéré, en renvoyant ses hommes à leurs occupations sans gloire.

Après l'alerte, la journée s'écoule, tranquille, grise. La pluie tombe sans cesse, la rivière s'enfle encore et noie quelques rizières de plus de ses flots débordant la digue qui court tout le long de son cours rectiligne.

Le soir, la voix du commissaire politique monte une nouvelle fois des marécages.

– On fonce, décide Leguéré qui a préparé une patrouille, prévoyant le retour de l'infatigable discoureur de l'Oncle Hô.

La mitrailleuse 12,7 du poste ouvre le feu. Le Viet Minh se tait et laisse passer l'orage. Quelques minutes passent, égrenées au rythme du tir de l'arme lourde qui balaie la rizière aux diguettes presque submergées.

Le poste avec
sa mitrailleuse 12,7.

Le silence revenu, la voix reprend son discours :

— Vous ne devriez pas tirer sur nous, lance-t-elle, vous êtes nos frères, nous vous attendons, nous vivrons ensemble la liberté...

Huit parachutistes criblés d'eau de pluie se coulent dans la nuit sur les pas nerveux de leur chef. La patrouille prend résolument une direction opposée à celle d'où monte le leitmotiv agaçant du soldat politique du Viet Minh qui hurle toujours sa rengaine vers le poste noyé dans les nuages de pluie tiède.

La patrouille fait un grand arc de cercle en progressant sur les arêtes de diguettes qui délimitent l'étendue de plus en plus vaste des rizières inondées. Le pont ruiné émerge de la brume pluvieuse.

— Ils devront passer par là pour rentrer à Ké Sat, explique Leguéré en postant sa patrouille aux abords de l'ouvrage détruit. On va les attendre tranquillement...

Les chasseurs, véritables éponges gorgées d'eau, se plaquent dans la boue, insensibles aux attaques de l'humidité. Près du poste, le commissaire politique poursuit sa harangue. Les rafales de la 12,7 s'espacent et, suivant les ordres donnés par Leguéré au départ furtif de la patrouille, se tait bientôt.

Le Viet Minh s'interrompt enfin après avoir une dernière fois invité avec véhémence les soldats du poste à déposer leurs armes.

Quelques minutes passent. Leguéré, immobile au milieu de son embuscade noyée sous la pluie, guette la rizière. Dans la pénombre chuintante, il voit les gardes du corps du commissaire politique se redresser et avancer prudemment sur une diguette qui domine la rizière transformée en lac en direction du pont.

— On va les avoir !, murmure le parachutiste.

Le groupe viet minh marche très lentement sur la glaise. La première silhouette de la colonne se baisse tout à coup, figée. Les autres combattants rebelles disparaissent dans le brouillard.

— Bon sang !, souffle Leguéré. Ils se sont doutés de quelque chose. C'est foutu !

Prudent, l'éclaireur viet reste près de deux minutes en position d'observation. Il ne se trouve qu'à un peu plus de cent mètres des hommes de Leguéré. Les parachutistes distinguent malaisément sa forme agenouillée au-dessus de la diguette. La pluie cesse tout à coup de tomber, le silence se fait plus profond.

— Alors ?, gronde le sergent-chef impatient. Tu avances, oui ou merde ?

Le Viet Minh se relève et reprend sa marche vers l'embuscade sur une vingtaine de mètres. Une lointaine canonnade roule en écho à la surface des eaux du delta. L'homme saute d'un bond nerveux sur la pente de la diguette et disparaît dans le cloaque de la rizière. Derrière lui, les formes des autres bo doîs se sont à nouveau fondues dans la nuit.

— On les a ratés !, fulmine Leguéré en essayant de deviner la nouvelle direction prise par le groupe ennemi.

Bientôt, les Viets Minhs se découpent à nouveau au ras des diguettes.

— Ils rebroussent chemin, enrage Leguéré. Allez, on les poursuit !

Les parachutistes se relèvent d'un bond et se lancent en direction de l'ennemi. Ils courent mal sur la glaise savonneuse. Les Viets Minhs ont pris une sérieuse avance. Ils progressent maintenant sur la grosse digue du bord de la rivière.

« Où est-ce qu'ils espèrent aller par là ? », se demande Leguéré en activant au maximum la course de sa patrouille haletante.

Les chasseurs, coupant court, réussissent à approcher les fuyards et ouvrent le feu sur les formes sautillantes qui semblent rebondir sur les levées de terre. Les balles traceuses encadrent les Viets Minhs qui s'égaillent soudain dans la rizière, plongeant dans la boue glauque.

Leguéré arrête ses hommes au bout de quatre cents mètres.

— Ils vont franchir la petite passerelle au milieu du village, s'exclame-t-il. Cette fois c'est vraiment foutu !

Un parachutiste bute du pied sur un objet métallique. Prudent, l'homme se baisse et le ramasse.

— Chef !, annonce-t-il, c'est le porte-voix du Viet...

Leguéré soupèse l'engin de sa main gauche.

— C'est toujours ça de pris, souffle-t-il. S'il n'en a pas un de rechange, nous serons tranquilles la nuit prochaine !

Les Viets Minhs, à travers la rizière, réussissent à fuir dans Ké

Sat endormi. Au petit matin, alors que la pluie n'a pas encore repris son crépitement monotone, Leguéré retourne sur les lieux de son embuscade ratée et découvre des traces de sang sur la diguette, là où le voltigeur de la patrouille lancée en poursuite a découvert le porte-voix en entonnoir.

De l'autre côté de la rivière qui coule en gros bouillons charriant des branchages, l'église de Ké Sat semble narguer le groupe de reconnaissance.

En fin de matinée, lorsque Leguéré revient au poste, trois coups de fusil s'écrasent sur le mur de l'ancienne ferme hérissée de sacs de terre.

— Cette fois, gronde le chef de poste, pas de doute. Il y a un cinglé de *snipper* dans le coin qui va nous emmerder souvent...

Les trois coups de fusil, tirés très vite, n'ont pas permis de situer, même approximativement, l'endroit d'où le tireur isolé a ouvert le feu.

Quelques instants après, Maillot arrive au poste, venant du P.C. de Di Su.

— On va bientôt nous convoquer pour notre examen, annonce-t-il en sautant de sa jeep aux garde-boue couverts de glaise grasse.

Leguéré fait la moue.

— Pourquoi tu fais la gueule ?, s'étonne le visiteur.

— Rien ne va trop bien dans mon coin, répond Leguéré. Les Viets sont chez eux à quelques centaines de mètres de la dernière pierre du poste et on ne peut rien faire du tout à cause des foutus ordres de là-haut.

— Justement, reprend Maillot, je crois que tu vas avoir du nouveau à ce sujet. J'ai entendu parler d'un possible ralliement de la population de Ké Sat... Une vague histoire montée par les curés, poursuit le grand sergent-chef du P.C.

L'œil de Leguéré se fait plus vif.

— J'aimerais bien te croire, répond-il à Maillot, ici ce n'est pas drôle du tout !

Quelques jours après la visite du sous-officier des transmissions du bataillon, une délégation d'habitants de Ké Sat franchit un matin le pont détruit sous le regard intéressé des factionnaires de Leguéré. Les paysans se sont serrés les uns contre les autres, pour se donner de l'assurance. Un petit homme vieux et très maigre a pris leur tête.

« Qu'est-ce qu'ils peuvent bien vouloir ? », se demande Leguéré en les accueillant.

Le vieil homme maigrichon qui semble le chef du village prend la parole d'une voix émue.

— Nous venons demander votre protection, déclare-t-il d'emblée, en éludant les sempiternelles manifestations de politesse des hommes de sa race.

Leguéré parlemente de longues minutes avec l'homme qui lui expose d'une façon claire la situation de son grand village. Lorsque la délégation regagne Ké Sat, le sous-officier rend compte au P.C. de Di Su de ce qui vient de se passer.

Des ordres tombent deux jours après. Leguéré est aux anges : il a enfin l'autorisation de traverser l'obsédante rivière.

Prudents, les voltigeurs de la première patrouille pénètrent dans la grande rue de Ké Sat qui mène à la vaste église trônant au milieu d'une place. Ils sont accueillis par de franches manifestations de bienvenue de toute la population. Devant le porche de l'église en brique rousse, des enfants et des femmes chantent des cantiques en français.

— Qu'est-ce que c'est que ce carnaval ?, s'étonne Leguéré, sur ses gardes.

Les parachutistes prennent position tout autour de la place grouillante de monde. C'est jour de marché, les commerçants ont étalé leurs produits, épices, tissus et volailles à même le sol sur des nattes de paille de riz.

Le chef du village est là, en habits de fête. Son large pantalon de laine noire, tombant à mi-jambes sous un paletot de velours de même couleur parfaitement ajusté, bat autour de ses mollets nerveux et tors.

— Le Viet Minh est parti, annonce le notable, arborant un sourire édenté. Maintenant nous allons pouvoir vivre tranquilles avec vous.

Quelques jours après la première visite des parachutistes à Ké Sat, après que des officiers de renseignements eurent rendu visite au village rallié, une milice catholique est formée. Quelques partisans s'installent dans les dépendances du poste des parachutistes. Ils sont armés de mauvais fusils réformés distribués en grande pompe sur la place de Ké Sat.

Un dimanche matin, alors que Maillot est venu rendre visite à son ami chef de poste, les cloches de l'église sonnent à toute volée, annonçant une grand-messe.

— On y va ?, propose Maillot.

Leguéré, pourtant peu enclin à participer à un rite quel qu'il soit, accepte. Les deux hommes, accompagnés par les partisans du poste et quatre parachutistes, passent le pont à demi détruit sur les poutrelles rouillées et tordues.

Dans l'église pleine à craquer, ils sont saisis par l'extraordinaire ambiance qui les accueille. La liturgie se déroule, moitié fête païenne et moitié cérémonie catholique. Les enfants chantent en staccatos haut perchés des vieux cantiques des campagnes de France et en plaintes monotones de lents chants grégoriens en latin. Leguéré, malgré son scepticisme d'athée, ressent le charme étrange de la cérémonie mystique.

A la sortie de la messe, lorsque les enfants de chœur s'égaillent vers leurs jeux criards, les deux sous-officiers sont abordés par le chef du village.

— Vous plairait-il de venir manger en famille dans ma vieille maison ?, leur demande-t-il, l'air engageant.

Leguéré passe un message radio à son poste et accepte l'invitation.

La maison du notable, vrai maître de Ké Sat depuis que les fonctionnaires européens ont déserté la région envahie par le Viet Minh il y a deux ans déjà, est située juste en face de l'église. Les deux parachutistes, accompagnés du responsable des partisans de Ké Sat, pénètrent dans la demeure familiale. Les proches du chef de village se répandent en courbettes qui n'ont rien de servile. Les jeunes filles pouffent de rire et se pincent en saluant les invités du patriarche.

« On a tout à fait l'air de deux clowns dans un enterrement », se dit Leguéré, mal à l'aise dans son uniforme de guerrier.

Maillot et son compagnon prennent soin de ne pas trop souiller de leurs semelles de rangers crottées les nattes qui recouvrent le sol de l'habitation.

— Si vous le voulez bien, propose le *paterfamilias*, nous allons manger. Tout est prêt.

Le partisan du poste de Leguéré montre l'exemple à ses compagnons européens. Il s'accroupit sur la natte très propre qui fait office de table. Des plats en abondance, fumants ou froids, encombrent le tapis de paille de riz.

Les parachutistes ont posé leurs armes tout près d'eux. Maladroits, ils essaient de croiser entre leurs doigts les baguettes de bambou dont se servent les Tonkinois pour manger.

Maillot goûte à tout en buvant du thé chaud et fort.

— Cela vous plaît ?, interroge le chef de famille.

Leguéré, poli, fait un signe d'acquiescement du menton.

— Tenez, poursuit le responsable du village, encouragé par la mimique d'appréciation de son invité, goûtez encore ceci... C'est très bon !

« Qu'est-ce que ça peut bien être ? », se demande Leguéré en prenant délicatement du bout de ses baguettes indociles de petites boules frites dans un plat creux et en les trempant dans une sauce aigre-douce.

Maillot déguste de fines lamelles de viande qui baignent dans une sauce très épicée sans pouvoir en discerner l'origine.

Le repas traîne en longueur. Leguéré décide de brusquer un peu les choses, inquiet de ce qui pourrait se passer à son poste de l'autre côté de la rivière.

Le chef de village le devance et fait un signe à sa famille qui se lève à l'unisson pour raccompagner bruyamment les trois soldats à la porte de la maison accueillante qui sent bon les épices et le thé parfumé.

La patrouille qui accompagnait les deux sergents a trouvé elle aussi sa pitance dans deux autres familles du village.

Les parachutistes, sur le chemin du retour, commentent leurs découvertes culinaires.

— A ton avis, demande Leguéré, qu'est-ce que c'était que ces petits trucs amusants que j'ai mangé en quantité ?

Maillot fait une moue d'ignorance.

Le partisan du poste qui a partagé l'invitation du chef du village, hilare, s'approche de son chef de section et lui avoue la vérité :

— Des vers à soie frits ! C'est très bon...

Leguéré, dans un réflexe européen de dégoût, sent un haut-le-cœur l'étreindre. Maillot se moque de son compagnon.

— Et vous, chef, poursuit le partisan ravi de faire partager ses connaissances à ses nouveaux amis : c'est mangé du rat !

— J'ai remarqué des mouvements bizarres vers le sud-ouest, annonce Leguéré une demi-heure après son retour à la ferme fortifiée. On devrait aller voir ce qui se passe autour du village de N'Go Hai Ton.

Les deux sergents, à la tête d'une dizaine de parachutistes et de six partisans mal armés, se mettent en marche dans la pluie qui faiblit un peu.

Une volée de balles accueille le groupe très étiré aux approches du village suspect.

— J'avais bien raison, jubile Leguéré en se jetant à l'abri d'une diguette, ils sont là !

Le mortier du poste, alerté par radio, commence à pilonner N'Go Hai Ton d'où s'échappent une trentaine de bo doîs. Les Viets fuient vers le sud sous la protection des tirs des défenseurs du village.

Leguéré et Maillot progressent par bonds dans la boue, sous l'abri des diguettes et se rapprochent, en zigzags, des premières paillotes du hameau occupé. Derrière eux, les jeunes recrues de la section qui n'ont jamais connu le feu hésitent à les suivre. Les partisans semblent résolus à se coller derrière leur diguette en tirant sans trop de précision.

Furieux, Leguéré bondit sur une levée de terre qui barre la rizière. Insensible aux tirs ennemis qui l'encadrent, il sort son Colt de son étui et commence à tirer au ras des fesses des hésitants pour les faire avancer vers le feu.

— Tas de porcs trouillards !, hurle-t-il hors de lui en braquant son arme vers ses hommes. Dégonflés ! Avancez !

Une deuxième arme automatique rebelle l'oblige à se rejeter à l'abri, non loin de Maillot.

Le feu s'exaspère. Le mortier du poste pilonne inlassablement les arrières de N'Go Hai Ton. Le groupe viet minh réussit à rompre petit à petit et se replie, en bon ordre, en direction du village de Chau Kê d'où partent des rafales de mitrailleuses d'un élément placé en recueil.

— Les salauds, souffle Leguéré, ils manœuvrent rudement serré !

— Prends-en de la graine pour ton examen, plaisante Maillot en ajustant avec sa carabine U.S. à crosse repliable une forme qui jaillit d'une paillote.

Au bord de la rivière, à Ké Sat, des silhouettes imprécises semblent contempler le spectacle guerrier. La nuit menace de tomber. Leguéré accentue encore sa pression sur l'ennemi qui a déjà réussi à faire décrocher sans trop de pertes les trois quarts de son effectif.

— On ne va pas pouvoir les coincer !, enrage-t-il.

Vers Chau Kê, une longue colonne viet minh s'éloigne tranquillement en direction du sud-est.

A contrecœur, Leguéré ordonne le retour vers la rivière. Il se rend compte qu'en poursuivant, avec son faible parti, les Viets Minhs en repli, il risque de tomber sur la centaine de bo doîs qui progressent à seulement deux kilomètres plus au sud.

— On rentre, ordonne-t-il, mais avant, fouillez les paillotes et foutez-y le feu !

Les parachutistes rentrent dans le village d'où les rebelles se sont enfuis et trouvent trois corps d'ennemis en uniforme.

— Bien sûr, tempête Leguéré en les contemplant, ils n'ont pas d'armes !

Tard dans la soirée, les lueurs de l'incendie, tenace sous la pluie fine et intermittente, rougeoient au sud-ouest du poste.

La nuit s'écoule, calme. Le lendemain matin, Maillot repart à Di Su et, dans la journée, le sous-lieutenant Baudin vient prendre le commandement du poste. Leguéré redevient adjoint de section. Il n'en manifeste pas de rancœur.

« C'est le règlement, se dit-il, il n'y a qu'à obéir. Ça fait partie de l'esprit parachutiste... »

Le nouveau venu est un homme sympathique qui prend bonne note de toutes les observations de son prédécesseur qu'il a déjà vu à l'œuvre sur les bords de la rivière Noire.

Les jours passent, monotones, sous la pluie. Les Viets Minhs ne font pas d'incursions hors de leur territoire du sud. Seul, le *snipper* isolé se manifeste de temps en temps en tirant quelques balles de fusil sur le poste.

« Celui-là, se promet Leguéré après une nouvelle salve de balles du bo doî invisible, il va bien falloir qu'on le débusque un de ces jours... »

16

LE *SNIPPER* JAPONAIS

Le C. 47 numéro 666 vient d'entamer la dernière partie de son voyage vers l'enfer. Leguéré a la gorge sèche et prise dans un étau nerveux.

Devant les yeux du lieutenant qui attend le moment de vérité du saut sur Diên Biên Phu, se profile l'image de son poste de Ké Sat entouré de barbelés courant aux ras de la boue grasse truffée de mines bondissantes et de grenades Mills piégées dans des boîtes de conserve.

« C'était tout de même une drôle d'époque, dure pour les nerfs, pense l'officier, quittant, en rêve, ses compagnons de vol figés pour retrouver la vie sous la pluie des bords de la rivière de Ké Sat. On avait à peine le dos tourné que les Viets Minhs redevenaient les maîtres de la rizière. »

***

Quelques jours noyés de pluie passent dans la routine des patrouilles. Les parachutistes essaient d'inculquer les rudiments de leur métier aux volontaires de la milice de Ké Sat et aux quelques partisans du poste. Une nuit, des lueurs d'incendie s'allument, de l'autre côté de la rivière, vers l'église du village rallié.

Leguéré et Baudin, immédiatement alertés, sont vite sur pied. Ils détaillent Ké Sat à la jumelle.

— Cette fois, rumine Leguéré, on dirait bien que les bonshommes de Hô Chi Minh sont revenus en force !

Des rafales prennent le poste pour cible. Les tirs proviennent, semble-t-il, du village de Vinh Lai qui est enfoncé dans le marécage, à deux cents mètres du pont ruiné, sur la rive du bourg de Ké Sat.

Le sous-lieutenant Baudin prévient le P.C. de Di Su et reçoit l'ordre de lancer un élément de reconnaissance vers les incendies. Leguéré sort du poste à la tête d'une douzaine d'hommes équipés en hâte.

Il bruine sourdement. Les voltigeurs progressent en automates sur les diguettes qui mènent à la route du pont de fer. Ils se baissent brusquement, alertés par l'apparition furtive d'une petite colonne d'hommes qui achève de franchir l'ouvrage détruit. Leguéré, à demi agenouillé dans la boue, tout près d'un sergent chef de groupe, laisse les hommes surgis de la nuit approcher encore.

— Ne tirez pas ! souffle-t-il aux chasseurs les plus proches de lui.

L'ordre du sergent-chef remonte le long de la colonne. Muets, immobiles, les parachutistes attendent les formes suspectes qui ne sont plus qu'à quelques mètres des éclaireurs de la patrouille. Leguéré ne reconnaît pas la démarche des bo doîs du Viet Minh.

— Ce sont certainement des gens du village qui viennent s'abriter au poste, affirme-t-il à son chef de groupe.

Les Vietnamiens marchent sans prendre de précautions et butent tout contre les deux premiers parachutistes de l'embuscade. Des jurons étouffés se mêlent à des cris de peur et de surprise. Leguéré ne s'est pas trompé, les hommes de la colonne interceptée sont des partisans de la milice catholique de Ké Sat. Ils viennent donner l'alerte.

— Les Viets Minhs sont revenus chez nous, halète leur chef lorsqu'il a réussi à se remettre du choc de sa rencontre brutale avec les parachutistes. Venez vite !

Leguéré presse l'homme de questions.

— Ils sont nombreux ? Par où sont-ils venus ? Où sont-ils ?

Le Tonkinois, qui a quitté le bourg juste au moment de l'arrivée des bo doîs en représailles, ne peut répondre très précisément.

— Chef, avance-t-il, ils doivent être une cinquantaine et ils viennent certainement de N'Go Hai Ton.

Le milicien roule des yeux fous en essayant d'expliquer au mieux la tragédie qui se joue dans son village. Leguéré réfléchit un court instant. Faisant passer les partisans mal armés en queue de sa progression, il reprend la route du village investi par l'ennemi.

La pluie ne tombe plus. Les pas des parachutistes, chaussés de souliers de brousse en grosse toile, se plaquent en ventouse dans la boue. Leguéré fait accélérer l'allure du mouvement.

— Avec tout le boucan qu'ils font dans le village, se dit-il, un peu de barouf en plus ne changera pas grand-chose à la situation...

Vers le poste qui surplombe la boue et l'eau comme un navire échoué, des rafales passent haut, toujours en provenance de Vinh Lai. Les premiers parachutistes vont s'engager sur les poutrelles tordues du pont.

– Attention!, hurle tout à coup un voltigeur du milieu de la colonne. Il y a encore du monde là-dessous...

L'homme plonge délibérément sur la pente savonneuse de la diguette. Leguéré, suivant le mouvement général, se retrouve le ventre dans l'eau glauque. Il cherche vainement à distinguer ce qui a donné l'alerte au chasseur qui a crié. Rien ne bouge dans le cloaque.

Trois coups de feu éclatent soudain. Trois balles claquent sec, juste au-dessus du sergent-chef qui rentre instinctivement la tête dans les épaules. Leguéré arme nerveusement sa mitraillette.

– Pas passé loin!, commente-t-il simplement.

Les partisans de Ké Sat, agglutinés en tas dans la rizière, ne seraient pas d'un grand secours si les Viets Minhs invisibles décidaient de se ruer à l'assaut de la patrouille. Le sergent-chef s'en rend bien compte et se coule rapidement vers leur chef.

– Ne restez pas collés les uns aux autres! lui ordonne-t-il. C'est pas bon pour vous...

Les Tonkinois apeurés se redressent à demi et s'égaillent sur la diguette qui mène à la route du pont. Aussitôt, les Viets Minhs embusqués prennent les formes maladroites pour cible. Les partisans se replaquent dans la boue, en catastrophe.

Leguéré regagne la tête de son groupe figé dans l'expectative.

– Ça ne sent pas bon, souffle-t-il au sergent Lavabre en se plaquant près de lui. Il faut qu'on bouge d'ici... Et vite!

La silhouette maigre du parachutiste se redresse une nouvelle fois. Deux balles, précises, claquent à une cinquantaine de centimètres de sa tête nue.

« De mieux en mieux!, se dit-il en replongeant dans la boue. La prochaine fois, ils vont sûrement faire mouche... »

Leguéré a eu le temps de distinguer les lueurs des coups de départ des armes noyées dans le brouillard. Il rampe dans la boue sur quelques mètres, sachant très bien que les bo doïs qui l'ont pris pour cible doivent garder leurs fusils braqués exactement sur l'endroit où il a disparu à leurs regards.

Les chasseurs, très calmes, n'ont pas encore ouvert le feu. A quelques mètres seulement de l'embuscade, entre les lointaines rafales de Vinh Lai et les détonations des fusils tout proches, la rivière, de plus en plus haute, gronde en souffle puissant. Vers Ké Sat, des lueurs dansantes annoncent que les hommes du Viet Minh incendient de nouvelles habitations pour punir les paysans de s'être ralliés aux Français.

Des rafales se font entendre, au milieu du bourg investi. Tout près de Leguéré, un partisan ferme les yeux pour retenir des larmes de rage. Leguéré décide de précipiter les événements.

Se relevant à demi, il fait un signe aux voltigeurs qui l'entourent, attentifs à ses faits et gestes, et fonce vers le pont. Trois éclaireurs sont déjà tout proches des piliers de l'ouvrage grossis à leur base par des dépôts de branchages noués par le courant furieux.

Les Viets Minhs ouvrent à nouveau le feu. Cette fois Leguéré est sûr de la position qu'ils occupent.

« Les cons !, se dit-il, ils n'ont pas pensé à bouger depuis les derniers coups de feu. On va les avoir ! »

Agenouillé sur une arête de terrain, le parachutiste dégoupille tranquillement une Mills. Faisant signe à ses hommes de le suivre, il lance la grenade d'un geste ample et précis de balancier de son bras droit.

La rizière semble exploser en même temps que l'engin meurtrier. Des gouttelettes d'eau et de boue retombent en chuintant sur la patrouille qui ouvre le feu à l'unisson. Leguéré se lève et, tirant les trois quarts de son chargeur de 11,43 d'une seule rafale, plonge en direction de l'ennemi.

Les Viets Minhs, bousculés par le bond imprévisible des parachutistes, fuient dans la rizière inondée, tout le long de la digue qui longe la rivière.

A l'emplacement où la Mills a explosé, un homme gît, déchiqueté par les éclats de la grenade quadrillée.

— Ils n'ont pas eu le temps d'emmener son fusil, jubile le chef de patrouille en ramassant une arme trempée et boueuse et en la tendant à un de ses voltigeurs.

De longues rafales de mitraillette accompagnent la course éperdue des fuyards. Du poste, la mitrailleuse de 12,7 ouvre le feu. Les aboiements sourds de l'arme lourde couvrent les détonations sèches des mitraillettes et les rafales nerveuses du fusil mitrailleur de la patrouille.

— On passe de l'autre côté, hurle Leguéré dans le tumulte, stoppant la poursuite aveugle.

Les parachutistes, essoufflés, reprennent la direction du pont. Les partisans, affolés, se relèvent de leur abri de boue et trottent menu derrière les longues foulées des Européens. Leguéré franchit les poutrelles rouillées, luisantes de pluie, tout en changeant le chargeur de son arme américaine.

Fonçant vers la droite sur la route qui enjambe le pont, puis sur une piste étroite noyée sous quelques centimètres d'eau, les chasseurs courent vers les premières maisons du village. Ils sont accueillis par quelques coups de feu.

— Ils n'ont pas l'air d'avoir mis d'armes automatiques en défense dans cette direction, constate Leguéré. On continue !

Insensibles aux sifflements des balles qui passent haut par-dessus leurs silhouettes rapides et courbées, insoucieux des claquements secs de celles qui les frôlent de plus près, les hommes de la patrouille s'engouffrent sans résistance dans Ké Sat, suivis d'assez loin par la poignée de partisans. Les maisons du village semblent danser dans les lueurs mouvantes des incendies.

Des paysans, sortant de l'ombre, se jettent en groupe suppliant vers les nouveaux venus.

— Ils sont maintenant de l'autre côté de l'église, précise dans le tumulte un homme plus calme que les autres.

Leguéré se dégage difficilement de la gangue geignarde et lance ses hommes dans la grande rue qui mène à la place de l'église.

Auprès de l'édifice, des partisans, dégagés par l'arrivée des parachutistes, se mêlent à la poursuite. Les Viets Minhs semblent vouloir se replier vers N'Go Hai Ton. Les veilleurs de la milice catholique, transis de peur dans les clochetons de l'église transformée en forteresse, se reprennent et ouvrent un feu nourri sur l'ennemi en repli.

Un ordre radio de Baudin coupe l'élan de la patrouille. Leguéré fait rebrousser chemin à ses hommes. Les bo doîs ont disparu vers le sud-ouest, en tiraillant pour protéger leur fuite bien ordonnée. La pluie se remet à tomber. Les incendies sont rapidement éteints par les villageois qui organisent des chaînes de seaux d'eau.

Le chef des partisans demande au Blésois de laisser quelques parachutistes au village.

— Ils vont certainement revenir, plaide le petit homme, il faut que vous soyez là pour les empêcher de nous faire encore du mal...

Baudin, interrogé par radio, donne son accord. Cinq parachutistes se coulent dans les emplacements de combat des miliciens qui ont repris confiance. Leguéré reprend la direction du pont.

En passant tout près du cadavre du Viet Minh abattu qui se raidit lentement, les parachutistes ralentissent l'allure, presque inconsciemment. La rizière offre sous la pluie un mélange d'odeurs où se marient la poudre, la boue grasse, à la senteur indéfinissable et le remugle presque tiède des viscères du mort, éparpillés par les éclats d'acier de la grenade.

Les tireurs viets minhs du village de Vinh Lai ne se manifestent plus. Vers N'Go Hai Ton, de l'autre côté de la rivière, là où les incendiaires se sont perdus dans la nuit, quelques rafales partent encore puis le silence tombe sur le delta.

Lorsque l'aube éclaire pauvrement le paysage morne des terres inondées, Leguéré repart avec quatre hommes pour fouiller les abords de la rivière, près du pont, là où les Viets Minhs avaient été surpris alors qu'ils s'apprêtaient selon toute vraisemblance à venir harceler le poste.

Le cadavre du bo doî est facilement retrouvé. Il est allongé sur le ventre et à demi enfoncé dans la boue. Plus aucune odeur ne se dégage de l'endroit. Le sang dont l'homme s'est lentement vidé a teinté de rouge le cloaque qui l'entoure. Un parachutiste retourne le cadavre et ne peut retenir un cri d'étonnement :

– Merde ! Venez voir, chef. On dirait que ce n'est pas un Viet...

Leguéré s'approche de l'homme mort et découvre à son tour le visage intact, sali de boue.

– On dirait un Japonais, souffle-t-il en se grattant la tête d'un geste machinal, curieux...

Après avoir fouillé les alentours sans retrouver de traces du passage de l'ennemi mis en déroute, les parachutistes regagnent leur poste.

– C'est certainement un ancien sous-officier ou même un officier de l'armée du Mikado qui est resté au Tonkin pour poursuivre sa guerre contre l'Occident, suggère Leguéré en rendant compte de sa découverte au lieutenant Baudin.

Des messages radio, en provenance du P.C. de Di Su, apprennent au chef de poste et à son adjoint qu'ils n'auront plus désormais à craindre les tirs agaçants du *snipper* du bord de la rivière.

– D'après les renseignements du deuxième bureau, commente Baudin, ce serait votre fils du soleil levant qui vous harcelait depuis votre arrivée au poste.

***

Dans le Dakota, bercé par le ronronnement des deux moteurs de l'avion et la caresse régulière du vent qui s'engouffre par la porte béante de la carlingue, Leguéré laisse s'estomper la face chafouine et douloureuse de l'ancien soldat de Hirohito. Inquiet du retard croissant pris sur l'horaire de vol du C. 47, il interroge d'un mouvement de tête le largueur du stick tout en tapotant le verre du boîtier chromé de sa montre-bracelet.

Le sergent interrogé, ignorant lui aussi ce qui se passe, lève simplement les épaules en guise de réponse.

— On dirait bien qu'on tourne en rond, se dit Leguéré en essayant d'apprécier la position des autres appareils dans la nuit. C'est bizarre...

17

CHEF DE SECTION

Dans Ké Sat, les villageois, sous le choc de l'intervention incendiaire des Viets Minhs, choisissent de coopérer de plus en plus avec leurs sauveurs. Les plus tièdes d'entre eux se décident à parler. Les renseignements anodins qu'ils communiquent volontairement aux parachutistes se complètent et donnent bientôt une image précise de l'implantation ennemie dans le secteur.

— Il est temps de faire un petit tour chez eux, décide Baudin. Sinon, ils vont revenir en force sur le village.

A sept heures du matin, Leguéré et ses hommes se lancent en patrouille au long de la rivière. Les parachutistes traversent le pont détruit et se dirigent vers Ké Sat. Dès les premières maisons du bourg, la population les accueille, amicale. Les Tonkinois bavardent, voulant donner encore de nouvelles preuves de leur attachement à la cause française.

— Il y a des Viets Minhs par là-bas, précise un homme sans âge et édenté.

— Oui, c'est vrai, poursuit un de ses compagnons en le poussant du bras. On les a entendus toute la nuit, ils sont par là...

« Par là », comme dit le villageois prolixe, ce sont les villages de Nôi Ton et N'go Hai Ton, au sud-ouest de Ké Sat.

Baudin et Leguéré, ayant écouté les dernières précisions données par la population coopérative, décident d'aller fouiller les bourgades suspectes encore à demi noyées dans la brume du mois de juillet.

La grosse patrouille s'étire lentement sur la route digue qui borde la rivière. Elle débouche bientôt sur un carrefour à quatre cents mètres seulement de N'Go Hai Ton. Prudemment, Leguéré met en position sa pièce de mortier de 50, toujours armée par le caporal Georges, avant de poursuivre son avance avec les voltigeurs.

Des coups de feu partent du village.

– On dirait des tirs de mousquetons, estime Leguéré, toujours précis.

Bien couverts par les fusils mitrailleurs de la patrouille, ses hommes prennent délibérément la direction du village occupé par les Viets Minhs. Ils glissent sur la boue en lâchant des jurons.

Leguéré, contrôlant bien son équilibre, active l'avance malaisée.

« Je ne tiens pas à ce que les Viets aient le temps de se défiler une fois de plus », se dit-il, en couvrant du regard l'ensemble de la manœuvre.

Le brouillard matinal achève de se dissiper. Il ne pleut pas, les rizières inondées luisent sous un soleil très pâle qui perce timidement le rideau des nuages. Le village d'où sont partis les coups de fusil est atteint sans mal. Leguéré pénètre dans les paillotes. A ses pieds, il découvre des douilles vides, éparpillées.

Les Viets Minhs en repli courent sur les diguettes en direction du village de Chau Kê situé à quatre cents mètres au sud-est de N'Go Hai Ton. Les deux fusils mitrailleurs de la patrouille, restés un peu en retrait de leurs voltiges, les prennent sous leur feu. Les rafales ricochent sur la rizière en longs déchirements de papier de soie. L'écho des détonations de départ semble glisser sur le paysage désespérément plat.

Leguéré, lorsque le tir de ses pièces s'est arrêté, repense aux colonnes ennemies qu'il avait aperçues lors de sa dernière incursion sur le site.

« Ils sont certainement en train d'essayer de nous attirer dans un sale piège », se dit-il en pointant ses jumelles sur les petits villages de Sa Lung et Phu Lung sur l'autre rive de la rivière et celui de Luong Ngoc dans le sud de Chau Kê.

Des tirs d'armes automatiques bien embusquées partent de ces trois groupes de paillotes, prenant les parachutistes sous un feu croisé. Les voltiges et les pièces manœuvrent dans la boue, en ballet bien réglé. Leguéré apprécie à sa juste mesure la qualité des ordres de Baudin. Muller, très calme, continue d'arroser Chau Kê.

– Le lance-patates !, hurle Leguéré en faisant progresser vers lui le petit mortier de deux pouces de Georges.

Le caporal aux gestes économes met sa pièce gris-bleu en batterie en quelques secondes seulement. Les obus de l'arme pilonnent bientôt Chau Kê, parachevant le travail des rafales du F.M. de Muller. Les Viets Minhs sortent alors du village et, se coulant au ras des diguettes, se perdent vers Luong Ngoc.

– C'est bien ce que je pensais, constate Leguéré en les suivant des yeux, ils veulent absolument nous attirer vers le sud...

Baudin décide de continuer la poursuite malgré la menace qui se précise. Leguéré se lance à la tête de ses voltigeurs sur les diguettes ouest qui mènent aux villages ennemis en longeant la rivière.

Les parachutistes s'enfoncent bientôt dans des fondrières.

– Ce n'est pas possible de passer par là, enrage le Blésois en aidant un chasseur à s'extirper d'une gangue de boue nauséabonde.

Faisant demi-tour pour essayer de trouver un autre axe d'accès, la patrouille est prise à partie par de nouvelles armes automatiques qui se dévoilent. L'eau calme de la rizière se hérisse de dizaines de petits geysers. Les Viets Minhs de Luong Gnoc profitent du mouvement avorté pour intensifier leur pression.

– Bon sang !, rumine Leguéré, il faut absolument les obliger à se terrer ou à décrocher. Sinon, leurs copains vont avoir le temps de nous contourner...

Georges devance presque les désirs de son chef. Par une diguette un peu moins minée par les eaux en crue que celles du bord de la rivière, il parvient jusqu'à une sorte de plate-forme en carrefour. Son arme à museau court tire quatre obus qui tombent en plein sur les paillotes d'où tire rageusement l'arme automatique qui bloque la progression de ses compagnons. Les fragiles habitations de bambous et de boue semblent se désagréger sous les explosions rapprochées.

Les parachutistes, trempés, boueux et essoufflés, se remettent en marche en dérapant sur la glaise. Les Viets Minhs s'échappent vers le sud. Baudin fait interrompre la progression.

– On ne peut pas continuer longtemps comme cela, précise-t-il à son adjoint. On va manquer de munitions...

Dans le lointain, au sud de Luong Ngoc, des sections rebelles se mettent en mouvement pour prendre la patrouille en tenaille. De nouveaux tirs partent de Sa Lung et Phu Lung collés, sur l'autre rive, aux flots boueux de la rivière de Ké Sat.

« Ça va chauffer bientôt ! », se dit Leguéré en évaluant à la jumelle le piège qui se resserre.

Les parachutistes entament leur mouvement de repli.

– Doucement sur les munitions !, ordonne Leguéré. On n'est pas encore au poste...

Baudin ordonne à ses hommes de mettre le feu à toutes les paillotes de Chau Kê lorsqu'ils retraversent le petit village désert. Arrivés au carrefour où la patrouille a essuyé les premiers tirs viets minhs, Leguéré plaque ses hommes dans la boue.

— On va rester ici pendant quelques minutes, annonce-t-il en étalant son dispositif silencieux.

Le parachutiste espère que le chef de la manœuvre viet minh sera assez sûr de lui pour tenter à son tour une poursuite en règle.

— S'ils débouchent par ici, espère le sergent-chef, on va les assaisonner tranquillement avant de nous replier sur Ké Sat...

Les sections rebelles ne donnent pas dans le piège. Tandis que le mortier lourd du poste arrose d'obus les rizières jusqu'à ses limites de distance de tir, la patrouille traverse Ké Sat pour franchir la rivière. La population qui a suivi les engagements au long des heures se masse sur le passage de ses protecteurs.

— Bon sang !, constate Leguéré une fois qu'il est parvenu au milieu de l'amas de poutrelles tordues du vieux pont, la rivière monte encore...

Les flots boueux grondent sous lui, la digue qui les contient est débordée. Les rizières ne forment plus qu'un lac immense d'où émergent seulement les lignes des plus hautes diguettes.

— Si les Viets veulent lancer une attaque en force, lance Leguéré en arrivant au poste, ils seront obligés de le faire en bateau... Pas moyen de les rater !

Un ordre du P.C. de Di Su enjoint aux parachutistes isolés au milieu des eaux de prendre des dispositions pour protéger les munitions du poste.

— Il paraît que la flotte va encore monter, annonce Leguéré à ses hommes en dirigeant les travaux de mise à l'abri de tout le matériel du poste.

Maillot, Guillaume, Lavabre et Leguéré.

Pendant trois jours, les chasseurs, aidés dans leur effort par les partisans, surélèvent les murettes de sacs de terre sous la pluie qui a repris de plus belle.

Les Viets Minhs, bloqués eux aussi par les inondations catastrophiques, ne passent plus la rivière. Les nuits sont calmes et seuls des échos de canonnades lointaines roulent au ras des eaux qui ont maintenant tout envahi sur des kilomètres désolés.

Leguéré et Lavabre rejoignent Maillot à Di Su quelques jours après le coup de main sur Chau Kê. Les trois hommes sont envoyés, avec quelques autres sous-officiers du bataillon, pour passer les épreuves de l'examen de chef de section, à Hanoi.

Ils retrouvent la cité tonkinoise enchâssée dans ses lacs et méandres d'affluents du fleuve Rouge anormalement grossis. Les examens durent plusieurs jours. Ce sont des hommes du premier bataillon de choc qui servent de plastron et de section de manœuvre. Sous les yeux de leurs examinateurs impavides, les sous-officiers parachutistes répètent sans entrain les gestes qu'ils ont accomplis plus de cent fois au feu et donnent les mêmes ordres qu'ils ont autant de fois hurlés sous les tirs d'un ennemi réel.

Les choses ne se passent pas trop mal, tous les candidats du bataillon sont admis.

– Comme ça, au moins, espère Leguéré, on ne me parachutera plus dans les jambes des adjudants ou des sous-lieutenants pour prendre ma place à la tête de la section !

Ayant copieusement fêté leur réussite commune, les sous-officiers brevetés regagnent le P.C. de Di Su. Leguéré retrouve la rivière de Ké Sat en légère décrue et reprend ses habitudes dans la boue. Le sous-lieutenant Baudin a été blessé au cours d'une opération d'envergure qui tendait à chasser du secteur rallié la totalité des éléments du Viet Minh.

– Ça simplifie tout, remarque Leguéré en apprenant la blessure de son chef. Je redeviens le patron...

Les jours passent en patrouilles et les nuits en veilles. Quelques petites escarmouches sans importance pimentent la vie sédentaire de la section isolée dans la boue. Maillot vient rendre visite, une fois par semaine, à son compagnon chef de poste. La saison des pluies se meurt, les eaux baissent de plus en plus.

Les Viets Minhs, sérieusement bousculés par l'opération au cours de laquelle Baudin a été blessé, se reprennent peu à peu. De longues colonnes de bo doîs font mouvement au sud, à quelques kilomètres de Ké Sat. Leguéré les suit à la jumelle en rongeant son frein.

L'ordre de préparer la relève du poste tombe un beau matin et bientôt les parachutistes, impeccablement alignés dans la cour du fortin, sont passés en revue par le successeur de Leguéré, un lieutenant du 3e régiment étranger d'infanterie.

Une fois les consignes passées, Leguéré embarque tout son monde dans deux G.M.C. qui prennent la direction de Di Su.

– Tu sais comment s'appelle ton remplaçant à Ké Sat ?, demande Maillot en accueillant Leguéré au P.C. du bataillon.

Le Blésois, qui a signé les papiers de remise de matériel lourd du poste sans prendre garde à l'identité de son successeur, fait une moue de négation.

– Tiens-toi bien, poursuit Maillot, c'est le propre fils du général Juin !

Le convoi des parachutistes débarque les hommes et le matériel au camp de la Concession, à Hanoi.

La saison sèche approche, le fleuve Rouge et ses dizaines d'affluents capillaires regagnent leur lit, délivrant les rizières. Le soleil qui brille de plus en plus fort sur l'univers humide dégage des nuages de brume.

Le bataillon attend les ordres tout en participant à des ouvertures de route, à des protections de convoi et à quelques opérations sans importance.

– Ça va drôlement bouger !, annonce un matin Maillot à Leguéré, il se prépare quelque chose d'énorme dans le nord-ouest du pays. On va sûrement faire partie du voyage...

En effet, le Viet Minh tient solidement toute la Haute Région sous sa coupe, vers Cao Bang.

– Ils n'ont qu'à nous larguer en plein sur les Viets, jubile Leguéré, et on verra bien ce qui se passera...

Le parachutiste accepte mal l'idée que le bataillon de chasseurs fasse partie d'une banale colonne de dégagement, noyé au milieu de régiments d'infanterie.

Heureusement pour son moral, les choses se précipitent. L'état-major a prévu une opération aéroportée sur Cao Bang et sa région. Les chefs de section participent, durant de longues heures, à des séances de mise au point de l'opération projetée autour des inévitables bacs à sable reproduisant des reliefs de terrain. Ils pointent leurs objectifs sur des cartes absolument vierges de toute indication de lieu.

Bientôt, les hommes sont consignés à la Concession. Le matériel est distribué, des avions passent en vague au-dessus de Hanoi et se posent à Gia Lam et Bach Mai. Leguéré est aux anges.

— La vraie vie va reprendre, prévoit-il en se frottant les mains. A nous de savoir nous en tirer...

Le jour « J » de l'opération approche vite. Les gradés, pressés de questions par leurs hommes, sont sur les nerfs. Le secret est bien gardé malgré la préparation qui ne doit pas tromper les centaines d'observateurs viets minhs noyés dans la population du delta.

— Secret ou pas, espère Leguéré, une chose est sûre. On va leur tomber sur le paletot !

Quelques jours avant le départ, Leguéré reçoit les derniers détails de sa mission. On ne parle toujours pas de Cao Bang mais tout le monde sait que c'est là que le bataillon va sauter.

Le plaisir guerrier et l'enthousiasme des combats à venir qui animent Maillot et Leguéré sont tempérés par une absence lourde à supporter : celle du sergent Bouchon mort à Di Su, déchiqueté par les éclats d'une mine bondissante.

Enterrement du sergent Bouchon.

— Tu sais, évoque une dernière fois Maillot, quand je l'ai ramassé il n'en restait pas grand-chose du pauvre Charlot, quelques lambeaux sanguinolents. Quand on l'a enterré, ses restes tenaient dans un étui de mortier de 81...

⁂

L'avion C. 47 numéro 666 vibre, ballotté par les vents qui courent au sommet des montagnes du Son La.

« Il y a des morts qu'on ne peut oublier », se dit le chef de stick, en balayant les horreurs anciennes pour ne plus penser, du moins le croit-il, qu'à celles qui les attendent, lui et ses hommes, sur le sol martyrisé de la Porte du Laos.

TROISIÈME PARTIE

OPÉRATIONS AÉROPORTÉES

18

CAO BANG

Les gradés parachutistes se rendent compte, à de petits riens qui ajoutent encore à l'animation des unités cantonnées autour de Hanoi, que les préparatifs de l'opération aéroportée projetée sur la Haute-Région touchent à leur fin. Leguéré part comme largueur à bord d'un Dakota le 7 octobre 1947. Les trois sticks du 3/1 R.C.P. qu'il jette dans le vide sautent au-dessus de Bac Kan pour les deux premiers et de Cho Moi pour le troisième.

Le jour « J » arrive enfin pour la première compagnie. La veille, le 8 octobre 1947, les derniers ordres du quartier général sont tombés, laconiques et précis, aux cantonnements de la Concession, tout près du Grand Lac de Hanoi. Le matériel lourd, plus de vingt fois vérifié, est stocké dans ses gaines de toile. L'opération « Léa » va commencer.

Hanoi est encore endormie lorsque les files de camions affectées à l'opération traversent à vide ses rues désertes où des patrouilles de marsouins et de marins en uniforme kaki se coulent au ras des murs, achevant leurs rondes de nuit. Les moteurs des véhicules, torturés par les manœuvres brutales des chauffeurs mal éveillés, emplissent les faubourgs de la ville d'un vacarme grinçant.

A quatre heure trente, les parachutistes sont tirés de leur sommeil par les hurlements de leurs chefs de groupe. Ils s'habillent rapidement avec les gestes précis du rituel des grands départs, après s'être rasés de très près.

Leguéré pénètre dans le baraquement de sa section, à peine éclairé par des ampoules électriques de faible voltage qui pendent, nues, au bout de leur fil. Les hommes l'accueillent, figés au pied de leur lit.

– Sortez les gaines devant la porte, leur ordonne le sergent-chef après les avoir rapidement inspectés.

Les trois gaines A 5 de la section sont traînées au-dehors du bâtiment. Tendus, les chasseurs n'attendent plus que l'arrivée des camions en buvant un dernier quart de café très chaud.

Les véhicules pénètrent dans le périmètre de la Concession et se rangent contre le trottoir qui longe les baraquements animés.

— Embarquez les sacs, crie Leguéré à quatre de ses hommes. Et en vitesse !

Les parachutistes désignés empoignent nerveusement les lourdes gaines et les projettent dans la cuve d'un G.M.C. Ils accompagnent leur effort brutal de sourdes onomatopées de bûcherons.

Le Blésois, circonspect, toujours inquiet d'un possible ajournement du départ, lève les yeux au ciel qui s'éclaire de lueurs laiteuses.

« On dirait qu'il n'y a pas trop de soucis à se faire quant à la météo, se dit-il, rassuré. Pourvu que les conditions soient les mêmes, là-bas, dans le Nord-Ouest... »

L'ordre de monter dans les camions court le long des baraquements qui se vident et s'éteignent en quelques secondes. Les hommes se hissent dans les véhicules dont les moteurs tournent au ralenti. Le concert des ronronnements prend de l'ampleur et tonne bientôt en rugissements lorsque les camions sortent de la Concession.

Le long convoi des véhicules américains 6/6 de type M.32 franchit bientôt le pont Doumer qui enjambe, sur mille huit cents mètres, les eaux calmes du fleuve Rouge et les îlots de Co Xa et Van Thuy. Sur le terrain d'aviation de Gia Lâm, au nord-est de la ville qui émerge de la brume, des dizaines d'appareils de transports, Ju. 52, Curtiss-Commando et Dakota, sont alignés, portes ouvertes. Le jour s'est levé et il fait beau. Leguéré est de moins en moins inquiet sur les certitudes de départ.

Les parachutistes se laissent glisser à bas de leurs véhicules et s'alignent impeccablement auprès des avions numérotés par sticks. Le groupe de Leguéré se place perpendiculairement à la carlingue d'un C.47 qui porte le numéro 666.

Un G.M.C. de la base de Gia Lâm se range quelques secondes auprès de la section, son équipage jette des parachutes au sol. Rompant leurs rangs, les hommes du stick s'en emparent et sortent les dorsaux et les ventraux de leurs toiles de protection.

L'ordre de s'équiper tombe enfin. Les hommes, s'aidant les uns les autres, bouclent les mousquetons des courroies et se remettent en attente.

Les quarts d'heure passent vite, l'ordre de décollage de la vague se fait de plus en plus désirer. Leguéré, plus impatient que les autres, va aux nouvelles.

— La météo est moins bonne là-bas, revient-il annoncer à ses chefs de groupe en faisant la grimace.

Comme pour exorciser ses craintes nouvelles, le parachutiste n'a pas prononcé le mot de Cao Bang.

L'aumônier du bataillon s'approche de la section de Leguéré. Le parachutiste tue le temps en vérifiant, une fois de plus, les équipements des plus jeunes recrues. En voyant arriver l'homme de Dieu, deux hommes se mettent à genoux et, fermant les yeux, communient gravement. Un troisième se confesse rapidement avant de recevoir lui aussi la Sainte Eucharistie. L'instant est poignant et lourd de sens pour les croyants. Les incrédules, les esprits forts, les durs en gueule, se sentent, eux aussi, saisis par l'intensité de la minute qui passe. Leguéré, lui-même, ne peut s'empêcher de se sentir ému lorsque l'aumônier bénit ses hommes et leur donne l'absolution en latin.

— On dirait qu'on part pour un enterrement, gronde sourdement le parachutiste athée en détournant la tête comme pour esquiver le geste sacré.

Les moteurs d'avion s'emballent soudain au point fixe. Le vacarme devient vite déchirant. Les parachutistes ne s'entendent plus.

Prêts à embarquer...

L'ordre de prendre place dans les appareils bruyants court de stick en stick. Les hommes de Leguéré se redressent, s'arrachant avec difficulté du sol où les plaquent leurs lourds équipements. S'aidant les uns les autres en lançant dans l'air vibrant des plaisanteries inaudibles, ils se hissent dans leur Dakota avec des grâces de scaphandriers hors de l'eau.

Lorsque le stick tout entier est installé dans la carlingue du C. 47, Leguéré grimpe à son tour dans l'appareil. Il s'installe près du largueur, tout contre la porte démontée, derrière les gaines de matériel bien calées.

Les avions commencent à rouler sur la piste. Les plus lents, les Junker 52, décollent les premiers et tournent dans le ciel sans nuages en attendant la formation des vagues qui doivent piquer vers le nord-ouest du Tonkin. Le spectacle des groupes d'avions qui évoluent en grondant au-dessus de Hanoi est grandiose. Les parachutistes de Leguéré se taisent, pris par la beauté de ce qui s'offre à leurs yeux.

Tandis que les Ju. 52 se perdent déjà dans le nord-ouest cap au 310, les Dakota tournent longtemps dans le ciel en prenant de l'altitude.

Engoncés dans leurs lourds équipements de saut et leurs sacs individuels de combat, les hommes de Leguéré entonnent des refrains guerriers qui ne réussissent pas à couvrir les déchaînements des deux moteurs de l'appareil américain.

« Bon sang, songe le Blésois qui, pour une fois, ne chante pas avec ses compagnons de voyage, le morceau doit être salement coriace : il y a du monde en l'air ! »

Une à une, les vagues se forment. Les avions, en groupes serrés, se dirigent vers la Haute Région.

Dans la carlingue, Leguéré récapitule les détails de sa mission. Il doit regrouper rapidement sa section, foncer vers la citadelle qui barre l'entrée de Cao Bang, au sud-est, la traverser ou la contourner et investir la centrale électrique de la ville, à trois cents mètres au cœur de la zone tenue par le Viet Minh.

Les ordres sont stricts. Il faut absolument prendre l'usine avant que les rebelles n'aient le temps de commettre des sabotages irréparables. Le convoi aérien vole à plus de deux mille mètres d'altitude. Sous le ventre des appareils défilent les forêts denses de chênes et de conifères qui épousent le relief tourmenté des montagnes creusées de vallées profondes.

Enfin, les avions amorcent leur descente vers l'objectif qui se rapproche. Les chansons meurent et les visages maigres des parachutistes se durcissent. Des gestes machinaux, des tics nerveux, trahissent la tension qui monte en chacun d'eux.

Leguéré se penche au-dessus des gaines qui barrent la porte de l'appareil pour essayer de distinguer le sol. Éventrés par des tonnes de bombes, les flancs des montagnes qui dominent Cao Bang ressemblent, à cette altitude, à des volcans en éruption. Tout autour des zones de saut qui se précisent peu à peu, des chasseurs Spitfire, aux fuselages pointus comme des dagues, plongent et replongent en mitraillant.

Les Ju. 52 sont déjà sur le site embrasé. L'un d'eux est touché par une rafale de mitrailleuse ennemie installée en D.C.A. sur une ligne de crête. Leguéré suit un instant des yeux la traînée de fumée noire qui s'allonge derrière l'appareil à la dérive.

– Bon sang !, gronde-t-il, ça promet du joli...

Le C. 47 numéro 666 perd de l'altitude. Le saut est proche. Soudain les choses se précipitent. Un signal électrique, déclenché par le chef de bord, vrille, énervant, les tympans des parachutistes de plus en plus tendus qui ont réagi en automates à l'ordre classique du largueur :

– Debout ! Accrochez...

Des claquements de mousquetons qui se referment ont accompagné l'accrochage des S.O.A. d'extraction des parachutes dorsaux à ouverture automatique au filin d'acier tressé qui s'allonge au-dessus des têtes.

Inspectés une dernière fois par leur chef de section, les hommes sont debout depuis maintenant quatre minutes. L'avion perd de la vitesse. Le sol se précise. Leguéré reconnaît très bien les détails de la zone de saut, cent fois étudiés sur le bac à sable d'Hanoi. Il échange rapidement un coup d'œil complice avec le largueur du vol et propulse les gaines A 5 dans le vide, puis plonge aussitôt derrière elles.

Le sergent-chef ressent le petit choc de l'extraction de son parachute dorsal puis celui, beaucoup plus fort, qui ponctue l'ouverture de sa voilure. Sa chute vers la terre se ralentit. Le parachutiste, suivant les gaines des yeux, touche le sol, le premier, en évitant de justesse un des rochers qui encombrent la D.Z.

Allongé sur le sol inégal, le sous-officier se dégage rapidement et se libère de ses harnais avant même que son parachute ne soit complètement avachi. Bondissant vers un petit promontoire qu'il a repéré en touchant le sol, il dirige en hurlant le regroupement de ses hommes. Les gaines ne sont heureusement pas tombées loin, les parachutistes peuvent récupérer une partie de leur matériel lourd avant l'assaut.

Le reste de la compagnie du capitaine Bouvery est étalé sur plus d'un kilomètre cinq cents. Les hommes courent dans tous les sens pour rejoindre leurs chefs.

Ignorant tout ce qui n'est pas son objectif, Leguéré rameute autour de lui ses premiers voltigeurs et se lance à leur tête vers la ville. A quatre cents mètres de là, la Citadelle se dessine dans la fumée des explosions de bombes.

Les parachutistes, une fois déharnachés et débarrassés de leurs lourds sacs, ont retrouvé leur sveltesse et leur allure de fauves souples. Ils bondissent de rocher en rocher, insensibles aux tirs qui les encadrent.

Cao Bang, prise en écharpe par deux rivières, le Song Hiêm au sud-ouest et le Song Bang Giang au nord, s'étale à six cents mètres de la D.Z. La citadelle ferme le goulet d'entrée sud de la ville. Derrière ses formes massives se découpent les arêtes de la curieuse construction, mi-église, mi-hall de gare, qui abrite la centrale électrique.

Leguéré plonge vers la Citadelle. Ses hommes tirent en courant et poussent des hurlements. Tout autour de la D.Z., c'est l'enfer. Les explosions couvrent le tir des armes légères des chasseurs. Bondissant derrière les blocs de rocher qui jalonnent les abord de la Citadelle qui crache le feu, les parachutistes se jettent en avant. L'engagement est très bref, les ordres sont précis : « Ne pas s'attarder à éliminer les défenseurs de l'ouvrage mais passer à travers eux pour arriver au plus vite à la centrale !... »

Leguéré a oublié tout ce qui n'est pas la curieuse bâtisse coloniale blanc crème qu'il doit enlever à l'ennemi. Il fait accélérer son mouvement.

Soudain, une mitrailleuse prend sa section en enfilade. Le parachutiste est obligé de freiner son élan. Allongé derrière une levée de terrain, il appelle par radio le P.C. volant de l'opération installé dans un Catalina qui tourne au-dessus de la tourmente. Il obtient rapidement une intervention de la chasse qui reste aux abois.

Deux Spitfire anglais se précipitent sur la Citadelle et mitraillent à plusieurs reprises les défenseurs viets minhs.

Sous l'infernale pression des aviateurs, les servants de la mitrailleuse sont obligés de stopper leurs tirs.

Leguéré se relève de derrière son abri précaire lorsque le deuxième avion de la patrouille entame sa ressource après son troisième passage sur l'objectif. Il lance sa section sur la Citadelle. Les chasseurs, toujours hurlant, traversent la forteresse en tirant sur tout ce qui bouge devant eux et ponctuent leur galop furieux des explosions de leurs grenades. Les bo doîs qui se trouvent sur le chemin de la section laissent passer l'orage sans trop de réactions.

« Les copains vont s'occuper d'eux tout à l'heure », se dit Leguéré en remarquant quelques Viets Minhs qui tentent de s'échapper.

La centrale est là, tout proche. Sans se soucier de ses pertes, assez légères, Leguéré bouscule les défenseurs de l'ouvrage avant qu'ils n'aient vraiment eu le temps de réaliser ce qui leur arrivait.

— Gardez les issues !, ordonne le chef de section, une fois le dernier défenseur viet minh abattu par les rafales précises de ses hommes essoufflés.

Rapidement inspectés, les appareils électriques ne semblent pas avoir souffert de la préparation du saut, ni même de l'attaque des chasseurs. Il n'y a pas non plus de traces évidentes de sabotage important. Les parachutistes fouillent et refouillent le site conquis, découvrant encore deux rebelles apeurés, désarmés, qui se terraient sous des transformateurs.

Tout autour de Cao Bang, les combats s'intensifient. La Citadelle est prise d'assaut et nettoyée de ses occupants. Les premiers chasseurs, lancés à la course, abordent la route menant au centre de la ville.

Peu avant treize heures, la centrale et ses abords sont complètement vidés de tout Viet Minh. Les hommes de la section Leguéré soufflent un peu. En position défensive, ils gardent les yeux braqués vers la ville toute proche qui les attire comme un aimant.

« Prendre une ville ! se répète Leguéré, ça fait tout de même quelque chose... »

Les montagnes qui barrent l'horizon, au nord, sont toujours martyrisées à rythme régulier par les bombardiers.

Un ordre tombe par radio à la centrale électrique. Leguéré rameute ses hommes. Ils doivent faire jonction avec un élément de la 3e compagnie tombé vers le pont qui enjambe la rivière Song Bang Giang, à hauteur du milieu de la cité à investir.

Les parachutistes, longeant la rivière, pénètrent dans une rue de Cao Bang qui paraît déserte.

— Il ne faut pas se fier aux apparences, gronde Leguéré. Les Viets qui se sont sauvés tout à l'heure de la centrale ne doivent pas être bien loin...

Les chasseurs manœuvrent de maison en maison. La population apeurée se serre aux rez-de-chaussée et dans les étages. Les hommes du Viet Minh occupent les caves dont les ouvertures donnent sur la rue, au pied des troncs d'arbres chaulés qui la bordent, plantés assez anarchiquement tous les dix mètres environ.

— On fouillera tout ça après avoir réalisé la jonction, ordonne Leguéré à ses hommes. La mission avant tout !

La liaison s'effectue sans mal tandis qu'une nouvelle vague d'avions de transport se présente dans le ciel pour larguer au sud de Cao Bang les dernières sections du bataillon. Ces avions sont bientôt suivis par d'autres qui lâchent des munitions, du matériel lourd et des vivres.

Une fois la jonction accomplie, Leguéré reçoit l'ordre de rechercher les techniciens de la centrale électrique qui ont dû s'abriter dans leurs maisons dès le début des straffings et des bombardements.

Aussitôt, les parachutistes se mettent à interroger les quelques Tonkinois qui sortent, un à un, de leurs habitations barricadées.

Des dizaines de poulets noirs et blancs, des canards et des cochons rondouillards et à courtes pattes, gloussent, caquettent et grognent entre les jambes des intrus.

– On ne manquera toujours pas de viande fraîche si on doit rester dans le secteur, s'esclaffe Leguéré en écartant deux cochons noirs et roses d'un coup de pied sans méchanceté.

Les gens de Cao Bang sont aimables et renseignent volontiers les parachutistes.

– Attention !, hurle soudain un caporal en se rejetant de l'entrée basse d'une cave, il y a du monde là-dedans...

Leguéré, qui s'est muni d'une mitraillette pour la patrouille, bondit près de l'ouverture, tire une courte rafale et se coule dans le noir menaçant.

Un cri accueille sa deuxième volée de balles. Les yeux du parachutiste s'habituent vite à la pénombre du réduit. Il distingue bientôt une forme allongée et râlante. Tiré au jour de la rue sans ménagement, le blessé refuse de répondre aux questions des Français.

– Il fait semblant de ne pas comprendre, enrage Leguéré qui a remarqué les éclairs d'intelligence qui passent dans les yeux noirs du captif geignard à chaque question.

Un chasseur ressort de la cave qui sent la poudre.

– Regardez ça, chef !, claironne-t-il en tendant une lance acérée à son chef de section, c'est avec ça qu'il espérait nous surprendre !

Perplexe, Leguéré soupèse l'arme archaïque.

– Fouillez bien tout le coin, ordonne-t-il à ses hommes qui s'égaillent rapidement et fracassent toutes les entrées de caves qu'ils rencontrent.

Une dizaine de nouveaux Viets Minhs, tous armés de sabres, de lances et de poignards d'un autre âge, sont extirpés de leurs repaires. Ils sont regroupés et rapidement attachés les uns aux autres.

Les habitants des maisons, débarrassés de leur protecteurs encombrants, sortent dans la rue et se mêlent de plus en plus aux parachutistes sur leurs gardes.

– Je travaille à la centrale, admet un homme d'une quarantaine d'années. Je viens avec vous...

Indiquant au passage les habitations occupées par ses compagnons de travail, le Tonkinois aux pommettes saillantes et luisantes ne se fait pas prier pour parler de ce qui se passait en ville avant l'opération.

— Ils nous avaient prévenus qu'il allait se produire quelque chose, explique-t-il. Ceux que vous avez trouvés dans les caves ne sont que des miliciens, les autres sont dans la montagne et mieux armés...

L'homme ne trottine pas à la façon des habitants du delta, mais marche comme un Européen.

— Ils ne nous ont jamais maltraités, enchaîne-t-il, mais nous n'étions pas libres comme avant...

« Avant », pour l'homme de la centrale, c'était le temps où des Français habitaient encore Cao Bang, avant le coup de force de 1946 et l'abandon de la Haute-Région par les autorités.

La patrouille retrouve tous les techniciens, à deux ou trois près. Lorsqu'elle retourne à la centrale électrique, la Citadelle a été complètement nettoyée par les sections qui suivaient le mouvement de Leguéré. Le sergent-chef Sol a récupéré un mortier de 81 mm.

Les prisonniers sont entassés, peureux, à l'orée de la ville où subsistent encore des éléments troubles. S'activant à réparer les menus sabotages que les Viets Minhs ont eu le temps de perpétrer sur les installations de distribution de courant, les techniciens, coopératifs au possible, remettent l'ensemble de l'ouvrage en fonction à la fin de l'après-midi.

— Si ça se trouve, confie Leguéré à un de ses sergents en surveillant de loin les travaux des Tonkinois, ce sont eux-mêmes qui ont essayé de tout démolir...

Leguéré dans Cao Bang libéré.

La ville renaît peu à peu. Les combats s'espacent tout autour d'elle. Des patrouilles fouillent et refouillent inlassablement le site conquis, ramassant encore quelques prisonniers sans uniforme. Dans les caves de la ville et les souterrains ils découvrent des blessés de l'armée régulière de Hô Chi Minh en treillis, mais débarrassés de leur armement par leurs compagnons en fuite.

— Il n'y a plus qu'à attendre la suite, s'exclame Leguéré dans le calme renaissant, savourant sa journée de tumultes.

La suite, comme le prévoit le plan général de l'opération « Léa », consiste à tenir Cao Bang et ses proches environs jusqu'à l'arrivée d'une colonne, commandée par le colonel Beauffre qui monte de Lang Son en empruntant la R.C. 4.

Maillot, un peu las des transmissions, avait demandé à être détaché pour le saut auprès du capitaine Bouvery, le chef direct de Leguéré. Il rejoint son ami au tout début de la nuit. Il boite bas et fait une grimace douloureuse.

— Qu'est-ce qui t'est arrivé ?, lui demande Leguéré en le voyant déboucher près de la centrale réanimée.

— J'aurais mieux fait de rester au P.C., lâche tout à trac le sergent-chef. Je me suis planté en plein sur un toit de la citadelle, j'ai rebondi du mieux que j'ai pu et je me suis retrouvé quinze mètres plus bas, en train de me faire tirer dessus comme un prince !

Leguéré ne peut s'empêcher de rire.

— Ne te fous surtout pas de moi, Nom de Dieu ! gronde Maillot. L'infirmier qui m'a examiné m'a dit que j'avais une ou deux côtes cassées... Ça coince rudement là-dedans, ajoute-t-il en se cognant la cage thoracique du poing.

Le silence s'installe entre les deux hommes, heureux de se retrouver en vie après le combat.

— On n'a toujours pas découvert la carcasse de l'avion abattu ? demande enfin Leguéré.

Maillot esquisse une nouvelle grimace.

— Il paraît qu'il y avait du beau monde dans le zinc...

Le grand sous-officier apprend à son compagnon qu'en dehors de leurs amis Commerçon, Batifouillier, Bouchet et du lieutenant Rocolle, le Ju. 52 transportait le commandant du groupement d'aviation et un ou deux officiers de même rang.

— C'est un sale coup !, conclut Maillot.

Les deux hommes se séparent. Maillot regagne en boitillant le P.C. du capitaine Bouvery installé un peu à l'écart de l'usine réparée.

Cao Bang exhale des odeurs de poudre dans la nuit qui tombe. Les rivières bruissent et des lueurs d'incendies dansent sur les pentes des montagnes qui cernent la vallée. Leguéré inspecte une dernière fois l'agencement serré de ses défenses et se couche, à même le sol, pour chercher le sommeil.

Des images somptueuses dansent devant ses yeux rougis par la fatigue. Cao Bang vue d'avion, martyrisée par les bombardements entre les traits d'eaux luisants de ses rivières. Puis, en chapelet triste, le parachutiste fait l'appel des morts de la journée, du moins de ceux qu'il connaît. Ils sont seize et la liste risque de s'allonger encore les jours suivants.

« Le plus dur reste encore à faire ! », se dit le sergent-chef fourbu, en se pelotonnant comme un chien.

19

L'AVION EN FLAMMES

Leguéré s'arrache très tôt au sommeil le vendredi 10 octobre 1947. Les lueurs de l'aube déchirent à peine la chape de brouillard qui s'est plaquée pendant la nuit moite aux reliefs des montagnes et au ras des flots des deux rivières de Cao Bang.

La nuit s'est très vite écoulée. A plusieurs reprises les Viets Minhs sont redescendus des hauteurs pour harceler les deux points de défense des ponts qui franchissent le Song Bang Giang au nord de la ville et le Song Hiêm au sud.

Le paysage s'anime rapidement. Les parachutistes, mal reposés, font une rapide toilette, se rasent de leur mieux et font chauffer du café fort dans leurs casques lourds et des récipients domestiques récupérés au cours des fouilles de la veille.

Les derniers factionnaires des postes de guet, une fois relevés, se ruent sur les quarts de liquide fumant dont la brute amertume les aide à sortir de la torpeur indéfinissable qui envahit toujours les sentinelles lorsque le jour se lève.

Les alentours de Cao Bang émergent peu à peu de leur gangue de brume. Des avions de chasse reviennent tourner au-dessus de la ville arrachée à l'emprise du Viet Minh. Des patrouilles se remettent à fouiller les rues désertes. Leguéré détaille mieux que la veille la cité coloniale à demi détruite.

— Ce ne sont certainement pas les straffings d'hier qui ont pu faire tout ça, s'étonne-t-il en évaluant l'importance des dommages qui mutilent les bâtiments publics et les maisons d'habitation européennes de la cité.

Le sergent-chef ne se trompe pas : ce sont les bo doîs du Viet Minh qui ont exécuté les destructions qui enlaidissent Cao Bang, en suivant aveuglément les ordres de leurs commissaires politiques fanatiques au temps de l'abandon de la Haute-Région.

— Chef, vient annoncer un voltigeur de la patrouille après avoir interrogé un groupe de Tonkinois tranquilles, il y a un Français dans le coin...

Le sous-officier sursaute à la nouvelle.

— Oui, poursuit le parachutiste, un deuxième classe de dix-neuf ans à peine. Il s'appellerait même François Roland. C'est le boulanger de Cao Bang.

Ledit boulanger ne tarde pas à se manifester. Il apporte, empilés en pyramide appétissante sur une large corbeille de paille de riz tressée, des petits pains ronds et chauds qu'il propose aux soldats vainqueurs.

— C'est lui, le Français ?, ironise Leguéré en découvrant les traits typiquement tonkinois du mitron.

L'homme, qui a très vite écoulé toute sa production, raconte son histoire sans se faire prier aux chasseurs qui l'entourent, sous un grand arbre penché marquant l'angle d'une rue crevée de nids-de-poule. Ce n'est pas un métis, mais un orphelin adopté tout jeune par un Français qui lui a donné son nom en même temps que son prénom chrétien de François.

Le responsable de la communauté chinoise de Cao Bang, de loin la plus prospère, se présente à son tour aux parachutistes en patrouille. Le commerçant, bavard comme un Méridional de la métropole, à la natte luisante de brillantine, est tout de suite dirigé vers le P.C. du commandant de Vismes.

« Ces gens-là, se dit Leguéré en le voyant s'éloigner, ont certainement pas mal traficoté avec les Viets... »

A neuf heures, l'ordre d'envoyer un détachement à la recherche de l'appareil abattu tombe au P.C. du capitaine Bouvery. Leguéré qui revient de sa ronde en ville espère bien que la mission lui échoira, mais le capitaine de compagnie désigne le lieutenant Faury. Ce dernier part dans la montagne avec deux sections pendant que Leguéré oublie sa déception en fouillant une dernière fois la zone de saut au sud de la ville pour récupérer les parachutes épars. Les hommes chargent les toiles retrouvées sur le dos de petits chevaux difficilement capturés.

Les sections de Faury, progressant difficilement sur les pentes de la montagne, accrochent durement l'ennemi. Leguéré suit à la radio le déroulement de l'action. Les Viets Minhs embusqués tout autour de la carcasse du Ju. 52 détruit, abandonnent le combat après voir perdu quelques hommes.

— Ils l'ont retrouvé ! annonce le radio. Il n'y a pas de survivants.

Leguéré, qui espérait encore revoir son ami Bouchet en vie, esquisse un geste de rage impuissante.

Il est un peu plus de 13 heures. Les sections de Faury investissent la cote 243-186 et commencent à réunir les dépouilles brisées de leurs malheureux compagnons. Tenaillés par la faim, les hommes de Leguéré allument des feux pour faire rôtir des volailles plumées au retour de la première patrouille dans Cao Bang. Un peu plus loin, vers le Son Bang Giang aux flots clairs, un autre groupe de la compagnie fait lentement cuire un énorme quartier de cheval. L'air s'emplit de chaudes odeurs appétissantes.

Leguéré mange tout en restant à l'écoute de la radio. Il arrête de mastiquer une cuisse de canard cuite à point lorsque, dans le poste SCR 300, une voix déformée, impersonnelle, lui apprend que les hommes de Faury quittent les abords de l'avion fracassé et rentrent sur Cao Bang sans les corps de leurs camarades.

Des rafales troublent le silence. Leguéré jette son reste de canard pour suivre à la jumelle un mouvement de fouille qui se développe de l'autre côté du Song Bang Giang, au nord-est de la ville. Il distingue nettement un groupe de rebelles qui se faufile entre les rochers audessus de la ligne de fouille, poursuivi par des rafales de fusils mitrailleurs.

– Tout n'est pas encore fini !, exulte le parachutiste en tendant ses jumelles au sergent Lavabre, debout à un mètre de lui.

La section bâcle son repas et repart en patrouille dans les rues de la ville. A un carrefour proche du confluent des deux rivières, à l'extrémité nord-ouest de la cité, Leguéré rencontre le sergent-chef Commerçon qui a réussi à sauter de l'avion touché par la mitrailleuse viet minh.

– Je reviens de salement loin, tu sais, avoue Commerçon au parachutiste tandis que les deux patrouilles reçoivent l'ordre de se figer sur place.

Commerçon porte sur le visage et les bras nus des traces brunâtres de brûlures.

– Oui, poursuit-il, il était vraiment moins une ! Les autres n'ont malheureusement pas tous eu la même chance que moi...

Leguéré, passionné, écoute le récit, sobre et précis, des événements tragiques de la veille. Son compagnon, encore sous le choc, fait naître des visions criantes de vérité devant ses yeux.

– L'avion finissait à peine sa descente sur la D.Z., raconte le sergent-chef, que nous avons été touchés au moteur gauche par une rafale de mitrailleuse. Dans le vacarme, je ne me suis aperçu de rien du tout. Ce n'est qu'en voyant les flammes qui couraient tout le long de la carlingue et s'engouffraient dans l'avion par la portière que j'ai commencé à comprendre ce qui se passait...

Leguéré, suspendu aux paroles de son ami, l'écoute, tendu à l'extrême, sans interrompre son récit. Il vit si intensément les détails de la catastrophe que plus rien alentour n'existe plus pour lui.

– Ça faisait un sale bruit, narre le conteur d'une voix monocorde, tout le monde voulait essayer d'échapper au feu...

Les deux hommes, les yeux dans les yeux, vivent les minutes graves qui ont coûté la vie à leurs compagnons.

Dans la carlingue, des flammes s'infiltrent au ras du plancher de tôles ondulées. Elles lèchent et enflamment les tenues de treillis anglais. C'est l'enfer. L'avion perd de plus en plus d'altitude. Un corps en flammes est couché sur les gaines de matériel, au travers de la porte de saut par laquelle le feu s'engouffre en soufflant de plus en plus fort. L'homme hurle de douleur en se cramponnant sauvagement à la tôle et aux toiles rêches des sacs A 5. Ses compagnons se bousculent, l'enjambent et plongent dans le vide à travers les flammes qui s'échappent du moteur gauche. Le vent de la descente attise les flammèches qui mordent leurs équipements. Le largueur du stick, l'adjudant-chef Finidori, détaché de la 4e compagnie du bataillon restée à Hanoi en réserve de l'opération, s'active pour canaliser de son mieux les hommes qu'on lui a confiés vers la porte à demi obstruée par les gaines et l'homme qui brûle. Pas un seul instant Finidori ne pense à se jeter lui-même hors de l'avion pour fuir une mort qu'il devine certaine. Le relief de la montagne grandit de seconde en seconde devant les trois moteurs de l'appareil en culbute. Trois parachutes s'enflamment sous ses flancs, lorsque les hommes qui se balancent sous eux touchent le sol en hurlant. Le Ju. 52 penche sur une aile.

Commerçon se tait, vaincu par l'émotion.

Leguéré, qui veut en savoir plus encore, le harcèle :

– Et Boucher ? Et Batifouillier ?, interroge-t-il en pensant à deux de ses meilleurs amis qui faisaient partie du vol tragique.

Le miraculé reprend difficilement le fil de sa narration.

– Boucher, je ne sais pas, reprend-il, mais Batifouillier a dû sauter tout de suite après moi... Derrière le lieutenant Rocolle...

Dans l'appareil désemparé le bruit est de plus en plus fort. Il ne reste plus que quelques secondes pour sauter. La moitié des hommes du stick ont accepté leur mort brutale. Dans un dernier sursaut de volonté de vivre, Chevalier, un petit caporal très sec, ses forces décuplées par la rage, réussit à défoncer la porte de secours de l'avion et s'extrait au tout dernier moment de l'appareil qui brûle. Au-dessus de lui, c'est fini. Le Ju. 52 s'écrase derrière une crête, un nuage de fumée noire monte dans le ciel, mêlant son panache noir qui grossit peu à peu aux traces du bombardement qui s'effilochent dans le vent.

— Tu sais, poursuit Commerçon, Batifouillier a eu, comme moi et Chevalier, un sacré coup de chance... Il a sauté le dernier par la porte et, comme l'avion n'était plus qu'à quatre-vingts mètres des rochers, son pépin a dû s'ouvrir à moins de vingt mètres du sol... Sacré bonhomme!

Leguéré veut tout savoir:

— Et Bouchet? répète-t-il.

Commerçon fait un signe vague de la main en indiquant la montagne qui barre l'horizon:

— Il est là-bas, lâche-t-il, mort près des autres...

Leguéré sent sa gorge se nouer, ses yeux brûlent. Commerçon se rapproche de lui.

— Chevalier a eu vraiment une sacrée veine, ajoute-t-il. Il est tombé sur deux Viets et a tout juste eu le temps de les allumer en dégageant sa mitraillette de dessous son ventral. Il a quand même eu la malchance de ramasser un vilain coup de poignard... Mais, précise le sous-officier ému, il va tout de même s'en tirer...

Ce que tait, par pudeur de soldat, le rescapé de la chute tragique de l'appareil, c'est qu'une fois au sol, et après avoir rameuté quelques hommes de sa compagnie tombés pas trop loin de lui, il s'est lancé sur la pièce de mitrailleuse qui avait touché le Ju. 52 et avait massacré les servants rebelles en une minute de fureur indescriptible.

Leguéré en sait maintenant assez. Il se sépare de son compagnon brûlé et regagne avec sa patrouille l'usine électrique. Ses parachutistes, qui eux aussi ont écouté le récit de Commerçon, ne parlent pas. Ils ruminent leur chance d'être encore en vie.

Au P.C. de la compagnie, Leguéré apprend que les dernières nouvelles de la colonne Beauffre ne sont pas fameuses. Les Viets Minhs la harcèlent sans cesse et la R.C. 4, sabotée à outrance, est devenue presque impraticable.

— On va certainement partir à la rencontre du convoi, prévoit le chef de section en apprenant que les marsouins de la 9e D.I.C. et les légionnaires qui composent la colonne souffrent mille morts sur la route étroite qui monte du Sud-Est.

Commerçon
a trouvé
un vélo viet minh.

Le 11 au matin, le lieutenant Faury repart dans la montagne pour ramener les corps des victimes de la mitrailleuse qui a abattu le Ju. 52. Les Viets Minhs leur laissent la route libre et, trois heures plus tard seulement, zigzaguant entre les blocs de rochers abrupts et se coulant le long des immenses escaliers de la falaise tragique, les parachutistes, en lente et triste procession, viennent déposer les dépouilles disloquées et brûlées de leurs compagnons au P.C. du bataillon. Après avoir été difficilement identifiés, les corps sont rapidement ensevelis au cimetière de Cao Bang.

— Il reste encore deux disparus, commente Leguéré à l'issue de l'éprouvante cérémonie sans faste. On aura peut-être la chance de les retrouver en vie...

Le lendemain de l'enterrement, dimanche 12 octobre 1947, le capitaine Bouvery reçoit l'ordre de lancer sa compagnie sur la R.C. 4 pour tenter de faire liaison avec les premiers éléments de la colonne du colonel Beauffre qui approchent enfin de la ville. La route étroite, taillée dans la masse des montagnes par des milliers de coolies, serpente à travers une végétation dense.

— Sale coin, se dit Leguéré après quelques kilomètres de progression difficile en surplomb de la route. Un vrai boulevard de la mort !

Il fait moite dans la forêt. Au passage des parachutistes, des singes hurleurs s'égaillent dans les grands arbres noués de lianes. Les hommes avancent prudemment, l'arme au poing, tendus à l'extrême.

La compagnie reçoit l'ordre de stopper sa pénible avance après avoir parcouru une dizaine de kilomètres seulement en plus de trois heures. Les parachutistes redescendent vers le ruban routier et attendent.

Au bout d'une heure, les premiers éléments de la colonne, harassés, font irruption devant les chasseurs. Ce sont des légionnaires aux treillis informes et sales, barbus pour la plupart. Ils sont bientôt suivis par des véhicules blindés de la cavalerie qui étaient restés bloqués par des destructions quelques kilomètres en arrière.

— C'est pas trop tôt, lance Leguéré à un sergent qui débouche devant sa section en empruntant les couverts au-dessus de la route tortueuse.

Le sous-officier de la Légion étrangère est brun, petit, maigre et ses yeux noirs, fiévreux, sont étonnamment enfoncés dans ses orbites. Ses hommes, marqués par les fièvres, les lèvres coupées de gerçures sèches, arborent de pauvres sourires. Ils semblent sortir de l'Apocalypse. Délivrés par la rencontre des parachutistes, ils plaisantent en mêlant les accents d'une demi-douzaine de langues européennes. Les hommes de Leguéré leur offrent des cigarettes, de l'eau dont leurs bidons sont encore à moitié pleins et des concrêtes de fruits de leurs rations avant de les guider vers Cao Bang.

En fin d'après-midi la colonne commence à déferler, en vagues lasses, sur la ville. Le colonel Beauffre arrive à son tour dans la cité libérée et installe son P.C. dans l'unique hôtel de l'endroit, l'hôtel Central qui, fleuron insultant du colonialisme et du capitalisme, a bien souffert de la présence viet minh. Les parachutistes lèguent un à un leurs points de défense des ponts, de la Citadelle, du stade et des postes installés aux flancs des montagnes aux nouveaux arrivants.

Cao Bang, ressuscitée, n'est plus reconnaissable. Le commerce y refleurit, les chasseurs contemplent le renouveau brutal, un peu amers.

— Terminé pour nous, conclut Leguéré en s'adressant à Maillot, Cao Bang ne nous appartient plus...

L'amertume du sergent-chef est encore augmentée par l'arrivée au bataillon d'un jeune sous-lieutenant frais émoulu de l'école de Coëtquidan.

— Celui-là, se dit-il, je vais sûrement en hériter !

Le Blésois ne se trompe pas : le sous-lieutenant Raffin prend aussitôt le commandement de sa section.

Les chasseurs ont balayé très vite la nostalgie de la ville qu'ils ont presque aimée. C'est en plaisantant qu'ils embarquent dans des camions bien protégés par des éléments blindés de la cavalerie et des légionnaires.

— On n'a plus qu'à se laisser mener à bon port, ironise Leguéré en prenant à témoin le sergent Lavabre qui a embarqué dans le même G.M.C. blindé que lui.

Le parachutiste sent pourtant que le voyage risque d'être très animé. Il ne s'est pas trompé. Les Viets Minhs qui, à regret, ont laissé passer la colonne Beauffre, se sont regroupés. Dès qu'ils le peuvent, ils tendent des embuscades au R.C.P.

Les parachutistes prennent vite le pli et, à chaque manifestation de l'ennemi invisible et bien armé, se mettent à l'abri sans avoir, le plus souvent, à intervenir. Les éléments de protection de la colonne traitent à la mitrailleuse et au canon les embusqués. Pourtant, quelques chasseurs sont touchés.

— Il ne faudrait pas que ce petit jeu dure trop longtemps, grogne Leguéré lorsque les tirs de la troisième embuscade sérieuse du voyage se meurent un à un, sinon le voyage va nous coûter cher...

A chaque piège tendu par l'ennemi, tous les véhicules porteurs ne sont pas pris directement sous le feu de l'embuscade. Les hommes qui ne risquent pas d'être touchés peuvent tranquillement suivre le déroulement de l'action de riposte des éléments d'accompagnement bien rodés à ce genre de travail. Ils apprécient la patience de leurs compagnons piégés qui ont sauté au sol dès les premiers coups de feu, du côté de la route échappant aux vues de l'ennemi.

Après avoir franchi les cols du Tunnel et de Lung Lai, les camions et leur escorte blindée traversent Dong Khê. Un peu avant le col qui donne accès à la bourgade de Na Cham, une nouvelle embuscade retarde leur avance puis, sans nouvelles anicroches, la longue chenille grondante passe Dong Dang, essuyant seulement de temps en temps quelques tirs isolés. Lang Son n'est plus qu'à une vingtaine de kilomètres.

— C'est la porte de Chine, claironne un caporal de Leguéré, fier d'étaler son savoir en géographie.

L'immense pays tout proche et mystérieux enfièvre les imaginations des chasseurs.

Lang Son, hérissée de petits pics rocheux et de casernements imposants, s'offre aux yeux des parachutistes pas mécontents de toucher enfin au but de la désagréable promenade des cent quatre-vingts kilomètres de la R. C. 4. La ville est blottie au cœur d'un ove de rivières formé par le Song Ki Cong qui prend sa source en Chine.

Leguéré retrouve les mêmes alignements d'arbres aux troncs chaulés qu'à Cao Bang, les mêmes rues calmes et des bâtiments identiques à ceux du nord de la province.

Le convoi s'arrête devant le terrain d'aviation. Les chasseurs, engourdis, sautent à bas des véhicules. Sur la piste, les avions sont là, moteurs tournant au ralenti.

— Tiens, voilà Graveleau, souffle Maillot à Leguéré en lui décochant un petit coup de coude pour attirer son attention sur leur ancien compagnon de combat de la campagne de France.

Le solide adjudant ne paraît pas très joyeux.

— Bertrand est mort, annonce-t-il à ses deux camarades, sans se soucier de préambules inutiles.

Maillot et Leguéré restent un instant sans voix. Ils ont beau savoir que la mort fait partie de l'univers de tous les parachutistes, chaque fois qu'ils apprennent qu'un ami a fait le dernier saut, ils ressentent le même trouble douloureux.

— Comment ça c'est passé ?, interroge Leguéré en avalant difficilement sa salive.

— A Bac Kan, le 9 octobre, précise Graveleau. Le pauvre vieux a été touché une première fois. Au lieu de rester tranquillement derrière un caillou en attendant qu'on vienne le chercher, il a voulu traîner un de ses hommes blessé lui aussi derrière son abri. C'est comme ça qu'il a reçu sa deuxième balle : la bonne !

— C'est tout à fait lui !, commente Leguéré en rompant le premier le silence qui s'est installé entre les trois hommes. Quand je pense que c'est lui qui m'avait passé les consignes du poste de Ké Sat il n'y a pas cinq mois... Sale coup !

Les moteurs d'avion s'emballent, brisant l'émotion de l'instant et annonçant avec fracas le départ imminent sur Hanoi. Les trois hommes se séparent pour retrouver leurs sticks respectifs après avoir échangé une poignée de main.

— On se revoit là-bas, au Normandie-Bar, chez Tollemer, hurle Maillot en s'éloignant de ses grandes enjambées d'échassier.

La vague des avions de transport s'arrache, appareil par appareil, à la piste courte de Lang Son et, mettant le cap au sud-ouest, pique vers Hanoi.

— C'est ça, Maillot, repense Leguéré dans les vibrations du Ju. 52 qui a embarqué la plus grande partie de la section Raffin, on se reverra demain soir... Et on boira du vin d'Alsace à la santé de ceux qui n'en boiront plus jamais...

L'adjoint de section attarde son regard métallique sur les méandres du fleuve Rouge qui, déjà, brillent de mille feux sous le ventre de l'avion en réfléchissant à perte de vue vers la mer les somptueux éclats rougeâtres du soleil qui se coule derrière les montagnes de l'est du pays.

— Il n'y a pas huit mois que nous sommes en Indochine, murmure-t-il, mais je me sens plus vieux de dix ans...

20

LE PIÈGE

Les parachutistes vainqueurs retrouvent Hanoi et se réinstallent dans leurs cantonnements de la Concession. Le matériel lourd et les armes ont beaucoup souffert au cours de l'opération « Léa ». Avant de penser à sortir en ville, les chasseurs travaillent à tout remettre en état. Le lendemain de leur retour, ils se pressent dans la capitale du Tonkin, impatients de goûter à la détente qui leur est offerte.

Leguéré : le repos du guerrier.

Les filles de bar, averties depuis longtemps déjà de tout ce qui s'est passé dans le nord-ouest du pays, sont souriantes et aguichantes. La ville est en liesse, du moins le petit monde interlope de la nuit qui compte bien participer, à sa manière mercantile, aux cérémonies païennes qui couronnent toujours les succès des parachutistes.

Il n'y a plus grand monde en uniforme dans la ville. La plupart des unités du delta ont servi à étoffer la colonne Beauffre. Hanoi appartient aux « rapaces » à béret bleu qui ne se privent pas de se conduire en maîtres. La police militaire a du travail.

Leguéré et Maillot retrouvent, comme prévu au départ de Lang Son, leurs compagnons les plus anciens chez Tollemer, rue Paul-Bert. Ils y boivent sec et dévorent des steacks majestueux couronnés d'une montagne de frites. Leguéré, comme à son habitude, n'est pas le plus bruyant du groupe de sous-officiers.

— Oh, René !, le rappelle à l'ordre le grand Maillot, reste avec nous ! Tu rêves encore...

Le parachutiste esquisse un sourire et lève son verre de vin d'Alsace à la hauteur de ses yeux durs.

— A Bertrand !, lance-t-il en portant le liquide doré et frais à ses lèvres fines.

— A Bertrand ! A Bouchet ! A Finidori... Et aux autres qui sont restés là-bas, reprennent en chœur, soudain graves, Maillot, Graveleau, Sérignac, Lamy, Mathieu, Lavabre, Mathalou et Laubie.

Après le toast de salut aux morts, l'ambiance monte d'un cran et, lorsque le groupe repu sort enfin du restaurant, les permissionnaires épars qui déambulent sur le trottoir à peine éclairé par les enseignes des bistrots de la rue Paul-Bert s'écartent devant les parachutistes. Une patrouille nonchalante frôle l'équipée sans que son chef ne s'aventure à exiger le salut réglementaire qui lui est dû et qu'aucun des sous-officiers ne pense à esquisser.

— Qu'est-ce qu'ils ont tous, ce soir ?, s'enquiert Maillot, on dirait qu'on leur fait peur...

Les bérets bleus se retrouvent dans une maison accueillante où les filles faciles ne manquent pas. La fête s'y poursuit pendant de longues heures. Leguéré semble toujours un peu absent. Maillot l'observe, l'œil en coin. Depuis des années qu'il le connaît, le grand sergent-chef n'a toujours pas réussi à savoir ce que son ami attend vraiment de la vie, en dehors des réalités tumultueuses des combats.

— Il ne colle jamais au sol, soupire Maillot en lampant une longue gorgée de bière fraîche, ou alors, ajoute-t-il en détournant les yeux vers la silhouette gracile d'une petite femme, yeux en amande impeccablement maquillés, toute petite bouche sensuelle et robe de soie rose fendue très haut sur la cuisse, c'est qu'il ne sait pas faire semblant. Comme nous tous...

La nuit s'écoule, douce, joyeuse, feutrée, arrosée d'alcools et peuplée de caresses tarifées. Les jours qui suivent le retour du bataillon se passent sans histoires. Des nouvelles de Cao Bang tombent bientôt au P.C. du commandant de Vismes, bonnes dans leur ensemble.

— Il n'y a que sur la R.C. 4, explique Maillot, que rien ne va. Ils en bavent sacrément dur...

Leguéré, qui a bien observé les bords de la route coloniale au cours du voyage en camion de Cao Bang sur Lang Son, hoche la tête d'un air entendu.

— Ils vont certainement avoir besoin de nous avant pas longtemps, avance-t-il, une fois de plus clairvoyant.

Deux jours après son retour à la Concession, Leguéré participe à une opération de parachutage de matériel et de vivres sur la Haute-Région. Du haut du ciel, ses yeux essayent de reconnaître les détails de la ville qu'il a aidé à conquérir à la tête de sa section.

« Elle est tout de même rudement belle », se dit-il, en suivant jusqu'à l'extrême limite de ses capacités visuelles Cao Bang qui se meurt, enchâssée entre ses deux bras de rivière.

Aidé par le second largueur du vol, le parachutiste hale difficilement les S.O.A. des parachutes à l'intérieur du Ju. 52, les arrachant en ahanant à l'emprise du vent qui les plaque contre la tôle de l'appareil.

Les jours suivants, les parachutistes grenouillent dans le delta qu'ils ne reconnaissent presque plus. La saison sèche, maintenant bien installée, a profondément modifié le paysage. Les rizières sont à sec, les hautes tiges de leur riz se balancent en vagues souples sous le vent tiède.

La section Raffin fouille et refouille des paillotes, sans succès. Le Viet Minh s'est volatilisé dans la région.

— Chef! regardez..., crie un deuxième classe voltigeur, il y a certainement une mine...

Le cri du chasseur a figé la progression écrasée sous le soleil. Les parachutistes se sont agenouillés à mi-pente d'une petite route-digue. Juste au-dessus d'eux, trois paillotes se dressent, désertes.

Leguéré monte vers le voltigeur qui a crié. L'homme est crispé, comme hypnotisé par un bout de fil électrique qui traîne sur le sol. Sa main se tend vers l'indice de mort.

— N'y touche pas! lui intime son chef en arrivant à sa hauteur, tu vas tout faire sauter!

La main du deuxième classe se suspend un instant dans l'air, comme indécise, et se retire. Leguéré, très prudent, inspecte à son tour tous les détails qui trahissent le piège.

— Il ne s'agit pas de se faire enlever la figure, se dit-il en repensant soudain à la description des restes de son ami Bouchon, tué à Di Su sous les yeux de Maillot.

Le fil électrique, à peine enterré, court en direction de la rizière opposée à celle où les parachutistes sont figés dans l'attente. Leguéré se redresse pour envoyer six de ses hommes reconnaître le terrain surchauffé en avant du groupe de paillotes.

— Allez vous mettre en position là-bas, leur indique-t-il en désignant une élévation de terre sèche qui marque les points de rencontre de plusieurs diguettes.

Les hommes en kaki, tête nue pour la plupart, se glissent dans les herbes à riz, l'arme braquée vers l'inconnu. Lorsqu'ils ont reconnu la portion de terrain qui est invisible de l'endroit où Leguéré se trouve avec le reste de la patrouille, le sergent qui les commande se retourne pour indiquer, d'un grand signe de bras, que tout va bien.

Des coups de feu éclatent alors, rejetant la patrouille avancée tout contre le sol dur. Trois Viets Minhs en uniforme se dévoilent dans les tiges de riz à deux cents mètres de la position des parachutistes et courent au ras d'une diguette. Seules, les têtes des bo doîs, qui tirent de temps en temps pour protéger leur fuite, apparaissent par fractions de seconde aux yeux de Muller. Le tireur au fusil mitrailleur lâche, à chaque apparition furtive, une rafale de trois ou quatre cartouches de 7, 5.

Leguéré oublie presque le piège menaçant qui est à ses pieds pour suivre la fuite éperdue des Viets Minhs. Muller, concentré sur leurs silhouettes imprécises, accompagne leur course affolée de ses tirs rageurs et de plus en plus précis.

— J'en ai un !, hurle-t-il, en relâchant la pression de son index sur la queue de détente par rafales de son arme.

Les voltigeurs de la patrouille se lancent vers l'endroit où le bo doî s'est écroulé. Les deux autres fuyards, décontenancés par la chute de leur compagnon, semblent hésiter sous le soleil. Celui qui est le moins éloigné du corps revient en arrière pour tenter de récupérer l'arme de son compagnon. Il se retrouve bientôt nez à nez avec les deux premiers parachutistes de Leguéré lancés en poursuite. Le Viet Minh tire un coup de fusil, une rafale de mitraillette Thompson le frappe en pleine poitrine. A demi déchiqueté par les impacts des balles de 11,43, le Tonkinois est projeté deux mètres en arrière. Son corps disparaît dans les hautes herbes vert pâle. Le parachutiste qui a tiré, en mouvement réflexe, arrache un mousqueton de la main droite du mort. Le Viet saigne en abondance, les yeux grands ouverts sur le ciel bleu.

Le troisième bo doî a disparu au loin, laissant derrière lui dans la rizière une longue trace de tiges de riz foulées.

— Pas la peine d'essayer de le poursuivre, tranche Leguéré qui a progressé vers l'endroit où le premier Viet Minh touché par Muller est tassé au sol.

Le sergent-chef jette un rapide coup d'œil au mort et revient vers le piège à neutraliser après avoir placé sa patrouille en point d'appui.

Ayant rendu compte de ce qui vient de se passer, par radio, au P.C. du bataillon, Leguéré s'agenouille tout près du fil électrique que les trois Viets Minhs surpris par la patrouille venaient sans doute de mettre en place.

Les doigts du sergent-chef soulèvent tout doucement le fil de la poussière rousse.

— Bon, souffle le parachutiste qui a posé sa carabine U.S. à crosse repliable à plat derrière lui. Il s'agit maintenant de jouer tout doux...

Derrière leur adjoint de section, les chasseurs, bien espacés, ne le quittent pas des yeux et retiennent leur souffle.

Leguéré sent que sa chemise de toile fine lui colle à la peau du dos, il est vite complètement en eau. Ses yeux braqués sur les détails du piège brûlent sous les morsures des goutelettes qui dégoulinent au-dessus de ses sourcils étroits. Mètre par mètre, il remonte vers la source de mort en suivant le fil conducteur.

— Ils n'ont pas dû avoir le temps d'installer complètement leur dispositif de mise à feu, espère-t-il. On les a surpris trop tôt !

Les secondes s'égrènent, nouant l'angoisse au cœur de Leguéré. Économe de ses gestes, le parachutiste en eau retient son souffle de plus en plus.

A droite de la première des trois paillotes qui surplombent la rizière silencieuse, juste devant l'ouverture découpée dans le bambou, un petit monticule de terre fraîchement remuée attire l'attention de l'artificier occasionnel. Ses gestes précis se font encore plus mesurés. Ses doigts agiles caressent l'extrémité du fil qu'il extirpe tout doucement du tas de terre sèche.

Le talus se creuse tout doucement d'un sillon étroit qui marque la trace du fil soulevé. Dégageant, du bout des doigts de sa main libre, la terre qui recouvre l'engin menaçant, Leguéré sent enfin la forme du piège.

— C'est un ananas, gronde-t-il en reconnaissant les contours de la grosse grenade de fabrication locale. Ce n'est pas trop grave...

S'étant au préalable assuré qu'une grenade de moindre importance n'a pas été installée sous la première, Leguéré, en un tour de main habile, sépare le fil du corps de l'engin destructeur. Il se relève en soufflant fortement pour se libérer de l'intolérable tension qui l'habitait.

— Il n'y a plus de danger !, annonce-t-il à ses hommes.

Les parachutistes se redressent un à un et s'approchent de leur chef pour contempler l'engin désamorcé.

— Il faudrait bien trouver le moyen de détruire les ateliers où ils fabriquent ces saloperies, gronde le démineur en faisant passer la charge de main en main.

La progression reprend sur les diguettes. Un coolie apeuré porte l'engin récupéré par le chef de patrouille. Les pieds nus de l'homme semblent caresser le sol. Ses yeux noirs restent rivés sur l'ananas d'acier bourré d'explosif.

— Regarde devant toi !, plaisante un deuxième classe pourvoyeur de la pièce de Muller. Sinon, tu vas te casser la gueule et tout va sauter !

L'homme maigre porte la grenade comme s'il s'agissait d'une relique de Bouddha. Il secoue vivement la tête en signe de refus et consent enfin à regarder devant lui.

La patrouille passe tout près des deux cadavres des saboteurs. Une odeur de sang chaud prend les parachutistes aux tripes. Des mouches vertes et noires sont déjà affairées en nuages serrés autour des plaies causées par les balles de fusil mitrailleur et de mitraillette.

Le P.C. du bataillon est rejoint sans encombre. La compagnie regroupée embarque dans des G.M.C. qui roulent doucement sur une route-digue à peine plus large qu'eux.

Le delta est figé sous le soleil. A perte de vue, la mer des tiges de riz ondule légèrement en houle verte. Les postes de marsouins de la Coloniale et de marins découpent leurs formes basses au ras de l'horizon dans le ciel bleu et sans nuages.

— Un joli temps de parachutiste !, avance Leguéré qui rêve toujours d'opérations aéroportées.

Le convoi, protégé par des blindés légers, rejoint bientôt une route plus large, s'y engage et prend de la vitesse pour regagner Hanoi.

Le crépuscule noie le delta lorsque les parachutistes, à défaut de se lancer dans le vide sur l'ennemi, sautent de leurs véhicules devant les baraquements de la Concession.

***

Dans le C. 47 numéro 666, l'inquiétude monte. Le largueur commence lui aussi à s'impatienter. L'avion ne semble pas avoir changé de cap. L'heure du saut sur Diên Biên Phu est maintenant largement dépassée. Leguéré, grave, se mordille les lèvres en essayant de trouver une réponse aux questions énervantes qui le minent.

« Ça me paraît mal parti », se dit-il, tandis que la plupart de ses hommes ne se sont encore rendu compte de rien.

Le largueur, qui a réussi à se faufiler vers le poste de pilotage de l'avion en se coulant entre les jambes des parachutistes, revient le rassurer.

– Tout va bien !, hurle-t-il dans le vacarme des moteurs et les déchirements du vent, c'est là-bas que rien ne va ! La D.Z. est matraquée et vous ne pouvez pas sauter comme prévu. On va tourner en rond, ajoute le sergent avant de replonger dans le mutisme dont il ne s'est pas départi un seul instant depuis que les roues de l'appareil ont quitté le sol de la piste de Bach Mai.

Leguéré, à demi réconforté, se penche au-dessus du gouffre noir pour tenter, une nouvelle fois, de découvrir quelque chose qui trahisse l'approche de l'objectif. Il espère surtout apercevoir le « T » enflammé qui doit, si tout est normal, baliser la zone de saut, située en bout de la piste d'aviation de la grande cuvette encerclée par les canons du Viet Minh installés à contre-pente au flanc des montagnes.

Une lueur fugitive, vers le nord-ouest, perce une fraction de seconde le noir épais, aussitôt suivie d'une douzaine d'autres, argentées.

Le parachutiste, les yeux fixés vers l'endroit lointain d'où les éclairs ont jailli, semble reprendre vie.

« C'est sûrement Diên Biên Phu, se dit-il. On dirait que ça canarde sec... »

Le lieutenant serre, machinalement, à travers la toile camouflée de son pantalon de treillis, le manche en bois d'un gros couteau de marin que lui a offert un de ses frères au cours de sa dernière permission en France. Cet objet représente, avec la montre au boîtier d'acier chromé dont le bracelet de cuir brun-roux, brûlé par la sueur et noirci par l'usage, enserre son poignet maigre, le seul bien qui rattache encore l'officier à l'univers du passé. Pour cette mission de renfort désespéré, Leguéré n'a, en effet, amené aucun argent, ni même de papiers d'identité.

« Comme ça, se dit-il, au moins, si je meurs, les Viets ne pourront rien me prendre et ils ne sauront même pas qui ils auront tué... »

21

LA FORÊT DE PALS

La saison sèche plaque au bord des rizières les boues du delta en lames rousses et grises. Les chasseurs du commandant de Vismes sont employés à des ouvertures de route qui permettent à des convois de franchir les distances menacées qui mènent de Hanoi à Cao Bang en passant par Lang Son.

— Ce n'est vraiment pas un métier pour des parachutistes, enrage Leguéré, toujours adjoint de section, au retour de la vingtième mission d'escorte.

Le scénario des voyages, appris par cœur au prix de quelques dizaines de blessés et de quelques morts, se déroule, immuable et monotone.

Malgré la pression, constante et croissante, du corps expéditionnaire sur la moyenne et la Haute-Région reconquises, le Viet Minh est toujours chez lui hors des périmètres bien tenus des bourgades importantes.

Les semaines passent, les parachutistes de Leguéré font leur quotidien de faits qui suffiraient certainement à combler la vie de la plupart des soldats de métier qui combattent en Indochine mais qui ne satisfont pas tout à fait l'adjoint de Raffin qui rêve de tout autre chose. Leguéré ne se sent vraiment lui-même, surtout depuis Cao Bang, que lorsque le vent gonfle la voilure de son parachute à deux ou trois cents mètres au-dessus d'une zone tenue par l'ennemi.

Le début de l'année 1948 n'apporte pas beaucoup de modifications au rythme des opérations de routine. L'annonce de nouveaux raids aéroportés se fait attendre. L'effectif de la première compagnie, maintenant commandée par le lieutenant Faury, diminue, miné par le paludisme et les dysenteries. Leguéré, suivant un tour bien établi, participe, comme tous les sous-officiers les plus anciens du bataillon, à des opérations de largage de vivres et de matériel sur la Haute-Région et les postes les plus isolés du delta. Ces promenades aériennes ne font que raviver ses regrets et ne calment pas, bien au contraire, ses ardeurs parachutistes.

Le 6 février, une triste nouvelle tombe à la section.

— Payen a disparu dans un accident d'avion, vient annoncer Maillot, on ne sait pas encore s'il est vraiment mort mais c'est tout comme...

La disparition de son ancien chef de section frappe le Blésois de stupeur. « Non, se refuse-t-il à admettre : pas lui ! »

Le premier soir de retrouvailles, au restaurant de la rue Paul-Bert, n'est pas des plus joyeux.

— Encore un de parti, soupire Leguéré après avoir porté le traditionnel toast au vin d'Alsace à la mémoire de son vieux compagnon disparu.

En Annam. Mars 1948.

Au début du mois de mars, des rumeurs de préparation de grands coups aéroportés commencent à traîner en ricochets plus ou moins fantaisistes dans les rangs des compagnies du commandant de Vismes.

Les bruits se concrétisent vite. Des avions chargent le bataillon, compagnie par compagnie, et le déposent à Tourane, au bord de la mer, en Annam, bien au sud du delta du Tonkin.

Un mois jour pour jour après la tragique disparition de l'adjudant-chef Jules Payen, les parachutistes, regroupés dans une chaleur moite sur le terrain d'aviation de Tourane, grouillante de légionnaires et de coloniaux, attendent l'ordre de prendre place dans les avions qui sont alignés devant eux.

« Qu'est-ce qui se passe ? », se demande Leguéré au bout de deux longues heures d'attente fébrile.

Les officiers du bataillon, lassés eux aussi par l'intolérable perte de temps qu'on leur inflige, vont de groupe en groupe et essaient de calmer les impatiences. Les sous-officiers, qui ne connaissent de la mission qui les attend que ce qu'on a bien voulu leur faire partager, font grise mine et fixent les Ju. 52 et les C. 47 alignés, nez au vent et hélices désespérément immobiles. Leurs hommes, casqués, assis à même le sol ou dansant d'un pied sur l'autre près de leur matériel, tuent le temps en fumant cigarette sur cigarette. Ils échangent de lourdes et graveleuses plaisanteries éculées depuis longtemps. Les chefs de section de la compagnie Faury, Gourlaouen, Gardes et Raffin parlent à voix basse.

— On va finir par regretter nos promenades sur la R.C. 4, avance Leguéré qui participe à la discussion, c'est pas drôle du tout...

Un mouvement d'officiers, en bout de piste, ranime les impatients. Bientôt, l'ordre d'embarquer dans les avions rebondit tout le long de l'alignement des sticks. Les moteurs des appareils entraînent les hélices au point fixe.

Le décollage commence avec plus de quatre heures de retard sur l'horaire initialement prévu pour l'opération sur Nam Yen.

Le vol est bref. La sonnerie électrique arrache les parachutistes à leurs banquettes de lanières entrecroisées. Les S.O.A. sont accrochées nerveusement, les hommes tendus n'attendent plus que l'ordre du largueur pour fondre sur leurs objectifs.

— Qu'est-ce qui se passe encore ?, fulmine Leguéré, prêt à sauter, en sentant que son avion reprend de la hauteur et de la vitesse.

Le C. 47, déchaînant ses deux moteurs, s'éloigne de la zone de saut marquée par les empanachements de fumée des éclatements de bombes de l'aviation qui traite le site à conquérir depuis le matin. Le largueur lève les sourcils en signe d'ignorance lorsque Leguéré lui hurle aux oreilles sa déconvenue. Les hommes, debout, se cramponnent les uns aux autres lorsque l'avion entame le tracé d'une large boucle qui le ramène au-dessus de la D.Z.

Cette fois, l'ordre du largueur projette les parachutistes dans le vide derrière les gaines de matériel qui, poussées par le vent, s'éloignent du stick étiré sur plus de quatre cents mètres. Le sol approche très vite, les paillotes du village ennemi se précisent, plaquées dans la verdure du flanc des collines.

Leguéré se défait de ses parachutes, jette un coup d'œil circulaire à sa section. Il reconnaît de loin le lieutenant Raffin qui s'est, lui aussi, impeccablement reçu.

Rameutant les voltiges de Lavabre, Mathieu et Sérignac, le parachutiste fonce en hurlant vers son objectif.

Des rafales saluent l'entrée des hommes rugissants dans le village à enlever. Essoufflé, Leguéré arrête ses voltigeurs aux limites de la bourgade déserte. Derrière la course folle des parachutistes, quelques cadavres viets minhs se vident de leur sang.

— Tout le monde en position de défense, hurle Leguéré en répartissant ses pièces et les voltiges de ses groupes.

Le rituel bien réglé de la fouille minutieuse et de l'occupation du village se joue sous le soleil parfois voilé de volutes de fumée âcre.

— C'est vraiment pas la gloire, mon lieutenant, s'exclame Leguéré à l'adresse de Raffin qui arrive à sa hauteur.

Lorsque passent les derniers avions du largage, les chasseurs essoufflés lèvent instinctivement la tête et suivent des yeux la chute des soies ouvertes qui se balancent dans le vent. Tout à coup, des tourbillons violents se lèvent dans une vrille de chaleur. Les hommes qui touchent le sol sont traînés par leurs voilures, prises dans la tourmente d'air chaud, sur des mètres et des mètres de cailloux coupants sans pouvoir s'arrêter. Deux legg-backs de fusils mitrailleurs tombent en chute libre. Les armes se fracassent dans un nuage de poussière.

La compagnie, éparpillée sur près de deux kilomètres, reçoit l'ordre de se regrouper en fouillant le terrain.

— Ce n'est pas notre jour de chance, gronde Leguéré en posant les yeux sur les pentes sombres qui dominent la zone de saut écrasée de lumière crue. C'est là-bas qu'on devrait aller chercher les Viets et pas dans la plaine !

L'après-midi touche à sa fin, l'ordre de s'installer pour la nuit dans le village occupé fige les sections de Faury sur leurs positions. Les chasseurs Spitfire plongent inlassablement sur la montagne jusqu'au moment où le soleil amorce sa fuite vers l'ouest. Quelques rafales lointaines et inefficaces jaillissent à nouveau des hauteurs lorsque les avions effilés s'éloignent du ciel dominant la vallée conquise.

La nuit tombe brusquement, la magie de l'Extrême-Orient reprend ses droits. Des cris rauques d'animaux inconnus courent au flanc de la colline qui couronne le village occupé par les parachutistes. Plus au nord, des pots éclairants, lâchés de très haut par un avion, se balancent lentement. Ils balaient des kilomètres de terrain de leurs langues de clarté blanchâtre qui lèchent le paysage en gommant ses reliefs.

La nuit s'écoule, assez fraîche, sans que le Viet Minh ne se manifeste. Au matin, le rite intangible de la préparation du café emplit le village d'odeurs amères. Les parachutistes aux muscles engourdis par le sommeil attendent les ordres, tranquilles.

— On rentre sur Tourane !, annonce bientôt Leguéré en rangeant ses maigres affaires de campagne dans son havresac kaki.

La colonne des parachutistes s'étire sur plus de six cents mètres sur une piste qui mord les collines qui descendent de la Cordillère annamitique. Le soleil devient très vite insupportable. Les hommes marchent les yeux rivés au sol, insensibles à la beauté des paysages qu'ils traversent. Les pourvoyeurs des pièces de fusils mitrailleurs, ceux des mortiers et les radios commencent à sérieusement traîner les pieds malgré leur entraînement. Enfin, la colonne débouche devant deux chars qui protègent l'avance d'un groupement de transport composé de G.M.C., blindés pour la plupart.

Après avoir rempli leurs bidons d'aluminium vides d'eau presque fraîche tirée d'une remorque-citerne, les chasseurs embarquent dans les véhicules qui prennent, en empruntant des pistes étroites et cahotantes, la direction de Tourane.

Les jours suivants, la compagnie Faury, cantonnée non loin du bord de mer, reçoit des missions de patrouilles et d'ouvertures de route qui tuent les impatiences. Au début du mois de mars, alors que le soleil se fait de plus en plus dur, de nouvelles rumeurs d'opérations de saut alimentent les conversations des hommes qui apprécient la proximité de la mer et se baignent dans les vagues tièdes dès qu'ils en ont le loisir.

— Finies les vacances, annonce un matin Leguéré à ses parachutistes. On repart à la guerre... A la vraie !

Après une méticuleuse préparation du raid autour d'un bac à sable et l'étude minutieuse de photos aériennes récentes de l'objectif, les gradés de la compagnie alignent leurs hommes sur le terrain d'aviation de Tourane et attendent l'ordre de les faire monter dans les appareils.

Le temps passe, agaçant. Leguéré fait grise mine, ruminant sa déception. Lorsque, après sept heures épuisantes, un contrordre renvoie l'opération au lendemain, les hommes sont aussi fatigués qu'après une longue marche sous le soleil. Ils râlent, littéralement transpercés par l'humidité chaude.

– On va certainement payer cher ce petit bain de soleil. Avec tous les gars qui sont à moitié paludéens, ça promet du joli, prévoit l'infirmier de la section Raffin en distribuant de la Nivaquine à ses compagnons en sueur.

L'infirmier ne s'est pas trompé. Le lendemain, lorsque la compagnie se représente au terrain, de sérieuses attaques de fièvres ont clairsemé les rangs des sections.

La brume matinale qui tarde à se lever ne permet pas de commencer le largage à l'heure prévue.

– On est maudits !, enrage Leguéré, très affecté par le nouveau retard.

Les brouillards se dissipent enfin, le commandement de l'opération donne le feu vert, libérant les chasseurs de leur attente insupportable. Il est un peu plus de midi lorsque le convoi aérien, en formation de groupe, quitte Tourane en direction du nord.

Leguéré récapitule les détails des photos aériennes prises le 23 janvier dernier par les aviateurs. La zone de saut est située à trente-huit kilomètres au nord-ouest de Hué. Le morceau à enlever est important. En un an, douze attaques d'infanterie classique ont été repoussées par les forces viets minhs qui protègent les approches d'une école de cadres installée au village de Dat Dô, au sud d'une rivière large d'une quarantaine de mètres.

Lorsque les transports débouchent dans le ciel de la zone de saut enfin délivrée de sa chape de brume, six Spitfire qui mitraillaient depuis l'aube s'éloignent, haut dans le ciel, pour laisser la place aux C. 47 qui perdent de l'altitude. Le paysage se précise aux yeux de Leguéré, penché à la porte de son Dakota. L'axe de largage court d'est en ouest à six cents mètres environ de la rivière de Dat Dô qui miroite au soleil, nonchalante. Libérés de la pression des Spitfire, les Viets Minhs concentrent dangereusement leurs tirs sur les avions de la vague.

– Bon sang !, gronde Leguéré, en apercevant nettement les fumées des coups de départ des pièces lourdes rebelles. Ils vont nous refaire le coup de Cao Bang !

Les avions descendent encore en diminuant leur vitesse. Debout depuis plus de quatre minutes, les parachutistes n'attendent plus que le signal de leur largueur pour plonger sur le feu.

Le premier, Leguéré suit les parachutes des gaines de matériel projetées dans le vide à grands coups de pied. Sous ses jambes ballantes, à moins de cent mètres, des Viets Minhs ouvrent le feu de leurs armes légères sur les parachutistes qui leur offrent des cibles royales. Leurs chefs ont parfaitement manœuvré en les faisant se placer au tout dernier moment en plein sur la zone de saut. Les bo doîs évitent ainsi le mitraillage des avions de chasse qui ne peuvent intervenir que sur les franges lointaines du largage.

Le sol se rapproche très vite. Leguéré a sorti et armé son Colt 45 de son étui de cuir. Sa carabine à crosse repliée est toujours engagée sous son parachute ventral. Quelques balles sifflent désagréablement autour de lui dans le chuintement de sa descente. Les formes précises des tireurs ennemis se détachent dans les buissons épars qui tapissent la D.Z., écrasées par la perspective plongeante.

— Bon Dieu !, hurle le sergent-chef en se préparant à heurter le sol à gauche de l'endroit où se sont écrasées les gaines de matériel. Qu'est-ce que c'est que ce fourbi ?

Des dizaines de bambous, hauts et acérés, hérissent la zone de saut.

Leguéré remet rapidement son pistolet dans son étui brun-roux et tractionne en catastrophe les harnais de ses suspentes pour diriger les semelles de ses rangers noires hors des pals menaçants.

Autour de lui, le gros de la section Raffin se pose en plein sur la zone piquetée de pièges diaboliques. Ristat, le chargeur de Muller, hurle, le genou transpercé par une lame de bois durcie au feu. Leguéré se déharnache, couché sous le tir d'une pièce rebelle qui prend le glacis de pics de bambous en alignement. Un chasseur arrache brutalement de la jambe de Ristat le bois ensanglanté. Muller, ayant réussi à éviter l'empalement, s'est mis en position à l'abri d'un monticule et tire sur tout ce qui bouge dans la direction de l'entrée de l'école des cadres viets minhs.

— Cette fois, exulte Leguéré en rameutant son monde, on est en plein chez eux...

La carabine U.S. dépliée du sergent-chef crache sèchement plusieurs balles vers la mitrailleuse légère que Muller vient justement de prendre sous le feu de ses rafales. Leguéré est obligé d'interrompre le tir du F.M. car un de ses hommes est traîné par son parachute gonflé par une langue de vent en plein sur le point de feu ennemi. Le chasseur réussit à freiner sa folle glissade en se déharnachant à quelques mètres seulement de l'arme ennemie. Muller reprend son tir précis.

— Le lieutenant s'est planté !, hurle un voltigeur dans le vacarme. Il ne peut plus marcher...

... des bambous, hauts et acérés, hérissent la D.Z.

Leguéré a achevé son regroupement devant l'objectif à enlever en priorité. Il recule au ras du sol, entre les bambous dressés vers le ciel, et découvre Raffin, accablé, qui se tient une cheville et saigne d'une épaule.

– Prenez le commandement, souffle le lieutenant en grimaçant sous la douleur qui monte de sa jambe brisée. Moi, je ne peux plus rien faire...

Leguéré, sans un mot, abandonne son chef aux soins d'un infirmier et repart en direction de l'ennemi qui tient solidement les abords de l'école des cadres. Les avions porteurs ont disparu vers le sud, les Spitfire reprennent leurs plongeons de mort sur les flancs de la montagne aux confins de la D.Z. Dans un bond furieux, les hommes de Leguéré obligent la pièce qui les tenait en respect à décrocher.

Jaillissant d'une habitation en dur, de nouvelles rafales prennent la relève de l'arme en repli. Des hurlements gutturaux accompagnent les premières giclées dangereuses.

– On ne dirait pas du vietnamien, se dit Leguéré, plaqué au sol sous la mitraille.

Se tournant vers le voltigeur le plus rapproché de lui, il hurle dans le tintamarre terrifiant :

– Écoute bien ! Qu'est-ce que c'est ?

Des ordres aboyés en allemand se mêlent aux détonations et des formes en treillis bondissent de la porte du petit bâtiment enfumé pour s'écrouler aussitôt sous les balles des parachutistes. Deux fuyards réussissent à se couler entre les tirs. Ils sont plus grands que leurs compagnons touchés à mort et Leguéré a le temps de leur reconnaître des traits européens.

« Des légionnaires déserteurs ! », se dit-il en lançant ses hommes à la poursuite des fantômes hurlants.

Le feu se meurt bientôt, quelques rafales isolées résonnent dans les buissons où cherchent désespérément à se faufiler les élèves de l'école investie. Dans les baraquements vétustes et bas, camouflés par des arbres abattus, les assaillants découvrent du matériel de guerre en grande quantité. Des banderoles de propagande sont jetées en tas tout près d'un troupeau craintif de prisonniers assis, mains liées derrière le dos, et qui baissent obstinément les yeux au sol. Des corps ennemis jonchent l'itinéraire de l'assaut victorieux.

— Bien sûr, enrage Leguéré, comme toujours : ils n'ont presque pas d'armement !

Les parachutistes récupèrent tout de même, en plus des cartouchières et des grenades des morts, onze fusils, deux mitraillettes Thompson et deux revolvers chinois.

De la montagne, des mitrailleuses lourdes se mettent soudain à tirer sur l'école occupée par les Français. Figés dans l'attente des ordres du P.C. de l'opération, les parachutistes s'abritent du mieux qu'ils peuvent derrière les bâtiments investis.

— Une colonne de coloniaux vient à notre rencontre, annonce le lieutenant Faury par radio à Leguéré qui brûle d'envie de monter à l'assaut des pièces rebelles. Nous devons la rejoindre. Vous, vous restez sur place...

Tandis que le gros de la compagnie prend la direction de l'est pour effectuer la liaison avec les marsouins qui progressent à trois kilomètres de la zone de saut, Leguéré fait fouiller une nouvelle fois le terrain conquis. Il découvre encore du matériel et met le feu à tout ce qui peut flamber. De la montagne, les mitrailleuses lourdes donnent toujours de la voix.

— Ils ne vont certainement pas continuer longtemps comme cela, estime le chef de section en observant à la jumelle le relief de la pente sombre, ils n'auront bientôt plus de munitions...

Les pièces lourdes se taisent en effet et les parachutistes délivrés de la pression crispante des rafales dénombrent une quarantaine de cadavres viets minhs déjà recouverts de nuées de mouches attirées par le sang qui se coagule rapidement autour des plaies.

Raffin et les autres blessés de la section sont rapidement soignés par l'infirmier. Grimaçants, ils attendent le moment du décrochage.

— C'est certainement pas pour tout de suite, confie Leguéré à Muller, regarde...

Levant la tête, le tireur au F.M. découvre des Ju. 52 qui viennent larguer des vivres et des munitions au-dessus du site enfumé par les volutes s'échappant des bâtiments incendiés.

Le drapeau viet minh de l'école des cadres.

Des coolies sans uniforme et quelques bo doîs prisonniers aident de mauvaise grâce à récupérer le matériel éparpillé par le vent.

Une colonne de camions gronde vers l'est et approche lentement de la zone conquise. Elle vient à la rencontre de la section Leguéré qui, contre toute attente, a reçu l'ordre de quitter à son tour l'école détruite.

Les blessés sont hissés les premiers dans un G.M.C. Les prisonniers sont entassés à même les cuves, entre les jambes de leurs vainqueurs. La colonne laisse derrière elle les panaches de fumée noire qui sanctionnent la réussite du raid. Poursuivis de loin en loin par quelques rafales imprécises de mitrailleuses lourdes, les G.M.C. parviennent sans encombre à Hué. La nuit tombe lorsque les parachutistes sautent à bas de leurs véhicules poussiéreux, au bord de la piste du petit aérodrome de l'ancienne cité royale figée depuis des siècles de décadence entre les bras de ses canaux rectilignes.

Trois Ju. 52 et quatre Dakota se posent au matin du 10 mars 1948 pour charger les parachutistes et les redescendre à Tourane. C'est la première fois que des avions aussi lourds que les C. 47 empruntent la piste rudimentaire de Hué.

Les appareils décollent pour un vol de moins d'une heure. Sur leur droite, les arêtes noires de la Cordillère annamitique se découpent dans le soleil et, sur la gauche du vol, la mer de Chine méridionale s'étale à l'infini, bleue et calme.

A leur arrivée à Tourane, la nouvelle d'un nouveau départ, prévu pour le lendemain, accueille les parachutistes.

— Ça devient bon, jubile Leguéré, on ne risque pas de perdre la main...

Toute la soirée, les gradés découvrent autour d'un grand bac à sable, sur les cartes et les photos, les contours et les pièges de leur objectif futur pendant que leurs hommes s'affairent aux soins de l'armement.

Très tard, lorsque tout s'endort dans les baraquements prêtés aux chasseurs, Leguéré s'assoupit en rêvant de Bot Lô où l'ennemi l'attend. Il a une pensée pour le lieutenant Raffin, mais si fugitive qu'il savoure pleinement le plaisir et l'honneur d'avoir retrouvé le commandement de sa section.

***

« C'est pourtant vrai, remarque le lieutenant dans l'avion qui tourne maintenant au-dessus de Diên Biên Phu. Tous ceux qui ont pris ma place à la tête de cette foutue deuxième section de la première compagnie ont eu des pépins sérieux... »

Sous l'avion qui a perdu un peu d'altitude, les lueurs, de plus en plus proches, des canonnades trouent par instants la nuit noire.

« Sans le bruit des moteurs, évalue Leguéré, on pourrait sans doute entendre les échos de ces tirs... »

En se demandant de quel bord partent les salves qui retardent le lâcher de ses hommes, le chef de stick retrouve les bruits d'autres fureurs, sorties de son passé.

22

LES PARACHUTISTES AUX PIEDS NUS

– Bon sang que c'est beau !, s'exclame Leguéré au matin du 11 mars 1948 en découvrant de la carlingue encombrée d'un C. 47, à trois mille mètres d'altitude, le magnifique paysage de l'Annam du Nord qui s'offre à perte de vue, nimbé d'une luminosité exceptionnelle.

Les avions de la vague, Ju. 52 chargés de seize parachutistes et C. 47 qui n'en transportent que douze, ont pris leur bruyant envol à huit heures trente en direction de Hué. Très vite, Tourane a disparu derrière la formation et les montagnes qui dominent le nord de Quang Tri, au nord-ouest de Hué, se découpent, presque palpables, écrasées de lumière sous un ciel sans taches.

Arrachant Leguéré à sa contemplation, le signal sonore qui annonce l'approche de la zone de saut retentit entre les parois de la carlingue. L'avion amorce sa longue descente. Le sous-officier, brutalement ramené aux réalités de la guerre, inspecte rapidement ses hommes debout, prenant bien garde à ce qu'aucun d'entre eux n'ait engagé la lanière de sa S.O.A. sous un bras.

Entre le flanc de la montagne et une rivière aux trois quarts asséchée qui serpente entre des langues de maquis épais et des collines arides, la zone de saut s'offre aux yeux du chef de section penché à la porte du Dakota.

Les renseignements recueillis par les hommes du deuxième bureau de Hué sont très précis : le village de Bot Lô et ses proches environs sont solidement tenus par un élément rebelle bien organisé. Tandis que les Spitfire s'écartent des abords de la D.Z. qu'ils mitraillent depuis les premières clartés de l'aube, Leguéré, ébloui par le soleil, essaie de retrouver les emplacements des points d'appui viets minhs repérés au briefing de Tourane. Dans les panaches de fumée des explosions de bombes de la préparation du site, rien ne peut trahir la présence ennemie.

Le chef de stick plonge dans le vide et retrouve une nouvelle fois une extraordinaire sensation de puissance. Il a l'impression de fondre comme un aigle sur sa proie.

« Pourvu qu'ils n'aient pas installé de foutus bambous comme à Dat Dô », espère-t-il en manœuvrant vigoureusement ses suspentes pour diriger sa chute au plus près des paillotes qu'il doit prendre d'assaut, à quelque cent cinquante mètres de la rivière de Bot Lô.

Le contact avec le sol est rude, les jambes du parachutiste amortissent le choc. Quelques coups de feu, en provenance de la rive opposée du cours d'eau en « S », claquent autour des chasseurs. Couchés sur la terre dure, les hommes se défont de leurs sangles en se contorsionnant. Quelques parachutistes tombent dans la rivière. Sanchez, un sergent qui n'a pas réussi à libérer son legg-back supportant le poids d'un poste radio, s'enfonce jusqu'aux yeux dans l'eau saumâtre d'un coude du courant.

Leguéré, ayant rapidement regroupé ses pièces et ses voltiges, bondit sur son objectif.

Les Viets Minhs qui occupent Bot Lô, mal armés, se rendent dès les premières rafales.

— Il faut les interroger tout de suite, ordonne Leguéré avant même d'avoir retrouvé son souffle.

Les yeux pleins de haine, l'interprète de la compagnie secoue brutalement un des prisonniers. Il le menace de toutes les douleurs de l'enfer et souhaite pour lui et sa famille jusqu'à de lointaines générations à venir toutes les malédictions possibles. Soûlé de mots et de coups savamment appliqués par son compatriote, le malheureux bo doï lâche en un souffle rauque et suppliant tout ce qu'il sait.

— Mes amis sont partis, avoue-t-il, il y a déjà pas mal d'heures...

L'interprète, après avoir traduit la réponse de l'Annamite apeuré et meurtri, poursuit ses questions brutales.

— Quand sont-ils partis d'ici ?, hurle-t-il.

Le captif hésite un moment, interroge du regard ses quatre compagnons attachés les uns aux autres par une longue longe de suspente de parachute. Il se décide à donner des précisions sur la fuite du Viet Minh qui tenait le petit village depuis des mois.

— Hier soir, avant la nuit, souffle l'homme d'une voix retenue, nous avons appris qu'il y aurait une opération par ici...

Leguéré, après la traduction de la réponse, gronde entre ses dents :

— C'est bien joli, le secret dont on nous rebat les oreilles au cours des briefings. Ça ne sert pas à grand-chose !

Le sergent-chef sait bien qu'en Indochine l'expression « les murs ont des oreilles » prend toute sa dimension.

Le prisonnier explique tranquillement qu'il n'a pas eu le temps de fuir avec ses hommes car les renseignements qu'ils avaient reçus la veille ne parlaient pas d'une opération aéroportée, mais simplement d'une attaque d'infanterie classique qui n'aurait dû commencer qu'en début d'après-midi.

— On avait bien le temps de cacher le matériel, poursuit l'interrogé alors qu'on ne lui demande plus rien.

Leguéré reçoit l'ordre de fouiller une partie de terrain couverte de buissons bas qu'avait seulement traversée à la course la première section de la compagnie.

Les hommes progressent lentement dans les fourrés. Un remue-ménage et des cris sourds sortent d'un boqueteau. Leguéré se précipite, prêt à intervenir. Il découvre un de ses hommes aux prises avec un Indochinois désarmé qui porte un sac de combat et se débat vigoureusement. Les coups pleuvent, l'homme roule à terre en geignant. L'interprète de la compagnie arrive à temps pour interrompre la punition.

— C'est un coolie de chez nous ! hurle-t-il pour enrayer le massacre.

Le chasseur de Leguéré ne pouvait imaginer, en débusquant un homme marchant pieds nus, que celui-ci avait été parachuté comme lui.

— Tu ne pouvais pas le dire, imbécile, gronde-t-il en aidant le Vietnamien à se relever.

La fouille reprend, précise et silencieuse. Tout autour de la zone de saut, les avions mitraillent inlassablement les pentes de la montagne. Au nord-ouest du site, dans le ciel tout bleu, les 1 702 mètres du pic de la Dent-du-Tigre semblent veiller le paysage violé par la guerre.

Le coolie, durement sonné par l'attaque brutale du voltigeur, reprend peu à peu ses esprits et suit en trottinant sur ses pieds nus le mouvement de la fouille.

« Quand je pense, se dit Leguéré en le suivant un court instant des yeux, que ce type-là a sauté sans entraînement et sans chaussures. Il ne s'est même pas foulé une cheville alors que des anciens de chez nous ne peuvent plus marcher. C'est le monde à l'envers ! »

Le sergent Lamy et le caporal-chef Desjours, qui souffrent

de graves entorses, attendent en effet, en arrière du mouvement.

Leguéré tombe presque dans un trou dissimulé par des branchages secs. D'un mouvement réflexe, il se rejette en arrière en tirant une balle de sa carabine U.S. Une forme craintive sort de l'orifice de l'abri.

– Ne tirez pas !, hurle-t-elle en français.

Du bout de son canon de carabine américaine, le parachutiste fait signe à l'homme à la face chafouine de sortir de son repaire. Au bout d'une reptation saccadée, le Viet Minh se met au garde-à-vous devant le sergent-chef en tenant ses mains croisées derrière sa nuque courte.

L'homme est rapidement fouillé et interrogé. Suivant ses indications, les voltigeurs découvrent vite un dépôt de munitions.

Quatre autres Viets Minhs, surpris par le parachutage dans leurs préparatifs d'évacuation, se rendent à la première rafale tirée par un parachutiste.

A dix heures trente, tout est fini. Il ne reste plus un seul ennemi sur le site conquis. Les chasseurs commencent à regrouper le matériel pris à l'ennemi. Le bilan est maigre en regard de leurs espérances du matin. Les voltigeurs sont déçus.

Pendant que la troisième section de la compagnie se disperse pour ramasser les voilures éparses, aidée par les coolies – parachutés malgré eux dans des hurlements de terreur – et les prisonniers les plus coopératifs, les deux autres sections, celle du sous-lieutenant Gourlaouen et celle de Leguéré, se rejoignent au bord de la rivière aux eaux basses.

Les éléments terrestres de l'opération, ceux-là même dont les Viets Minhs évanouis dans la montagne avaient appris l'arrivée la veille, débouchent sur le site à quinze heures. Ce sont des tirailleurs marocains qui relèvent les parachutistes.

Deux avions viennent parachuter des vivres tandis que Leguéré part en patrouille à la tête de sa section pour râtisser le flanc d'une colline. Il ne découvre que quelques maigres traces du passage de l'ennemi. L'ordre d'interrompre la fouille arrête sur place la section qui s'installe en point d'appui pour la nuit.

Lorsque le jour se lève après des heures de veille énervante, l'ordre de regagner la zone de saut ne satisfait pas du tout Leguéré. Il regarde, de loin et la rage au cœur, les autres sections de la compagnie qui poursuivent le râtissage tandis qu'il convoie lentement Lamy et Desjours qui ne peuvent plus poser le pied sur le sol.

Lorsque le gros de la compagnie rejoint à son tour la zone de saut, poussant et traînant des groupes de prisonniers en cordées pitoyables, Leguéré rôde autour de ses compagnons chefs de section.

— On est tombés tranquillement sur deux guetteurs, lui raconte le sous-lieutenant Gardes, on les a coxés sans mal avant qu'ils ne donnent l'alerte à un campement qu'ils protégeaient de très loin...

Le parachutiste, avide de précision, écoute le jeune officier avec de l'envie plein les yeux.

Les voltigeurs de Gardes, oubliant d'un seul coup toutes les fatigues de leur longue progression malaisée dans une forêt dense, ont bondi comme des loups sur le repaire surpris dans sa tranquillité. Ils ramènent fièrement de l'armement et des kilos de précieux médicaments.

— Nous, avoue sourdement Leguéré, avec nos deux traînards, on n'a pas eu droit à la fête, ce sera pour une autre fois...

Gardes, bon prince, les yeux pétillants de malice, comprend la déception de son compagnon de combat.

— C'est comme ça, mon vieux, lâche-t-il en s'éloignant. A la guerre, c'est comme en amour : chacun son tour!

Les alentours de Bot Lô, libérés de la pression ennemie par le raid, ne présentent plus de danger pour les convois de véhicules. Une colonne de G.M.C., accompagnée de protecteurs blindés, vient prendre en charge les chasseurs vainqueurs et las.

Le retour sur Hué s'effectue tranquillement. Au matin du 14 mars 1948, les parachutistes s'installent dans les avions qui les attendaient à l'aérodrome pour redescendre sur Tourane.

Les prisonniers de l'opération sont restés à Hué. Pendant toute la journée du 15, les hommes de Leguéré s'affairent à la remise en état de leur matériel en lorgnant les longues lames de mer qui meurent sur la plage de sable doré toute proche de leur campement de baraques.

Le 16 mars, Leguéré, qui a enfourné une partie de sa section dans le même Dakota qui l'avait largué sur Cao Bang en 1947, contemple, absent, les montagnes d'Annam qui courent sous les ailes en « V » de l'avion.

Après deux heures quinze de vol, l'appareil se pose sur la piste de Bach Mai. Les parachutistes regagnent leur cantonnement de la Concession après avoir remis les parachutes qui ont servi à Bot Lô, sommairement serrés dans leurs sacs, au service d'entretien et de pliage des troupes aéroportées du Nord de l'Indochine.

« J'espère bien les revoir bientôt », se dit Leguéré après avoir confié les voilures de sa section aux plieurs.

Les sous-officiers retrouvent leurs fiefs respectifs dans la ville très calme. Chez Tollemer, Leguéré, Maillot, Mathieu, Lavabre et quelques autres se serrent autour d'une table. L'ambiance est chaude, les parachutistes sont les rois de l'endroit. Plusieurs bouteilles à long col de gewürztraminer ont déjà été vidées avant même que le plat de résistance du festin de retour ne soit entamé.

Toutes les têtes des sous-officiers au béret bleu se tournent dans un grand silence lorsqu'un capitaine d'infanterie pénètre dans l'établissement du gros Normand. Une superbe jeune femme ondule des hanches entre les tables et s'assied, coquette et consciente de l'intérêt général qu'elle vient de soulever.

Son compagnon, très digne, passe sa commande. Les parachutistes, après avoir longuement appris les courbes parfaites de l'élégante, oublient tout à fait les nouveaux clients. Des chants, d'abord graves, puis de plus en plus lestes, montent de leur table, bientôt repris en chœur par la plus grande partie de l'assemblée de marins, coloniaux et légionnaires.

Le capitaine fait grise mine en écoutant les chants grivois. Sa compagne, gênée, se penche vers lui et lâche d'une voix irritée, mondaine :

— C'est toujours la même chose. Lorsque ces voyous de parachutistes reviennent d'opération, ils sont franchement invivables.

Prenant une mine dégoûtée et faisant un mouvement nerveux de tête, la beauté enchaîne :

— On devrait leur interdire Hanoi. Je ne peux pas vivre quand ils sont là...

Maillot, qui a entendu, étale une grande partie de l'omelette aux champignons noirs qui recouvre presque entièrement son assiette. Se relevant à demi de sa chaise de rotin usée, il lance le mets en plein sur le minois dédaigneux de la compagne du capitaine.

Le silence reprend possession de la salle. L'officier d'infanterie ne peut faire autrement que de se lever et d'exiger des excuses du grand sergent-chef hilare. Il reçoit pour toute réponse un formidable coup de poing en pleine figure qui l'envoie bouler contre sa table.

Tout de suite, la bagarre devient générale. Prenant partie, au hasard, pour l'un ou pour l'autre des antagonistes, dans une pagaille terrible, presque tous les clients du Normand se défoulent dans un formidable pugilat.

Au bout d'une minute et demie de combat, il ne reste pas grand-chose debout dans l'endroit. Le gros tenancier court entre les hommes déchaînés pour saisir, en évitant du mieux qu'il peut les coups qui pleuvent, tout ce qui peut être encore sauvé du massacre.

La jeune femme s'éclipse, laissant son chevalier servant aux prises avec Maillot. Leguéré, un peu plus calme que ses compagnons, essaie de ramener un semblant de tranquillité dans le restaurant bouleversé. La bataille cesse vite, les parachutistes remettent leur table sur pied, commandent de nouvelles bouteilles de vin d'Alsace, le reste du repas et entonnent des chants nouveaux comme si rien ne s'était passé.

Maillot appelle Tollemer à la rescousse pour redresser la pagaille.

— Tu seras payé, ne t'en fais pas, lui confie-t-il. Ce n'est rien du tout...

Le capitaine a disparu dans la nuit. Les chasseurs continuent dans la joie leur repas bruyant. Une patrouille de la prévôté passe devant l'établissement. Son chef ouvre la porte du restaurant, glisse la tête dans la salle et, après avoir reconnu les clients, éloigne ses hommes casqués, longues matraques pendantes au flanc, de l'endroit dangereux.

— Qu'est-ce que tu t'es fait ?, interroge soudain un des sergents de la tablée qui vient de s'apercevoir que Maillot a la main droite solidement bandée.

Le sergent-chef lève le bras en riant.

— C'est la tête d'un Viet, clame-t-il, en exhibant sa main cassée devant le nez de ses compagnons.

Le sergent-chef est obligé de raconter par le menu ce qui lui est arrivé.

— Je suis tombé en plein sur deux Viets qui sortaient d'un petit abri, commence-t-il. Il y en a un qui a essayé de me foutre un coup de poignard, je n'ai pas eu le temps de sortir ma carabine, alors je lui ai balancé mon poing en plein sur le crâne. Voilà le résultat...

— Chapeau !, tranche Lavabre. Ils ont la tête salement dure !

Après le récit de Maillot, les chansons ne reprennent pas. Les parachutistes sont redevenus graves.

« On fait tout de même de drôles de citoyens, se dit Leguéré en posant les yeux sur les visages marqués de ses compagnons de repas. C'est sans doute la guerre qui nous a faits comme ça... »

Les parachutistes poursuivent leur nuit à la recherche de plaisirs plus piquants que l'échange de horions avec les clients du Normandie-Bar. Hanoi, tout autour du périmètre restreint où se trouvent les bars et quelques bordels accueillants, est endormie. Leguéré abandonne ses compagnons qui ont décidé de coucher en ville et regagne, solitaire, le cantonnement de la Concession, un peu avant le couvre-feu.

*
**

« Je ne me suis peut-être pas amusé autant que les autres, se dit le lieutenant Leguéré dans l'avion qui tourne inlassablement, très haut dans la nuit, au-dessus de Diên Biên Phu, attendant l'ordre d'amorcer la descente qui libérera ses parachutistes de leurs dernières appréhensions, mais en tout cas : je ne regrette rien ! »

Les Vietnamiens du vol, impassibles, ressemblent dans la pénombre de la carlingue aux vestiges séculaires des statues des palais royaux de Hué.

Diên Biên Phu se devine une nouvelle fois sous l'avion, piqueté de lueurs.

Leguéré retourne à la quête du temps qui a forgé l'homme qu'il est devenu, l'officier dur, insensible, et qui a accepté sans faillir de participer au sacrifice des parachutistes.

23

LA R.C. 4

Quelques jours passent, tranquilles, à Hanoi, puis le bataillon, réduit à un peu plus de cent hommes, monte vers la Haute-Région en empruntant la R.C. 4. La compagnie du lieutenant Faury s'installe à That Khé, à mi-chemin de Lang Son-Cao Bang, tandis que le reste des parachutistes du commandant de Vismes poursuit sa route vers la ville qu'ils ont conquise en octobre dernier.

A That Khé, après avoir installé sa section dans la vieille citadelle de la ville, Leguéré réunit ses chefs de groupe, Sérignac, Lavabre et Mathieu, pour leur expliquer les missions qui leur ont été confiées au cours d'un briefing à l'échelon bataillon.

— Le travail va être tout simple, annonce le parachutiste aux chefs des voltigeurs et servants de pièces de la section réduite. Nous n'aurons qu'à couvrir l'avance des convois routiers qui montent tous les deux jours de Lang Son. De simples petites promenades touristiques, ajoute le sous-officier. Vous verrez...

Convoi routier sur la R.C. 4.

Ses hommes « voient » très vite. La R.C. 4, courant aux flancs des montagnes au milieu d'un fouillis inextricable de végétation luxuriante, surplombe des ravins vertigineux et s'accroche à la base de hautes falaises de calcaire. Elle est devenue la cible préférée du Viet Minh qui multiplie tout le long de son axe les sabotages et les embuscades.

Le capitaine Bréchignac, adjoint du commandant de Vismes, a étudié les moindres détails de la voie presque parallèle à la frontière de Chine qui court de six à quarante kilomètres dans le nord de ses courbes. Il a mis au point une méthode efficace pour enrayer les actions des bo doîsqui s'acharnent inlassablement à couper les villes du nord du delta du fleuve Rouge. Pendant de longues heures, les parachutistes progressent sur les bords de la route étroite, balayant tout devant lorsqu'ils débusquent des saboteurs ou tombent sur les arrières des embuscades.

A ce jeu, les hommes se fatiguent vite. Les effectifs des sections fondent à vue d'œil. Les fièvres sapent la résistance des voltiges. Chaque matin, Leguéré fait la chasse à ceux de ses hommes qui refusent de prendre les médicaments préventifs qu'on leur distribue régulièrement.

— Le paludisme est aussi dangereux qu'une balle perdue, dit-il, furieux, à un de ses caporaux les plus anciens qui vient de jeter des cachets au sol sur la mousse d'une clairière perchée au-dessus de la route poussiéreuse. Si tu te crois malin, tu n'as qu'à penser à Chevallier...

Le caporal, penaud, se baisse et retrouve la Nivaquine dans le fouillis des mousses, nettoie les cachets et les avale en même temps qu'une gorgée d'eau de son bidon d'aluminium, retiré de l'étui de toile vert pâle qui est accroché à son ceinturon.

— C'est pourtant vrai, bon sang !, poursuit Leguéré pour lui-même en repensant à la mort tragique de Chevallier emporté par les fièvres en moins de trente-six heures tout près d'Hoa Binh, il y a tout juste une année.

La section, dispersée aux abords de la clairière, attend l'ordre de reprendre la marche vers le nord. Elle a quitté la R.C. 4 en éclairage d'une longue colonne composée de coloniaux, de quelques légionnaires et d'un gros parti de supplétifs qui doivent s'installer en poste fixe à Fau Kâm, petit village perché sur un piton aride, très haut au-dessus de la route coloniale.

— On va certainement profiter de la manœuvre pour fouiller tout le secteur, prévoit Leguéré en détaillant la carte de la région tourmentée en direction de la Chine.

Lorsque l'ordre de poursuivre la route arrive enfin, les chasseurs se lancent sur un terrain de plus en plus infernal. Leguéré jure entre ses dents, maudissant la nature trop généreuse qui a doté la Haute-Région de dizaines d'essences arboricoles qui feraient certainement le bonheur de nombre de botanistes de France mais qui ne facilitent pas la vie de ses parachutistes.

Etirés sous de somptueuses voûtes de cathédrales de verdure, les chasseurs de l'avant-garde ahanent, couverts de sueur. Ils tracent leur route en aveugle dans une chaleur moite.

– On se croirait dans une serre, enrage Leguéré en arrêtant une nouvelle fois sa section pour tenter de faire un point sur sa carte.

Se repérant grâce à l'aiguille de sa boussole d'origine canadienne, le parachutiste relance sa section entre les hautes fougères qui couronnent les troncs d'arbres d'où pendent des fagots de lianes.

Après deux bonnes heures de marche en zigzag, les premières habitations de Fau Kâm s'offrent à la vue des voltigeurs harassés.

– C'est pas trop tôt, souffle Leguéré en traversant le village aux curieuses maisons circulaires.

Tous les murs sont faits de boue séchée et coiffés de hauts toits confectionnés avec de longues branches de roseaux qui rappellent les toits de chaume des marais vendéens ou des marécages camarguais. Les habitants du village, amicaux, curieux, rôdent autour des intrus qu'ils dévisagent sans vergogne en souriant de toutes leurs dents noircies par la mastication constante de bétel.

Pendant que l'élément des partisans commence à s'installer dans le village rallié, les parachutistes avancent encore de quelques centaines de mètres sur le flanc nord du long piton où sont érigées quelques huttes rondes pour protéger le village d'une incursion, toujours imprévisible, du Viet Minh.

« Le meilleur moment pour foutre une implantation de troupes en l'air, se dit Leguéré, c'est quand les hommes déposent leur matériel après une marche qui les a épuisés... »

Au bout d'une heure, les parachutistes reçoivent l'ordre de poursuivre leur route en direction de la frontière de Chine. La progression reprend, toujours ralentie par la végétation luxuriante et le relief des pitons à franchir. Deux heures après avoir quitté Fau Kâm, Leguéré découvre un nouveau village, Lon Nâm, de l'autre côté d'une vallée encaissée et touffue. Des coups de feu partent des paillotes suspectes. Le parachutiste, plaqué à l'abri d'un énorme tronc à écorce lisse, conçoit tout de suite la manœuvre à exécuter. Ayant obtenu l'accord de son capitaine de compagnie, il dirige ses chasseurs dans de véritables boyaux sombres qui traversent la forêt pour contourner le village occupé par le Viet Minh.

Pendant que les hommes du sergent-chef disparaissent à la vue des tireurs ennemis, les Viets Minhs concentrent leurs tirs sur les éléments arrière de la colonne. Leguéré débouche tout près de Lon Nâm. Le village est dominé par un cirque de petits points embrumés.

— On ne va pas perdre de temps à réduire les postes de feu du village, propose-t-il par radio au lieutenant Faury. On va monter s'installer au-dessus des Viets...

Dédaignant les tirs des bo doïs, les parachutistes se trouvent bientôt en bonne position pour matraquer sérieusement les défenseurs de Lon Nâm.

— A nous de jouer, jubile Leguéré en plaçant au mieux ses fusils mitrailleurs et le mortier du caporal-chef Georges.

Les rebelles comprennent vite le piège qui se noue autour de leur village fortifié. Ils commencent un mouvement de décrochage sans panique et s'enfuient vers le nord-ouest.

Il est treize heures, la chaleur humide croît encore. Lorsque le dernier élément rebelle a été délogé de sa position, l'ordre de déplacer l'axe du mouvement de fouille en direction de l'ouest remet les hommes de Leguéré en marche.

Les parachutistes n'ont pas progressé de deux kilomètres sous un soleil ardent qu'ils tombent en embuscade.

— Cette fois, gronde Leguéré, on dirait qu'ils sont solidement installés...

Les voltigeurs de tête de la section se sont plaqués au sol dès les premières balles de l'embuscade. Ils ripostent après avoir repéré le piton boisé d'où leur vient la pluie de mort. Les Viets Minhs, habiles tacticiens, ne dévoilent qu'un à un leurs points de feu qui tiennent plusieurs des hauteurs dominant l'itinéraire des parachutistes. La forêt résonne de centaines de coups de feu et d'éclatements de grenades à fusil.

— Le lance-patates ! Par ici..., hurle Leguéré en repérant les coups de départ d'une pièce automatique viet minh.

Le caporal Georges, entraînant dans sa course dangereuse les servants de sa pièce de mortier de deux pouces, fonce vers le point abrité que lui indique son chef de section.

— Ils sont là, lui crie Leguéré dans le tumulte qui va *crescendo*.

Georges place rapidement son arme courte en batterie. Les premiers obus de 50 du caporal-chef éclatent, juste au-dessus de l'emplacement rebelle bien protégé. Profitant de l'angle mort qui naît des coups au but du mortier, Leguéré manœuvre très serré pour approcher encore de la position à balayer.

Un hurlement de douleur, inhumain, l'oblige à se retourner en fin de bond. Un de ses hommes, le chasseur Hermouet, est touché au ventre. Ecroulé au sol, il râle en se tortillant. Deux de ses compagnons, servants d'une des deux pièces de F.M. de la section, se jettent vers lui, le saisissent rudement et le traînent à l'abri d'un rocher.

– L'infirmier va s'occuper de toi !, hurle Leguéré en reprenant sa course folle vers l'avant de sa progression d'assaut.

Les Viets Minhs, d'abord surpris, sont bousculés et décrochent, groupe par groupe. Il ne reste bientôt plus devant les parachutistes furieux que quelques fusils et un lance-grenades qui couvrent courageusement le repli de leurs compagnons.

La poursuite s'engage, haletante.

« On ne va tout de même pas courir comme ça jusqu'en Chine », se dit Leguéré, en reprenant, pour la dixième fois au moins, sa progression.

Les parachutistes viennent de réduire un nouveau tireur isolé posté là en défense. Les chasseurs, en nage, à bout de souffle, sentent leurs muscles noués de crampes sous l'effort formidable qui les tend vers l'ennemi. Un ordre radio, émis de l'arrière du mouvement, ordonne à Leguéré de revenir vers le village de Lon Nâm qui a été enlevé aux rebelles.

Le corps pantelant de Hermouet est transporté sur un brancard de fortune confectionné avec deux vestes de combat mouillées de sueur et des branches d'arbre. L'après-midi est bien entamé lorsque la section débouche dans le village libéré. Un élément du 2e régiment d'infanterie coloniale se charge du blessé grave et le dirige, lentement, à flanc de montagne vers le gros bourg de Cao Mat, tenu solidement par deux grosses sections de partisans.

Les parachutistes suivent longtemps des yeux la chenille des coloniaux en souhaitant qu'elle aille assez vite pour que leur compagnon ait une chance de survivre à sa vilaine blessure.

– On doit effectuer une liaison avec les légionnaires, annonce Leguéré vers seize heures trente.

Ses chefs de groupe lancent leurs hommes sur les pentes ouest du massif de Ban Nam, qui domine une longue cuvette au bout de laquelle doivent se trouver les képis blancs du troisième régiment étranger d'infanterie.

Après deux kilomètres et demi de marche rapide entre les éboulis qui s'échappent de la forêt épaisse dominant les marécages de la cuvette, les parachutistes rencontrent les légionnaires à l'endroit prévu et reçoivent l'ordre de camper sur place pour la nuit.

Lorsque l'obscurité a envahi le site tourmenté et insalubre, Leguéré, inquiet, interroge par radio le P.C. de la compagnie pour avoir des nouvelles de Hermouet.

Les quatre chasseurs qui entourent leur chef de section retiennent inconsciemment leur souffle pour mieux saisir des bribes de sa conversation sobre.

Lorsque Leguéré repose le combiné de son SCR 300 d'un geste rageur et s'éloigne de son petit P.C. à grandes enjambées, ils comprennent que leur ami n'a pas survécu.

— Un de plus, gronde le parachutiste, étreint par une crispation douloureuse qui lui mord la gorge, pauvre gars...

Le sous-officier se sent humilié par cette nouvelle mort. Il trouve difficilement le sommeil au milieu de ses postes de guet qui prolongent la mise en place très serrée des légionnaires.

Plusieurs fois dans la nuit humide, des rafales sèches éclatent de place en place, saluant le passage de quelques Viets Minhs qui tentent de s'infiltrer vers la R.C. 4. Tirés des postes qui jalonnent la route, vers le sud, des pots éclairants dansent dans le ciel, la montagne se découpe alors nettement aux yeux des hommes de faction crispés sur leurs armes braquées vers l'inconnu.

Très tôt éveillé, Leguéré apprend par radio qu'il doit redescendre vers la route coloniale. Le mouvement vers le sud commence à six heures. La brume matinale coule, blanche et épaisse, en cascade sur les gradins verts des montagnes.

Les parachutistes s'enfoncent dans la forêt. Contournant la cuvette du Ban Nam aux marécages impraticables, les voltigeurs pénètrent bientôt entre des hauteurs de calcaire truffées de grottes à peine visibles derrière des rideaux de végétation entrecroisés.

— Ça ne sent pas bon du tout, s'inquiète Leguéré, en faisant ralentir la marche de ses éclaireurs de pointe.

Le matin est tout à coup déchiré par des rafales qui jaillissent exactement de l'endroit qui préoccupait le chef de section. Des obus de mortiers tombent en plein devant les chasseurs engagés dans le piège.

Le ballet de la riposte commence dès les premiers tirs précis des Viets Minhs. Se guidant sur le feu de l'ennemi invisible, les parachutistes abandonnent la piste forestière mal dessinée qu'ils empruntaient. Ils escaladent les murs de calcaire et se ruent à l'assaut de l'embuscade. Des Viets Minhs, touchés à mort, basculent dans le vide et s'écrasent au pied de la falaise enfumée.

Un cri vrille les tympans de Leguéré.

« Bon sang !, se dit-il, Sérignac ! »

Le sergent chef de groupe gît un peu en arrière, les deux jambes transpercées par une balle à la hauteur des cuisses. Il perd son sang en abondance et ses yeux, comme incrédules, semblent exprimer une indicible surprise. Au bout de quelques secondes, son visage se crispe sous les morsures de la douleur qui le taraude.

L'infirmier de la section, sous le feu des rebelles, se coule à la hauteur du blessé. Pas un instant, Sérignac ne perd son sang-froid coutumier. Il indique par gestes précis sa plaie au sauveteur qui se penche sur lui pour installer deux garrots de fortune.

Le tir ennemi s'exaspère.

– Ils vont essayer de nous encercler, comprend Leguéré en découvrant les mouvements lointains des rebelles sur les hauteurs. Il va falloir jouer serré !

Une nouvelle fois, le mortier de Georges accomplit des miracles. L'arme au canon brûlant crache ses petits obus meurtriers. Le caporal-chef de pièce déroute l'ennemi par la précision infernale de ses coups et surtout par l'incroyable cadence de son tir. Leguéré couvre son dispositif d'un regard acéré.

– A notre tour de décrocher, ordonne-t-il à ses chefs de groupe après avoir reçu l'ordre de traverser la vallée.

Le mortier de 50 glisse vers une position plus au sud où il se remet en batterie. Dès que Georges reprend sa pression sur les emplacements de tirs ennemis, il permet aux deux pièces de fusils mitrailleurs de progresser à leur tour dans l'axe du repli. Les voltigeurs, bien couverts par les tirs croisés des deux 24/29, se sortent du piège de feu sous une volée de balles.

La manœuvre en tiroir se poursuit pendant de longues minutes. Pressés par les rebelles en nombre supérieur les parachutistes ont encore quelques blessés légers. Sérignac est évacué en catastrophe et, couvert de sueur, supporte stoïquement les chocs inévitables qui augmentent encore ses douleurs.

– Ouf !, souffle Leguéré après un dernier bond qui le place définitivement à l'abri des tirs ennemis, on a réussi à s'en tirer sans trop de casse. On continue !

Les parachutistes reprennent leur marche vers le regroupement de la compagnie. La section franchit encore des blocs de calcaire géants qui dominent une langue de marécages. Une nouvelle embuscade les prend en enfilade. Les hommes, oubliant leurs fatigues en une fraction de seconde, ripostent de toutes leurs armes. Leguéré commence à s'inquiéter de son potentiel de feu.

— Il ne s'agirait pas de tomber en panne de munitions !, gronde-t-il en calmant un peu l'ardeur de ses hommes.

La fabuleuse discipline de feu des parachutistes n'a d'égale que la précision de leurs tirs. Les rebelles sont obligés de décrocher très vite de leurs positions, bien moins sûres que celles de leurs compagnons d'armes du piège précédent.

Georges, entamant la dotation d'obus de son dernier pourvoyeur, accompagne la fuite désordonnée des bo doîs de ses coups au but. Les Viets Minhs se perdent dans les hauts calcaires. Seules les dernières rafales d'un F.M., placé assez loin en élément de recueil de l'embuscade, obligent encore les parachutistes à prendre garde.

L'un d'eux, le caporal Jean Moirez, est stoppé net dans le bond qui devait le porter à l'abri d'un rocher gris. Une balle lui a perforé l'aine. Deux chasseurs l'agrippent sans ménagement et le tirent rapidement à l'abri. L'infirmier accourt vers le trio. Ecartant les vêtements souillés du blessé, il ne peut retenir une grimace.

— T'en fais pas, ment-il à l'homme qui gémit faiblement, ce n'est vraiment rien du tout. A toi la bonne perm' !

L'arme placée en recueil se tait à son tour. Leguéré remet les restes de sa section en marche. Les parachutistes, transportant lentement les deux blessés graves, rejoignent le gros de la compagnie.

Après une demi-heure de marche sous le soleil de plus en plus dur, l'infirmier se porte à la hauteur de son chef.

— Il va sûrement passer, lui souffle-t-il en montrant du doigt le corps de Moirez balancé sur son brancard de fortune.

Leguéré, refusant de se rendre à la triste évidence, se laisse dépasser par les hommes qui le suivent. Lorsque le tragique fardeau arrive à sa hauteur, il encourage le blessé qui a fermé les yeux.

— On arrive bientôt, affirme-t-il. Tu vas être soigné comme un roi...

L'infirmier tire doucement la manche maculée de la veste kaki de son chef :

— Il ne peut plus entendre, lâche-t-il sourdement, il est mort !

Leguéré, la gorge nouée, remonte à longues enjambées la colonne silencieuse.

« Ils nous auront tous à l'usure, un par un !, jure-t-il en lui-même. On nous fait jouer un sale jeu de fous... »

La compagnie débouche sur un piton où elle doit s'installer pour la nuit. Les hommes, lessivés, ne peuvent plus mettre un pied devant l'autre. Ils s'installent en défensive, toujours muets. La nuit tombe, les relèves de veille s'effectuent en mouvements furtifs. Des échos de canonnades montent du sud, de la direction de That Ké.

Le lendemain matin, une compagnie fraîche du 23e bataillon de tirailleurs algériens vient relever la compagnie Faury qui reçoit l'ordre de rejoindre les abords immédiats de la R.C. 4.

Progressant vers le sud sur les pentes des montagnes du Ban Nam, les chasseurs atteignent la route en deux heures de marche malaisée. Sérignac prend son mal en patience et supporte sa douleur sans se plaindre. La section de Leguéré progresse en ligne au-dessus de la route en lacet, en direction de That Ké. Sa mission est de prévenir les embuscades éventuelles qui pourraient surprendre le convoi de véhicules qui a quitté Lang Son à l'aube.

En dessous des chasseurs, deux hommes du Génie passent lentement leurs appareils de détection sur toute la largeur de la route. Les « poêles à frire » emmanchées au bout d'une longue tige d'acier frôlent la poussière de l'axe routier à cinq centimètres de hauteur.

— Ils ont près de cinq cents mètres à balayer comme ça, explique Leguéré à Lavabre après avoir reçu l'ordre radio de protéger les démineurs en ralentissant le rythme de son avance.

Lorsque les sapeurs ont terminé leur travail minutieux, les parachutistes très étirés reprennent leur marche sur une pente en éboulis. Ils se rabattent vers la route pour franchir le village de Ban Ton. Un peu plus loin, les voltigeurs découvrent devant eux deux hautes arêtes rocheuses qui enserrent la route de plus de cent mètres de falaises. La section du sous-lieutenant Gardes passe la première dans le défilé impressionnant. Leguéré suit les formes souples qui se perdent dans l'ombre. Ses hommes, bien placés pour intervenir si besoin est, serrent nerveusement leurs armes.

« Moi, se dit Leguéré en suivant la ligne des hauteurs, si j'étais un Viet... »

Le sergent-chef n'a pas le temps de finir sa pensée. L'embuscade redoutée est en place. Les rafales des bo doîs résonnent entre les rochers escarpés. Les parachutistes de Gardes ont disparu aux yeux de Leguéré. Le mortier de 60 de la compagnie se porte en position clé et encadre très vite de ses obus les emplacements de tirs ennemis.

Leguéré lance ses hommes aux flancs de la montagne tandis que Gardes, réagissant au mieux, jette les siens à l'assaut des éléments les plus proches de l'embuscade.

— Muller !, crie Leguéré en découvrant un emplacement idéal pour couvrir de sa pièce de F.M. le mouvement de la section Gardes. Viens par ici...

Le servant du fusil mitrailleur, suivi comme son ombre par Ristat remis de sa blessure de Dat Dô et de plus en plus efficace, se hisse laborieusement dans les rochers, encombré des neuf kilos de son 24/29. Il ne peut retenir un sifflement admiratif en découvrant une pièce viet minh qui, sans se soucier de son flanc, tire sur les parachutistes engagés dans le défilé.

L'arme noire, mise en batterie en deux secondes, crache aussitôt de longues rafales de 7,5 sur les rebelles qui décrochent en catastrophe.

Libérés de la pression de l'arme, les chasseurs, en quelques minutes, nettoient les trous où les Viets Minhs se terraient. Les bo doîs du haut du défilé se sauvent sans demander leur reste.

« Curieux, se dit Leguéré. A leur place, je... »

Le parachutiste bute sur un corps ensanglanté. Au sac de piles d'émetteur-récepteur qu'il porte sur le dos, il reconnaît un des coolies de la compagnie.

— Tiens bon, vieux frère, on va te tirer de là, souffle-t-il en se baissant rapidement sur le blessé.

L'homme a les yeux révulsés, aucun son ne sort de sa bouche tordue par la douleur. Leguéré l'enjambe pour rejoindre l'enfer qui enfièvre la montagne d'où les Viets Minhs, matraqués par le mortier de 60 de la compagnie, décrochent un à un.

— Fouillez les rochers, hurle Leguéré à ses voltigeurs lorsque le feu se meurt tout à fait.

Les parachutistes, presque à court de munitions, découvrent plus de vingt corps figés dans la mort. Ils sont tous en uniforme mais désarmés. Les chasseurs ne retrouvent qu'un seul mousqueton, des munitions en abondance et deux sacs gonflés de documents.

Tout près de Leguéré qui évalue du regard le butin de l'accrochage, le parachutiste Bocage se fait soigner par l'infirmier de la section.

— Qu'est-ce qu'il a ?, interroge le chef de section inquiet.

— Cette fois, lui répond le caporal infirmier en relevant ses yeux fatigués de la blessure à l'épaule de son patient en sueur, ce n'est vraiment pas grave du tout...

Rassuré, Leguéré dirige ses pas vers trois autres chasseurs légèrements touchés, Roumans, Gilbert et Pottier qui se font panser par les infirmiers des autres sections de la compagnie.

Pendant des heures, en attendant le passage du convoi, la compagnie réduite patrouille encore dans le massif du Ba Nam. Quelques fuyards de l'embuscade sont pourchassés dans la forêt.

Lorsque le long convoi, blindés, G.M.C., 4/4 et 6/6 Dodge et camion Chevrolet noirs de la compagnie de transport du Haut-Tonkin, pilotés par des Vietnamiens inconscients des risques qu'ils encourent au saint nom du profit, passe sans encombre la portion de route qu'ils avaient à protéger, de près et de loin, les parachutistes redescendent sur That Ké.

Il est minuit lorsqu'ils sont accueillis par les premières sentinelles de la cité endormie.

A bout de forces, les hommes de Leguéré s'abattent sur les châlits de leur cantonnement provisoire de la Citadelle. Ils plongent aussitôt dans un lourd sommeil agité de temps en temps par les échos des fusillades vécues au cours des journées passées.

– Et dire, soupire Leguéré, qu'après-demain au plus tard, le cirque va recommencer...

24

LES LÉGIONNAIRES

La saison sèche se meurt. De lourds nuages menaçants mordent les montagnes qui dominent la R.C. 4. Le mois d'avril s'est écoulé, routinier, en patrouilles et ouvertures de routes. Le début du mois de mai ressemble à celui qui vient de mourir. Le commandant de Vismes, atteint, comme bon nombre de ses chasseurs, par les fièvres, quitte l'Indochine le 16 mai 1948. Le chef de bataillon Bastouil, le supérieur direct de Maillot, le remplace à la tête du 1/1 R.C.P.

Bientôt, la saison des pluies déverse sur la Haute-Région des masses d'eau qui, grossissant les affluents du fleuve Rouge, vont inonder le delta, à l'est des montagnes.

La forêt qui borde la R.C. 4 dégouline littéralement de fausses rivières qui s'écoulent au travers de l'axe routier, ajoutant encore aux destructions du Viet Minh.

La section de Leguéré est toujours cantonnée à la Citadelle de That Kê. Le para connaît maintenant par cœur le parcours de la route en lacet qui monte vers Cao Bang.

— On change de secteur, annonce-t-il un matin à ses hommes alors que la pluie accorde une éclaircie au paysage moite. Nous allons maintenant couvrir la R.C. 3 au sud de Cao Bang.

Les parachutistes de Faury retrouvent, à leur tour, la cité qu'ils ont libérée de l'emprise du Viet Minh le 9 octobre 1947.

— C'est bougrement changé par ici, reconnaît Leguéré en découvrant une ville grouillante de commerçants de tout poil qui s'enrichissent vite en revendant au double de leur valeur d'achat, et parfois beaucoup plus, des denrées amenées à prix de sang par les convoyeurs de la R.C. 4.

Après Cao Bang, c'est l'enfer, le bout du monde. Les accompagnateurs des convois se défoulent en arrivant à bon port. Les bistrots se sont multipliés. Les prostituées, qui ont risqué leur vie pour monter jusque-là, foisonnent. La ville semble en sursis et vit au rythme des plaisirs troubles dans lesquels se plongent les soldats pour oublier, dans un tumulte de fausse joie, les réalités de la guerre larvée et quotidienne.

La R.C. 3, qui regagne Hanoi en passant par Bac Kan, ressemble, du moins dans sa partie nord, comme une sœur jumelle à la R.C. 4. Elle est dominée par d'identiques versants de montagne menaçants. Les postes qui jalonnent sa percée vers le sud sont tenus par des légionnaires du 3e R.E.I. Le bataillon Bastouil, de plus en plus réduit, se coule par sections le long du nouvel axe à protéger.

La section Leguéré fait jonction avec une compagnie du régiment étranger commandée par le capitaine Mattei. L'officier corse porte un curieux képi déformé dont les galons ont perdu depuis longtemps leur dorure.

— Il paraît, rapporte un des sergents de la section, que ce type n'a jamais voulu changer le képi qu'il a touché à Saint-Cyr...

Leguéré connaît de réputation le capitaine très brun et l'observe sans mot dire.

L'ordre de se lancer sur les flancs de la montagne humide le tire de sa contemplation. Les parachutistes ouvrent le chemin aux légionnaires lourdement chargés.

La progression, très étirée, tombe vite en embuscade.

« Il ne s'agit pas de perdre la face devant les hommes de Mattei », se dit Leguéré en dirigeant la riposte.

Les chasseurs, bien rôdés à ce genre d'exercice, escaladent la pente glissante au sommet de laquelle sont abrités les tireurs viets minhs. Un peu en retrait et à l'abri des balles ennemies, les képis blancs attendent tranquillement, sans manifester le moindre énervement, que le feu rebelle soit maté par leurs éclaireurs occasionnels.

Deux parachutistes s'écroulent non loin de Leguéré. Le para s'assure rapidement que les deux hommes, légèrement touchés, sont tirés à l'abri. Les rafales ennemies donnent leur chant du cygne. Les chasseurs s'approchent de plus en plus des emplacements, assez mal installés, de l'embuscade.

La route, en dessous de l'accrochage, est à peine visible à travers le fouillis d'arbres dans lequel s'est engagée la contre-attaque. Les légionnaires sont pris à leur tour sous le feu de nouvelles pièces qui se dévoilent, de loin et presque en aveugle.

« C'est bon signe, se dit Leguéré. S'ils mettent leurs éléments de recueil en action, c'est qu'ils ont l'intention de foutre le camp... »

L'embuscade, sacrifiant quelques bo doîs à sa sécurité, décroche peu après le premier tir imprécis des deux fusils mitrailleurs éloignés qui prennent les abords de la route pour cible. Le calme retombe bientôt sur la forêt détrempée. Les parachutistes redescendent vers les légionnaires.

La progression reprend.

Après deux heures de marche sans attaques, les chasseurs en éclairage des hommes de Mattei quittent les abords de la R.C. 3, en direction du nord-ouest.

La colonne débouche bientôt au pied d'un piton rond couronné de hauts arbres à troncs maigres qui poussent penchés dans le sens des vents dominants.

L'ordre de stopper l'avance éparpille les parachutistes tout autour du mamelon touffu. Les légionnaires grimpent sur le piton et commencent aussitôt à défricher l'endroit.

Leguéré, ayant placé des chasseurs en protection, observe le manège des képis blancs à travers les arbres.

« Sacrés bonshommes ! se dit-il. Il n'y a vraiment qu'eux pour pouvoir installer un poste aussi vite... »

Torse nu, ruisselant de sueur, jurant comme de véritables bûcherons dans plusieurs langues, les légionnaires du capitaine Mattei abattent arbre sur arbre à la hache de sapeur avec des gestes de professionnels de la coupe.

– Chef, s'exclame bientôt un des caporaux de Leguéré, regardez !

Interdit, le sergent-chef voit un groupe de légionnaires qui dressent vers le ciel chargé de nuages un arbre très haut dépouillé de ses branches. Les soldats étrangers ont agencé une drisse le long du mât improvisé et, bientôt, les trois couleurs montent dans la clairière dégagée, accompagnées par la sonnerie d'un clairon rutilant sorti du sac de combat d'un caporal musicien.

– Chapeau !, souffle Leguéré, ému par la cérémonie inattendue. Ces types-là sont plus français que pas mal d'entre nous...

Après avoir installé l'emblème de leur pays d'adoption en plein milieu du territoire viet minh, les légionnaires se remettent au travail. Jusqu'à la nuit, inlassables et précis, ils taillent vif dans la forêt. Lorsqu'en fin d'après-midi un avion vient larguer du matériel lourd et des vivres au-dessus du site dominé par le drapeau français, les premières défenses du futur poste sont déjà bien visibles dans le ciel de plus en plus gris.

Ravitaillés en vivres et munitions, les parachutistes grenouillent pendant plusieurs jours aux alentours du mamelon occupé pour déjouer les tentatives d'approche des rebelles qui doivent se sentir insultés par la présence du drapeau français.

Lorsque l'ordre de remonter sur Cao Bang remet les bérets bleus en direction du nord, Leguéré salue intérieurement le formidable travail des légionnaires. En quelques vingtaines d'heures seulement, ils viennent de dresser des défenses conséquentes qui vont former un verrou sûr au-dessus de la R.C. 3.

Les parachutistes retrouvent Cao Bang qui ne vit qu'au rythme des convois défiant les embuscades viets minhs. Un ordre les rappelle à Hanoi.

Le jour du départ, au matin tiède criblé de pluie fine, les survivants de la compagnie Faury s'alignent auprès de cinq G.M.C. dont les moteurs tournent déjà à petit régime.

Les éclats rugissants des cuivres de la clique de la Légion retentissent soudain. Leguéré se retourne vers la Citadelle d'où monte la marche militaire.

Les képis blancs tiennent à saluer à leur manière pleine de panache le départ des hommes qui, pendant des semaines, ont supporté avec eux les coups de boutoir du Viet Minh, à l'extrême limite de la zone d'influence des armes françaises.

Précédés par des blindés, les camions du 1/1 R.C.P. s'engagent sur la R.C. 4. Ils font partie du long convoi rituel qui descend sur Lang Son avant de poursuivre sa route vers le delta pour se ravitailler en marchandises indispensables au commerce du Haut-Tonkin.

Les notes de la clique des légionnaires accompagnent longtemps les bérets bleus dans des nuages de pluie qui, de place en place, transforment la route en véritable torrent. Les chauffeurs des G.M.C., tous virtuoses du volant, s'arc-boutent à chaque virage en épingle à cheveux pour éviter la glissade mortelle dans les ravins où gisent déjà les carcasses rouillées de véhicules détruits au cours de précédents voyages.

Les parachutistes retrouvent Hanoi, noyée sous des trombes d'eau. Le fleuve Rouge a pris du ventre. Ses ramifications débordent lentement sur les rizières couronnées de mamelons vert sombre et gorgées d'eau comme de gigantesques éponges.

Les opérations de patrouille dans les villages isolés par les eaux, dans l'est de la capitale du Tonkin, se multiplient, toutes identiques dans leur déroulement.

Les mois passent. Chaque semaine allonge la liste de ceux qui meurent pour que l'Indochine reste française.

— Nous allons sauter, annonce à ses gradés le capitaine Decailly qui a remplacé le lieutenant Faury, c'est pour bientôt...

Leguéré accueille la nouvelle avec satisfaction. Les longues incursions dans le delta boueux, qui reprend un aspect moins aquatique avec la fin des pluies, ne sont pas à la hauteur de ses rêves guerriers.

Très vite jaillit d'on ne sait où l'annonce de la présence certaine du gouvernement de Hô Chi Minh dans la zone de saut. La rumeur se répand dans les sections cantonnées à la Concession. Le renseignement est bientôt confirmé aux gradés au cours du premier briefing de la préparation du raid.

Au matin du 20 septembre 1948, Leguéré embarque ses hommes dans un Ju. 52. L'appareil décolle bientôt de la piste de Bach Mai inondée de la lumière du soleil levant et prend sa place au milieu d'une vague d'assaut qui plonge dans le sud-est de Hanoi.

Après un peu plus d'une demi-heure de vol sans secousses, la sonnerie électrique qui annonce aigrement l'approche de la D.Z. retentit dans le concert régulier des moteurs allemands. Les parachutistes accrochent leur S.O.A. au-dessus de leur tête avec des gestes automatiques. Leguéré vérifie les mousquetons un à un et, au signal du largueur, pousse les deux gaines de matériel de son stick dans le vide.

Au sol, deux cents mètres en dessous de l'avion qui ralentit considérablement sa vitesse de vol, des rizières, égalisées par les hautes tiges qui attendent la moisson toute proche, s'étendent au bas de collines nues.

« A nous deux, Oncle Hô ! », se dit Leguéré en plongeant hors de l'appareil gris.

Derrière le chef de section, le chapelet des voilures de ses hommes s'étire, régulier, dans le ciel bleu.

Sous les jambes du para, la zone de saut est tout enfumée. Les bombardiers semblent avoir fait bonne mesure au cours de leur préparation. Les hommes du stick boulent sur la terre tout près du village de Vam Dinh qu'ils doivent arracher à l'ennemi. Les toits des paillotes, entourant quelques maisons en dur à hauts murs, se dessinent à deux cents mètres de Leguéré.

Allongés à leurs points de chute, gesticulant comme des vers de terre, les parachutistes se déharnachent pendant que les rebelles, qui dirigeaient leurs tirs sur les avions de la vague, braquent leurs armes au ras du sol en direction des bérets bleus. Il n'y a presque pas de vent, les fumées des explosions de bombes montent droit dans le ciel sans nuages.

Les balles rebelles miaulent au-dessus de la section qui a sauté

sans casse. La compagnie, malgré l'absence de brise, est tout de même très étirée. Dans le grondement des bombardiers et des avions de chasse qui continuent à tourner haut dans le ciel, Leguéré, à peine une minute et demie après avoir entamé son regroupement, lance ses hommes à l'assaut du village d'où partent les coups de feu.

Les parachutistes foulent nerveusement les hautes herbes d'une large rizière. Courant courbés pour échapper au mieux aux tirs de l'ennemi, ils disparaissent presque entre les tiges lourdes d'épis de riz presque mûrs. Les premiers défenseurs du village fortifié reculent. Leguéré prend son Colt à la main et, en bout de rizière, gravit la courte pente d'une digue qui se termine en piste d'accès au cœur des paillotes.

Soudain, le para bute contre un rebelle. Dans un geste machinal, il lance sa main en coup de poing vers la poitrine étroite de l'homme en appuyant sur la queue de détente de l'arme américaine. Le bo doî explose sous l'impact de la balle de 11,43.

Leguéré passe sur le cadavre sans lui jeter un seul coup d'œil. Trois autres rebelles, servants d'une pièce de fusil mitrailleur en repli, sont touchés par les voltigeurs. De tous les côtés du village, le feu est très nourri. Sur une longue ligne de balayage, les parachutistes du commandant Bastouil arrachent un à un leurs objectifs à l'ennemi.

Lorsque les choses se calment un peu, Leguéré reprend son souffle, le pistolet plaqué en bout de bras contre la cuisse droite de son pantalon de treillis au kaki délavé. Il se retourne pour juger de l'avance de ses hommes.

Muller, toujours à l'affût des meilleurs emplacements de tir, s'est mis en position sur une levée de digue et poursuit, dans les fumées du combat, les formes des bo doîs qui fuient au ras du sol. Les rafales de son arme au canon surchauffé par le rythme de tir enragé jettent la pagaille dans le repli.

Les avions de chasse plongent sur les rebelles survivants. L'attaque victorieuse n'a pas duré plus de vingt minutes.

Au loin, des éléments terrestres, placés en bouchon, commencent un lent mouvement implacable de tenaille pour surprendre les fugitifs en bout de course folle.

Les parachutistes commencent à regrouper leur butin au milieu de la petite place ronde du village investi.

— Foutez-moi tout ça en tas !, ordonne Leguéré en voyant revenir deux de ses hommes, portant en brassées compactes des banderoles vantant les mérites respectifs et immenses du socialisme et de Hô Chi Minh.

Les bérets bleus découvrent des caisses de tracts, des sacs de fausses piastres et des documents qui semblent confirmer le passage récent des chefs de la révolution.

« Curieux endroit pour réunir un gouvernement, même illégal ! », se dit Leguéré en inspectant les alentours du village qui émerge peu à peu des nuages de fumée.

Un vent léger court au ras des rizières abîmées par l'assaut. L'après-midi tire à sa fin.

— On va certainement passer la nuit ici, estime Leguéré en reconnaissant d'un œil exercé les meilleurs emplacements pour placer ses hommes en veille.

Un ordre du P.C. de bataillon lui annonce le contraire. La compagnie se regroupe après avoir mis le feu au village désert. Les cadavres viets minhs se consument lentement au milieu du crépitement roulant des bambous secs qui brûlent comme des allumettes.

— C'est pas joli joli, ne peut s'empêcher de soupirer le para en surmontant un haut-le-cœur provoqué par d'horribles effluves de viande humaine qui se calcine.

S'arrachant au spectacle infernal qui les fascine, les hommes de la section rejoignent à pas lents une large piste à l'est du village incendié, au-dessus des rizières calmes. Des camions précédés par des blindés viennent très vite les prendre pour les monter sur Hanoi.

Le convoi rejoint la R.C.1. et traverse dans la nuit des dizaines de villages protégés par des postes tapis dans l'ombre. Lorsque la colonne pénètre dans Hanoi, les hommes harassés émergent difficilement de la torpeur qui les a gagnés au fil des heures de route tranquilles.

Leguéré, avant de se coucher, inspecte une dernière fois le ciel étoilé.

« Je crois qu'il va continuer à faire beau, se dit-il plein d'espoir. Pourvu qu'on poursuive les opérations de saut ! »

25

LA BALLE OUBLIÉE

La mousson du Sud-Est a ramené sur le Tonkin une saison comparable à ce que sont les plus beaux étés de France. La saison sèche est bien entamée lorsque les parachutistes impatients sont enfin avertis qu'une nouvelle opération de saut est en préparation.

Leguéré planche pendant une semaine autour de cartes, photos aériennes et bac à sable qui détaillent très précisément l'objectif occupé par le Viet Minh.

La zone de saut se situe près des villages de Maï Su, en Moyenne-Région, à moins de cent kilomètres au nord-est de Hanoi.

— La D.Z. a l'air d'être un véritable billard, annonce Leguéré à ses sergents à la fin de la dernière séance d'études.

Elle s'étend en effet sur deux kilomètres de long et huit cents mètres de large au pied d'une longue chaîne de collines où de petits groupes de paillotes sont nichés au milieu de touffes de buissons et d'arbres pas très hauts. Au sud de la D.Z. bien connue s'allonge, sur des kilomètres, une forêt dense.

Les effectifs du 1/1 R.C.P. ont encore diminué au cours du dernier mois d'opérations dans le delta. Des coolies et quelques prisonniers jugés récupérables par le deuxième bureau ont été affectés dans les sections pour aider au transport de matériel lourd, piles, radios et munitions des pièces. Les trop rares recrues européennes ne suffisent pas à étancher les coupes sombres provoquées dans l'unité du commandant Bastouil par les fièvres abondantes et les blessures. Leguéré a prévenu les trois jeunes parachutistes qui lui ont été confiés et qui proviennent d'unités rapatriées un peu plus tôt.

— Dans le coin où nous allons, leur confie-t-il, nous ne ferons certainement pas un simple saut d'exercice ! Du moins, je le souhaite...

Le para est tout heureux d'avoir discerné dans les yeux des

« bleus » de sa section une lueur volontaire qui trahit leur désir d'égaler au plus vite leurs anciens.

Au matin du 17 octobre 1948, les parachutistes et leurs auxiliaires pas rassurés du tout sont déposés par des camions auprès de la piste de Bach Mai encombrée d'avions porteurs.

La section Leguéré se range en ligne contre deux Ju. 52.

Des hommes du service entretien et pliage de la base leur lancent, du haut d'un G.M.C., les sacs de parachutes. La cérémonie du harnachement se déroule gravement, ponctuée par des éclats de voix nerveux.

Pour une fois, le départ s'effectue exactement à l'heure projetée au cours de la préparation du saut. Leguéré sait depuis longtemps que la vie du parachutiste est une longue école de patience et apprécie cette ponctualité inattendue.

« Pourvu que tout se passe aussi bien », se dit le para tandis que l'avion allemand aux moteurs bichonnés par les mécaniciens de la base décolle et prend de la hauteur.

Deux P.I.M. sont serrés sur une banquette de la carlingue, écrasés entre deux parachutistes qui les dominent d'une tête au moins. Les deux Annamites, seulement vêtus d'une fine chemisette et d'un short court, supportent mal les harnais de leur voilure dorsale. Les crispations de leurs visages trahissent l'immense appréhension qui les habite.

« On va les larguer comme de simples colis de matériel », se dit le chef de stick en posant, un court instant, les yeux sur les chuteurs improvisés.

Le vol grondant de la vague se rapproche de Mai Su.

Les bombardiers de la préparation des abords de la zone de saut s'éloignent lorsque les Ju. 52 et les C. 47 débouchent à quelques kilomètres de la zone éventrée par leurs bombes. Les chasseurs Spitfire qui mitraillent eux aussi le site montent très haut dans le ciel bleu, et tournent en attente.

Au signal coutumier, les parachutistes se lèvent de leurs banquettes de lanières, entraînant dans le mouvement les deux P.I.M. qui roulent des yeux inquiets. Un chasseur accroche les S.O.A. des Vietnamiens aux fils d'acier du plafond du Junker qui ralentit en vibrant terriblement.

Leguéré pousse les gaines de matériel au travers de la porte taillée dans le flanc gauche de l'appareil et les suit immédiatement dans le vide.

— Bon sang !, jure-t-il en sentant le vent le pousser aussitôt après l'ouverture de sa voilure camouflée, il va falloir tractionner dur...

Malgré l'imposante surface de la zone de saut, la compagnie du capitaine Decailly a été larguée trop au sud de son objectif. Leguéré dirige sa chute vers le pied de la colline qu'il doit prendre d'assaut. Sous ses jambes, des coups de départ de tirs ennemis se précisent en petits nuages de fumée. Les gaines tombent un peu à l'écart de la position tenue par le Viet Minh.

Les paillotes de la bourgade et quelques habitations en dur se rapprochent des semelles de rangers des chasseurs. Quelques parachutistes dégagent leurs mitraillettes des sangles de leur ventral et ouvrent le feu pour tenter d'amoindrir la densité des tirs qui les encadrent dangereusement. Renonçant à s'éloigner du village, Leguéré prépare son atterrissage.

« Merde !, gronde-t-il soudain. Un canon de 37... »

A moins de cinquante mètres, juste sous sa voilure, le chef de section distingue nettement la pièce lourde qui prend en enfilade les groupes des autres sections qui boulent déjà au sol.

Tâtonnant nerveusement entre ses harnais et le sac de combat accroché sous son ventral, le sergent-chef extrait une grenade défensive du sac de ceinture étroit qu'il s'est confectionné dans de la grosse toile. Il arrache rageusement la goupille de sécurité de la D. 37 à quadrillage intérieur et, balançant les jambes pour se rapprocher au maximum de la pièce ennemie, laisse tomber l'engin mortel en plein milieu de ses servants qui s'écroulent, criblés d'éclats.

L'arme noire s'est tue. La maison en dur qui l'abritait se vide de ses protecteurs. Leguéré touche le sol à une vingtaine de mètres de son emplacement camouflé. Roulant dans la poussière, il se déharnache couché et, sans même se soucier des rebelles tout proches, se retourne vers ses hommes qui atterrissent sur le village et au flanc de la colline. Des voilures restent plaquées sur les murs d'architecture européenne qui barrent les cours des maisons en dur.

Un peu plus au sud, les restes de la compagnie tombent dans les premiers arbres de la forêt. Les Viets Minhs maintiennent un feu d'enfer sur toute la zone de saut tachetée de voilures qui se dégonflent.

Deux voltigeurs bondissent vers la pièce de 37 qui a durement accusé le jet de grenade précis de leur chef. Leurs Thompson aboient de concert, crachant des rafales qui achèvent les bo doîs ensanglantés.

Sous le feu viet minh, le regroupement des sections s'effectue rapidement. Les coolies, chaussés de mauvaises savates de fabrication locale, ont miraculeusement atterri sans dommages. Plaqués peureu-

... des voilures
restent plaquées
sur les murs...

sement au sol, ils attendent que leurs compagnons de vol les délivrent de leurs harnais. L'un d'eux sourit béatement, comme s'il avait apprécié les émotions du plongeon dans le vide.

Les Viets Minhs interrompent assez vite leurs tirs et fuient dans les premiers éclatements des obus de mortier de 60 de la compagnie qui pilonne les arrières de leurs positions.

« Si nous avions été parachutés à l'endroit prévu, se dit Leguéré, lucide dans le vacarme, nous aurions eu plus de mal à arriver jusqu'ici. Et certainement beaucoup plus de pertes... »

Il est maintenant huit heures trente. Près du canon affalé au pied d'un mur, les chasseurs déposent en tas une brassée de fusils, quelques mitraillettes, des monceaux de munitions en caisse et des sacs de paperasses.

Parmi les fusils, Leguéré reconnaît de vieilles armes du siècle passé, sans doute utilisées jadis par les conquérants de Francis Garnier. Les armes archaïques voisinent avec des mousquetons, des fusils japonais, quelques Springfield et des M.A.S. 36.

A l'écart de l'agitation, les coolies qui ont sauté se sont instinctivement regroupés près des prisonniers. Ils détaillent les mouvements des parachutistes de leurs yeux exorbités par la terreur de ce qu'ils viennent de subir.

La fouille en règle de toutes les habitations désertées s'effectue sous les sifflements de balles imprécises qui jaillissent des éléments de protection de la fuite rebelle.

Le capitaine Bréchignac, l'adjoint du commandant Bastouil, a regroupé son P.C., lui aussi assez mal largué, et dirige par ses messages radio très précis le mouvement d'ensemble du bataillon. Tous les objectifs désignés sont atteints lorsque le soleil est à son zénith. Le calme retombe sur les collines au-dessus des rizières et des champs de maïs bien verts.

Un avion parachute des munitions de complément, les chasseurs mangent rapidement le contenu de leurs rations déshydratées d'origine indienne qui, si elles ne pèsent pas lourd aux épaules, ne représentent pas une nourriture idéale. Les taches blanches et camouflées des parachutes qui pendent dans les arbres de la forêt attirent l'attention de Leguéré.

— Ça ne va pas être coton pour récupérer les pépins !, indique-t-il au sergent Mathieu qui mange non loin de lui.

La présence des cadavres viets minhs qui raidissent à quelques mètres seulement de l'emplacement où ils prennent leur frugal et insipide repas ne trouble pas outre mesure les soldats vainqueurs. Les coolies, toujours groupés, grignotent avec beaucoup moins d'entrain, du bout de leurs dents noires, ce que les bérets bleus leur offrent. Ils ne peuvent détacher leurs yeux noirs de leurs frères de race tués.

La fouille reprend après le casse-croûte. Leguéré récupère encore pas mal de matériel de guerre qui va grossir, sur la place du village conquis, le butin rassemblé le matin après l'assaut.

Quelques prisonniers en uniforme, dont certains sont blessés et encore sous le choc, sont interrogés, calmement et sans haine, par l'officier de renseignements du bataillon.

« Ce sont certainement des gars de passage », se dit Leguéré en apprenant que les questions posées par l'interprète du P.C. n'ont pas amené de réponses intéressantes.

Au loin, vers le nord-ouest, les rebelles en fuite tombent sur les bouchons établis depuis la veille par des unités d'infanterie. L'écho des accrochages parvient aux oreilles des parachutistes. Les bombardiers reviennent lâcher quelques grappes de bombes vers l'ouest de Mai Su où se dessinent les chaînes de montagnes de la Haute-Région, vers Dinh Lap et Lang Son.

A l'approche de la nuit, un ordre du capitaine Bréchignac regroupe la compagnie tout entière sur le piton arraché à l'ennemi. Le bataillon s'étale sur la même ligne. Leguéré place ses factionnaires aux endroits les plus adéquats et s'allonge sur le bat-flanc d'une paillote nettoyée sommairement par deux coolies.

« Si ça se trouve, se dit-il en fermant les yeux, la nuit dernière il y avait un Viet Minh couché à ma place ! »

Dans la nuit, quelques bo doîs en maraude, repoussés par les bouchons de l'opération, tirent des rafales imprécises sur le village conquis. Les parachutistes ripostent en aveugle, juste pour la forme.

Le jour se lève après une douzaine d'attaques sans résultat.

Leguéré est vite sur pied et inspecte à la jumelle les environs de la colline, puis les chasseurs redescendent sur la D.Z. pour récupérer les parachutes qu'ils n'ont pas eu le temps de ramasser la veille.

— Sale boulot!, gronde Leguéré...

Sous le soleil brûlant, les bérets bleus sont obligés d'abattre un à un les arbres d'où pendent les voilures. L'opération est longue, les hommes sont vite en sueur. Lorsqu'ils terminent le ramassage, Leguéré reçoit l'ordre de rassembler sur la place du village occupé tout ce qui peut être détruit par explosif.

Le canon de 37
et ses vainqueurs.

— Ça, prévoit le para, ça veut dire que nous allons faire une longue promenade à pied!

Le P.C. du bataillon a annoncé l'arrivée d'un spécialiste du Génie parachutiste porteur de pains de T.N.T.

L'artificier débouche bientôt sur la colline avec son escorte et place sa charge sous le canon de 37 trop lourd à transporter.

Lorsque tout est prêt, les chasseurs s'écartent prudemment du matériel piégé. Le gradé du Génie, à l'abri lui aussi, actionne la petite manette de sa boîte noire de mise à feu électrique.

La terre semble se soulever entre les paillotes et les murs en dur. Un nuage de poussière et de débris retombe sur les parachutistes assourdis qui sortent de leurs abris. L'écho de la formidable explosion court de colline en colline.

« Sacré bonsoir! se dit Leguéré en découvrant les dégats du T.N.T. Le gars a eu la main drôlement forte... »

Les chasseurs alimentent le brasier né de la destruction de l'arme lourde de tout le matériel administratif des Viets Minhs de Mai Su. Les paperasses brûlent vite. Leguéré, suivant les ordres du P.C., fait jeter les fusils récupérés dans les flammes après avoir fait vérifier que les plus modernes d'entre eux ne sont plus approvisionnés.

Le brasier crépitant faiblit à l'apport de ce mauvais combustible.

Le para s'éloigne de l'autre côté du village pour préparer le démontage qu'il devine imminent. Une détonation s'échappant du foyer ronflant à nouveau le ramène sur la place. Une des jeunes recrues de sa section s'est écroulée au sol, tout près du feu. L'infirmier de Leguéré, penché sur l'homme blanc comme un linge, fait la moue. Lorsque, dans un hoquet nerveux, le blessé laisse échapper d'un coin de lèvres un mince filet de sang, le chef de section comprend que la deuxième classe, touché au ventre, vient de mourir.

— C'est tout de même con !, enrage-t-il en contemplant la forme molle de l'homme qui a été touché par une balle restée dans la chambre d'une des archaïques pétoires qui se tordent dans le feu, à quelques mètres du gisant.

L'infirmier, d'un effleurement de paume de sa main droite, ferme les yeux de son compagnon dans un geste trop de fois exécuté. Un chasseur se signe pudiquement, marmonnant une prière sincère. Leguéré s'éloigne de la triste scène, bouillonnant de fureur impuissante : le mort devait quitter l'Indochine dans quelques jours.

L'ordre de démontage soustrait le chef de section à ses pensées moroses. Le village incendié par les parachutistes donne à la colline l'aspect d'un volcan de carte postale.

Marchant lentement, les blessés suivent quatre de leurs compagnons qui ont tenu à transporter eux-mêmes le corps de leur compagnon tué bêtement.

— C'est à nous de le faire et pas aux coolies !, a fait remarquer un caporal en écartant brutalement les Vietnamiens qui déjà se saisissaient du brancard de fortune confectionné selon les indications de l'infirmier de la section.

Les parachutistes cheminent longtemps sous un soleil abrutissant. L'après-midi se meurt lorsqu'ils atteignent enfin une piste carrossable où les attendent des camions et des blindés.

Le convoi rentre à Hanoi en rejoignant après une vingtaine de kilomètres de mauvaises pistes la R.C. 1 qui descend de Lang Son.

Le lendemain du retour à la Concession, Leguéré apprend qu'il vient d'être promu adjudant. Il fête copieusement l'événement avec Maillot et son équipe habituelle au Normandie-Bar, tout en gardant une pensée pour le jeune parachutiste mort au cours de sa dernière opération en regardant brûler des armes prises à l'ennemi.

⁂

Dans l'avion qui tourne maintenant depuis plus de vingt minutes au-dessus de Diên Biên Phu, le lieutenant Leguéré sent naître un sourire nostalgique et crispé sur ses lèvres fines.

« Adjudant !, se dit-il en se souvenant de son ancienne promotion au bout de six années de service. C'est le grade dont les civils se moquent le plus... Mais, ajoute-t-il, quand il ne désigne pas un vieux rossard de chien de quartier, c'est peut-être le plus beau de tous... »

Leguéré, décoré par le général Salan, de la Médaille militaire après l'opération de Mai Su (17 octobre 1948).

26

L'ENTORSE

Le 11 novembre 1948, deux compagnies du 1/1 R.C.P. sautent sur Vietri au confluent de la rivière Noire et du fleuve Rouge. Leguéré ne participe au coup de main qu'en tant que largueur. Il passe deux fois sur la zone de saut et, d'une altitude de deux cents mètres, pousse ses compagnons dans le vide, ne pouvant retenir une pensée envieuse.

– Bonne chance, les gars, murmure-t-il en accompagnant du regard la descente du dernier stick.

Le C. 47 amorce une longue courbe pour reprendre la direction de Bach Mai.

L'opération, baptisée « Ondine » et montée par le général Alessandri, est un succès qui en laisse espérer d'autres. Il faut pourtant attendre le début du mois de décembre pour que les parachutistes parlent à nouveau de sauter au feu.

Leguéré flaire tout de suite le gros coup, aux détails de la préparation longue et minutieuse. Des noms sont bientôt lâchés, qui précisent l'endroit où les bérets bleus vont fondre sur l'ennemi. Les gradés commentent longuement les grandes lignes de l'opération. Leur unité doit être larguée au beau milieu d'une zone sanctuaire du Viet Minh tandis que deux gros mouvements de troupe prendront la région du saut en tenaille.

La zone de saut est située à une cinquantaine de kilomètres au sud de Hanoi, entre Chiné et Phu Ly, autour d'un groupe de petits villages épars appelés Tra Chau.

Le 7 décembre 1948, à dix heures trente, le bataillon quitte son cantonnement de la Concession. La veille, les flancs de l'opération se sont mis en marche, l'un partant d'une base située au nord-ouest de Tra Chau, entre Hadong et Hoa Binh, et le second, formé de marins et de coloniaux, empruntant les méandres du fleuve Song Day par le sud-est.

A onze heures, dix-sept Ju. 52 décollent de Bach Mai et plongent vers le sud, croisant les vols de bombardiers qui remontent remplir leurs soutes délestées des tonnes de bombes qu'ils ont lâchées sur la zone de saut.

Les appareils, groupés trois par trois, approchent très vite de Tra Chau. Leguéré, par la porte ouverte de son Ju. 52, repère un à un les détails étudiés sur les photos aériennes et le bac à sable de la Concession. Lorsque ses hommes se sont levés et ont accroché leur mousqueton de S.O.A., le chef de section pousse les gaines de matériel dans le vent et se jette à son tour dans le vide. La terre se rapproche vite. Les gros sacs A 5 filent en biais en dessous de l'adjudant qui tractionne vigoureusement ses harnais pour tomber au plus près de leur point de chute.

Leguéré touche durement le sol inégal. Il contrôle une amorce de glissade de sa voilure et se déharnache, allongé. Quelques balles passent au-dessus de la D.Z. enfumée. Le para se relève, l'arme à la main.

Une violente douleur le replaque au sol. Une fraction de seconde, le sous-officier croit qu'il a été touché par une balle perdue mais, en inspectant le foyer du mal qui le taraude, il jure sourdement entre ses dents :

— Merde ! C'est trop fort : je me suis cassé !

Pour la première fois de sa carrière de parachutiste, Leguéré est atteint d'une entorse à la cheville.

L'adjudant chevronné n'est pas le seul dans ce cas. Une bonne dizaine de chasseurs sont obligés de rester sur la D.Z. Leurs compagnons plus heureux dans le saut se ruent en hurlant à l'attaque des positions ennemies.

— Leguéré, annonce le capitaine Decailly, puisque vous ne pouvez pas marcher, vous resterez avec moi au P.C. Là-haut...

L'adjudant regroupe rapidement sa section pour la pousser sur un piton dénudé qui domine les rizières inondées au sud du confluent de la rivière Noire et du fleuve Rouge.

— Il manque une gaine, avertit un caporal. Elle a dû tomber vachement loin...

L'adjudant, qui a suivi jusqu'au moment de sa chute douloureuse la course en balancier des sacs de matériel, indique d'un geste du bras gauche la direction dans laquelle a dû s'écraser le précieux fardeau de toile.

— Fouillez par là-bas, ordonne-t-il à trois de ses voltigeurs. Dépêchez-vous...

Les chasseurs retrouvent vite la gaine manquante et rejoignent la petite colonne qui monte vers l'endroit choisi par le capitaine Decailly pour installer son P.C. de compagnie.

Leguéré s'est taillé une canne de fortune dans un bosquet d'arbrisseaux. Dominant péniblement la douleur qui monte de sa cheville enflée, il débouche au sommet du piton nu. De grosses gouttes de sueur emperlent ses tempes battantes.

— Je n'ai pourtant pas chaud, s'étonne le chef de section en chassant d'un revers de main nerveux les coulées de sueur qui dégoulinent de son front buriné.

Le spectacle de la rizière entourée de hautes collines est grandiose. Leguéré peut suivre des yeux le mouvement d'assaut de ses compagnons. Bien répartis face à leurs objectifs respectifs, les bérets bleus se ruent sur l'ennemi à l'est de la zone de saut piquetée des taches claires des voilures affalées.

Le sous-officier oublie presque son entorse. Voulant se porter auprès du poste radio de la compagnie pour mieux suivre les détails de l'attaque, il laisse échapper un grognement :

— Bon Dieu !, souffle-t-il en se retenant de justesse à l'aide de sa canne grossière : une entorse et un para se retrouve foutu... Merde de merde !

Les avions de la chasse tournent inlassablement dans le ciel gris. Appelés à la rescousse par radio, ils plongent deux par deux sur les points de défense trop durs du Viet Minh.

Leguéré les suit des yeux, supportant mal son inaction forcée. Les combats se poursuivent jusqu'à la fin de l'après-midi, s'éloignant de plus en plus du piton du P.C. de la compagnie. Un message radio claironne une à une les découvertes faites par les sections des sous-lieutenants Gardes et Gourlaouen. L'un d'eux annonce la prise d'un important dépôt de médicaments camouflé.

— C'est à Ku Mac !, indique le capitaine Decailly à Leguéré en pointant l'endroit sur sa carte.

L'adjudant braque ses jumelles dans la direction du village. De hautes colonnes de fumée montent au-dessus du massif montagneux qui arrête les regards. Les paillotes ennemies brûlent pendant de longues heures.

La nuit tombe sur le site embrasé. Les rebelles ne semblent pas avoir engagé dans la bataille toutes les forces dont ils disposent dans la région. Leurs troupes organisées sont restées tapies dans les montagnes qui dominent les dernières rizières du delta.

Leguéré, boitant de plus en plus bas, fait le tour du P.C., appuyé sur sa canne, pour vérifier les emplacements de veille de ses hommes.

Des avions viennent lâcher, de très haut, des lucioles sur les hauteurs. Les reliefs apparaissent, gris, pendant toute la descente des pots éclairants soutenus par de petits parachutes. L'artillerie donne plusieurs fois de la voix, poursuivant au jugé d'importants mouvements rebelles.

— Ils sont en train de foutre le camp !, enrage l'adjudant handicapé qui ne peut pas trouver le sommeil. Naturellement, ils ne se dirigent pas dans notre direction...

Lorsque le jour se lève, brumeux, les montagnes plantées vers l'ouest et le nord-ouest de la zone de saut sont à peine visibles du P.C. qui s'anime dans l'humidité qui monte des rizières inondées.

Un ordre lance un mouvement de fouille en trois groupements de deux sections chacun. Leguéré, miné par l'inaction, suit à la radio l'avance de ses compagnons. Deux sections marchent sur une pente du massif de Nuy Khê, deux autres ratissent son large sommet. La troisième paire de sections fouille l'autre versant de la montagne.

Leguéré, appuyé sur sa canne, sur le piton du P.C.

Des rafales d'armes lourdes éclatent sur le versant est du massif investi, sur la droite du dispositif de la compagnie Decailly. Leguéré tente de suivre, à la jumelle, les courses nerveuses de ses compagnons au contact.

— On dirait, avance-t-il en laissant pendre sur son ventre plat la paire de jumelles, que les Viets se décident enfin à engager leurs réguliers dans l'affaire... Ils ont dû buter sur les groupements terrestres et les marins. Ils sont foutus!

Le calme, tout relatif, retombe assez vite. Les parachutistes ont anéanti, au prix de sérieuses pertes, tous les points d'appui du Nuy Khê. Les villages conquis brûlent tandis que les fuyards se regroupent dans la brume au nord-est du piton tenu par le P.C. où se morfond Leguéré.

A douze heures trente, un soleil pâle perce timidement les nuages bas. Un chasseur de la première section du sous-lieutenant Gardes, envoyé en liaison vers le P.C., est pris à partie par deux fusils mitrailleurs rebelles qui ouvrent le feu du haut d'un piton déjà fouillé par les bérets bleus. Le mortier de la compagnie protège la course folle du parachutiste poursuivi par les impacts serrés des rafales ennemies. L'homme passe miraculeusement sous la hauteur. Les armes en embuscade, matraquées par des obus de 60, se taisent.

Des montagnes du nord-ouest, jaillissent des sections entières de Viets Minhs. Les abords de la zone de saut sont tous battus par le feu.

— Cette fois, jubile Leguéré, leurs chefs cherchent vraiment le contact. A nous de jouer!

L'adjudant ne se trompe pas. Des dizaines de Viets Minhs en uniforme et très bien équipés sortent d'abris souterrains qui ont échappé à la sagacité des parachutistes. Les accrochages se multiplient jusqu'à quatorze heures. Les forces viets minhs ont jeté tout leur potentiel dans la bataille. Le vacarme est épouvantable. La chasse et les bombardiers matraquent les hauteurs. Un ordre radio enjoint au capitaine Decailly de regrouper sa compagnie et d'amorcer un mouvement de retour vers son P.C.

« Maintenant que nos gars ont débusqué le gros gibier, se dit Leguéré, on va sortir du coin pour laisser la place aux grosses unités... »

L'adjudant admire les calmes mouvements de repli qui ramènent, sous les tirs ennemis, les sections engagées vers le piton isolé, échelon de feu par échelon.

Lorsque la compagnie est tout entière réunie, bien étalée sur les hauteurs de la zone de saut, elle reçoit l'ordre de protéger le passage de la quatrième compagnie qui a subi des pertes assez conséquentes et brancarde difficilement ses blessés les plus graves.

Gardes et Gourlaouen disposent leurs hommes tout autour du piton pour couvrir le retour de leurs compagnons. Les Viets Minhs, déferlant sur les crêtes, approchent en nombre, menaçant le mouvement.

Il est seize heures trente, lorsque le dernier élément de la quatrième compagnie s'éloigne vers le sud.

— A nous maintenant!, annonce Leguéré en lançant ses chasseurs sur les traces de la colonne ralentie par le brancardage de ses blessés.

Aussitôt, la compagnie est prise sous une grêle de projectiles.

— C'est pas Dieu possible, gronde l'adjudant boiteux. Il en sort de partout!

Sur les franges des engagements, vers Phu Ly, les troupes placées en tenaille obligent les Viets Minhs à une manœuvre désespérée pour tenter de rompre l'encerclement. Les trois sections de Decailly, chacune couvrant les deux autres à tour de rôle, se sortent sans trop de mal du guêpier des armes rebelles, bien supérieures en nombre. Sous le feu, Leguéré oublie tout à fait la douleur de sa cheville.

Les sections doivent se rendre sur une longue digue qui court au-dessus de la rizière inondée, à cinq cents mètres au sud de la grosse attaque des bo doîs.

Les hommes du sous-lieutenant Gardes touchent au but les premiers et se placent rapidement en recueil. Leguéré, ne voulant pas ralentir un seul instant l'avance de ses paras, domine totalement sa douleur.

Les balles ennemies passent au-dessus des têtes des chasseurs qui progressent par bonds nerveux sous la protection des pièces collectives de F.M. de ceux qui les ont précédés. Profitant des tirs précis de la section Gourlaouen, Leguéré amorce son dernier parcours vers l'abri de la digue. Lorsqu'il débouche enfin sur l'ouvrage protecteur, une forme allongée au sol attire tout de suite son attention.

— Éloi, non de Dieu!, laisse-t-il échapper. Ce n'est pas vrai...

Le sergent Éloi Sol, celui-là même qui avait enlevé un mortier de 81 mm aux Viets Minhs qui défendaient la Citadelle de Cao Bang le 7 octobre 1947, est couché, mort, la face ensanglantée sur la terre boueuse de la digue.

Leguéré se sent saisi par l'atroce sensation de dégoût qui l'envahit chaque fois qu'un ami est frappé à mort.

L'adjoint de Gardes, le sergent-chef Guillaume, qui dirige les tirs du recueil vers les premiers groupes ennemis maintenant stoppés à plus de cinq cents mètres de la digue, accueille l'adjudant figé par la macabre découverte du corps de son vieux compagnon de combat.

— Il n'a pas souffert, indique-t-il d'une voix cassée en posant ses yeux sur le mort. Il a reçu une balle en pleine tête alors qu'il suivait à la jumelle les mouvements ennemis.

Le feu baisse peu à peu d'intensité. Les parachutistes ne parlent pas. Certains d'entre eux ne peuvent se résoudre à détacher les yeux de la dépouille du sergent-chef. Quelques blessés, souillés de boue et de sang, sont assis, les yeux vides, à l'abri de la digue.

Un ordre relance les bérets bleus sur l'ouvrage qui domine le cloaque des rizières en direction du village de Dai Vuang, où se tient déjà le gros du bataillon.

Les Viets Minhs continuent, de loin, à battre la digue. Leurs tirs ne provoquent pas de nouvelles pertes dans la colonne bien étirée des chasseurs.

Après avoir passé une nuit tranquille, bercés par les canonnades ininterrompues qui massacrent les hauteurs de tout le secteur, les parachutistes, mission accomplie, embarquent le 9 décembre dans des G.M.C. qui gagnent la R.C.1 et roulent en direction d'Hanoi.

Le bilan de l'opération « Ondine » est très important. La presse en fait largement état. Les articles qui narrent en détail le déroulement des combats parlent de quatre-vingt-trois mortiers, quarante bazookas, dix mitrailleuses lourdes, de centaines d'armes individuelles, de tonnes de matériel et de munitions récupérés, de quelques jonques coulées et de sept cent dix-sept tués dans les rangs du Viet Minh.

Leguéré repose d'un geste las le journal que lui a tendu un de ses hommes et hoche tristement la tête.

— Quand on lit des trucs comme ça, confie-t-il à son compagnon, on comprend un peu mieux à quoi nous servons dans une opération de cette envergure... Mais toutes les mitrailleuses du monde ne remplacent pas un ami véritable...

L'adjudant repense à la courte cérémonie de l'enterrement d'Eloi Sol, son vieux compagnon de la campagne de France. Chassant sa nostalgie, il se lève difficilement de son siège en s'aidant de la canne de mauvais bois qu'il a ramenée de Tra Chau. Sortant de son baraquement, il s'éloigne en claudiquant vers l'issue de la Concession.

Il doit retrouver Maillot en ville, chez Tollemer, et sacrifier aux rites immuables du retour d'opération.

« Et cette fois, se dit le sous-officier, j'ai bien envie d'aller jusqu'au bout et de me soûler méchamment la gueule ! A la santé de Sol... »

27

LE BLOCKHAUS

Les lauriers d'une opération se fanent très vite. Après « Ondine », les fouilles monotones dans les méandres du delta redeviennent le lot quotidien de Leguéré. Débarrassé de son entorse par un traitement énergique, le para détruit une dizaine de dépôts clandestins de matériel de guerre dissimulés aux portes mêmes de la capitale.

Comme chaque année depuis le début des hostilités, l'approche du 19 décembre, de sinistre mémoire, amène un surcroît de précautions qui immobilisent des troupes importantes.

« On ferait bien mieux d'aller fêter ce foutu anniversaire en sautant en plein chez eux », se dit Leguéré qui n'apprécie pas du tout les missions de maintien de l'ordre citadines.

1949 débute dans l'ennui. Ce n'est qu'après le 10 janvier que les parachutistes abandonnent leurs tranquilles cantonnements de la Concession pour des sites plus tumultueux.

Ils se retrouvent tout au sud du delta, dans la région de Ninh Binh. Une grosse opération de nettoyage des calcaires qui dominent les dernières rizières tonkinoises, en dessous de l'évêché de Pha Diêm, regroupe des forces considérables des trois armes. Les parachutistes ont pour mission principale de lever le gros gibier et de le faire fuir vers les bouclages.

Le 15 janvier, la compagnie Decailly reçoit l'ordre de se porter en mouvement de liaison avec un groupement mobile important qui descend du nord et dont elle doit retrouver les premiers éléments au village de Kuyen Sôn.

Lorsque Leguéré se met en route, il est huit heures et le paysage est noyé sous la brume. La section Gardes débouche dans le petit hameau de Lat Sû. Les voltigeurs de Leguéré, qui flanquent le mouvement d'ombres dans le brouillard, se portent à la hauteur du village et fouillent quelques paillotes isolées. Leur chef, prudent, marche en tête, le regard courant au ras du sol humide.

Trois voltigeurs frôlent une murette et disparaissent derrière le coude qu'elle forme. Des cris d'oiseaux percent en curieux miaulements acides le silence embrumé, il fait tiède. Leguéré, saisi par l'étrangeté de l'ambiance feutrée, se sent tout à coup mal à l'aise, étreint par une angoisse agaçante.

« Sale coin ! », se dit-il, redoublant de vigilance.

Le bruit de la fouille du village lui parvient en chocs sourds et cliquetis d'armes. L'adjudant, inexplicablement inquiet, se retourne vers le voltigeur qui le suit à une dizaine de mètres. Ses yeux se plissent pour mieux distinguer la section dans la pénombre irréelle qui nappe le hameau.

Une main apparaît, une fraction de seconde, au-dessus d'un muret de bambous agencés en rideau. Elle lâche une grenade qui roule sur la piste en fusant.

— Planquez-vous !, hurle Leguéré en tirant une balle de carabine au travers du rideau de bambous.

L'adjudant se jette au sol et ramène d'un geste rapide son sac de combat en protection devant son visage tendu.

La grosse grenade de fabrication locale s'immobilise en fumant à quelques mètres du para.

Le paysage semble se déchirer lorsqu'elle explose, criblant le creux de dizaines de petits éclats coupants et inégaux. Sous la pluie de boue qui retombe. Leguéré bondit vers l'emplacement sur lequel il a tiré avant de se plaquer au sol. Un corps, touché à mort, est tassé derrière le mur de bambous cimenté de boue. Près de l'auxiliaire du Viet Minh sacrifié par ses chefs en repli, l'adjudant ramasse deux autres grenades de même origine que celle qui l'a épargné.

L'avance reprend après que les voltigeurs ont mis le feu à toutes les paillotes du hameau déserté.

Les équipes et les pièces de Gardes ont pris le large pendant l'incident. Derrière eux, les chasseurs de Leguéré débouchent près de But Sou, le deuxième village important placé sur l'itinéraire à fouiller.

Des ombres furtives se perdent dans la brume, courbées au ras des diguettes rectilignes qui taillent net dans la rizière figée sous une grisaille étouffante. Une formidable explosion couvre les rafales de Thompson des premiers voltigeurs de Leguéré qui les poursuivent. Un parachutiste, touché par un éclat d'obus de 105 posé en piège à une issue du village, s'écroule au sol. Conscient, malgré l'horrible blessure qui lui a à demi détaché le bras du tronc, l'homme gémit, mordu par la brûlure de la ferraille.

Le médecin du bataillon monte rapidement de l'arrière en suivant l'itinéraire dégagé par les chasseurs de Decailly et, devant la gravité de la blessure, décide d'amputer le blessé sur place. Le patient perd connaissance au début de l'opération délicate. L'officier aux galons bordés de rouge se relève, à bout de forces, et accompagne le blessé vers le gros du bataillon.

Le mouvement reprend aussitôt que le tragique cortège s'est éloigné. Les chasseurs, marqués par la scène à laquelle ils viennent d'assister, redoublent de prudence et déjouent de nombreux pièges.

— Ne touchez plus à rien de suspect, ordonne Leguéré à ses éclaireurs. Compris ?

La compagnie approche bientôt de Kuyen Sou alors que le rideau de brume s'éclaircit par endroits. Une mitrailleuse lourde et deux mortiers rebelles accueillent les parachutistes de la troisième section qui éclairent la progression.

Leguéré fige sa section en attente. Très espacés, les obus de mortiers du Viet Minh tombent sans trop de dommages. Un officier D.L.O. qui accompagne le mouvement depuis le petit matin fait un relèvement précis des coordonnées du village solidement occupé par l'ennemi et transmet ses renseignements par radio au P.C. de l'opération.

Quelques minutes après le message, le site explose, labouré par les salves précises des artilleurs. La nuit tombe peu après, enrayant la poursuite. Les Viets Minhs — un solide bataillon semble-t-il — glissent résolument vers le sud pour échapper au piège qui se referme sur eux. La liaison des parachutistes avec le groupement nord de l'opération s'effectue alors que le paysage s'assombrit rapidement.

La nuit s'écoule, résonnant d'éclatements et de rafales et, au matin, Leguéré remet ses hommes en marche sur une large digue, en ouverture de route. Ses voltigeurs se relaient en tête de la colonne tous les deux cents mètres environ. Le jeu, très éprouvant, de dépistage de pièges se poursuit pendant plus de quatre kilomètres au-dessus de la rizière fumante. Le gros du mouvement nord suit, d'assez loin, le chemin reconnu par les bérets bleus.

L'après-midi se passe en nouvelles fouilles de hameaux isolés et noyés au milieu des eaux. La nuit surprend à nouveau la traque. Leguéré installe ses hommes en défense aux abords du dernier village investi, qui n'a pas été incendié comme les précédents.

Le 19 janvier, au petit matin, des bruits de moteurs d'engins de débarquement roulent en grondements continus au ras des eaux du

Song Day. Les bâtiments d'une division navale d'assaut sortent bientôt de la brume comme de gigantesques fantômes.

Dans les nuages de fumées d'échappement qui empestent vite l'air humide, les parachutistes embarquent sur le plus gros engin de la Dinassaut, un L.C.T. Le convoi, composé de L.C.M., L.C.V.P. et d'un L.S.I.L. qui sert de P.C. à la formation, pique vers le sud, vers Ninh Binh.

Le bourg est blotti sous de hauts rochers noirs qui dominent la voie d'eau, la R.C.1 et une voie ferrée, abandonnée depuis 1946, qui descend en Annam. Le convoi met en panne dans un brassement d'eau boueuse pour débarquer les bérets bleus après le pont détruit de la route de Nam Dinh. Leguéré reçoit l'ordre de progresser vers le sud en longeant la route parallèle à la voie ferrée.

Les chasseurs fouillent, précis et prudents, jusqu'à ce qu'ils débouchent auprès du pont de Cao Huyen, détruit lui aussi depuis longtemps déjà. L'ordre de camper sur place cloue la section de Leguéré dans l'humidité des rizières cultivées clandestinement par des paysans à la solde du Viet Minh. L'opération semble se déplacer de son axe initial. Les parachutistes guettent les lambeaux d'échos d'accrochages qui leur parviennent de temps en temps, étouffés.

Le lendemain, la recherche fatigante de l'ennemi invisible reprend, monotone. De nombreux pièges explosifs diaboliquement placés sont déjoués par les hommes de Leguéré qui gardent en mémoire la tragique amputation de leur camarade.

En fin d'après-midi, les L.C.M. reviennent beatcher sous la protection du gros L.S.I.L. qui bat, *a priori,* les environs du fleuve de ses canons et mitrailleuses lourdes.

Leguéré embarque ses hommes rapidement dans un engin qui doit les remonter sur Ninh Binh. La section Gardes approche, un peu plus au nord, sur une diguette. Culant dans l'emballement de ses deux moteurs, le L.C.M. quitte la rive incertaine sur laquelle se découpent nettement les chasseurs du sous-lieutenant de la première section de la compagnie.

L'engin bute bientôt sur les boues de la berge à demi écroulée. Leguéré sort du L.C.M. pour accueillir ses compagnons. Une explosion le rejette en arrière. Une bouillie de terre et d'eau s'abat sur la cuve de l'engin de débarquement américain. Le quartier-maître, qui tient les commandes du bateau à fond plat, joue habilement des quatre cent cinquante chevaux de ses moteurs pour maintenir la porte de l'engin contre la terre dévastée par l'explosion de l'obus piégé.

Leguéré essuie ses yeux couverts de boue et voit, comme dans un rêve, le sous-lieutenant Gardes qui sort de la fumée ambiante, apparemment indemne. Derrière l'officier, ses voltigeurs, fantômes hagards, sonnés par le fracas du piège, ne semblent pas réaliser ce qui vient de se produire devant eux.

La mitrailleuse lourde du L.C.M., servie par un matelot fusilier marin, arrose les abords de la rivière au jugé.

— Tu n'as rien? s'enquiert nerveusement Leguéré en s'approchant de Gardes.

Une traînée de sang se marie à la boue qui macule le visage de l'officier. Il porte une main hésitante sous son œil gauche, ses doigts se glissent sous son orbite blessée.

— Bon Dieu!, souffle Leguéré en examinant de près la petite plaie occasionnée par un éclat de pierre, ton œil! Merde...

Gardes, assourdi, ne se plaint pas et monte comme un automate dans le L.C.M. L'engin, ayant récupéré toute la section, cule dans les tourbillons ocres de la rivière. Le patron de la barge déchaîne ses moteurs en la remettant en direction de Ninh Binh.

Dans la cuve vibrante du L.C.M. empuantie par l'odeur lourde du fuel brûlé par les moteurs, Leguéré contemple le blessé.

— Les autres?, interroge Gardes pendant que l'infirmier de sa section applique une compresse sur la blessure de son œil.

— Rien de bien grave, lui répond le caporal, des bobos de rien du tout... C'est un miracle!

« Il va certainement rester borgne », se dit Leguéré en esquissant une moue qui déforme son visage sculpté dans la boue qui sèche peu à peu sur sa peau.

Gardes, en arrivant à Ninh Binh, passe le commandement de sa section à un sergent de la compagnie. Il est évacué le lendemain avec la certitude de ne plus jamais voir que d'un œil.

Le bataillon s'installe plus au nord de Ninh Binh, à Vien Hâ. Le trajet est couvert en L.C.M. Une section de la compagnie de commandement et une deuxième de la troisième compagnie quittent la ville les premières. Les engins qui ont pris en charge la compagnie Decailly attendent quelques minutes avant de se lancer dans le chenal du Song Day.

Les Viets Minhs, placés en embuscade avant Vien Hâ, ouvrent un feu d'enfer lorsque le convoi grondant se présente aux abords du village. Un obus de bazooka frappe le premier L.C.M. L'engin qui transporte Leguéré oblique vers la rive d'où partent les coups de feu ennemis. Le L.C.M. heurte violemment la vase de la digue qui borde la rivière.

Rééditant leurs courses vers l'ennemi après avoir sauté d'avion, les chasseurs bondissent en hurlant dans la boue sans même attendre que la lourde porte de leur engin soit tout à fait affalée contre la berge. Ils courent vers le village qui vomit la mort de plusieurs pièces lourdes. La barge touchée par l'obus de bazooka à tout de même réussi à débarquer les hommes qu'elle transportait. Le lit de la rivière n'est plus qu'une coulée de fumée où se marient les éclatements d'obus ennemis et les nuages des gaz d'échappement. L'eau bouillonnante est brassée par les hélices des engins qui manœuvrent dans des grincements de ferrailles en friction. Les marins, habitués à ce genre de réception des bo doïs, ne s'affolent pas un seul instant et déposent, comme prévu, sous le feu qui se décuple, toutes les sections de bérets bleus.

Leguéré arrive tout près du village fortifié. Il est un peu plus de 9 heures 30. L'aviation de chasse, alertée par radio dès le début de l'embuscade, vient tourner au-dessus de la zone de feu. Les Viets Minhs, refusant le combat au corps à corps, décrochent dans la brume.

— Chef, regardez !, hurle un jeune parachutiste en désignant d'un doigt tendu une caisse d'obus de mortier intacte près de laquelle gisent deux hommes en uniforme.

Leguéré reconnaît des obus de 50 d'une arme identique à celle dont se sert en virtuose le caporal Georges.

— Le tube ne doit pas être bien loin, espère le chef de section en faisant fouiller très fin les paillotes enfumées qui entourent quelques maisons en dur.

Trois chasseurs d'une autre section découvrent l'arme, cachée sous un tas de paddy. Le village est vite nettoyé des derniers Viets Minhs qui s'y cachaient encore, blessés pour la plupart et délestés de leur armement par leurs compagnons en repli.

Le mouvement se déplace vers de hautes falaises de calcaire qui bordent les rizières.

— Ça va recommencer comme à Hoa Binh, prévoit Leguéré en s'engageant sous les murailles menaçantes dans une boue collante au milieu de hautes plantes touffues.

Des Viets Minhs, coulés dans des plis de terrain verticaux et étroits, tirent quelques coups de fusil sur la colonne lancée à la poursuite des pièces lourdes. L'artillerie viet à fui dès l'approche de l'attaque après avoir vainement tenté d'immobiliser le convoi fluvial.

Decailly scinde sa compagnie en deux groupes. Le sergent-chef Cordet, qui a remplacé Gardes à la tête de la première section, débouche le premier au bout de la longue falaise qui part de la hauteur de Huyen Hâ. Bien abrités dans les calcaires, les Viets Minhs accueillent les parachutistes d'une grêle de balles qui jaillissent d'un blockhaus imprenable.

Leguéré marche au feu. Les tirs de deux fusils mitrailleurs et de plusieurs fusils giclent d'un fouillis inextricable de végétation qui protège l'abri bien agencé des bo doîs.

« Gros morceau ! », se dit l'adjudant en éparpillant ses hommes un peu en retrait de la section Cordet.

A six cent mètres des premiers voltigeurs, le blockhaus coupe toute possibilité d'avance dans la rizière nue.

L'ordre de retour sur Huyen Hâ tombe au moment où, bien renseignés par les indications de l'officier D.L.O. qui progresse avec les parachutistes, les artilleurs commencent à pilonner les abords de l'abri apparemment inexpugnable des rebelles.

La nuit tombe vite sur Huyen Hâ. Le matin suivant, un ordre remet la section Leguéré en reconnaissance des approches du blockhaus. Deux sections du bataillon, une de la compagnie de commandement, dirigée par le lieutenant Hovenaze, et une de la troisième compagnie, sont placées en bouchon dans la brume pour assurer les arrières de la reconnaissance.

Le but de Leguéré est d'essayer de contourner au mieux l'abri rebelle par l'ouest. Très vite, la marche devient impossible sur les diguettes de la rizière. Le para décide de gagner la base des calcaires. la progression est très lente.

Quelques guides locaux éclairent le mouvement. Les Viets Minhs déjouent la tentative de l'adjudant et ouvrent le feu dès qu'ils aperçoivent, de plus de sept cents mètres, les premiers parachutistes qui sortent de temps en temps de la brume.

— Ce n'est vraiment pas possible, on ne les aura pas !, gronde Leguéré en rameutant son mouvement en plein sur l'ouvrage crachant le feu après avoir tout de même réussi à déboucher à sa hauteur par l'ouest.

Un des guides tonkinois, agile, nu-pieds, semble tout à coup frappé d'une illumination. En parlant très vite et en faisant de grands gestes pour appuyer ses dires, il annonce qu'il peut indiquer l'emplacement d'une usine de fabrication de grenades et de détonateurs électriques, dissimulée dans les calcaires.

Après avoir rendu compte du fait nouveau par radio, Decailly reçoit l'ordre d'envoyer deux de ses sections vers le lieu suspect.

Leguéré reste en position aux abords du blockhaus qui tire au moindre mouvement de ses hommes tandis que les sections Cordet et Gourlaouen emboîtent le pas nerveux du guide et disparaissent dans un épais massif rocheux.

Les yeux braqués vers le repaire imprenable, l'adjudant espère secrètement que les bo doîs qui l'habitent, lassés par le siège qu'ils subissent depuis des jours, vont perdre patience et tenter une sortie.

— On ne va tout de même pas passer des mois devant ce trou à rats, enrage le chef de section en baissant instinctivement la tête lorsqu'une rafale de F.M. passe au-dessus de sa position d'embuscade.

Prenant contact radio avec le reste de la compagnie lancée à la recherche de l'usine de matériel de guerre, le para, au bout d'une demi-heure passée sous les tirs sporadiques du Viet Minh, apprend que le guide a dit la vérité.

— On a trouvé l'usine!, annonce Decailly dans son poste émetteur, mais elle est à peu près vide...

Une demi-heure après le message laconique, la montagne est secouée par une série d'explosions en chaîne qui annoncent la destruction de l'atelier clandestin dans lequel les chasseurs ont découvert plusieurs centaines de corps de grenades en fabrication, un monceau de matériel électrique et des dizaines de kilos d'explosifs.

Les premiers éléments des deux sections qui ont investi la grotte détruite reviennent vers onze heures sur la position de Leguéré.

Un ordre ramène la compagnie à Huyen Hâ. L'artillerie prend le relais de la section Leguéré et commence un pilonnage intensif tout autour du blockhaus.

— S'ils ont assez de munitions et de nourriture, suppute l'adjudant en regardant une dernière fois l'abri enchâssé dans le calcaire, planqués comme ils sont, ces types peuvent attendre la fin de la guerre dans leur trou...

L'opération se poursuit pendant plusieurs jours encore. Les parachutistes, transportés de points chauds en points chauds par les marins infatigables, sillonnent la région de Ninh Binh dans tous les azimuts, levant le gibier qui donne en plein dans les bouclages étroits qui cernent la zone.

Lorsque les premiers bilans d'ensemble témoignent des coups sérieux que le mouvement a porté à l'infrastructure viet minh du sud du Tonkin, les chasseurs, épuisés, regagnent Hanoi.

— Bon sang, s'étonne Leguéré en apprenant quelques jours après le retour de sa section au cantonnement de la Concession que le bataillon doit être rapatrié, cela fait déjà deux ans que nous sommes ici!

L'idée de retrouver la France n'enchante pas outre mesure le sous-officier, mais il est bien obligé de faire comme tout le monde.

– Moi, annonce pourtant Maillot quelques jours seulement avant le départ pour la métropole, je ne pars pas !

Leguéré, interloqué, ouvre tout grands ses yeux bleus.

– Qu'est-ce que tu me racontes ?

– Je n'ai rien à faire en France, poursuit le grand sous-officier. Je me plais bien ici et je n'en bougerai pas, jusqu'à la fin...

Maillot a réussi à se faire affecter à l'école de saut du nord de l'Indochine qui forme déjà les premiers parachutistes vietnamiens. Le futur moniteur de saut accompagne ses amis à Haiphong en train et, la veille de leur embarquement sur le *Pasteur* ancré au large de l'île de la Cat Ba, Leguéré et Maillot mangent une dernière fois dans un restaurant de la ville portuaire, non loin du théâtre municipal construit au-dessus du courant d'un bras d'eau sale rejoignant la rivière Cua Cam.

– Tu es sûr de ne pas faire une bêtise ?, interroge Leguéré. Tu restes pour une fille ?

Maillot se fend d'un large sourire, ses yeux pétillent.

– Oui, avoue-t-il, c'est ça, pour une fille. Et ajoute-t-il, tu la connais bien : elle s'appelle Indochine !

Le lendemain, 24 février 1949, lorsque les parachutistes embarquent sur l'*Alexandre-de-Rhodes* qui doit les mener jusqu'aux hauts bords du *Pasteur*, Maillot est sur le quai. Leguéré l'embrasse et suit longtemps du regard la silhouette de son ami figée sur l'embarcadère.

Le *Pasteur* lève ses ancres grinçantes. Leguéré, nonchalamment accoudé au bastingage du navire qui s'éloigne lentement de la côte en hurlant un dernier adieu de ses sirènes, ne peut détacher ses yeux embués des formes de la terre tonkinoise qui se noie dans le soir.

– Au revoir, s'entend murmurer le sous-officier en pensant à tous ceux qui ne sont pas du voyage, les Payen, Boucheron, Bertrand, Bouchet, Fixary, Sol et autres compagnons des plus anciens. Il faut absolument que ce soit un au revoir !

La nuit tombe sur la mer calme. Des chants joyeux montent des cales du navire chargé de rapatriables.

« Qu'est-ce que je vais retrouver en France ?, se demande l'adjudant soudain conscient du déchirement qu'il est en train de vivre. Qu'y savent-ils de notre guerre ? »

QUATRIÈME PARTIE

PARA-COMMANDO

28

DANS LA BOUE DU DELTA

Dans le C. 47 qui ronronne en traçant de larges boucles dans le ciel sombre de Diên Biên Phu, Leguéré, les yeux fixés sur le périmètre tragique, guette de plus en plus impatiemment l'apparition du « T » enflammé qui l'attirera, lui et ses hommes, vers le sol labouré par les obus viets minhs.

Cherchant une nouvelle fois un exutoire à la tension intolérable qui le hante, le lieutenant retourne dans son passé et se retrouve à Marseille le 14 mars 1948.

⁂

— Il n'y a pas la fête pour nous accueillir !, constate, amer, l'adjudant, en descendant la longue coupée de débarquement du *Pasteur* qui a collé son flanc depuis un peu moins d'une heure au quai de la Joliette.

L'œil bleu acier du parachutiste erre sur quelques hommes blasés de la police militaire qui, nonchalants, glissent, matraque de bois au côté, au milieu de la foule énervée des soldats rapatriés.

Des ambulances chargent plus d'une centaine de blessés et de malades allongés, maigres fantômes rescapés de l'enfer. Contenues par un service d'ordre débonnaire, des femmes heureuses piétinent d'impatience, fouillant la vague kaki qui déferle sur le quai pour reconnaître enfin le visage d'un mari ou d'un fiancé dont elles ont été trop longtemps séparées.

Personne n'attend Leguéré. Après avoir rapidement expédié quelques formalités paperassières, le para se sépare de ses amis du R.C.P. et se dirige, sans flâner, vers la gare Saint-Charles, tout en haut de la Canebière. Des visages se ferment sur son passage. Aux kiosques des marchands de journaux, pas de gros titres sur la guerre d'Indochine. Rien ici, à part les groupes joyeux d'hommes amaigris qui, ivres d'une soudaine sensation de liberté, déambulent, ne rappelle les combats qui se poursuivent en Extrême-Orient. La France n'a pas l'air de se rendre compte qu'elle est en guerre.

Dans le train bondé qui le mène à Blois, l'adjudant, toujours en uniforme et béret bleu, croise des regards morts. Les yeux s'attardent sur sa poitrine décorée de la Médaille militaire et des rubans de ses deux Croix de guerre, 1939-1945 et T.O.E., ornés des insignes des sept citations qu'on lui a décernées.

« Je suis maintenant un étranger, se dit le parachutiste en retrouvant le quai de la gare de sa ville natale. Il va falloir que je réapprenne la France... »

Blois n'a pas changé, ni la maison de la rue Neuve-des-Pontchartrains. Le père est toujours aussi taciturne, un des frères de l'adjudant, plus curieux, bombarde le revenant de questions imprécises sous le regard attendri de la mère de famille heureuse de retrouver son fils vivant. Leguéré ne parvient pas à expliquer qu'il est devenu un être différent de celui qu'il était avant son départ, un homme nouveau, façonné par les événements, marqué à jamais par un pays qui, sans être tout à fait le sien, semble maintenant lui appartenir bien plus que les bords de la Loire.

Le temps passe vite. Réaffecté à son bataillon à l'issue de ses cent vingt jours de congé, le sous-officier, bien reposé, est désigné comme moniteur parachutiste à l'école de saut de Philippeville, en Algérie.

« Là, au moins, je sers à quelque chose ! », se rend compte le nouvel instructeur en formant, à la dure, les élèves qui lui sont confiés.

Après quelques semaines d'instruction parachutiste, Leguéré est muté à la formation des sous-officiers au peloton d'élèves sergents. Parmi les hommes dont il hérite, l'adjudant remarque tout de suite un jeune caporal aux yeux francs, toujours prêt à plaisanter et doté d'une formidable forme physique. Launay, qui a fait ses premières armes dans un maquis de Provence, est un fils d'officier né en Égypte. Leguéré le prend tout de suite en sympathie. Sympathie qui se traduit surtout par un surcroît d'attention : l'adjudant demande beaucoup plus à ceux qu'il apprécie qu'aux autres en qui il décèle moins de potentiel guerrier.

Ceux qui passent sous sa coupe se souviendront longtemps de sa férule.

« Ils m'en seront reconnaissants en Indochine », pense souvent l'instructeur implacable.

L'Indochine lointaine fait toujours partie intégrante de la vie du sous-officier. Saisissant la première occasion offerte, Leguéré se fait affecter à une unité parachutiste en partance pour l'Extrême-Orient.

Embarqué sur l'*Athos II* qui a quitté Bizerte le 10 août 1950, Leguéré fait maintenant partie des chasseurs à pied parachutistes du 10e B.P.C.P. commandé par le chef de bataillon Michel.

Le para se sent revivre au fur et à mesure des jours qui passent. Le bateau, lourdement chargé de relèves, franchit le canal de Suez, contourne le continent indien sous un soleil implacable pour gagner Singapour à travers la mer de Malaisie. Il remonte ensuite vers le nord, en direction de Saigon. Les chasseurs débarquent de l'*Athos II* en Cochinchine le 7 septembre 1950 et sont chargés sur un navire de plus faible tonnage, l'*Espérance,* un vieux bateau norvégien sans ouvertures, qui les mène en trois jours à Haiphong.

Leguéré, ravi, le cœur battant, reconnaît les détails du sud de la baie d'Along. Sur le quai de Haiphong, il repère tout de suite la silhouette acérée de Maillot, prévenu de son arrivée. Les deux hommes, qui ont échangé seulement une lettre depuis le départ de Leguéré, se retrouvent avec l'impression très forte de ne s'être jamais quittés.

Maillot est toujours moniteur à l'école de saut de Hanoi et se mêle aux chasseurs à pied pour regagner en train la capitale tonkinoise. Les trois cent cinquante hommes du commandant Michel découvrent enfin Hanoi dont les rares anciens du bataillon leur ont fait cent fois, au cours du voyage en bateau, des descriptions idylliques.

Leguéré retrouve vite ses habitudes anciennes. Son nouveau cantonnement est situé non loin du théâtre municipal à l'ouest de l'île de Co Xâ.

Depuis son départ, l'Indochine s'est encore enflammée davantage. Le Viet Minh est de plus en plus fort et tient en tenaille les zones d'influence de l'administration française.

Maillot distille les nouvelles toutes fraîches des combats à son vieux compagnon avide de tout savoir.

— Il va falloir faire attention, lui avoue Leguéré. La plupart de nos gars n'ont jamais reçu un coup de fusil aux fesses et, avec tout ce que tu me racontes, ça risque de leur arriver assez vite !

Après quelques jours de mise en place du matériel dans les cantonnements du bataillon, Leguéré n'a toujours pas reçu de fonctions précises. Il s'en ouvre au commandant Michel.

— Mon vieux Leguéré, lui dit ce dernier, vous avez déjà eu le bonheur de commander une section au feu, alors il faut laisser cette chance à d'autres... Vous me comprenez ?

Leguéré comprend trop bien et se dit qu'il n'est pas prêt de recommander une section au baroud. Faisant, une fois de plus dans sa carrière, passer l'intérêt général avant le sien, le sous-officier accepte sans rechigner la fonction d'adjudant de compagnie du capitaine Renaud, un ancien du 1/1 R.C.P. Il salue nerveusement son supérieur et sort du bureau de commandement, déçu.

Comme le rythme des opérations ne s'accélère pas, l'adjudant sort souvent en ville pour retrouver Maillot, mais les deux hommes se quittent chaque soir un peu plus tôt qu'ils n'avaient l'habitude de le faire, car Maillot a épousé une infirmière ambulancière qu'il a connue pendant que Leguéré était en France.

L'ancien du R.C.P. porte une tenue de sortie bleue à liséré jaune, ou plutôt « bleu jonquille » puisque tout est sacramentellement bleu dans l'univers des chasseurs à pied : même le rouge, qui pour eux est « bleu cerise ».

— Il n'y a que pour leur foutu pas de chasseur, que je ne me ferai jamais, confie Leguéré à son vieux compagnon. Il faudra que je m'arrange pour couper court aux corvées de défilé !

Le bataillon est engagé dans de nombreuses actions routinières dans le delta tout proche. Leguéré retrouve avec plaisir la boue dans laquelle il a pourtant tellement souffert avec les sections du commandant de Vismes.

Le bruit inquiétant d'un nouvel abandon de la Haute-Région commence à se répandre dans Hanoi où tout se sait toujours bien avant les ordres. Les parachutistes, pour la plupart des anciens qui ont participé à sa reconquête à prix de sang, font grise mine lorsque les supputations et les ragots deviennent des réalités.

Le 17 septembre 1950, Leguéré fait partie, comme largueur, d'une opération aéroportée qui doit couvrir les préludes du mouvement d'abandon de Cao Bang et des villes de la R.C. 4. Au-dessus des contreforts de That Khê, il pousse dans le vide un stick de parachutistes de la Légion étrangère commandé par le lieutenant Loth, un ancien du R.C.P. de la campagne de France.

— A bientôt, Leguéré !, hurle dans le vent l'officier en plongeant vers son destin de combattant.

Comme chaque fois qu'il largue des parachutistes sur leur objectif, l'adjudant suit longtemps des yeux les corolles qui se balancent derrière l'avion. L'appareil, un Ju. 52, fait une large boucle au-dessus de la zone de saut d'où montent les fumées du bombardement de la préparation du raid et reprend la direction de Bach Mai.

Dix jours après le largage, le bataillon saute sur Yen Mô. Toujours sans fonctions précises, Leguéré est largué d'un C. 47. Après le regroupement de la compagnie Renaud, les positions rebelles sont enlevées rapidement et les chasseurs regagnent Hanoi après avoir marché pendant de longues heures pour rejoindre leurs camions.

Parfaitement adaptés à leurs nouvelles tâches, les chasseurs à pied du commandant Michel quittent à nouveau Hanoi pour être engagés le 3 novembre dans une grosse attaque sur les villages de Giep Dong.

« Les choses sérieuses commencent », se dit Leguéré, en embarquant dans son G.M.C. qui prend bientôt place au milieu d'un long convoi en direction du sud-ouest de Hanoi.

Le riz est haut dans les rizières au milieu desquelles les parachutistes sautent de leurs camions après un trajet tranquille de soixante-dix kilomètres environ. Les compagnies s'étalent dans le matin et attendent les ordres.

Lorsque ceux-ci sont donnés, Leguéré, enrageant de ne pas pouvoir mener une section, suit le mouvement de sa compagnie qui s'ébranle lentement vers l'ouest. Des avions tournent au-dessus du site à fouiller. Des batteries d'artillerie pointent les gueules menaçantes de leurs canons en direction des objectifs à enlever. Les parachutistes cheminent longtemps sur des pistes et des diguettes sans rencontrer de fortes résistances.

Seuls, quelques coolies aux ordres du Vieth Minh et une grosse poignée de du kichs mal armés sont rapidement faits prisonniers sans coup férir, ou presque. Poussés rudement vers l'arrière du mouvement de fouille, les captifs apeurés sont rapidement interrogés. Les renseignements qu'ils laissent échapper parcimonieusement sont recoupés un à un. Les chasseurs, figés sur une position très étirée, s'impatientent. Les choses se précisent enfin.

— Il y aurait, annonce le capitaine Renaud, pas mal de Viets au plus gros village de Giep Dong. Du moins, ajoute le commandant de compagnie, d'après les renseignements donnés par les bonshommes qu'on a ramassés...

« Pas trop tôt », se dit Leguéré, impatient de découvrir à l'action les hommes de sa compagnie qui ne connaissent du feu que ce qu'ils ont vu à Yen Mô et les engagements brefs des fouilles de villages proches de la capitale.

Les choses se précipitent à partir de quinze heures. Aux abords du gros village suspect, les chasseurs sont accueillis par une grêle de balles.

Le riz vert se balance au-dessus de la boue de la rizière. Les hommes de Leguéré s'y jettent pour foncer directement sur l'ennemi. L'artillerie, installée en protection de l'avance, ne peut intervenir car les chasseurs à l'insigne au cor de chasse sont sortis des limites de portée des canons.

« Sale coup ! », se dit Leguéré en écoutant les messages qu'échange son chef de compagnie avec l'arrière du mouvement pris sous le feu.

L'aviation, elle non plus, ne peut agir, la mêlée étant trop confuse. Libre de ses mouvements de par ses fonctions assez vagues, Leguéré a tout le loisir de suivre le détail des actions qui s'engagent.

« Tout ça ne sent pas très bon ! » se dit-il, inquiet, en braquant ses jumelles sur les défenses en fortins qui transforment le village de paillotes en redoutable forteresse.

Les premiers chasseurs s'écroulent au pied même des bastions rebelles. L'attaque se brise tout net, le feu se calme peu à peu. Leguéré essaye de juger ce qui se passe devant ses yeux.

« Vraiment pas clair ! », se répète-t-il, ne saisissant pas du tout la manœuvre du commandement de l'opération.

L'adjudant se rapproche du village en passant entre les équipes de voltigeurs clouées dans la boue par les tireurs viets minhs parfaitement invisibles.

— Le sergent Dubourg est touché !, lui apprend un caporal en indiquant du bras un point de la rizière situé à quelques mètres seulement du village fortifié. Il est tombé là-bas...

Leguéré, qui a eu Dubourg comme élève au peloton de sous-officiers en Algérie, s'arrête pour obtenir des précisions sur ce qui s'est passé.

Essoufflé, le chasseur, plaqué dans la boue grasse, raconte ce qu'il a eu le temps de voir dans la tourmente :

— Le chef est tombé à deux mètres de moi. Il nous a dit de le laisser...

Leguéré jure entre ses dents lorsqu'un ordre de repli tactique court le long de la compagnie amoindrie par le premier choc avec l'ennemi.

— Ce n'est pas possible !, gronde-t-il. Il faut à tout prix ramener Dubourg...

De sa position inconfortable, battue par les tirs ennemis, l'adjudant regroupe au hasard trois voltigeurs et se lance à leur tête dans la rizière.

Les quatre parachutistes, courbés dans les tiges de riz, s'attirent tout de suite une volée de balles en rafales qui claquent au-dessus de leurs têtes.

Leguéré plonge dans la boue au bout de trente mètres de course et

Dubourg, une semaine avant sa mort.

inspecte difficilement les paillotes fortifiées d'où les rafales ont jailli.
« Il n'y a pas grand-chose à tenter », se dit-il en constatant que les

bo doîs n'arrêtent pas de tirer malgré le matraquage précis des mortiers de la compagnie qui commencent à les prendre en compte.

Le feu, tout au contraire, semble croître encore en intensité. Bondissant une nouvelle fois en avant, l'adjudant entraîne les parachutistes dans son sillage. Maculés de boue, essoufflés, les chasseurs, miraculeusement épargnés par les balles viets minhs, se jettent à quelques mètres de l'endroit où le sergent Dubourg gît entre les hautes herbes foulées. Leguéré rampe vers la forme inerte.

« Je crois bien qu'il est mort ! », se dit-il en palpant rapidement le corps mou et tiède.

De l'arrière, ayant compris la manœuvre désespérée, les chasseurs prennent les points de feu rebelles qui dominent Leguéré et ses trois voltigeurs sous le tir de toutes leurs armes concentrées.

Profitant de la pression amie, l'adjudant fait venir près de lui deux de ses trois hommes et leur fait signe de s'emparer du gisant. Le trio réussit à traîner la dépouille de Dubourg sur quelques mètres mais les parachutistes sont bientôt obligés de la relâcher sous une grêle de balles qui giclent d'un autre point du village-forteresse.

L'adjudant, le souffle court, attend quelques secondes sous l'orage puis, serrant à nouveau ses doigts sur la toile mouillée de l'uniforme kaki de Dubourg, recommence à ramper vers l'arrière qui le couvre. Une fois encore, les rebelles poursuivent les trois hommes de leurs rafales, les obligeant à se coller dans la boue. Leguéré comprend vite que les Viets Minhs le repèrent aux balancements des tiges de riz provoqués par sa reptation et celles de ses compagnons.

— On change de direction, décide l'adjudant en reprenant le *ramping* vers une diguette.

Les tirs ennemis, acharnés, suivent le trio.

— On ne peut pourtant pas l'abandonner, enrage Leguéré après avoir relâché une nouvelle fois le cadavre et en plongeant dans la gadoue glauque de la rizière pour la dixième fois au moins.

Deux des parachutistes qui accompagnent l'adjudant piquent délibérément à travers les herbes pour détourner l'attention des bo doîs sur eux.

— Chapeau !, gronde Leguéré en appréciant la manœuvre dangereuse de ses hommes.

Le para profite de la courte accalmie offerte par leur diversion pour reprendre sa reptation douloureuse. Il change de position et se met à progresser sur le dos, comme un animal blessé. Il réussit à tirer derrière lui le lourd cadavre de Dubourg pendant que le dernier parachutiste resté avec lui pousse le corps inerte.

« Il doit bien rester une cinquantaine de mètres pour arriver à cette foutue diguette de merde », se dit l'adjudant en reprenant son souffle et en récupérant ses forces déclinantes.

L'enfer se meurt tout à coup. Le silence retombe sur les rizières, irréel, presque palpable. Seuls les échos de lointaines fusillades viennent mourir dans la boue en provenance des autres accrochages du bataillon. « Curieux ! se dit Leguéré en interrogeant du regard son compagnon haletant. Qu'est-ce qui peut bien se passer ? »

Incrédule, s'attendant à chaque instant à recevoir une nouvelle volée de balles ennemies, l'adjudant parvient sans encombre à la diguette. Le silence se fait de plus en plus lourd, angoissant. Le vent léger qui pousse des effluves de poudre brûlée au-dessus des tiges de riz fraîchit l'atmosphère, annonçant l'approche du soir. Leguéré, hésitant, se hisse sur l'arête glissante de la diguette et se rejette tout aussitôt en arrière.

— Merde ! jure-t-il. Les Viets vont nous encercler...

Une cinquantaine de réguliers du Viet Minh, l'arme à la main, est sortie du village et ratisse tranquillement les premières rizières de Giep Dong.

L'adjudant est obligé d'abandonner le cadavre de Dubourg et regagne, sans encombre, les lignes amies où personne ne semble s'être encore aperçu du mouvement qui risque de prendre la compagnie à revers. Sans même prendre le temps d'expliquer quoi que ce soit, Leguéré entraîne une pièce de fusil mitrailleur et la lance dans la rizière vers l'ennemi.

Les Viets Minhs ont pris confiance et débouchent tout près de l'endroit où est resté le corps de Dubourg. L'adjudant, pistolet au poing, retrouvant ses anciennes fonctions de chef de pièce de la campagne de France, fait ouvrir un feu d'enfer sur les réguliers de Hô Chi Minh qui se débandent après avoir subi de lourdes pertes.

Profitant de l'affolement qui a saisi l'ennemi et alors que le village de Giep Dong recrache la mort de toutes ses armes réveillées, Leguéré tente une nouvelle fois de récupérer le corps du sergent.

— Attrapez-le n'importe comment, ordonne-t-il à deux chasseurs après avoir retrouvé la dépouille mortelle couverte de boue, et faites vite...

Rampant sous les tirs de plus en plus nerveux des rebelles, ou marchant en canard à l'abri de la diguette, les parachutistes sont bientôt pris sous un formidable matraquage de mortiers.

— On ne peut plus rien pour lui, enrage Leguéré en lâchant la forme mouillée du mort et en ordonnant le repli vers les lignes floues de sa compagnie. C'est foutu !

La pièce réussit à se sortir du guêpier. Leguéré ne comprend toujours pas ce qui peut bien se passer au niveau du commandement de l'opération.

« Pas clair ce fourbi ! » se répète-t-il, soucieux de l'absence de réactions d'ensemble aux manœuvres rebelles.

Soudain, des cris implorants s'élèvent de la rizière.

— Bon sang !, constate l'adjudant, ce sont des gars de chez nous...

Leguéré se dirige tout droit vers l'endroit d'où montent les plaintes horribles avec deux chasseurs subjugués par son calme et la précision de ses actions. Une nouvelle fois pris sous le feu des bo doîs repliés au village, il arrive tout près d'un blessé.

— Tiens bon, souffle-t-il à l'homme en l'agrippant et en commençant à le traîner dans la boue glissante, on va te sortir de là ! T'en fais pas...

L'homme, fou de douleur, et qui avait cru être abandonné, laisse échapper une bave rosée de sa bouche tordue en un rictus horrible. Il ne peut que battre des paupières, légèrement, pour répondre aux encouragements de son chef.

Vers l'arrière, les choses semblent évoluer enfin dans le bon sens. Les tirs se disciplinent peu à peu et les Viets Minhs sont obligés de se terrer dans leurs repaires de Giep Dong.

L'après-midi touche à sa fin. Leguéré, échappant une nouvelle fois aux balles ennemies, ramène le blessé à la compagnie qui commence son difficile regroupement.

— Il en manque quelques-uns, constate l'adjudant en ne retrouvant pas quelques silhouettes familières dans les équipes boueuses qui sortent, fantômes las, de la boue des rizières.

Lorsque les parachutistes, à cours de munitions, reçoivent l'ordre de faire mouvement vers l'arrière de l'opération, la perplexité de l'adjudant croît encore.

« Nom d'un chien !, se dit-il, on ne va tout de même pas abandonner Dubourg dans la gadoue... »

Les Viets Minhs, remis en confiance par les premiers mouvements du repli qui s'amorcent, pilonnent la rizière où se trouve le corps du sergent. Leguéré, la rage au cœur, est obligé d'accepter l'irrémédiable. Il serre les mâchoires, à se faire mal. Ses yeux d'acier bleu lancent des éclairs.

« Et Cossu ?, se demande l'adjudant, où est-il passé ? »

Le caporal Cossu a tout de suite attiré l'attention et la sympathie de l'ancien du R.C.P. au cours des premières opérations du bataillon dans le delta. L'homme est une sorte de pirate débonnaire au courage frisant l'inconscience et, en plus, fouinard comme le plus voleur des gitans d'Europe centrale.

L'adjudant n'a pas le temps d'épiloguer sur la disparition du caporal. Le mouvement vers l'arrière s'engage sous un tir violent des rebelles qui sentent la fin de l'attaque.

Après deux cents mètres de recul en tiroir, Leguéré, qui couvre les derniers éléments de la compagnie, voit les hautes tiges d'une rizière s'écarter sur sa gauche.

« Qu'est-ce que c'est ? », se demande, prudent, le sous-officier, pistolet au poing, armé, prêt à cracher la mort.

Cossu, souillé de boue, jaillit des hautes herbes, armé d'un fusil Mauser allemand.

– Où as-tu pris ce fusil ?, interroge Leguéré tout heureux de retrouver le caporal en vie.

Cossu, après avoir repris son souffle, lâche en quelques mots hachés les détails de l'enfer qu'il vient de vivre :

– Des Viets nous sont tombés dessus, par là-bas, indique-t-il d'un mouvement de bras en direction de Giep Dong. Dans la mêlée, j'ai perdu ma mitraillette dans la boue...

– Et alors ?, poursuit l'adjudant en fixant le vieux Mauser.

– Alors ?, reprend le caporal, je n'ai rien compris du tout.... Je me suis débattu comme j'ai pu...

Cossu arrête sa narration :

– Je ne voulais pas crever, ajoute-t-il comme pour préciser un détail important. Tout d'un coup, il n'y a plus eu qu'un seul Viet devant moi... A[illegible], reprend la statue de boue, je lui ai foutu deux bons coups de boule... J'ai réussi à lui prendre son flingot. Et me voilà !

Leguéré place un fusil mitrailleur du groupe d'arrière-garde en batterie sur la diguette pour enrayer un mouvement timide de poursuite qui se dessine au loin.

Cossu en profite pour tirer une balle de Mauser sur les anciens propriétaires de l'arme. Leguéré le regarde faire en hochant la tête.

« S'ils étaient tous comme celui-là, se dit-il, la guerre serait un jeu d'enfant... »

Lorsque le groupe éreinté débouche enfin à l'emplacement du recueil, l'artillerie, qui a fait mouvement vers le cœur de l'opération, commence à sonner durement les défenses de Giep Dong.

Leguéré suit dans ses jumelles les impacts ravageurs des obus tardifs. Une douzaine de blessés graves sont alignés sur des brancards de fortune. Ils paraissent tout à coup débarrassés de leurs douleurs et de leur peur par l'ambiance vespérale qui noie les rizières profanées.

« On ne m'ôtera pas de l'idée qu'il y a eu un couac sérieux quelque part dans le mécanisme de l'opération », se dit Leguéré en se détournant du spectacle rougeoyant du matraquage du village fortifié.

Les parachutistes campent sur place. La nuit s'écoule, martelée par les tirs d'artillerie. Au matin, ils embarquent dans la brume dans un convoi de G.M.C. qui prend la direction de Hanoi.

— Il manque encore quelques gars, enrage Leguéré en se tassant dans son véhicule. Sale coup ! Pauvre Dubourg...

Le sous-officier se laisse bercer par les cahots des mauvaises routes, cent fois sabotées par les coolies du Viet Minh. Moitié somnolent, il repense à la formidable pression de feu qui se déchaînait contre lui et le petit groupe lancé en contre-attaque de Giep Dong.

« Malgré nos pertes, se dit l'adjudant dans un demi-sommeil ouaté, j'ai tout de même une bonne raison d'être optimiste pour l'avenir : j'ai remarqué de sacrés soldats parmi les jeunes... Si seulement je pouvais avoir le commandement d'une bonne section... »

29

LES CHIENS DE GUERRE

Après l'opération de Giep Dong, les chasseurs à pied parachutistes se retrouvent dans le delta. Ils le fouillent et le refouillent suivant la fantaisie du haut commandement. Les hommes se durcissent, Leguéré observe leur mutation, ravi.

Le général de Lattre de Tassigny, l'ancien patron de la campagne d'Alsace en 1944-1945, prend le commandement supérieur en Indochine. La base même du corps expéditionnaire est touchée par la nouvelle. Leguéré, qui jusque-là ne se souciait guère de savoir qui commandait en chef, est favorablement impressionné par l'arrivée du glorieux général.

Le commandant Michel convoque l'adjudant à son P.C. de la Concession.

— Leguéré, lui annonce-t-il, vous avez été désigné pour assurer la garde d'honneur du général au cours du défilé du 19 décembre... Ça vous va ?

Leguéré, qui ne prise pas outre mesure les défilés et parades de toutes sortes, fait une moue qui exprime bien son sentiment et ses réserves quant à l'ordre qu'il reçoit.

— Et pourquoi moi ?, demande-t-il tout de même en espérant se soustraire à la corvée honorifique.

Le commandant Michel sourit franchement :

— Parce que vous êtes le plus décoré..., avoue-t-il à son gradé. Ne cherchez pas plus loin.

Le jour du défilé d'accueil du général de Lattre, alors que Hô Chi Minh avait, depuis le début du mois de décembre 1950, annoncé qu'il ferait son entrée dans la ville à l'occasion du nouvel anniversaire de son coup de force en 1946, Leguéré, raide comme un piquet, se tient debout dans un scout-car qui suit de tout près le command-car du nouveau général en chef. Ses yeux ne quittent pas le dos droit du chef de guerre qui peut tout changer dans le déroulement des hostilités.

« Pourvu que je ne me flanque pas lamentablement par terre », se dit le porte-drapeau en contrôlant, parfois difficilement, son équilibre dans le Dodge à pneus à flancs blancs.

Le lent convoi s'arrête souplement. Le général de Lattre descend de son véhicule et se dirige à pas nerveux vers la longue tribune de laquelle il doit assister au défilé des troupes qui patientent depuis des heures.

Leguéré, hiératique, a pris place au milieu de sa garde d'honneur, au pied de l'estrade où s'entasse tout le gratin du Tonkin.

La parade commence. Les troupes passent devant le général en marchant d'un pas impeccable. Très propres, elles font pourtant piètre figure car elles sont, pour la plupart, équipées d'uniformes démodés et de mauvaises chaussures.

Sans oser tourner un seul instant la tête, le porte-drapeau figé au garde-à-vous entend la voix claire du nouveau maître des destinées de l'armée d'Indochine qui s'élève, furieuse, dans le martèlement sourd des pas cadencés et les flonflons de la musique des troupes coloniales.

— Intendant !, l'entend crier Leguéré. C'est toujours la même chose ! Vous prendrez le premier bateau... Inadmissible...

Le reste de la phrase du général furieux se perd dans le tumulte. De Lattre de Tassigny descend résolument de la tribune et s'approche des hommes qui défilent pour mieux apprécier les détails de leurs équipements. Sur l'estrade tout le monde reste figé de stupeur et l'intendant s'inquiète pour son avenir.

Le défilé se disloque. Leguéré, impressionné par ce qu'il vient d'entendre, regagne le cantonnement de la Concession.

« C'est pourtant vrai, se dit-il, que nous sommes habillés comme des sagouins. Comme dit Maillot : heureusement que c'est pas l'habit qui fait le para car sans cela on ne vaudrait pas grand-chose... »

Quelques jours après le défilé, le 10e B.P.C.P., comme la plupart des unités du Tonkin, touche enfin un équipement correct.

Noël 1950 approche. Le jour de la fête, le capitaine Renaud, qui a décidé d'organiser les réjouissances, demande à Leguéré de mettre des assiettes sur une des tables du repas de la Nativité.

— Ce n'est pas mon boulot d'adjudant !, gronde ce dernier en refusant tout net et en s'éloignant à pas nerveux.

L'incident prend des proportions inattendues et Leguéré écope de huit jours de punition.

« Je m'en fous pas mal, se dit-il, pour ce que j'ai à faire à la compagnie... »

Mais, le lendemain de la fête, le 10e B.P.C.P. part en opération. Son commandant, malade, reste à la Concession. Pour Leguéré, les choses se gâtent encore.

— Vous, ordonne le capitaine Renaud, en désignant le para équipé de pied en cap, vous ne venez pas avec nous. N'oubliez pas que vous êtes puni...

L'adjudant, cueilli à froid, se contient difficilement. Il serre les poings et tourne les talons en jurant entre ses dents serrées.

Les camions qui ont pris en charge les chasseurs s'éloignent en grondant. Le para regagne son cantonnement où traînent quelques malades et des blessés en convalescence.

Pour la première fois, des chiens de guerre vont être employés dans une opération au Tonkin.

— J'aurais pourtant bien voulu les voir, ces bergers allemands, regrette le sous-officier privé de combat pour une banale histoire de table à dresser.

Le lendemain, Leguéré décide de brusquer les choses.

« Je ne peux plus rester à la compagnie, se dit-il. Sinon, un jour ou l'autre, les choses risquent de se gâter encore plus. Au fond, s'avoue-t-il, très honnête, je ne sais pas vraiment si c'est moi ou le capitaine qui a raison de se braquer. Alors... »

Le commandant Michel, malgré la maladie qui le mine, accepte de recevoir le gradé.

— Qu'est-ce qui se passe, Leguéré ?, s'enquiert le chef de bataillon en découvrant la mine sévère du sous-officier.

Le commandant est très au courant des tiraillements qui naissent de plus en plus souvent entre l'adjudant et son commandant de compagnie.

— Il y a, mon commandant, lui répond Leguéré, que je vous demande de me changer de compagnie...

— Ce n'est tout de même pas aux gradés de choisir leur affectation, lâche l'officier d'un ton très sec. Mais, poursuit-il en se radoucissant, je vais tout de même voir ce que je peux faire pour vous et surtout pour le bien du service.

Rassuré, Leguéré quitte son chef et, malgré sa punition, il retrouve Maillot en ville.

— Tu y crois, toi, à ces histoires de chiens de guerre ?, demande-t-il à son ami après s'être rapidement libéré du récit de ses récents déboires.

Maillot fait une moue dubitative.

— Peut-être, avance-t-il. Si on a fait venir ces cabots dressés de France, c'est qu'il y a du bon à en attendre...

Le lendemain de l'entrevue avec son commandant d'unité, Leguéré est à l'affût des nouvelles en provenance de l'opération qui se déroule sans lui. Les parachutistes ont durement accroché et ont eu des pertes sérieuses.

Le bataillon revient deux jours après à Hanoi. L'adjudant apprend la mort de l'adjudant Gœtchy qui était instructeur avec lui en Afrique du Nord et dont il est le parrain du tout jeune fils.

— Comment ça c'est passé ?, demande Leguéré sonné, une fois de plus, par la mort d'un ami.

Le sergent qu'il interroge lui répond, très imprécis :

— Moi, je n'en sais trop rien, j'étais assez loin de lui quand c'est arrivé. Tout ce que je peux dire c'est qu'il est mort en vrai para !

Leguéré fait une grimace en s'efforçant de penser à autre chose.

— Et pour les chiens ?, s'enquiert-il.

Le sergent avoue que, pour cela aussi, les choses ne se sont pas très bien passées.

— Pas fameux du tout, précise-t-il, en tout cas pour ce que j'en ai vu...

Et l'homme raconte à son chef curieux ce qui s'est passé lorsqu'un maître-chien a été blessé sur une diguette.

— Nous étions presque arrivés aux abords d'un village suspect quand ça c'est mis à pleuvoir de partout, explique le jeune gradé. Le gars au chien s'est écroulé, le berger allemand s'est couché tout contre lui et il a fallu abattre le bestiau car il ne voulait pas qu'on approche de son maître...

Leguéré quitte le sergent en se disant que l'expérience cynophile risque de tourner court, du moins dans une unité comme le B.P.C.P.

— Dommage, regrette-t-il en imaginant la mort tragique du superbe animal trop attaché à l'homme qui a mené son dressage. Ça m'aurait pourtant bien plu...

Le commandant Michel convoque l'adjudant après l'enterrement de Gœtchy.

— Leguéré, annonce-t-il sans ambages au sous-officier encore sous le coup de l'émotion de l'inhumation de son ami, vous allez prendre la place de Gœtchy !

L'adjudant crispé accuse le coup. Son cœur s'affole à la nouvelle.

— Merci, mon commandant, s'entend-il souffler en prenant congé de son supérieur.

Une fois sorti du bureau de commandement, le sous-officier réalise qu'il va enfin retrouver le commandement d'une section.

Celle dont il hérite est composée de Vietnamiens de races tho et nhung et renforcée de quelques Chinois frontaliers. Pressé de prendre ses fonctions, l'adjudant ne s'attarde pas une heure de plus dans son ancienne compagnie. Transportant son matériel de combat à la Concession où est cantonnée sa nouvelle section, il retrouve avec plaisir le caporal-chef Launay, un de ses meilleurs élèves du peloton en Afrique du Nord.

« Dommage que cette affectation dont je rêvais me soit offerte au prix de la mort d'un bon copain », se dit l'adjudant en se promettant de tout faire pour honorer au combat la mémoire du mort.

Les hommes qui sont rassemblés devant le successeur de Gœtchy ont des visages fermés, impénétrables. Launay les présente un à un à son ancien instructeur en écorchant leurs noms. Malgré ce qu'ils savent du glorieux passé de leur nouveau chef, les Vietnamiens et les Chinois semblent décidés à le juger au combat. Leguéré les comprend tout de suite.

« Avec ces gaillards-là, se dit-il après la prise de contact assez froide, il va falloir jouer drôlement serré ! »

Les quelques Européens de la section sont tous des anciens du 1er R.C.P., et Leguéré apprécie leur présence.

– Il y a un os, mon adjudant, l'avertit Launay au soir de sa prise de fonction.

– Lequel ?, interroge Leguéré.

— Phong Xi Tan !, lâche le caporal-chef. Il y a plus de huit jours qu'il n'est pas rentré...

Leguéré, soufflé, apprend rapidement que l'absent est une sorte de chef occulte de la section et que ce n'est pas la première fois qu'il disparaît de la sorte.

— Et c'est maintenant que vous me dites ça ?, reproche-t-il à Launay. Vous avez une idée ?

— Il est chez les Viets, avoue le jeune gradé. Il a été enlevé... du moins c'est ce que les autres prétendent...

Interrogés, les Indochinois célibataires qui n'ont pas eu, comme les mariés de la section, le loisir de quitter la Concession n'ajoutent pas grand-chose au récit de Launay.

— Désertion ?, demande encore Leguéré à son gradé européen.

La réponse du caporal-chef jaillit, nette :

— Certainement pas ! Il va revenir... Vous verrez !

Comme tous les Nhungs, Thos et Chinois disent la même chose, Leguéré décide d'attendre.

Les jours passent en fouilles dans le delta. Leguéré découvre avec ses nouveaux hommes une forme de guerre qu'il ne connaissait pas, plus dure, infiniment plus cruelle que tout ce qu'il a connu jusqu'ici. Pour la première fois de sa vie de combattant, il se rend compte que la haine existe.

Un matin, le bruit court au cantonnement de la Concession que Phong Xi Tan est de retour.

— D'où venez-vous ?, l'interroge l'adjudant, immédiatement averti.

L'homme qui est fièrement campé devant lui, en uniforme sans insignes ni galons, est grand, solide, et dégage une force tranquille. Ses yeux brillent d'intelligence, son nez est très épaté est relevé par le sourire épanoui qui est plaqué sur sa face à pommettes luisantes et saillantes.

— J'étais chez les Viets, mon adjudant. Je me suis sauvé... C'est tout !

Leguéré n'insiste pas et libère le sergent pressé de retrouver ses compagnons. Launay s'approche de son chef de section.

— Vous voyez, exulte-t-il, il est revenu ! Sacré bonhomme...

Le commandant Michel accueille la nouvelle du retour de son redoutable baroudeur avec soulagement.

— Ce n'est pas la peine de le laisser tarabuster de questions par les gars du renseignement qui doutent toujours de tout, conseille le commandant à Leguéré. Moi, je crois son histoire : un point c'est tout !

Les hommes de l'ancienne section de Gœtchy sont transformés par le retour de leur chef et ami. Ils partent bientôt en fouille dans le delta.

La section, scindée en deux colonnes très étirées, avance prudemment vers un village suspect en empruntant les deux diguettes d'une rizière qui se rejoignent en angle aigu là où commence l'implantation irrégulière des paillotes à fouiller.

A trois cents mètres du hameau, Leguéré enraie l'avance de ses voltigeurs et détaille les habitations à l'aide de ses jumelles. « On dirait bien qu'il n'y a personne là-dedans », se dit le chef de section au bout d'une minute d'examen minutieux.

— Launay !, ordonne-t-il en laissant prendre ses jumelles au bout de leur lanière de cuir, envoyez-moi deux éclaireurs en avant...

Phong Xi Tan, vêtu d'un short et d'une veste camouflée toute neuve, approche de son chef.

— Mon adjudant, tu dois pas faire comme ça ! avance-t-il en souriant franchement. C'est pas bon pour nous...

Leguéré, interdit, plante ses yeux bleus dans la braise du regard du sergent nhung.

— Et pourquoi donc ?, demande-t-il.

Le Nhung, armé d'une carabine U.S., fait un geste fataliste de son bras libre.

— A cause des pièges... C'est pas bon pour nous ! répète-t-il encore, c'est pas bon comme ça...

Leguéré retient les deux voltigeurs qui se préparaient à se diriger vers le village.

— Alors, vous, interroge-t-il, qu'est-ce vous feriez ?

Le Nhung se retourne sans répondre à son chef et fait un signe à ses hommes qui poussent deux coolies chargés de matériel vers la tête de la colonne puis leur ordonne en dialecte rauque de les débarrasser de leurs fardeaux.

Les deux hommes, nu-pieds, sont attachés l'un à l'autre en un tour de main habile par un petit parachutiste tho à l'aide d'une longue suspente de parachute qui leur enserre savamment les bras.

Phong Xi Tan, qui a remplacé son sourire avenant par une expression cruelle, les pousse alors sur la diguette en direction du village. Les deux hommes, terrorisés, semblent avoir compris ce qu'on attend d'eux et, figés, refusent d'avancer plus.

Une balle de carabine se fiche dans le sol entre leurs jambes torses.

— Au village... Et vite !, hurle l'ancien prisonnier du Viet Minh en frôlant d'une deuxième balle le tibia d'un des deux Vietnamiens morts de peur.

Les coolies, des prisonniers mis à la disposition des chasseurs parachutistes pour transporter le matériel lourd au cours des opérations dans le delta, arrivent tout près des premières paillotes, poursuivis par le tir diaboliquement précis du sergent nhung.

— Tu vas voir, mon adjudant, prévoit Phong Xi Tan en se retournant vers Leguéré. On va savoir vite si on peut avancer tranquilles...

Les deux coolies se sont arrêtés, monstrueuse araignée tremblante, au point où les diguettes se marient. Deux balles de carabine les obligent à avancer encore plus. Ils s'engagent lentement entre les deux premières paillotes. Les Vietnamiens et les Chinois de Leguéré les suivent du regard. L'adjudant, soufflé, surprend le manège d'un de ses Chinois frontaliers qui prend subrepticement des paris sur les chances de survie des coolies.

— Drôles de types !, constate l'Européen dépassé par la tranquillité de la cruauté asiatique et braquant nerveusement ses jumelles sur le village silencieux.

Une explosion soulève littéralement une des deux paillotes d'entrée du petit hameau. Déchiquetés par un obus piégé, les coolies sont projetés sur plusieurs mètres de rizière.

— Et voilà ! conclut simplement Phong Xi Tan qui a retrouvé son sourire éclatant. C'était pas bon pour nous, tu vois, mon adjudant...

Leguéré, qui en a pourtant vu bien d'autres, reste un moment sans voix.

« La méthode a du bon, se dit-il en remettant les deux colonnes de la section en marche vers le point de l'explosion. Il va falloir que je m'y fasse... »

En queue de colonne, le Chinois qui prenait les paris, hilare, empoche les mises perdantes de ses camarades.

Souples comme des chats sauvages, les hommes de Phong Xi Tan, sans daigner jeter un regard sur les débris de chairs qui ont éclaboussé les approches du village, n'évitant même pas de mettre les pieds dans le magma sanglant, fouillent les paillotes en détruisant systématiquement tout sur leur passage appliqué. Le village est vide, les Viets Minhs ont eu le temps de l'abandonner après avoir piégé son entrée.

Des rafales, partant d'assez loin, s'abattent à la sortie des paillotes qui flambent en dégageant un souffle de chaleur intolérable, obligeant les parachutistes en short à s'éloigner au plus vite.

Tranquilles sous les tirs imprécis des Viets Minhs, les Nhungs, les

Chinois et les Thos manœuvrent sans que Leguéré n'ait à donner un ordre. L'arme rebelle se tait bientôt.

« Sacrés soldats ! » se dit l'adjudant en suivant du regard la course nerveuse d'une voltige lancée en poursuite de la pièce rebelle qui décroche, refusant le combat inégal.

Un message du P.C. qui dirige la fouille rameute une patrouille de deux avions de chasse de l'Aéronavale qui plonge sur l'ennemi en fuite, le clouant au sol. Le soir tombe, la rizière, résonnant des dernières rafales de mitrailleuse des marins, s'assombrit brutalement. Les parachutistes sont recueillis par un élément de transport sur une large digue et regagnent, sans histoires, leur cantonnement de la Concession.

Leguéré, dans la pénombre, laisse traîner son regard sur les visages fermés de ses hommes qui ne manifestent d'émotions que dans le rire ou la haine des combats.

Launay, assis tout près d'un tireur au fusil mitrailleur de la section qui a installé son arme noire en batterie, le bipied posé sur le toit de la cabine du G.M.C., échange un bref regard avec son chef. Leguéré sourit, une fraction de seconde, à son jeune gradé. Dans le tumulte régulier distillé par les moteurs du convoi qui trace sa route au milieu des méandres luisants du delta, tombe une étrange paix qui envahit tous les occupants du véhicule de Leguéré.

Unis dans la complicité de la nuit, Thos, Nhungs, Chinois et Français se laissent bercer par les cahots de la course de leur camion sur la route sèche.

***

Dans le C. 47 du capitaine Pinon, Leguéré, qui ne connaît pas tous les Vietnamiens de son stick, compare leurs visages graves aux traits figés dans sa mémoire des compagnons de Phong Xi Tan.

— Si ceux-là sont aussi durs que mes anciens du 10ᵉ, se dit-il, tout ira bien en bas !

Sous l'avion qui tourne inlassablement au-dessus de Diên Biên Phu, un embrasement soudain troue la nuit et fait presque bondir Leguéré de sa banquette de lanières. Mais ce qu'il avait pris pour le « T » de balisage de la zone de saut du camp retranché n'était que les éclats fugaces d'une salve de l'artillerie viet minh, plus nourrie que les précédentes.

Le noir se referme, le lieutenant replonge dans son passé.

30

LA BARAKA

Selon le nouveau plan mis en œuvre sur les ordres du général de Lattre, le delta du fleuve Rouge se ferme de plus en plus. Le Génie, aidé par des centaines de coolies et de corvées détachées des unités repliées de la Haute-Région, construit à un bon rythme plus de cent cinquante bastions bétonnés coupant la route aux infiltrations viets minhs. L'opération bloque sur le terrain plusieurs milliers d'hommes. Les chefs de la rébellion décident de percer au plus vite les défenses en construction et, dès la deuxième semaine du mois de janvier 1951, attaquent en force les extrémités ouest du périmètre bouclé.

Pour renforcer le site de Vinh Yen, le 10e B.P.C.P. quitte Hanoi, transporté par un convoi de G.M.C. qui emprunte la R.C.2. Leguéré, étonné par le formidable mouvement qui mobilise, ce 15 janvier, la moindre unité disponible, inspecte le brouhaha qui encombre la route coloniale défoncée. De Lattre a fait remettre en état le plus vieux matériel de transport. Des tonnes d'obus d'artillerie sont entassées sur des camions chinois abandonnés par les soldats du général Lou Han qui tenaient le Tonkin avant l'arrivée du corps expéditionnaire français.

Les parachutistes débarquent de leurs véhicules à un peu plus de dix kilomètres au sud-est de Vinh Yen, menacé par la pression ennemie. Plus de vingt bataillons y sont massés. Derrière les chasseurs à pied, des colonnes de troupes nord-africaines entament une longue progression vers les collines qui barrent l'horizon, en dessous des arêtes lointaines du massif du Tam Dao.

– On a vraiment raclé tous les fonds de tiroir, constate Leguéré en suivant le mouvement des chenilles ondulantes qui cheminent dans le début d'après-midi ensoleillé. Il doit bien y avoir une raison...

Les parachutistes en tenue camouflée montent à leur tour vers

... des colonnes progressent vers les collines...

l'ennemi, fatalistes. Les Vietnamiens de Leguéré sont assez vite bloqués aux approches du village de Noi Phat. L'artillerie, chère au général en chef, se déchaîne sur les paillotes qui volent en éclats. Les rebelles ne perdent pas un atome de pugnacité. Entre les salves précises des canons français, ils ripostent durement.

– Bon sang !, enrage Leguéré, plaqué sur les arêtes étroites d'une diguette sèche. Il va nous falloir des fourchettes à escargots pour les sortir de leurs trous...

San, le radio chinois de l'adjudant, est collé à l'écouteur incorporé de son émetteur-récepteur kaki. Il ne se soucie pas des balles qui claquent autour de lui, ses yeux brillent d'excitation.

« Il est fou !, se dit son chef français en cherchant vainement un soupçon d'inquiétude sur la face juvénile du caporal. Allez, avance... »

Les deux hommes, courbés, se lancent sur une dizaine de mètres en direction de Noi Phat. L'adjudant, poursuivi par une rafale de fusil mitrailleur, se replaque au sol en bout de course. Le Chinois, toujours à l'écoute de son léger poste de radio, s'écrase tout près de lui. Des avions de chasse, montant du sud-est en vague hurlante, plongent sur le village occupé. Lorsque la dernière rafale des mitrailleuses de l'aviation a mordu d'une ligne de geysers les approches des paillotes de Noi Phat, les parachutistes bondissent en hurlant.

Leguéré, calme, dirige son mouvement avec des ordres précis. Les Indochinois manœuvrent aussi serré que dans les fouilles de routine du delta.

Phong Xi Tan, égal à lui-même, les yeux éclairés de furie, ouvre la marche de la section, crachant des invectives en nhung. Launay, suivant au plus près le mouvement souple de ses voltigeurs, débouche en même temps que le sergent vietnamien sur les défenses rebelles.

Le village, défendu par des miliciens du Viet Minh, est enlevé en quelques minutes. Leguéré laisse derrière lui quelques blessés de sa section et deux morts. Les avions matraquent maintenant à un peu plus de deux cents mètres du hameau conquis. La ligne de feu du Viet Minh recule vers un alignement de collines entourant la cote 210. Le soir noie bientôt le site dévasté par les armes des deux camps.

Un ordre fige l'avance des parachutistes, les chasseurs vietnamiens se tapissent dans la nuit. Pendant des heures, l'artillerie amie, mise en place au sud-est de Vinh Yen et au nord-est de Huong Canh, à dix kilomètres sur la R.C. 2, en direction d'Hanoi, se déchaîne. Leguéré retrouve, à peu près, les sensations qu'il avait ressenties au cours de la campagne d'Alsace en 1944-1945.

« Cette fois, se dit-il en écoutant les sinistres hululements des obus qui passent haut sur sa position pour aller s'écraser avec fracas sur les collines tenues par les bo doîs, ils vont dans la bonne direction... »

Lorsque le jour se lève, le massif du Tam Dao apparaît dans le nord-est du site, au-dessus des lignes de collines où se cramponnent toujours les premières sections viets minhs engagées dans l'attaque du général Giap. L'aviation revient à la charge, des tonnes de bombes sont larguées sur les hauteurs à prendre d'assaut.

Noi Phat s'anime. L'ordre d'avancer lance très vite les Vietnamiens de Leguéré en direction des positions martyrisées par le bombing et l'artillerie, au-dessus des rizières qui entourent le gros village occupé.

Pendant quelques secondes, Leguéré balaie du regard sa section figée en attente et la libère en direction de la cote 210.

Les parachutistes vietnamiens sont tout de suite pris sous un feu serré. La colline à enlever est aride et n'offre que très peu d'abris aux hommes de l'adjudant. Ils se plaquent derrière la moindre levée de terrain. Couché sur le dos, ses yeux de braise illuminés par l'euphorie de l'attaque, San tend son petit poste radio à son chef. Leguéré s'en empare et demande un nouveau passage de la chasse.

Son message, relayé par le poste de la compagnie, dirige trois avions sur le sommet de la colline à enlever.

Les appareils vrombissants passent au-dessus des formes allongées des hommes en tenue camouflée suivant la direction des panneaux blancs qu'ils portent plaqués sur leurs sacs de combat pour éviter toute méprise. Des rafales mordent la terre à quelques mètres seulement devant l'adjudant et ses premiers voltigeurs. Phong Xi Tan rentre la tête entre ses épaules. Quelques-uns de ses hommes se laissent instinctivement glisser en arrière, croyant être pris sous les balles des aviateurs.

Profitant de l'accalmie offerte par la pression terrible et précise des mitrailleuses de la chasse, Leguéré se remet debout d'un bond nerveux et, donnant par son seul exemple l'ordre de reprendre l'assaut, entraîne ses hommes dans sa course.

Les avions s'éloignent, le tir rebelle reprend de plus belle. Les parachutistes, encadrés par les impacts des défenseurs de la cote 210, se retrouvent une nouvelle fois le nez au sol.

– Il y a du monde en face !, souffle Leguéré en inspectant les arrières de l'attaque.

La chasse revient dans le ciel. Cette fois, les appareils lâchent de gros bidons de napalm qui enflamment le sommet de la colline. Des rebelles, terrifiés par le liquide infernal, abandonnent, hurlant leur peur, les positions qu'ils tenaient. Leguéré, découvrant lui aussi les effets destructeurs du napalm, en profite pour donner un dernier coup de boutoir.

Phong Xi Tan.

Phong Xi Tan, Launay et les gradés de la section amoindrie bousculent les derniers servants des pièces rebelles qui tiennent la colline.

Au milieu des cadavres rôtis et gonflés par les atteintes du feu liquide qui achèvent de se consumer en petites flammes bleues et orangées, ils s'installent sur la position.

— Elle nous a coûté cher !, souffle Leguéré en dénombrant ses pertes.

Le Viet Minh recule et s'installe quelques centaines de mètres au nord, bien au-delà des rizières qui naissent au pied de la cote 210, vers le massif du Tam Dao. L'aviation, ayant fait son plein de napalm, revient enflammer leur repli.

— Saloperie de saloperie !, souffle Leguéré en suivant des yeux les embrasements lointains pour ne pas poser son regard enfiévré sur les formes mortes, figées en grotesques sculptures noires, qui s'étalent à quelques mètres de lui.

La nuit tombe, les alentours de la cote 210 restent embrasés sous les morsures des obus crachés par les batteries d'artillerie installées en arrière de la ligne de contre-attaque.

— Merde !, gronde Leguéré en braquant ses jumelles dans la pénombre naissante sur les centaines de Viets Minhs qui dévalent des flancs du Tam Dao vers ses positions, qu'est-ce qu'on va prendre tout à l'heure !

Launay prend les jumelles de son chef. Il balaie le site à son tour et laisse échapper un sifflement de surprise en voyant les bo doîs qui s'engagent, tranquilles, sur les diguettes des rizières.

— Ça va chauffer !, dit-il tranquillement en redonnant les binoculaires à son chef de section.

Phon Xi Tan, alerté, veille à ce que tous ses hommes soient placés au mieux pour recevoir le choc inéluctable des rebelles qui approchent dans la nuit.

Les minutes s'écoulent, lourdes, chacune d'elles rapprochant les parachutistes de l'échéance mortelle. Les rizières cernées par les diguettes brillent sous la lune. Leguéré a renoncé à évaluer le nombre des assaillants qui vont déboucher aux pieds de la cote 210. Les tirs d'artillerie amis faiblissent.

Des obus de mortiers de 120 rebelles commencent à encadrer la position des parachutistes. Les unités qui flanquent la longue colline vers le sud-est se tassent, elles aussi prises sous le feu viet minh. Très calme, Leguéré, installé en pointe de ses défenses, essaie de suivre la progression des réguliers de Giap dans les lueurs des éclatements d'obus fusants.

Tout le front, au nord-est de Vinh Yen, est embrasé, la plus grande partie des vingt bataillons viets minhs se lance à l'attaque.

« C'est certainement la toute première fois qu'ils agissent comme cela », se dit Leguéré, ébloui par le menaçant spectacle.

Les premiers bo doîs, passant entre les impacts de leurs mortiers les plus courts, entament la montée de la colline en hurlant. Le vacarme des éclatements laisse filtrer jusqu'aux oreilles des défenseurs de la cote 210 leurs cris aigus.

Phong Xi Tan, tapi à quelques mètres de son chef de section, grimace sous les insultes rituelles que crachent les Viets Minhs. Les parachutistes ouvrent le feu tous en même temps, rejetant la première vague rebelle en arrière. Les mortiers ennemis reprennent leur concert d'éclatements pendant de longues minutes.

Leguéré arrache le poste de radio des mains de San dont les yeux brillent comme des escarboucles dans les explosions qui illuminent la position attaquée.

– Tenez bon !, annonce la voix impersonnelle qui transmet les impératifs du commandement de l'opération.

Leguéré rend l'émetteur-récepteur à son caporal chinois, tassé à l'abri dérisoire d'une grosse pierre.

– On va tenir !, lui souffle-t-il en reprenant avec ironie le terme du dernier message.

La nouvelle attaque ennemie se fait attendre. Seuls, en pointe de dague, quelques bo doîs essaient de se hisser sur la position. Ils meurent sur la pente sous les rafales des parachutistes vietnamiens qui les couchent dans les éboulis ravagés par les mortiers de 120.

Leguéré se coule en position pour resserrer ses défenses. Un obus éventre le terrain à quelques mètres de lui.

– Bon sang !, jure l'adjudant. Cette fois, je suis touché...

La main que le sous-officier porte à sa tempe gauche se poisse de sang chaud.

– San !, hurle-t-il, viens ici, vite...

Le petit radio chinois, se guidant sur la voix de son chef, glisse entre les rochers. Leguéré prend le temps d'annoncer sa blessure par radio à son capitaine de compagnie.

– Fais-moi vite un pansement !, ordonne-t-il une fois la formalité remplie.

Le Chinois extirpe de la petite trousse de premiers secours de l'adjudant un sac de sulfamides dont il asperge copieusement la tache de sang qui couvre la tempe gauche de Leguéré puis, tandis que le para appuie fortement deux doigts sur le trou douloureux, il lui entoure le crâne d'une longue bande de gaze.

— Serre, Bon Dieu !, rugit Leguéré, brûlé par la douleur grandissante, plus fort, je te dis !

Le Chinois obéit et tend la bande de toutes ses forces.

— Appelle-moi Launay, lui intime l'adjudant en se tassant à l'abri d'une pierre plantée dans la terre molle de la colline.

L'adjoint de section se porte vers le blessé couché sur le côté. Leguéré grimace.

— A vous de jouer, souffle-t-il en accueillant le caporal-chef. Je n'y vois presque plus et j'ai trop mal au crâne pour faire quoi que ce soit ! Mais, poursuit l'adjudant, il ne faut pas me descendre vers les amis, je reste avec vous...

Maudissant sa baraka proverbiale qui semble l'avoir abandonné, l'adjudant se laisse dégringoler de quelque mètres sur le versant sud de la cote 210. Launay retourne sur sa position battue par le feu des mortiers qui poursuivent avec acharnement leur tâche démoralisante.

Terré dans un trou, à quelques mètres du feu, Leguéré sent très vite un froid mordant l'envahir complètement. Claquant des dents, sans vraiment ressentir de nouvelles douleurs, il a l'impression de glisser tout doucement dans l'autre monde.

« Il faut pourtant que je tienne le coup ! », gronde-t-il faiblement en esquissant quelques gestes courts pour se réchauffer un peu.

Rajeuni de quelques années, l'adjudant revoit nettement, en cauchemar, la forme blessée d'un médecin du 1er R.C.P., dans les Vosges qui, après avoir reçu une blessure identique à la sienne, avait tranquillement annoncé sa mort : « Je n'en ai plus que pour six heures... », avait-il dit.

— Six heures !, se répète Leguéré, alors que ses hommes, audessus de lui, enraient une nouvelle attaque du Viet Minh, c'est pas beaucoup. Je ne veux pas crever !

Suant et grelottant tour à tour, l'adjudant serre les dents et retient ses forces déclinantes pour éviter de sombrer dans l'inconscience.

Phong Xi Tan, lorsque les mouvements de l'ennemi le lui permettent, dévale les trois mètres de pente qui mènent au refuge de son chef et, sans rien dire, le regarde.

— On dirait que ce type-là me connaît depuis des années, marmonne le blessé en suivant des yeux la forme agile du Nhung qui remonte au feu pour la troisième fois.

Les heures s'écoulent, pleines de détonations et d'éclatements. Leguéré tient à garder les yeux ouverts. Le jour calme les attaques ennemies.

— Ils ne sont pas passés. On a tenu..., murmure le blessé

avant de se laisser glisser enfin dans une sorte de torpeur gelée.

Harassés par leur nuit de combats à l'issue indécise, délivrés de la pression des bo doîs qui se sont perdus dans la brume vers le Tam Dao, les parachutistes viennent, un par un, contempler leur chef souillé de sang coagulé.

– Il y a plus de six heures..., souffle Leguéré en reprenant conscience un court instant. Il y a plus de six heures... Je vais vivre!

Les avions de chasse reviennent à la charge pour accompagner un large mouvement de contre-attaque qui se développe vers le nord. Les parachutistes abandonnent leur chef de section aux mains des brancardiers qui le descendent vers Noi Phat. L'adjudant blessé se retrouve dans le village qu'il a conquis sans vraiment comprendre ce qui se passe autour de lui. Il reste toute la journée au milieu de dizaines de blessés, sans recevoir de soins particuliers. Le soir, ses hommes le récupèrent et, sans s'occuper des ordres des infirmiers qui accompagnent l'opération au plus près, le hissent dans un camion qui repart aussitôt vers Hanoi. Allongé dans la cuve du G.M.C. blindé, le blessé encaisse les cahots de la R.C. 2 sans laisser échapper une plainte de sa bouche pâteuse. Il se bourre d'aspirine pendant tout le voyage pour éloigner la formidable douleur qui enserre son crâne dans un étau.

Le convoi débouche à la Concession. Launay et Phong Xi Tan font tout leur possible pour éviter que leur chef ne soit emmené à l'hôpital avec les autres blessés.

– J'irai tout seul demain, affirme Leguéré lorsque ses deux chiens de garde amicaux le déposent sur son lit.

Le lendemain, la tête lourde, à peine dépoissé de son sang, très faible, l'adjudant se présente à un médecin de sa connaissance qui œuvre à l'hôpital Lannessan.

– Un petit poil de plus et vous étiez bon pour les asticots, lâche ce dernier en examinant tout de suite la tempe gauche de son patient. Vous l'avez toujours, votre foutue baraka...

Leguéré apprend qu'un petit éclat de mortier est fiché dans son os temporal.

– Il va falloir qu'on vous opère, précise le médecin, je vais vous faire hospitaliser.

Au mot d'hospitalisation, Leguéré réagit vivement, oubliant sa douleur.

– Vous ne pouvez pas m'enlever cette saloperie tout de suite?, demande-t-il, refusant l'inaction forcée.

Le médecin militaire fronce les sourcils, se penche sur le dossier médical de l'adjudant et relève la tête.

— Si vous y tenez, accepte-t-il. Allons-y!

Une infirmière dirige le blessé indocile vers une petite salle d'opération et commence à nettoyer soigneusement la plaie. Leguéré serre les dents.

— Elle n'y va pas de main morte, regrette-t-il, tandis que l'infirmière lui administre une piqûre en anesthésie locale.

Le médecin arrive au bout de quelques minutes et commence aussitôt à opérer.

L'adjudant ressent une vilaine sensation de crissement de chairs découpées qui lui donnent l'impression de se déchirer tout entier. Le chirurgien trouve facilement l'éclat planté dans l'os et le retire d'un geste précis du bout d'une pince argentée.

— Tenez, le voilà, votre bout de ferraille viet, plaisante-t-il en passant l'arête d'acier sanglante devant le regard de son patient. Vous êtes content?

Leguéré sourit. L'infirmière lui coud, brutalement, quelques longueurs de catgut sur les lèvres nettes de la plaie tandis que le médecin s'éloigne vers d'autres blessés plus patients.

Lorsque les effets de l'anesthésie s'effacent, le chef de section ne ressent plus la douleur atroce qui lui taraudait le crâne. Il tapote machinalement d'un bout d'ongle le haut de son maxillaire supérieur gauche pour juger des effets affaiblis de la piqûre.

« Je suis bon pour la prochaine opération », se dit-il en quittant l'hôpital comme il l'aurait fait après une simple visite de routine.

Launay et Phong Xi Tan l'attendent au-dehors. Les yeux noirs du Nhung pétillent de joie. Le trio se dirige vers la rue Paul-Bert pour arroser le retour de Vinh Yen. Prévenu, Maillot se joint bientôt à la fête. Leguéré boude le gewürztraminer frais du gros Tollemer.

— J'ai l'impression de boire de l'eau, constate-t-il en reposant son verre devant son assiette. C'est certainement cette saloperie de piqûre...

— Alors donne, tranche Maillot qui a participé aussi à la défense de Vinh Yen, en allongeant la main vers le liquide doré, moi j'ai encore du goût... A ta baraka!

31

LES ÉVADÉS

Retrouvant une région qu'il n'avait jamais connue que vue d'avion, lorsque, le 11 novembre 1948, il avait parachuté ses anciens compagnons de 1/1 R.C.P., Leguéré installe sa section aux approches d'un gros poste de la Coloniale, non loin de Vietri.

Les Viets Minhs rôdent chaque nuit dans le secteur, tâtant les défenses assez lâches de l'implantation française et préparant sans doute les itinéraires de leurs attaques futures.

Les Vietnamiens et les Chinois de l'adjudant font merveille dans le travail de pisteurs qui leur est attribué.

– On ne trouve pourtant pas grand-chose, constate leur chef en rentrant d'un grenouillage de quelques journées au nord-ouest de Vietri, mais je ne les ai jamais vus aussi heureux...

La vie, aux confluents de la rivière Claire et du fleuve Rouge, plaît vraiment aux Nhungs et aux Thos qui semblent accepter facilement les fatigues des courses qu'on leur impose.

Une embuscade de nuit sur trois donne un résultat.

– C'est un bon rythme, commente Leguéré à l'adresse de Launay. On n'a pas le temps de perdre la main...

Une fois de plus, à la tête de sa section, l'adjudant maigre, le ventre plaqué dans la boue sur une digue qui domine la rivière Claire, écoute les bruits de la nuit. Le bruissement des eaux qui frôlent les rives incertaines de l'affluent du fleuve Rouge berce le silence sur lequel viennent se greffer les mille autres bruits de la nature que Leguéré a appris à reconnaître au fil des ans. Des oiseaux crient par instants, des crapauds-buffles et des grenouilles coassent un concert rassurant. Ils se taisent lorsque des rafales déchirent la nuit en provenance de postes lointains harcelés par des groupes rebelles.

L'heure de démonter l'embuscade approche.

— Plus que vingt minutes et on repart au campement, se dit le chef de section en consultant son bracelet-montre faiblement lumineux. Une nuit pour rien...

Vers le nord-ouest, un clapotis différent de ceux qui naissent des vaguelettes du courant de la rivière attire soudain son attention.

« Qu'est-ce que ça peut bien être ? », se demande Leguéré aux aguets.

Près de son chef, San, le caporal radio, a entendu, lui aussi, le bruit suspect qui grossit peu à peu.

Les hommes de l'embuscade braquent leurs armes dans la direction d'où viennent les clapotis. Les formes basses d'une embarcation sans mât se profilent à une trentaine de mètres de la position de Leguéré qui retient son souffle. Un bruit régulier de rames taille net dans le chant monotone du courant.

— Attention, chuchote le chef de l'embuscade, on ne tire qu'à mon signal...

L'embarcation grandit au ras de l'eau. Elle dépasse les premiers parachutistes plaqués au sol.

Au signal de leur chef, toutes les armes des chasseurs crachent leurs balles vers le milieu du courant où la barque mafflue se dandine. Des hurlements montent dans le vacarme des mitraillettes et des deux fusils mitrailleurs de Leguéré.

— Ne tirez plus !, crie ce dernier en croyant avoir saisi des bribes de mots français.

Les hommes qui arment l'embarcation criblée de balles ont cessé de ramer. Les armes des parachutistes se taisent. Leguéré distingue mal les formes floues de deux hommes qui se redressent dans la barque et agitent leurs bras au-dessus de leur tête.

— Bon sang !, gronde le chef de section lorsqu'un des deux hommes se remet à hurler dans le silence. Je ne rêve pas. Ce sont des gars de chez nous !

Trois parachutistes, bondissant dans le courant, agrippent l'esquif désemparé, à demi rempli d'eau, et le halent en soufflant et pataugeant vers la rive.

Tirés au sec, les deux bateliers s'affalent aux pieds des hommes de l'embuscade. Ils reprennent leur souffle avec difficulté. Leguéré se penche vers eux.

— Vous êtes Français ?, demande-t-il tandis que la barque vide est emportée vers l'est par les eaux de la rivière Claire.

— Légionnaires !, souffle un des deux hommes à bout de forces...

D'un ordre sec, Leguéré éparpille les Vietnamiens curieux qui s'agglutinent autour du duo allongé sur le sol humide.

Lorsque l'adjudant se retrouve seul près des deux légionnaires, il se remet à les interroger, tout doucement. Levant des yeux fiévreux, l'un des deux hommes aux cheveux ras précise un peu son histoire :

— Nous étions prisonniers dans un sale camp, souffle-t-il difficilement. Nous avons réussi à piquer une barque et nous voilà. Mon copain est blessé...

Le second légionnaire évadé porte les mains à sa jambe droite et, soulevant le tissu mouillé du pauvre pantalon qu'il porte, montre une large plaie. Leguéré approche son visage de la forme étendue pour distinguer quelque chose. Une odeur de sang chaud le saisit à la gorge.

— Mais c'est tout frais !, s'exclame-t-il.

Maîtrisant sa douleur, le képi blanc apprend à l'adjudant que c'est au cours de l'embuscade qu'il a été touché.

— Mais ne vous en faites pas, poursuit le blessé, je suis tout de même bien content de vous avoir rencontrés...

Les légionnaires se taisent. Leguéré leur tend, tour à tour, son bidon d'eau encore plein.

— On n'a pas grand-chose ici, regrette le sous-officier, mais nous allons démonter l'embuscade et rentrer au campement. Là-bas, poursuit Leguéré, vous pourrez manger tout ce que vous voudrez et surtout vous faire soigner...

Le parachutiste tend sa main droite pour aider un des deux rescapés des camps viets minhs à se relever. Sa poigne nerveuse et solide ne rencontre que des os sous la toile de la chemise du légionnaire.

— Il y a combien de temps que vous étiez prisonniers ? s'enquiert-il, le cœur serré.

— Je ne sais plus trop, lâche d'une voix sourde l'homme réduit à l'état de squelette. Il y a certainement bien longtemps...

Respectant la fatigue des évadés, Leguéré rengaine ses questions et la colonne de la section se met en marche vers les postes de Vietri.

Soutenus par les hommes qui ont bien failli les tuer, les légionnaires, épuisés par la fuite et les émotions de l'embuscade, se laissent glisser dans une sorte d'inconscience. Ils marchent comme des automates.

« Et dire, pense Leguéré, qu'il y en a qui essaient de nous faire avaler que les légionnaires désertent en masse. Ces deux-là sont bien la preuve vivante du contraire ! »

La colonne, bien étirée, se présente aux premières défenses du poste où se trouvent les cantonnements de la compagnie. Elle se fait reconnaître prudemment pour éviter toute méprise. Les deux légionnaires sont immédiatement dirigés vers la petite infirmerie où ils s'affalent, pour la première fois depuis de longs mois, sur des lits véritables couverts de draps. Le médecin du poste, réveillé, soigne le blessé qui a perdu pas mal de sang. Leguéré retrouve ses hommes qui attendent, pour s'éloigner à leur tour, d'avoir des nouvelles de l'homme qu'ils ont blessé.

— Il va bien, allez vous coucher, leur annonce-t-il.

Le sous-officier traîne encore quelques minutes dans la nuit tiède au milieu du poste silencieux entouré de barbelés. « Heureusement que les miens ont une bonne discipline de feu, se dit-il. Sans cela, les deux pauvres gars ne seraient certainement plus en vie... »

Au matin, les Vietnamiens, qui ont passé la plus grande partie de leur nuit dehors, se prélassent. Leguéré les laisse profiter du repos.

« Ils l'ont tout de même bien mérité », se dit-il en repensant aux longues heures d'embuscade sur le bord de la rivière Claire.

La journée s'écoule tranquillement. A la tombée de la nuit, les autres sections de la compagnie partent à leur tour en embuscade. Les Nhungs et les Thos restent au poste. Du linge achève de sécher sur les premiers barbelés du campement. La soirée s'annonce tranquille.

Leguéré mange avec les coloniaux, sans parler, comme à son habitude. Il a pris des nouvelles, au cours de la journée, des deux hommes qu'il a récupérés.

« Je crois qu'ils vont mettre un bout de temps avant de retrouver leur forme normale », se dit le sous-officier en repensant à l'incroyable maigreur des deux légionnaires.

Un va-et-vient furtif de trois de ses parachutistes attire soudain l'attention du chef de section après le repas.

— Ces salopards vont encore monter une partie de poker, avance-t-il en souriant. Ils sont comme des gosses.

Sans avoir l'idée de les empêcher de jouer malgré les ordres formels du commandement, Leguéré pousse la porte d'une cagna du poste où dort un de ses groupes. Une odeur âcre le saisit dans l'obscurité. Des formes allongées tirent de longues bouffées d'une sorte de pipe à fourneau plat sur laquelle ils font grésiller des boulettes d'opium.

— Vous venez fumer, mon adjudant ?, propose aussitôt Thao, un ancien Viet Minh, en tendant, de sa couche, une pipe à son chef de section.

Leguéré hésite un instant. Il respire très fort, goûte l'odeur lourde de la drogue.

— Non, refuse-t-il, ce n'est pas pour moi...

Le silence règne dans la cagna, la main de l'ancien officier viet minh reste longtemps tendue au-dessus de lui, tentante. La pipe n'est qu'à quelques centimètres des mains de l'adjudant. Les yeux cruels du Tonkinois essaient de percer la pénombre douce pour deviner si le Français va oui ou non succomber à la tentation. Leguéré se retourne vers la porte. Déçu, le caporal rabaisse lentement le bras.

Une fois dehors, le chef de section chasse l'odeur prenante des pipes qui brûlent sans doute depuis pas mal de temps. « Je ne suis pas encore assez mordu par le pays, se dit-il en se dirigeant vers la baraque qu'il partage avec Launay et Phong Xi Tan. En tout cas, si je me mettais à fumer avec eux, ce diable de Thao serait bigrement satisfait. Il me guette... »

Les missions d'embuscade se poursuivent encore pendant quelques semaines. Les jours de pluie et les orages grossissent le cours de la rivière Claire, les parachutistes pataugent dans la boue de ses rives.

— Comme ça, plaisante Leguéré, en revenant d'une patrouille, quand nous retournerons dans le delta, nous ne serons pas dépaysés...

***

L'ordre d'accrocher enfin les S.O.A. délivre le stick figé d'une bonne partie de ses appréhensions.

Leguéré inspecte rapidement les accrochages des mousquetons et regagne sa place derrière les gaines. Prêt à sauter.

— Pas trop tôt, souffle-t-il, soulagé, en fixant la nuit pour voir s'allumer le « T » de la D.Z.

L'avion continue à tourner. Les hommes aux muscles gourds sont obligés de tendre les bras à chaque changement de direction pour éviter de trébucher.

— J'espère qu'on ne va pas rester debout pendant longtemps, souhaite le chef de stick en gardant difficilement son équilibre.

32

LE CAPITAINE VIET MINH

Depuis quelques jours, les parachutistes ont retrouvé leur cantonnement de la Concession. Ils sont en opération dans l'est de Hanoi. Le delta fume sous les morsures du soleil qui annonce la fin prochaine de la saison humide. Les paillotes des villages investis par les Nhungs et les Thos de Leguéré sont tièdes. Les boues des lisières de rizières sentent le rance. Les cochons ronds des paysans invisibles se roulent dans des flaques d'eau sale pour chercher un peu de fraîcheur. Les chasseurs, postés en bouclage après avoir passé une bonne partie du delta au peigne fin pendant deux jours, plaisantent. Certains, sentant venir la fin de l'opération, se sont regroupés et jouent aux dés.

« Toujours le jeu !, se dit le chef de section en les regardant. Ils joueraient leurs mères s'ils le pouvaient... »

L'adjudant, saisi lui aussi par la lourde ambiance de cette fin d'après-midi de guerre routinière, arpente la placette du dernier village fouillé par ses hommes. Le bilan de la journée est assez maigre. Quelques caisses de nourriture, de la peinture (volée sans doute dans des entrepôts d'Hanoi ou Haiphong !), quelques mines, des obus transformés en pièges prêts à être posés aux portes même de la capitale et des paperasses en quantité non négligeable.

Le sergent Launay (promu depuis peu) rejoint son chef et donne un coup de pied dans une besace gonflée de feuillets couverts de notes manuscrites et dactylographiées.

– Eux aussi, plaisante-t-il, ils ont l'air d'adorer le compte rendu et les notes de service !

Des cris perçants, poussés par une femme, arrachent les deux parachutistes à leurs considérations paperassières.

Une Tonkinoise, jeune, la peau très noire, jolie, suit Phong Xi Tan en direction de la placette. La silhouette fragile de la paysanne se découpe dans la brume de chaleur qui encapuchonne les villages plantés dans les rizières.

– Mon adjudant, annonce Phong Xi Tan, cette femme veut te parler...

Les parachutistes nhungs et thos, ceux qui sont de veille et ceux qui jouent leur solde à venir, braquent des yeux curieux vers l'intruse.

« Qu'est-ce qu'elle peut bien avoir ? », se demande Leguéré.

– Ils m'ont violée !, hurle la jeune Vietnamienne au bord de l'hystérie.

Leguéré saisit la femme par un bras et essaie de la calmer un peu.

– Qui vous a violée ?, demande-t-il. Et quand ?

Vaincue par le ton sec et grave du chef de section, la villageoise essuie les larmes qui coulent sur son visage de chatte.

– Un de vos hommes, ce matin...

Le chef de section se tourne vers Launay qui a tout entendu.

– Rassemblez tous les hommes qui ne sont pas de veille. En vitesse !

Launay transmet l'ordre à ses gradés des pièces et des voltiges. Pendant que la section se regroupe, Phong Xi Tan, sombre, approche de Leguéré.

– Si c'est un homme de chez nous, avance le Nhung, ce ne peut être que Thao !

L'adjudant n'a pas oublié le redoutable tueur qui lui a offert une pipe d'opium à Vietri. Thao est un ancien capitaine du Viet Minh qui a décidé un jour de changer de camp pour des raisons assez obscures et dont il se refuse à parler.

– Vous croyez ?, demande le chef de section. Tout de même...

Les parachutistes en short et veste camouflée, coiffés de leur petit chapeau de brousse tout rond, se réunissent peu à peu sur la place du village. La femme, toujours tremblante et reniflante, n'ose pas les regarder.

Une fois que la presque totalité de la section est entrée dans le village, Leguéré reprend la femme humiliée par un bras et l'oblige à dévisager un à un les hommes figés au garde-à-vous dans la moiteur de serre qui baigne la rizière.

La petite forme gracile de la paysanne refuse d'avancer.

– Si vous ne me montrez pas qui vous a attaquée, insiste Leguéré, je ne pourrai punir personne...

Le visage chiffonné de la Tonkinoise se relève et son regard troublé dévisage le premier parachutiste du rang.

— Ce n'est pas lui, souffle-t-elle au bout de quelques secondes d'examen.

Passant au second, elle refait le même signe de dénégation. Au troisième, elle semble hésiter un instant puis passe au quatrième. Leguéré et Launay, suivis de Phong Xi Tan, surveillent subrepticement le caporal Thao qui est posté en numéro dix de la ligne.

— Ce n'est pas lui !, tranche la paysanne en détournant le visage du huitième homme au garde-à-vous.

Thao se raidit. Ses yeux se font durs.

« C'est bien lui, il n'y a pas de doute, se dit Leguéré pendant que la femme violée s'arrête devant le parachutiste qui précède l'ancien officier de Hô Chi Minh, plusieurs fois cité dans l'Armée française.

Le temps se fige soudain. Bien décidé à sévir si la Tonkinoise reconnaît son violeur, Leguéré fait un signe discret à Phong Xi Tan qui se rapproche de Thao.

Les yeux du transfuge, implacables, soutiennent hardiment le regard larmoyant de la paysanne. La femme reste plantée de longues secondes devant le caporal. Elle semble prête à parler, se trouble, recule, tourne la tête vers Leguéré, se ravise et reprend son examen.

L'ancien capitaine viet minh n'a pas bronché. Ses yeux noirs fixent toujours ceux de la femme.

« Si elle ne veut pas le reconnaître, gronde intérieurement Leguéré, il va s'en tirer ! »

La lutte muette continue. Le caporal crispe les mâchoires, ses pommettes saillent sous l'effort. Il ne cille pas une seconde. Vaincue, la femme fait un pas de côté, hésite encore deux secondes, renifle très fort, secoue la tête et passe au suivant. Thao n'a pas bougé d'un millimètre. Leguéré le dévisage à son tour. Le masque cruel se fend d'un large sourire qui dévoile une rangée de dents en or inégales.

Troublé, l'adjudant s'éloigne sur les pas de la femme qui arrive en bout de file.

— Alors ?, lui demande le chef de section. C'est lequel ?

La Tonkinoise, tremblante, regarde une dernière fois l'alignement impeccable des hommes en short.

— Pas un de ceux-là, souffle-t-elle nerveusement en baissant la tête. Ce doit être un homme d'un autre groupe de soldats...

Leguéré, perplexe, fait rompre le rang. Terrifiée, la femme se perd sur une diguette qui mène à son village. Thao ne la regarde même pas s'éloigner alors que tous ses compagnons la suivent des yeux.

— On ne saura sans doute jamais ce qui s'est passé, regrette le chef de section. Qu'est-ce que vous en pensez ?

Phong Xi Tan, à qui s'adresse la question, hoche la tête.

— C'est Thao, mon adjudant, gronde-t-il sourdement. C'est lui : j'en suis sûr ! Mais il lui a fait trop peur avec ses yeux de tigre...

Comme il n'y a pas de plainte, la justice officielle ne peut rien faire pour châtier le violeur.

— Je vais tout de même le surveiller serré, se promet Leguéré en remettant ses équipes de veille en place.

Le soir tombe sur les rizières tièdes. Les crapauds-buffles entament le premier morceau de leur concert habituel. Leur chant, sur trois notes, rassure les guetteurs des premières heures de veille. La nuit s'écoule, calme. Au matin, des rafales isolées partent, très loin du village tenu par les Nhungs et les Thos. L'écho des détonations se glisse sous les nappes de brume, au ras des rizières.

Un ordre lance la section en direction d'un autre groupe de villages à fouiller alors que le matin perce à peine le cloaque humide.

— A ce train-là, grommelle Leguéré, on n'est pas prêts de retrouver la vraie guerre. Ce n'est pas un travail de parachutistes qu'ils nous demandent !

Malgré le peu d'enthousiasme que fait naître en lui la perspective de nouvelles fouilles de paillotes, sans doute désertées ou piégées, le chef de section active le mouvement. Ses groupes s'engagent sur les diguettes qui mènent aux objectifs à reconnaître.

Thao, non loin de son chef, le suit des yeux. L'ancien Viet Minh sent que le Français l'a percé à jour.

« Toi, mon gaillard, se jure Leguéré en croisant une fraction de seconde le regard cruel de son caporal, je ne serais pas fâché qu'il t'arrive un sale coup... Mais, se reprend tout aussitôt l'adjudant, ce serait tout de même dommage de perdre un combattant de cette trempe ! »

Trois coups de fusil isolés mettent un terme aux réflexions du chef de section. Un parachutiste, touché au bras, est tombé dans la rizière. Ses compagnons tirent, au hasard, dans la brume.

— Arrêtez de gaspiller vos munitions, crie Leguéré, ça ne sert à rien !

Le silence retombe sur le paysage figé dans sa moiteur.

— Ils doivent être au village là-bas, avance Phong Xi Tan agenouillé pour essayer de distinguer quelque chose sous le manteau de brouillard qui se lève peu à peu.

La progression reprend, plus lente. Le blessé est transporté par deux de ses compagnons en queue de colonne. Les premières paillotes du hameau suspect sont atteintes sans que les Viets Minhs ne tirent de nouveaux coups de fusil.

Comme la section n'a pas emmené de coolies avec elle pour cette opération de routine, Leguéré arrête son mouvement à deux cents mètres du village et envoie deux voltigeurs pour dépister les pièges éventuels.

Thao, sans un mot, bouscule l'un des hommes désignés et se dirige volontairement vers le danger. Leguéré comprend et apprécie le geste.

« Chapeau tout de même ! », se dit-il en suivant des yeux la petite silhouette trapue du violeur présumé qui disparaît tout près du village dans des lambeaux de brume qui se décollent de la rizière sous les attaques du soleil.

L'ancien rebelle réapparaît au bout de cinq minutes.

— Ils sont partis, mon adjudant, annonce-t-il. On peut y aller...

La section reprend son avance. Rendus furieux par la blessure de leur compagnon, les parachutistes s'acharnent à la fouille et défoncent tout ce qu'ils trouvent. Ils éventrent de nouvelles caches de nourriture.

« Bon sang, se dit Leguéré en évaluant rapidement la totalité des prises, on dirait qu'ils cachent des vivres pour un bataillon... »

Transmettant le résultat de la fouille par radio au P.C. de l'opération, l'adjudant reçoit l'ordre de continuer le mouvement de recherche en direction d'un large canal situé un peu plus à l'est de sa position.

Les premiers éclaireurs de la section découvrent, peu de temps après la remise en route, des empreintes de chaussures de brousse sur une diguette.

— Ce sont certainement les hommes qui nous ont tiré dessus, claironne Phong Xi Tan en détaillant les traces de pataugas.

Leguéré fait accélérer la progression. Les bords du canal sont atteints après trois quarts d'heure de marche. La brume est presque tout à fait dissipée. Les senteurs de la rizière se font plus lourdes sous les rayons du soleil. La ligne d'eau du canal, ocre, mord le paysage désespérément plat.

— Un sampan !, crie un voltigeur.

Leguéré, alerté, braque ses jumelles sur la forme floue d'une grosse embarcation qui frôle la rive ouest de la coupure d'eau.

— Elle va nous tomber en plein dessus !, jubile le chef de section en faisant signe à ses hommes de se plaquer au sol.

De grands oiseaux échassiers s'envolent à l'approche silencieuse du sampan noir. L'embarcation à pont couvert se découpe à quatre cents mètres au nord de l'embuscade de Leguéré.

Souples, les parachutistes ont rampé dans la boue tiède pour se rapprocher du canal. Le soleil est très haut dans le ciel. Il fait de plus en plus moite. Des sangsues s'accrochent aux jambes nues des parachutistes. Agacés, les hommes s'en débarrassent en un tour de main habile, entre le pouce et l'index, avant qu'elles n'aient eu le temps de se cramponner plus durement.

Les deux fusils mitrailleurs et le mortier de deux pouces sont judicieusement mis en batterie. Leguéré laisse encore approcher le bateau propulsé lentement à l'aide d'une longue rame placée en godille.

« Ce ne peut être qu'un bateau viet, se dit Leguéré. Et il n'y a pas de camps de prisonniers dans la région, on ne risque pas de toucher des évadés de chez nous... »

Le sampan n'est plus qu'à une centaine de mètres du dispositif.

— Attention !, prévient Leguéré. Ne tirez qu'à mon signal.

Non loin du chef de section, Thao, allongé dans la boue, arme sa mitraillette d'un geste lent, silencieux. Ses yeux crachent des flammes comme chaque fois qu'il a la certitude de combattre.

L'esquif silencieux et ventru approche encore. Son flanc droit glisse contre les herbes pourries de la rive du canal. Sur le pont du bateau luisant d'humidité, quatre hommes vêtus de noir sont allongés, inactifs. Un cinquième, en arrière du château couvert, actionne à rythme égal la longue godille de sa rame épaisse.

Au signal de Leguéré, un obus de mortier monte, haut dans le ciel, et retombe à quelques mètres en avant du nez du bateau noir, sur la rive opposée du canal. Les occupants du sampan bondissent sur leurs pieds nus et disparaissent comme par enchantement dans la soute. Les coups de feu jaillissent d'un angle de la rizière, face à l'embuscade française.

— On peut y aller, gronde Leguéré. C'est du bon Viet !

Toutes les armes de la section prennent le sampan pour cible. Le mortier pilonne, trois cent cinquante mètres plus loin, l'endroit d'où sont partis les coups de fusil. Quatre Viets Minhs bondissent de leur abri précaire et s'enfuient vers l'est. Touché par des éclats de 50, le dernier des quatre fuyards s'abat dans la boue. Le bo doî qui le précède revient vers lui et s'empare de son arme.

Leguéré a bien suivi le manège rapide.

— C'est toujours la même chose, enrage-t-il. Ils ne veulent jamais abandonner une arme !

Les parachutistes hurlants bondissent sur le sampan. Trois hommes en noir sont allongés sur le bois mouillé, morts. La coque noire est criblée d'impacts. La tête toute ridée d'un marinier sort de l'ouverture de la soute de l'embarcation.

— Ne tirez plus !, hurle-t-il en s'extirpant difficilement du carré de bois sombre.

L'homme est blessé à une jambe et rampe aux pieds chaussés de chaussures de toile de ses vainqueurs.

— Qu'est-ce qu'il y a dans ton bateau ?, interroge Leguéré pendant que Thao plonge délibérément dans la soute pour récupérer le cinquième occupant du bateau.

Des rafales enragées résonnent à l'intérieur du sampan sale. Une grenade jaillit de la soute. Elle roule sur le bois mouillé. Un caporal, vif comme un chat sauvage, plonge dessus, s'en empare et la projette dans l'eau glauque du canal. Deux secondes passent. La surface de l'eau se boursoufle lorsque la grenade explose sous le ventre du bateau. Un geyser d'eau monte à un mètre au-dessus de la surface et retombe en froissement de papier de soie.

— On a eu chaud !, souffle Phong Xi Tan tandis que la fouille du sampan reprend.

Le mortier a stoppé son tir. Les deux fusils mitrailleurs, après quelques rafales vers les fuyards, se taisent à leur tour. Thao, miraculeusement épargné par la longue rafale de mitraillette du bo doî qui se terrait dans la soute, remonte sur le pont.

L'homme avait jeté la grenade avant d'ouvrir le feu sur l'ancien capitaine viet.

— Il est mort, mais il doit y en avoir d'autres, avance Thao en se préparant à redescendre dans le trou noir.

Leguéré le retient à temps.

— Tout le monde à terre !, crie-t-il. On va tout faire sauter...

Les parachutistes se retrouvent sur la glaise, bien étalés. Le marinier blessé les a suivis sur la rive.

— Combien étiez-vous ?, lui demande Leguéré.

L'homme grimaçant de douleur ne se fait pas prier pour dire ce qu'il sait :

— Nous étions sept, chef, et nous devions prendre quatre hommes à terre, par là-bas...

Le Tonkinois, visiblement terrifié, indique d'un mouvement de bras mal assuré la direction dans laquelle se sont enfuis les trois bo doîs rescapés du tir du mortier de la section.

— Et c'est tout ? gronde Phong Xi Tan. Il n'y en a pas d'autres ? Tu mens, j'en suis sûr...

Thao, haineux, se rapproche du blessé et lui donne un vigoureux coup de pied en plein sur sa blessure ensanglantée.

Le hurlement du marinier vrille les tympans des parachutistes.

Leguéré se crispe, Launay rejette l'ancien capitaine viet minh en arrière. Les Nhungs, cruels, éclatent de rire.

— Alors, reprend Phong Xi Tan, tu vas dire la vérité, maintenant ?

Le blessé gémit.

Thao se rapproche une nouvelle fois de la forme pantelante et esquisse un autre coup de pied. Le marin ferme les yeux et hurle :

— Ne me touchez plus ! Je vais tout vous dire !

Brisé par la douleur, l'homme avoue qu'un autre groupe de bo doîs se trouve sur la rive est du canal, plus au sud.

— Ils devaient protéger le débarquement des marchandises qui sont dans mon bateau, précise l'homme.

Leguéré hoche la tête.

— Ceux qui nous ont tiré dessus ce matin font certainement partie de ce groupe-là...

Le sampan danse mollement sous le soleil contre la rive du canal. Les parachutistes braquent toujours leurs armes contre son flanc lourd et sale, prêts à ouvrir le feu.

Leguéré, ayant rendu compte par radio de son action, reçoit l'ordre de détruire l'embarcation. Trois chasseurs, qui ont récupéré des pains de plastic, de la mèche lente et une boîte de détonateurs dans le premier village fouillé au début du jour, montent sur le bateau et placent des charges un peu partout. Après avoir allumé les mèches, les trois hommes bondissent souplement sur la rive et la section s'éloigne d'une cinquantaine de mètres sur la digue.

Le sampan s'éventre. Le canal se soulève. Leguéré distingue nettement dans les débris projetés très haut dans le ciel les corps écartelés des bo doîs qui étaient restés sur le pont et dans la soute. Les parachutistes se relèvent un à un sous une pluie de fines gouttelettes. Les débris de la grosse barque mafflue sont dispersés sur plus de cent mètres de canal et jonchent ses rives boueuses.

— Dommage qu'on n'ait pas pu ramener tout ce que ce bateau transportait, enrage Leguéré en recevant l'ordre de remonter vers l'ouest.

Le marinier blessé ne peut détacher les yeux des restes de son sampan. Il gémit en essayant de se relever. Thao s'approche de lui et sort une lame acérée d'un étui de cuir qui pend accroché à son ceinturon T.A.P. Terrifié, le blessé roule sur le côté, dans la boue. Thao éclate de rire. Saisissant nerveusement la jambe de l'homme mort de peur, il commence à découper une large bande de tissu de son vêtement pour confectionner un pansement provisoire autour de la plaie.

Leguéré contemple la scène, sans voix.

« Curieux bonhomme, se dit-il. Tout à l'heure, il l'aurait coupé en morceaux et maintenant il le soigne... »

La colonne des parachutistes couverts de boue séchée s'étire sur la diguette qui la ramène vers les villages fouillés au matin.

La nuit tombe lorsque la section débouche dans le hameau de la femme violée. Elle est là, au milieu de quelques vieilles Tonkinoises rabougries et d'une marmaille à peine craintive. Lorsque Thao passe devant elle, il lui sourit franchement. La paysanne se rejette en arrière en marmonnant des malédictions.

Des camions, en équilibre sur une digue à peine plus large qu'eux, chargent les Nhungs et les Thos de Leguéré et les mènent rapidement au point de regroupement de l'opération en démontage. Vers l'est, vers le canal, des obus d'artillerie déchirent les rizières sous des centaines de kilos de fer brûlant.

⁂

Debout dans la carlingue de son Dakota, contrôlant toujours difficilement son équilibre précaire, Leguéré revoit la face cruelle de Thao devant ses yeux.

« C'était tout de même un sacré pirate, se dit le chef de stick. D'ailleurs, poursuit-il intérieurement, je me demande encore comment un type comme lui, un ancien capitaine viet minh, a pu se faire affecter dans une unité parachutiste. Sa vraie place était plutôt dans un commando de supplétifs... »

Le Dakota du capitaine Pinon fait une brusque embardée. Les parachutistes lancent les bras à droite et à gauche de leur position inconfortable pour étaler le choc. Des jurons montent dans la pénombre.

« En tout cas, se dit Leguéré après avoir rétabli son équilibre, depuis l'histoire du viol, le bonhomme a tout fait pour mériter son pardon. J'ai bien cru qu'il cherchait à se faire tuer... »

Léguéré, porte-drapeau du 10e B.P.C.P. le 14/7/1951.

33

L'ORAGE

Malgré les promesses offertes par de longues journées de soleil ardent, la saison des hautes eaux traîne sa moiteur sur le delta. Des trombes de pluie, accompagnées d'orages tonitruants, fondent sur la platitude morne des rizières. Les Viets Minhs se sont enterrés dans leurs villages fortifiés.

Le 4 août 1951, Leguéré et ses hommes montent dans des camions G.M.C. qui s'éloignent de Hanoi en direction du nord.

— Ça nous changera un petit peu, constate avec satisfaction le chef de section, un peu las de toujours fouiller et refouiller le même cloaque boueux du delta, au sud et à l'est de la capitale tonkinoise.

L'opération dans laquelle sont engagés les hommes bien entraînés du 10e B.P.C.P. a pour but de nettoyer, une fois de plus, quelques villages suspects dans le secteur de Nhu Tink qui échappe presque totalement à l'emprise française.

Les hommes aux tenues camouflées bien ajustées qui sautent à bas de leurs véhicules, en bout de la route-digue, se retrouvent dans la boue épaisse et collante qui recouvre le delta. Il est encore tôt, le paysage est nimbé de brouillard.

— Que ce soit au sud ou au nord de Hanoi, enrage Leguéré, c'est toujours la même saloperie de bouillasse et la même purée de pois !

Les sections de la compagnie du capitaine Laurens progressent lentement sur les diguettes qui bordent, rectilignes, les rizières encore inondées. Quelques hameaux déserts sont fouillés sans péripéties. Les parachutistes, frustrés, commencent à râler sec.

— Les renseignements sont pourtant catégoriques, se dit Leguéré, en inspectant dans ses jumelles les taches de paillotes qui mouchettent les digues vers le nord-ouest. Encore un peu de patience...

Phong Xi Tan, déçu comme ses hommes de ne pas débusquer rapidement l'ennemi promis, sourit d'une grimace fataliste en relançant la fouille infructueuse.

Après une nouvelle heure de recherches stériles, les voltigeurs vietnamiens tombent sur une zone battue par un violent tir de mortiers. Ils s'aplatissent, en limandes, dans la boue.

– Cette fois, jubile presque Leguéré, on y est !

Devant les parachutistes, un long village crache le feu de tous ses angles. Le chef de section détaille calmement les défenses bien aménagées que le Viet Minh a greffées sur les bords du paisible bourg de Nhu Tink.

L'adjudant siffle entre ses dents serrées. Des rafales de mitrailleuses se mêlent au vacarme des explosions d'obus de mortiers qui projettent haut dans le ciel des gerbes de boue et des masses d'eau sale. Quelques hommes sont touchés par les éclats. Traînés rapidement à l'abri des diguettes qui morcellent le site inondé en parcelles inégales, les moins touchés d'entre les blessés font le coup de feu en direction du village forteresse.

« Maintenant, se dit Leguéré après avoir évalué les forces ennemies, il s'agit d'essayer d'approcher à distance d'assaut pour tout foutre en l'air ! Et sans perdre trop de monde...

Manœuvrant patiemment au gré des rafales ennemies, imbriquant au plus juste le tir de ses pièces de fusils mitrailleurs et profitant judicieusement des appuis de l'artillerie qu'il a appelée à la rescousse, l'adjudant, transfiguré par la tension du combat furieux, met près de cinq heures à conduire ses hommes près du village bien défendu. A droite et à gauche de la forteresse, les autres sections de la compagnie Laurens manœuvrent à l'unisson pour prendre le bourg dans un étau de feu.

Devinant le piège mortel, à bout de munitions, les Viets Minhs décrochent avant l'irrémédiable, abandonnant au choc de l'assaut tout proche les du kichs mal armés qui accompagnent l'unité de réguliers. Les armes automatiques qui prenaient les parachutistes sous leur feu se taisent. Leguéré balaie une dernière fois de ses jumelles les redoutes enfumées du village à prendre et lance son assaut final.

En ligne, hurlant de toutes leurs forces, les parachutistes épargnés par le feu des défenseurs de Nhu Tink franchissent en bonds nerveux les cent derniers mètres de rizières qu'il leur reste à parcourir.

La terre gorgée d'eau gicle devant eux sous les impacts rebelles et les balles les plus courtes de leurs rafales mal contrôlées. Lorsque les hommes en tenue camouflée souillée se jettent sur les premières défenses sacrifiées par les réguliers de l'élément ennemi, ils achèvent les blessés qu'ils trouvent devant eux.

Le Viet Minh a perdu Nhu Tink.

Les tirs s'espacent. Les autres sections de la compagnie dépassent en courant le village et se lancent à la poursuite des fuyards bien organisés qui n'ont pas attendu l'encerclement mortel.

Les Vietnamiens de Leguéré fouillent le village conquis. Excités par les senteurs de poudre, les hommes de l'adjudant maigre découvrent une grande quantité de matériel de guerre. Les vieux fusils des derniers défenseurs du village sont alignés, debout, contre le mur brun d'une paillote intacte. Des volailles maigres courent en tous sens au milieu de cochons couineurs. Lorsque les sections stoppent leur progression, l'artillerie donne à nouveau de la voix.

Le silence s'abat sur le site, entièrement investi, après dix-huit heures. L'aviation tourne au-dessus des rizières et se lance en flèches vers le nord-est, en direction des contreforts de la Moyenne-Région tonkinoise.

Sans prendre garde à la présence des cadavres ennemis, les Nhungs et les Thos de la section Leguéré commencent tranquillement à faire rôtir des volailles tuées et plumées en un tour de main de professionnels. Un peu à l'écart des agapes qui se préparent, leur chef fait le bilan de la journée.

« C'est tout de même pas mal, s'avoue-t-il. Mais, comme toujours ou presque, le gros morceau d'en face a réussi à se défiler... »

Launay, tout près de son chef de section, braque ses yeux volontaires dans la direction où les fuyards bien armés se sont perdus en fin d'accrochage.

— On les aura demain, promet-il.

Les deux Européens s'éloignent dans la nuit pour trouver un sommeil réparateur. Le lendemain matin, dans le brouillard qui se dissipe assez vite, les parachutistes reçoivent l'ordre de continuer d'avancer vers le nord-ouest de Nhu Tink. Leguéré marche au milieu de ses Vietnamiens pendant de longues heures sans rencontrer de résistance sérieuse.

Quelques fouinards, après la réduction rapide de points de défense de du kichs sacrifiés par les réguliers en repli, découvrent dans les paillotes investies sans pertes des indices de passage de groupes importants.

— Ils ne doivent pas être bien loin, mon adjudant, avance Phong Xi Tan en examinant des traces de pas sur une diguette. Avec un peu de chance...

Mais la chance n'est pas au rendez-vous des combattants aux yeux bridés et de leur chef au visage en lame de couteau. En désespoir de cause, Leguéré installe les équipes et les pièces de sa section en embuscade au bord d'une large coupure d'eau surmontée sur des centaines de mètres par une digue en bon état.

— S'ils doivent passer quelque part, précise l'adjudant à Launay, ce sera certainement par ici. Il n'y a plus qu'à espérer...

La nuit tombe vite. Un orage furieux enveloppe les embusqués de trombes d'eau en grosses gouttes. Des éclairs bleu et or balaient le site, accompagnés par des roulements cuivrés qui courent au ras des eaux.

Deux heures passent, ponctuées par les grondements du tonnerre. Leguéré devine, plutôt qu'il ne voit, un de ses parachutistes qui rampe vers lui, en provenance de l'extrémité de sa large embuscade.

— Il y a du monde qui vient, souffle le Nhung. Écoutez !

L'adjudant rampe à son tour sur quelques mètres dans la direction que lui a indiquée le voltigeur et se plaque dans la boue, tous sens en alerte, comme un fauve à l'affût.

— Je n'entends rien du tout !, murmure-t-il au Nhung trempé allongé tout près de lui.

Un nouvel orage, plus fort que les précédents, empêche de percevoir le moindre bruit. Le vacarme tombé du ciel dure quelques minutes. Dans les derniers éclairs qui illuminent la surface des rizières ravagées par la trombe puissante et tiède qui les accompagne, l'adjudant, les yeux noyés d'eau, essaie de distinguer l'ennemi proche.

Le calme revient. Au bout de quatre à cinq minutes de guet fébrile, le chef de section entend nettement des hommes qui pataugent dans la boue.

Retenant son souffle, Leguéré essaie d'imaginer combien de rebelles progressent à quelques dizaines de mètres de lui. « Il y a du monde », se dit-il en rampant à la suite de son guide vers son point de départ.

San, le radio chinois, a saisi ce qui se passe et lui tend directement son émetteur-récepteur. En chuchotant, Leguéré avertit les autres embuscades de ce qui risque d'arriver.

Figé dans l'attente, le sous-officier s'impatiente.

— Bon sang !, gronde-t-il. Pourvu qu'ils ne s'aperçoivent de rien.

Une longue rafale de fusil mitrailleur l'interrompt. Des cris de douleur et de fureur se mêlent aux détonations.

Tout de suite, l'engagement aveugle se fait très violent. Des formes imprécises se découpent dans les éclatements de grenades.

Les mortiers du bataillon, alertés, entrent dans la danse. Les pièces lancent des obus éclairants qui dépotent très loin en arrière du mouvement viet minh, presque au ras de l'horizon court. Les langues de lumières dansantes des 81 éclairants permettent aux tireurs de l'embuscade de préciser leurs tirs.

— Ils foutent le camp !, constate Leguéré dans les dernières morsures lumineuses des obus. San, la radio !

Le Chinois fidèle tend le poste parallélépipédique étroit à son chef. Leguéré donne avec précision les coordonnées de l'endroit où se faufilent rapidement les rebelles en décrochage et déclenche un formidable tir d'artillerie.

Les premiers obus des salves de 105 tombent très court. Quelques éclats retombent sur la position extrême de l'embuscade des Nhungs et des Thos. Après une rapide rectification, dirigée par Leguéré, les obus suivants s'abattent en plein sur les rebelles en repli.

Lorsque le tir rageur cesse, l'adjudant lance à la curée ses hommes tapis dans l'ombre. Un nouvel orage, en écho des déchaînements de l'artillerie, secoue le site. Le combat aveugle s'engage, indécis.

Les rafales de mitraillettes M.A.T. 49 et les éclatements de grenades offensives OF 37 se mêlent aux grondements des éléments en furie. Butant sur des formes mortes ou agonisantes, les parachutistes aux uniformes trempés poursuivent leurs proies invisibles sur plus de cinq cents mètres.

Des hurlements de terreur se lèvent dans le tumulte apocalyptique. Quelques Viets Minhs, ayant jeté leurs armes dans la boue, se traînent, à genoux, pour implorer la clémence de leurs vainqueurs, sortis de la nuit fracassée comme des démons invincibles. Ruisselants de pluie, boueux, sanglants, les parachutistes épargnent les fantômes hagards et les poussent en direction de l'arrière, là où la digue coupe la morsure d'eau.

La recherche des fuyards se poursuit toute la nuit. Lorsque le jour balaie les brumes au-dessus des rizières, l'orage s'est éloigné. Quelques coups de feu, dérisoires, trouent le silence du petit jour, saluant la mort d'un dernier rebelle découvert.

Leguéré, trempé, les yeux glacés, les muscles lourds, dresse un premier bilan de son action.

— On a fait prisonniers quatre-vingt-dix-huit Viets Minhs, claironne-t-il dans l'émetteur radio que lui tend, hilare, le caporal chinois qui a supporté tous les engagements de la nuit morte sans avoir le recours exorcisant de tirer un seul coup de feu. Et, ajoute le chef de section : on n'a pas encore réussi à compter les morts...

Quelques parachutistes blessés sont assis sur la digue près de leurs camarades tués au cours des affrontements. Ils ont posé leurs armes boueuses et somnolent, les bras croisés sur leurs genoux. Des avions plongent vers le nord-ouest, sur les derniers fuyards de la compagnie rebelle. Lorsque les aviateurs s'éloignent, à court de munitions, l'artillerie prend le relais.

— Alors ?, interroge Leguéré, en croisant le regard fiévreux et triomphant de Phong Xi Tan. Content ?

Le sous-officier nhung ne répond pas. D'un geste éloquent, il montre simplement à son chef les groupes de parachutistes qui, oubliant leurs fatigues de la nuit, font cercle autour des prisonniers.

Nhu Tink est retraversé par les parachutistes vainqueurs qui poussent devant eux leurs captifs liés. Les moins las des rebelles, les yeux vides, transportent leurs compagnons blessés avec les mêmes attentions que les Nhungs et les Thos qui soutiennent leurs camarades, unis dans la douleur.

— Le deuxième bureau va avoir un sacré boulot, prévoit Leguéré en remettant ses captifs au P.C. de l'opération de fouille.

Ivre de fatigue, l'adjudant s'éloigne des groupes volubiles d'officiers qui ont accueilli le retour des parachutistes.

« Et, se dit-il en marchant d'un pas las vers la colonne de camions qui attend ses hommes, j'espère bien que ces pauvres bougres seront assez bavards pour nous donner l'occasion de retomber bientôt sur le dos de leurs petits camarades... »

San et sa radio.

34

LA DIVISION REBELLE

Sans cesse transportée d'un bout du delta du fleuve Rouge à l'autre, par des groupes routiers ou des marins des Dinassaut de mieux en mieux équipés, les parachutistes vietnamiens de Leguéré sont devenus la terreur des rebelles, au même titre que les commandos de partisans créés par des hommes comme le capitaine Delayen ou l'adjudant Vandenbergh.

Leur chef de section, totalement intégré au groupe implacable des compatriotes de Phong Xi Tan, s'épanouit dans les actions de contre-guérilla.

Laurens, son capitaine de compagnie, apprécie de plus en plus la formidable capacité combattante des Nhungs, des Chinois de la frontière et des Thos que commande l'ancien du 1/1 R.C.P.

– Vous avez bien de la chance, Leguéré, souligne Laurens, un ancien chasseur alpin, fin tacticien. Avec vos pirates, vous commandez presque autant de monde que moi qui suis votre commandant de compagnie !

Le chef de bataillon Michel est remplacé à la tête du bataillon de chasseurs à pied (commandos parachutistes) par le commandant Veille, un fantastique homme de guerre qui s'adapte avec une étonnante rapidité à toutes les situations du baroud.

Depuis l'affaire du viol de la Tonkinoise, Thao, l'ancien capitaine viet minh, se signale souvent par ses actions courageuses.

– Tu devrais tout de même faire un peu plus attention, conseille un sergent parachutiste d'une autre unité à Leguéré. Ce type-là n'est tout de même pas très clair...

L'adjudant balaie les mises en garde de son ami :

– J'ai, fait-il remarquer, autant confiance en ce vieux pirate que dans les autres parachutistes d'Indochine, réplique-t-il. Et j'aimerais en avoir beaucoup de cette trempe !

Un matin, la compagnie Laurens quitte la Concession, très tôt, pour lancer un coup de main sur un village suspect au nord-est de Hanoi.

Les quatre G.M.C. du convoi, protégés par une auto-mitrailleuse du R.I.C.M., s'arrêtent bientôt, après trente kilomètres de route tranquille. Le jour se lève sur les rizières calmes, barrées au nord-ouest par les premières chaînes de montagnes de la Moyenne-Région. Les parachutistes vietnamiens en veste camouflée entament leur mouvement de fouille au-delà de la ligne de blockhaus mise en place sur les instructions du général de Lattre.

Le village qu'ils ont pour objectif principal se situe à trois kilomètres seulement des limites de la zone tenue par les unités de secteur. Pourtant, le gros bourg semble faire partie d'un tout autre monde.

Leguéré inspecte dans ses jumelles les alentours de la bourgade. Il n'y a pas de brume. Les diguettes se découpent, nettes, au-dessus des rizières asséchées et moissonnées qui mènent aux paillotes.

— On va faire de jolies cibles !, enrage le chef de section.

Les voltiges, coupant au travers des rizières, approchent du village. Les pièces de fusils mitrailleurs et le mortier de la section sont prêts à ouvrir le feu au moindre mouvement suspect. Le matin explose tout à coup. Des coups de fusil et quelques grenades tombent juste devant les premiers hommes engagés. L'action se déroule, précise. Les gestes automatiques se répètent une fois de plus, mortels. Les parachutistes, en chapeau de brousse camouflé, balaient rapidement en hurlant les premiers défenseurs des paillotes.

— Ce ne sont pas des réguliers, regrette Leguéré. Les autres leur ont, comme toujours, laissé la mauvaise part...

Le chef de section n'a pas le temps de regretter l'absence des bo doîs de Giap. Une volée d'obus de mortiers défigure la rizière en quelques secondes.

Les parachutistes qui avaient commencé à fouiller le village sont obligés de reculer en catastrophe. Dans les cris et les explosions, Leguéré mène son monde comme à l'exercice. Phong Xi Tan, Thao et les autres manœuvrent calmement. Trois blessés restent aux abords de paillotes.

— La radio ! San, vite !, hurle le chef de section surpris par la contre-attaque violente du Viet Minh.

Le petit radio chinois se trouve séparé de son chef par une dizaine de mètres de rizière battus par le feu adverse. L'adjudant le cherche des yeux dans la fumée des explosions. Le caporal, miraculeusement indemne, se faufile entre les éclats de mortiers qui jaillissent dans tous les sens au rythme des impacts d'obus et s'abat tout près du sous-officier français. Leguéré arrache le petit poste émetteur de ses mains crispées et demande un appui d'artillerie. Sous le déluge de feu qui s'abat sur la rizière, il lui est impossible de relancer ses hommes à l'assaut du village.

Le tir demandé ne se fait pas attendre. Pris à leur tour sous un solide matraquage, les Viets Minhs sont obligés de se terrer sur leurs positions. Débarrassés de leurs sacs de combat, les hommes de Leguéré, aplatis à quelques cent mètres des paillotes surmontées, en arrière de hautes futaies de palmes vertes, attendent l'ordre de repartir à l'assaut.

Thao grimace. Leguéré qui l'observe reconnaît immédiatement le rictus de haine de l'ancien capitaine de Giap.

« C'est un vrai fauve... Un tigre ! » se dit le Français à la vue du visage crispé de son caporal, éclairé par les explosions de 105 et de 155 amis qui pilonnent ses anciens amis.

Lorsque les derniers obus se sont abattus aux franges du village, l'adjudant se relève et indique du bras les paillotes.

Hurlant comme cinq cents diables annamites, les chasseurs se ruent en avant. Les tirs viets minhs ne les arrêtent pas. En quelques dizaines de foulées rageuses, ils parviennent jusqu'à l'emplacement de la rizière où les tirs serrés des réguliers de Hô Chi Minh les avaient surpris. Leguéré, carabine U.S. à crosse repliable au poing, entre parmi les premiers dans le hameau enfumé et à demi détruit. Des cadavres de du kichs, touchés durant le premier heurt, sont éparpillés, désarmés. Un peu plus loin en avant de l'assaut, des réguliers en uniforme gisent, sans armes eux aussi.

Un fusil mitrailleur placé en élément de recueil de la troupe rebelle ouvre le feu alors que les dernières rafales des parachutistes poursuivent encore une douzaine de fuyards qui se ruent vers les premières pentes montagneuses.

Le mortier de la section, bien placé sur une arête de diguette, prend l'arme viet minh en compte. Les obus de 60 mm éclatent tout autour de la pièce isolée qui se tait au bout de quelques secondes.

Leguéré observe à la jumelle les silhouettes casquées qui s'enfuient sous les éclatements de sa pièce. Le calme revient sur le village. Le chef de section, essoufflé, rend compte de ses mouvements au P.C. des artilleurs et leur signale la direction prise par les Viets Minhs chassés de leur ancienne position.

Vers l'est de l'engagement qui se meurt, une colonne de camions approche en grondant. Les G.M.C. se découpent comme des jouets sur la digue qu'ils empruntent.

– Ça, évalue Leguéré, c'est du beau monde pour ceux d'en face !

Des hommes en kaki sautent des camions et entament un large mouvement de poursuite vers l'ouest. L'après-midi, bien entamé, se poursuit en fouille de routine. Les morts viets minhs de l'accrochage restent au soleil et sont recouverts de nuées de mouches affairées. Incendiées, les paillotes de l'ancien village fortifié crépitent longtemps et s'abattent sur les corps souillés et sanglants.

Leguéré reçoit bientôt l'ordre de retourner vers l'est. Des camions recueillent sa section chargée de butin après une bonne heure de marche éreintante. Les Nhungs et les Thos prennent encore la force de plaisanter en montant dans les véhicules.

Après le retour de l'opération victorieuse, les jours et les semaines passent, apportant leur poids de sang et de drames. Le delta se fige dans une guerre larvée. Le reste du Tonkin, à peu de chose près, appartient, nonobstant les communiqués de l'état-major, aux rebelles. Le Viet Minh, conforté par ses succès, lance une de ses meilleures divisions, la 312e, à l'attaque des postes qui cernent Nghia Lo et qui forment un redoutable verrou de la région thaï.

Plus de mille cinq cents soldats du corps expéditionnaire sont pris au piège. L'aviation riposte sur les arrières de la division de Giap et la pilonne pendant trois jours. Le 6 octobre 1951, les parachutistes du 10e B.P.C.P. sautent sur le site tourmenté et entament un harcèlement sur les lignes de ravitaillement du Viet Minh.

Les hommes du commandant Veille touchent le sol à quelques kilomètres des postes attaqués. Les rebelles, craignant le piège qui se referme sur eux, entament un décrochage bien organisé de piton en piton. Leguéré fait partie du premier mouvement de poursuite. Phong Xi Tan, les yeux brillant d'excitation guerrière, fait reculer les limites de la fatigue de ses hommes à grands coups d'invectives en dialecte nhung et tho.

Au matin du second jour de poursuite en course hachée par les tirs des sections viets minhs placées en combat retardateur, les parachutistes se perdent dans un brouillard épais qui nappe les montagnes vers lesquelles tentent de se faufiler les rescapés de la division 312.

Le patron du 10e B.P.C.P. s'approche de Leguéré, tenant une carte à la main.

– Regardez, propose-t-il à l'adjudant, on dirait bien qu'il y a une piste un peu plus loin. Partez tout droit, vous devez tomber dessus. Bonne chance !

Les Nhungs et les Thos du para disparaissent aux yeux de leurs compagnons. Ils marchent pendant des heures, traçant leur route au coupe-coupe dans une végétation très dense.

— La boussole ne marche plus, enrage Launay en tapotant un épais boîtier de matière plastique brun-vert.

L'aiguille aimantée de l'instrument paraît affolée et frémit dans tous les sens. Leguéré tente à son tour de s'orienter, en vain. Silencieux, les parachutistes vietnamiens, regroupés dans la brume autour d'une clairière plaquée au pied d'une longue falaise dont le sommet se perd dans la grisaille ambiante, observent leur chef, inquiets.

Des rafales de mitrailleuses, tirées en aveugle d'un peu plus de cinq cents mètres, s'abattent sur le site. Vite sur pied, les Chinois, les Nhungs et les Thos courent au feu. Leguéré se lance à la poursuite des pièces ennemies qui ont décroché sans insister après leur manifestation bruyante et inutile.

— On doit pouvoir les coincer !, gronde l'adjudant en accélérant de la voix la course de ses voltiges.

Les hommes, retardés par des nœuds de végétation épais, taillent leur chemin à grands coups de machette au pied des grands arbres à troncs lisses alourdis de paquets de lianes qui pendent jusqu'au sol mou. Les Viets Minhs prennent de l'avance. Ils progressent sur les lignes de crête et échappent sans difficulté aux parachutistes. Leguéré tempête en les poursuivant de quelques obus de mortiers de 60.

— On stoppe les frais, annonce-t-il après une dernière salve tirée au hasard.

La section s'installe en défensive. Un message radio la ramène en arrière. Les hommes, craignant les pièges diaboliques des bo doîs, ne passent pas sur leurs brisées de l'aller et se fraient un nouveau chemin dans le magma de verdure luxuriant. Lorsqu'ils rejoignent le gros du bataillon, après avoir été harcelés de loin en loin par quelques pièces isolées, ils sont à bout de forces.

Pendant près d'un mois, cantonnés dans les postes clés du secteur de Nghia Lo, les chasseurs à pied parachutistes grenouillent dans toute la zone, toujours sous la menace d'un retour de la division 312. Lorsque le Viet Minh est totalement replié sur les montagnes, le bataillon embarque sur la courte piste de Nghia Lo dans des avions qui les ramènent à Bach Mai.

Les opérations reprennent dans le delta.

Un coup de tonnerre vient briser la monotonie des actions des parachutistes.

— Les Viets ont attaqué en force à Phat Diêm, annonce-t-on aux officiers et aux chefs de section du bataillon. On va sauter là-bas !

Les avions — des Junker 52 — qui ont embarqué les chasseurs piquent vers le sud-est de Hanoi et larguent leurs passagers au-dessus de la boue des dernières rizières du sud du delta.

Phat Diêm est embrasée. Leguéré regroupe rapidement sa section après le saut. Les gaines de matériel sont rapidement retrouvées dans les plaques de boue luisantes.

La rivière de Phat Diêm coule tranquille, haute, à quelques dizaines de mètres de la zone de saut. Une dizaine de cadavres en uniforme français flottent, gonflés, dans le courant lent.

De longues heures passent, quelques rafales tirées de loin mordent la rizière autour des parachutistes, sans dommages. L'aviation tourne dans le ciel bas, bombardant de temps en temps les itinéraires de repli des réguliers de Hô Chi Minh.

Phat Diêm, en quelques coups de boutoir, est vite délivrée de l'emprise ennemie. Leguéré, boueux, fait le tour de sa section pour évaluer ses pertes après le dernier assaut.

— Personne n'a été touché, annonce en souriant Phong Xi Tan. Nous avons eu de la chance...

Sur la rivière ocre, de nouveaux morts passent, tout doucement.

— Ce sont certainement des tirailleurs, reconnaît Leguéré en suivant la course tragique des corps flottants, le ventre tourné vers le ciel nuageux.

Quelques jours après le retour de son unité à la Concession, Leguéré, comme tous les soldats du Tonkin qui suivent d'assez près les changements du grand état-major, apprend, navré, que le général de Lattre, vaincu par une maladie implacable, a quitté l'Indochine.

— Si jamais le général ne revient pas, s'exclame le para, j'ai bien peur que pas mal de choses changent assez vite pour nous...

Leguéré est nommé sous-lieutenant le premier janvier 1952. Les barrettes de l'ancien adjudant sont copieusement arrosées par tous ses anciens compagnons du R.C.P. qui grenouillent encore dans le secteur de Hanoi. Maillot n'est pas le dernier à fêter l'événement. Après les libations rituelles de la célébration de son changement d'état militaire, le nouvel officier garde le commandement de sa section autochtone.

Le général de Lattre meurt, en France, le 12 janvier 1952. La nouvelle met un certain temps avant de toucher les éléments de la base des troupes opérationnelles du Tonkin. Le général Salan, l'officier qui a certainement passé le plus long temps en Extrême-Orient, le remplace au commandement du corps expéditionnaire.

Rien ne semble encore changer, du moins au niveau où œuvrent Leguéré et ses compagnons parachutistes.

***

Toujours en équilibre dans le C. 47 qui trace en ronde monotone des cercles au-dessus de la zone de saut invisible de Diên Biên Phu, le lieutenant Leguéré revit un court instant, le dégustant comme un bon souvenir, le déroulement de son ancienne promotion.

— Il va tout de même falloir qu'on saute !, espère le chef de stick en caressant machinalement le manche de son gros couteau de marin à travers le tissu, rafraîchi par le vent de la nuit, de son pantalon camouflé.

35

LE CANAL DES BAMBOUS

Le C. 47 a quitté Bach Mai depuis déjà plus de deux heures. Les statues résolues qui occupent sa carlingue examinent attentivement le visage acéré de leur chef de stick. Se sentant observé, le lieutenant regarde une fois de plus dans le vide. Le « T » lumineux promis n'est toujours pas visible. Les Vietnamiens du vol paraissent plus calmes que leurs compagnons européens.

« C'est uniquement la forme de leur visage qui veut ça », se dit Leguéré, en repensant encore à ses Thos, Chinois et Nhungs du 10e B.P.C.P. qu'il avait longtemps crus incapables d'exprimer une émotion quelconque.

Vagabondant une nouvelle fois dans le flot tumultueux de ses souvenirs, le lieutenant, impatient de se libérer de la tension qui règne dans l'avion, se retrouve en 1952, au bord d'un canal, près de Nam Huam, à moins de cent kilomètres au sud de Hanoi.

***

L'opération démarre dans le matin très clair. Les sections du 10e B.P.C.P. traversent des rizières désertes.

« On pourrait penser que ce sont des fantômes qui travaillent cette terre », se dit le chef de section en jetant un regard plein d'acuité sur les diguettes bien entretenues par des nha qués à la solde du Viet Minh.

En fin de matinée, alors que la fouille n'a pas donné de gros résultats, les premières équipes de voltigeurs tombent sous le feu violent d'une embuscade. Les Viets Minhs ont engagé des mortiers, des mitrailleuses lourdes et quelques canons sans recul. Le bataillon subit très vite des pertes sérieuses.

La section de Leguéré, mieux placée que les autres, reçoit la mission de protéger le repli en tiroir des éléments parachutistes les plus éprouvés par les tirs de l'ennemi. Le canal des Bambous n'est pas loin, les groupes en recul doivent se porter sur sa rive et emprunter un petit pont de bois miraculeusement intact.

— A nous de jouer, annonce Leguéré à ses gradés. Les autres comptent sur nous !

Les parachutistes font des miracles manœuvriers pour s'extirper sans trop de nouvelles pertes du piège énorme que leur a tendu l'ennemi. Brancardant leurs blessés sur les diguettes étroites qui mènent à la digue du canal, ils progressent sous une pression terrible.

Lorsque le dernier groupe du mouvement passe devant la position de Leguéré, ce dernier dévoile ses armes et oblige les bo doîs lancés en poursuite à se plaquer au sol boueux.

— Ils paraissent drôlement sûrs d'eux, constate le chef de section en suivant les manœuvres bien articulées de vingtaines de réguliers de Hô Chi Minh, impeccablement vêtus, qui avancent par petits groupes à peine visibles.

Vers le canal, les derniers parachutistes du repli ont disparu. Le sous-lieutenant a reçu des ordres clairs, qui se bornent en fait à très peu de chose : ralentir au maximum l'avance ennemie et retenir les bo doîs en attendant l'ordre de repli. « Ça, se dit l'officier, c'est précis. Voilà le genre d'ordre qui me plaît ! »

Le parachutiste n'ironise pas en faisant cette réflexion. Il trouve tout naturel que des hommes se sacrifient pour protéger un repli stratégique et l'évacuation de camarades blessés. « Les Viets, se dit encore le chef de section, n'agissent pas autrement mais utilisent pour leurs combats retardateurs les plus faibles de leurs éléments. Ils font une tout autre guerre que la nôtre... »

Les réflexions du sous-lieutenant sont brisées par l'apparition soudaine de nouvelles équipes de réguliers. Un violent tir d'artillerie de 75 sans recul s'abat vers les rives du canal.

Phong Xi Tan, aplati sur l'arête d'une diguette au milieu de ses hommes, leur fait économiser les munitions. Leguéré suit de l'oreille les rafales de ses parachutistes, constatant avec satisfaction qu'ils ne gaspillent pas une seule balle pour le seul exutoire de la pétarade rassurante.

Le soleil flamboie au-dessus de la position attaquée. L'artillerie amie commence à ajuster ses tirs de réglage en contre-batteries. Les obus tombent, très éparpillés, sur l'arrière de la ligne de feu du Viet Minh. Les bo doîs poursuivent tout de même leur avance en direction du canal.

– On dirait, s'étonne Leguéré, que ces foutus enragés sont en train de répéter une manœuvre, comme à l'exercice. Qu'est-ce qu'ils veulent au juste ?

Le sous-lieutenant ne comprend pas du tout la raison des efforts insensés de l'unité engagée en face de lui.

– Ils n'ont aucune chance de pouvoir tenir la zone du canal en force. Alors ?

Les tentatives de débordements viets se brisent sous la précision des tirs parachutistes. Le sous-lieutenant prend l'écoute radio, guettant l'ordre de se replier. Comme on ne lui donne pas de précisions nouvelles, Leguéré rend le combiné vert olive à San et rebraque ses jumelles sur l'avance ennemie.

« On va essayer d'en mettre le maximum en l'air ! », se propose-t-il en appréciant les bonds nerveux des voltigeurs viets minhs.

Sous la protection efficace de leurs armes lourdes, les rebelles, le soleil dans le dos, se présentent comme à la parade face aux angles de tir des parachutistes.

« Ils sont complètement fous ! se dit le chef de section en calmant un peu les rafales de ses hommes. Attendons de voir ce qu'ils vont faire... »

Comme un pêcheur avisé qui donne du mou à sa ligne, le sous-lieutenant laisse l'ennemi approcher tranquillement sur deux diguettes qui coupent la rizière. Les Viets Minhs, trompés par le silence des armes françaises, s'enhardissent.

Les premiers bo doîs, armés de mitraillettes fournies par les Chinois, ne sont plus qu'à une centaine de mètres de la position d'arrière-garde.

Les yeux bleus de Leguéré, métalliques, brillent. A son signal, les parachutistes reprennent leurs tirs. Leur feu d'enfer stoppe net l'attaque trop confiante. Les hommes en vert reculent en catastrophe, abandonnant dans la rizière une dizaine de morts et de blessés.

Phong Xi Tan est à la fête. Un peu plus loin, sur l'aile de la position qui crache la mort, Thao, l'ancien Viet Minh, dirige le tir de sa pièce avec une précision diabolique, indiquant au servant de l'arme les morceaux de choix qu'il a tout le loisir de suivre de ses yeux cruels. Le transfuge suinte la haine de tous ses pores.

L'attaque suicide des bo doîs s'enraie. Leguéré reprend la liaison radio. Une fois encore, on ne lui donne pas l'ordre de franchir à son tour le canal.

– Cette fois, grogne-t-il, les choses risquent vraiment de se gâter !

Les rebelles se terrent sur leurs positions de départ. Ils se contentent de tenir la zone occupée par les parachutistes vietnamiens sous la pression de leurs armes lourdes, sans dommages pour Leguéré et les siens, bien abrités derrière les diguettes surélevées.

Trois assauts, assez mous, sont encore arrêtés à quelques dizaines de mètres de la position inexpugnable du sous-lieutenant.

— Il va falloir commencer à sérieusement compter nos munitions, avertit le chef de section après avoir repoussé le dernier coup de boutoir de l'ennemi.

L'ordre de décrocher parvient enfin. Les armes lourdes amies, installées en retrait de l'autre côté du canal, commencent leur action. Leguéré sait très bien que le plus mauvais moment à passer pour un élément d'arrière-garde est justement celui où il doit entamer son repli vers le gros des forces délivrées de l'emprise ennemie.

— Attention !, prévient le chef de section après avoir évalué une dernière fois la distance à parcourir. Il va falloir passer très vite...

Launay glisse d'équipe en équipe pour indiquer la manœuvre.

Profitant de la relative tranquillité apportée par une interruption des tirs d'armes lourdes viets minhs, les parachutistes se lancent en direction du canal. L'artillerie amie, bien guidée par le D.L.O. du bataillon replié, donne tout ce qu'elle peut et pilonne les arrières du mouvement.

— Ouf !, souffle Leguéré en se retournant après le premier bond rapide qui l'a rapproché du canal. Ce n'est pas trop tôt. Les nôtres tirent drôlement précis !

Pas un seul parachutiste aux yeux bridés n'a été touché pendant les premières dizaines de mètres du repli de la section. Les artilleurs resserrent encore leurs salves sur les emplacements d'armes lourdes de l'ennemi. Leguéré, suivant les impacts dans ses jumelles, négligeant presque les pièces légères qui prennent son action en poursuite de feu, lance son deuxième bond vers le petit pont à franchir.

— Ce n'est pas le moment de flancher !, hurle-t-il en poussant devant lui un de ses hommes légèrement touché et qui faisait mine de se glisser au sol.

Le parachutiste, saignant de l'épaule, réagit brutalement à l'injonction de son chef et détale comme un lapin sous la mitraille qui passe de plus en plus haut.

Le canal est atteint en bout du troisième bond. Le plus dur reste à faire car le petit pont de bois est battu par les rafales d'une mitrailleuse lourde.

Les parachutistes, plaqués au sol à quelques mètres de l'ouvrage, suivent les morsures des balles de mitrailleuses de gros calibre, inquiets. Leguéré apprécie la fréquence des volées rageuses. Les

Viets Minhs, semble-t-il, tirent sans méthode, un peu au hasard.

— Il va pourtant falloir qu'on fonce, grommelle le chef de section en regrettant que l'aviation de chasse ne se présente pas dans le ciel sans nuages.

Quelques minutes angoissantes passent encore dans l'expectative, puis le sous-lieutenant décide de tenter le tout pour le tout.

— On va y aller. Attention !, crie-t-il.

Launay comprend la manœuvre. Les fusils mitrailleurs de la section tirent leurs dernières cartouches sur les silhouettes des bo doîs arrêtés à l'extrême limite de sécurité des tirs de leurs armes lourdes. Les Viets Minhs se tassent derrière les diguettes.

— A nous !, hurle Leguéré en bondissant le premier en direction du petit pont.

L'eau du canal, piquetée de geysers occasionnés par le tir ennemi, coule sous l'ouvrage, tentante. Mais il n'y a pas de gué possible, tous les parachutistes doivent passer sur le bois glissant du pont matraqué.

Formidablement couvert par les pièces amies à l'abri depuis longtemps, les hommes de la section, rentrant la tête dans leurs épaules, franchissent l'obstacle sans pertes. L'artillerie française se déchaîne pendant leur mouvement et les rebelles se tapissent sur leurs positions, ralentissant considérablement leur tir.

Essoufflé, Leguéré rejoint le gros de sa compagnie. Son chef est là pour l'accueillir. Les deux hommes n'ont pas besoin de long discours pour se comprendre. Tous deux ont vraiment la sensation de revenir de loin.

Le soir tombe sur le canal. Au nord, le bataillon viet minh se replie. Les compagnies rebelles ont tenté un formidable coup de poker et l'ont perdu.

Les parachutistes entament un mouvement vers l'est. Allégés de la plus grosse partie de leurs munitions, ils marchent de longues heures sur des diguettes étroites avant de retrouver un convoi de camions qui les ramène, au matin, à Hanoi.

— Moi, commente Leguéré en s'adressant à Launay, je ne comprends pas comment sont conçues les opérations. Il n'y avait qu'à nous parachuter des unités de feu de complément et on reprenait l'attaque !

Launay, qui tout au long de la journée de feu a une fois de plus apprécié les qualités manœuvrières de son ancien instructeur d'Algérie, hoche la tête d'un air entendu.

— C'est peut-être dommage, lâche-t-il.

Les parachutistes, bercés par le bruit régulier des moteurs du convoi, somnolent dans le petit jour. Hanoi est encore loin et la route est sûre.

⁂

Dans le C. 47 qui emplit, avec les autres appareils de la vague d'assaut, le ciel de Diên Biên Phu de grondements monotones, Leguéré revoit une fois encore le canal des Bambous pris sous le tir des armes viets minhs.

« Ce que nous avons connu là-bas, se dit-il, n'est que de la petite bière à côté de ce qui nous attend... »

36

LA PORTE DU LAOS

Après les accrochages de Nam Huam, le bataillon est engagé dans plusieurs opérations, toutes coulées dans le même moule, chacune apportant son tribut de sang.

« Le temps passe vite ! » se dit un matin Leguéré en se rendant compte qu'il est, une nouvelle fois, arrivé en fin de séjour.

Le 10e B.P.C.P. est dissous. Les Européens partent en permission en métropole, les Vietnamiens sont affectés dans d'autres unités parachutistes engagées au Tonkin.

Phong Xi Tan, San, Thao et les autres quittent sans cérémonie leur chef, qui les a conduits pendant des mois aux quatre coins du Tonkin. Leguéré, déchiré par l'inévitable séparation, accompagné jusqu'au départ par Maillot, embarque le 6 septembre 1952 à bord d'un Boeing 307 qui, faisant escale à Karachi, Beshein, Beyrouth, Athènes et Marseille, le conduit à Paris en trente-six heures et trente-cinq minutes de vol étalées sur trois jours.

Passant presque sans transition de la rizière du delta à la vie métropolitaine, le sous-lieutenant reçoit un choc très fort. Les journaux qu'il parcourt rapidement à son arrivée à Paris parlent de l'Indochine en des termes qui le hérissent.

« Ou bien ils font de nous des cow-boys irresponsables et assoiffés de sang, regrette-t-il en reposant le dernier quotidien de la pile de titres qu'il a achetée, ou alors nous sommes des petits saints, presque des chevaliers ! Ils ne comprendront vraiment jamais... »

Blois, la ville de son enfance, est toujours aussi calme sur les bords de la Loire. L'ancien chef de section des Nhungs, des Chinois et des Thos du 10e B.P.C.P. réapprend à vivre au rythme provincial, soignant au jour le jour les séquelles de quelques maladies héritées des miasmes du delta.

Quand des amis de sa famille croisent le sous-lieutenant maigre, dépaysé dans des vêtements civils, au cours des longues promenades solitaires qu'il s'impose chaque jour, ils se retournent et disent, presque toujours :

— Tiens, voilà le para !

Leguéré les entend et se reconnaît dans l'appellation sèche.

« Eh oui, se répète-t-il, pour tout le monde ici je suis devenu " le para ". Et j'en suis fier... »

Le sacro-saint règlement de l'Armée de terre, qui veut que tout officier accomplisse un temps de garnison, empêche le para de repartir au Tonkin dès l'achèvement de son congé de fin de campagne. Faisant grise mine et s'attendant au pire, Leguéré se retrouve à Nancy, au mois de décembre 1952, dans une caserne morose.

Les mois passent, insipides, sans surprises. Le sous-lieutenant a alerté ses relations parachutistes des bureaux du ministère de la Guerre à Paris et il réussit à écourter son séjour dans l'Est qu'il considère comme un véritable exil.

Au mois de mars 1953, il est enfin désigné pour une nouvelle campagne en Extrême-Orient et rejoint Vannes qui est devenue, avec le camp de Meucon, la capitale des parachutistes. L'ambiance fébrile, qui naît du brassage des hommes de retour d'Indochine et de ceux qui se préparent à y aller, change le sous-lieutenant des calmes nancéens. Malgré ses espoirs, l'ancien chef de section du 10e B.P.C.P. ne part pas tout de suite. Il est en effet obligé de suivre un stage au camp de Fréjus, dans la coloniale.

— C'est tout de même trop fort !, enrage-t-il. Voilà qu'on m'oblige à apprendre des choses que je connais depuis des années !

Après avoir rongé son frein en écoutant les conférences d'officiers pleins de bonne volonté mais qui ne possèdent pas, du moins pour la plupart, sa solide expérience des combats en Indochine, Leguéré, ressuscité, embarque sur le *Branly* le 19 juin 1953.

Après un voyage calme, le navire met en panne à l'entrée de la rivière de Saigon au matin du 10 juillet. Le sous-lieutenant reste une huitaine de jours dans la capitale de la Cochinchine, en attente de son départ pour le Tonkin. Malgré ses réticences, on le désigne comme commandant d'armes à bord du *Ville-de-Strasbourg* qui doit transporter des renforts en direction du nord.

— C'est bien ma veine, grogne le sous-lieutenant qui a hérité de la corvée désagréable refusée par la trentaine d'officiers de grade supérieur qui font partie du voyage.

Le transport de troupe s'arrête plusieurs fois, au large de Phan Thiêt d'abord, puis de Nha Trang au Centre-Annam, pour débarquer, transbordés dans des barges de débarquement de la Marine nationale, des tirailleurs, des légionnaires et des coloniaux bruyants. Le *Ville-de-Strasbourg* touche enfin le but du voyage. Là baie d'Along s'offre aux yeux éblouis du commandant d'armes, pas mécontent de voir la fin de son calvaire arriver.

Leguéré foule les quais de Haiphong. Maillot est là, fidèle, toujours égal à lui-même. Les deux hommes retrouvent instantanément les gestes de leur vie passée, comme s'ils s'étaient simplement quittés la veille.

– Rien ne va trop bien, avoue Maillot à son ami retrouvé dans le train qui les mène à Hanoi, mais on s'en sort tout de même. Et en France ?

Leguéré est bien obligé d'avouer que là-bas non plus les affaires de l'armée d'Indochine ne s'améliorent pas, tout au contraire.

– Ceux qui sont pour nous se taisent, tente-t-il d'expliquer, et tous ceux qui sont contre nous hurlent comme des chiens enragés. Nous sommes cloués au pilori de l'opinion...

Maillot se tait, ses yeux bleus s'attardent sur le delta qui s'étend tout le long du ballast. Des traces de sabotages récents prouvent que le Viet Minh se sent très fort.

A Hanoi, le sous-lieutenant se présente, tout près de la Concession, au P.C. des troupes aéroportées. On lui signifie aussitôt son affectation.

– Je ne pouvais pas rêver mieux !, jubile-t-il tout heureux de retrouver le 1er R.C.P.

Le chef de bataillon Bréchignac commande le 2/1 R.C.P.

Bréchignac défilant en tête du 2/1 R.C.P. à Hanoi.

Quelques grands anciens sont encore présents dans les compagnies qui ont rallié l'Indochine il y a un peu plus de six mois. Launay, l'ancien adjoint de Leguéré, est arrivé lui aussi à l'unité qui porte le même béret rouge que les parachutistes coloniaux.

— Il ne reste plus qu'à espérer de belles missions de saut, souhaite le sous-lieutenant après les retrouvailles et son affectation à la compagnie du lieutenant Babet.

Son nouveau chef est un homme solide, jovial et franc.

— Vous serez mon adjoint, annonce-t-il à son nouvel officier, nous ferons du bon travail !

Leguéré fait la grimace.

— J'aimerais autant commander une section, avoue-t-il. Adjoint... Moi, vous savez...

Les ordres sont les ordres. Leguéré, adjoint de compagnie, saute le 28 juillet 1953, d'un Dakota, au nord de Tourane, au-dessus d'une zone baptisée « la rue sans joie » qui longe la mer, en Annam du Nord.

La D.Z., bien balisée, mord sur une longueur de collines de sable battues par un vent violent. Leguéré se reçoit bien et, retrouvant les automatismes anciens, enraie une amorce de glissade de sa voilure prise dans une saute de vent.

Il se déharnache, allongé sur le sable blanc. Les Viets Minhs ne sont pas au rendez-vous. Pendant que la compagnie Babet se regroupe tranquillement et récupère ses gaines de matériel éparpillées, un bataillon, qui a été largué un peu plus au nord, est traîné par le vent au sommet d'un large plateau désertique, sur plus de six cents mètres. Les parachutistes pris dans la bourrasque puissante ne peuvent se raccrocher à rien.

« C'est peut-être joli à voir de loin, se dit Leguéré en suivant des yeux les efforts impuissants de ses camarades pour arrêter leur course folle, mais je préfère tout de même être à ma place ! »

Le régiment viet minh n° 95 qui tient la région sous sa coupe depuis de longs mois a disparu vers l'ouest de la zone de saut, en direction de la Cordillère annamitique. L'opération, employant de très gros moyens et baptisée « Camargue », se solde par un demi-échec. Du moins pour les parachutistes de Bréchignac qui attendaient beaucoup plus que quelques accrochages avec les groupes égarés ou sacrifiés par leurs chefs qu'ils débusquent au cours de la fouille de la région de la « rue sans joie ».

Le 28 août 1953, le bataillon embarque à Tourane dans des avions qui le ramènent à Hanoi.

Le lieutenant Babet est remplacé à la tête de sa compagnie par le lieutenant Clédic, un Breton. Leguéré est affecté comme adjoint de la compagnie Périou, un autre fils d'Armor. Le nouveau chef du sous-lieutenant est un grand et large gaillard au visage ouvert illuminé par des yeux d'eau pure. Les deux hommes ont tout pour s'entendre à merveille. Leguéré essaie, encore une fois, d'obtenir le commandement d'une section.

– Pas question !, tranche une fois pour toutes Périou. Vous êtes l'adjoint idéal...

Le sous-lieutenant sent bien qu'il ne peut plus rien ajouter et accepte sa position.

Au mois d'octobre, après avoir grenouillé dans le delta pendant des jours et des jours, Leguéré embarque dans un convoi qui, empruntant la R.C. 1, se dirige vers le sud, vers Ninh Binh.

Périou a reçu la mission de se porter au secours d'une unité de tirailleurs encerclée par un régiment viet minh au complet. La compagnie est formée pour moitié de parachutistes vietnamiens tout frais émoulus de l'école de saut de Hanoi. Elle accroche tout de suite, après avoir sauté des camions à la nuit tombante.

Appuyés par quelques chars, les parachutistes engagent le combat sur des diguettes étroites.

– Attention !, crie Leguéré. Ne tirez plus !

Le sous-lieutenant voit déboucher sur sa diguette un groupe de tirailleurs à bout de souffle qui traînent des blessés.

– Les Viets sont juste derrière nous, avertit en haletant un adjudant. Ils arrivent...

Les rebelles, pressentant le danger, interrompent leur avance et commencent, bien abrités, à pilonner la compagnie Périou au mortier. Les chars ripostent au canon. La rizière explose. La compagnie est dispersée et ne subit pas de pertes sérieuses.

– Ils sont en force, évalue Leguéré en s'adressant à son chef qui entame sa progression vers le feu, à deux mètres devant lui.

Le lieutenant breton se retourne et semble découvrir la présence de son adjoint.

– Retournez en arrière !, ordonne-t-il sèchement. Ce n'est pas votre place ici...

Obéissant, le sous-lieutenant se laisse dépasser par les hommes qui trottinent sous le feu imprécis de l'ennemi. Placé en arrière de l'attaque, l'ancien chef de section du 10e B.P.C.P. enrage en suivant le détail des engagements qui embrasent la nuit.

Tout près de lui, les chars tirent de temps en temps quelques obus. Le vacarme est assourdissant. Des blessés regagnent la position de base et sont immédiatement soignés par un lieutenant, médecin parachutiste, et deux infirmiers.

« Périou a raison, se dit Leguéré, ma place est ici, tranquille pendant que lui risque de se faire tuer. J'aurais mieux fait de rester sous-officier, j'aurais une section à commander... »

Les Viets Minhs décrochent après une heure de combat et se perdent par petits groupes dans les calcaires de Ninh Binh. La compagnie se regroupe alors avec pour mission de convoyer les blessés et l'unité de tirailleurs qui a beaucoup souffert.

Après l'opération de sauvetage, les parachutistes regagnent leurs cantonnements de Hanoi. Maillot se fait raconter par le menu les dernières aventures de son ami.

— Tu sais, avoue ce dernier, je n'ai pas vu grand-chose. La place d'adjoint de compagnie n'est pas tout à fait faite pour les gens comme moi !

Les deux hommes se retrouvent assez souvent, chaque fois que la compagnie Périou n'est pas engagée en fouille dans le delta.

Maillot, affecté à une unité de parachutistes coloniaux commandée par le chef de bataillon Bigeard, le 6e B.P.C., annonce un soir que les choses risquent de bouger vers la frontière laotienne.

— Je ne sais pas trop ce qui se prépare par là-bas, avance l'ancien moniteur de saut, mais je peux tout de même te dire que nous allons très certainement sauter bientôt.

Les choses se précisent vite. Le général Navarre, qui a succédé à Salan, a décidé de défendre le Laos qui fait maintenant partie de la nouvelle Union française et, de ce fait, doit bénéficier d'une aide militaire accrue.

Le commandant en chef a choisi l'antique « Porte du Laos » dans la région de Diên Biên Phu pour base de ses troupes, mais le secteur est solidement tenu par le Viet Minh. Les parachutistes coloniaux sautent les premiers sur la zone et, le 20 novembre 1953, les hommes du commandant Bréchignac embarquent à Bach Mai dans des avions qui prennent la direction de l'ouest du Tonkin.

Au bout d'un peu plus d'une demi-heure de vol, le C. 47 dans lequel a pris place Leguéré commence à vibrer durement. Un de ses moteurs tousse, crache, hoquette, repart au bout de quelques secondes, s'arrête une première fois, redonne encore de la voix, tousse de plus belle, s'immobilise à nouveau et repart encore. Le chef de bord décide de rebrousser chemin. Dans la carlingue secouée par le ralentissement brutal, les parachutistes n'ont pas manifesté d'émotion. Ramenés à Bach Mai, ils réembarquent dans un autre C. 47

Opération « Castor ». Novembre 1953.
Installation du camp de Diên Biên Phu
(photos : collection particulière).

Les travaux d'aménagement.

La rivière Nam Youm.

gardé en réserve et retournent vers Diên Biên Phu au-dessus duquel ils sautent les derniers.

Les Viets Minhs ont été durement chassés par les hommes de Bigeard, il ne reste plus qu'au 2/1 R.C.P. qu'à installer des points d'appui pour permettre aux unités du Génie de commencer les gros travaux d'implantation d'une formidable base courant sur plus de dix kilomètres de long autour de la rivière Nam Youm. Les parachutistes grenouillent sur les pentes dominant la longue cuvette pendant que le Génie incendie la brousse qui encombre le site choisi par le général Navarre.

Des convois aériens, en noria régulière, parachutent des armes lourdes en pièces détachées, des vivres et des tonnes de munitions. Le petit village de Diên Biên Phu a été entièrement rasé, une piste d'aviation est taillée dans la masse débroussaillée avec des moyens grandissants chaque semaine.

Les premiers avions commencent à se poser sur la piste en terre battue au bout de laquelle, au nord de Diên Biên Phu, les hommes de Périou et Leguéré sont installés en points de protection à quatre kilomètres de la fin des travaux.

— Regardez !, indique un matin Leguéré à quelques-uns de ses hommes en suivant le détail d'un parachutage de matériel. On dirait un bulldozer !

Le sous-lieutenant a vu juste, c'est bien un lourd engin excavateur qui tombe rapidement, supporté par des voilures en énorme bouquet. Le bulldozer touche le sol sans dommages mais sa pelle, larguée d'un autre appareil de la vague d'avions, tombe en torche et s'enfonce profondément dans la terre avec un bruit mat. Malgré tous les efforts du Génie, il n'est pas possible d'extirper la pièce de sa prison de terre. Une deuxième pelle est larguée le lendemain et récupérée sans anicroches.

Le camp de la Porte du Laos prend vie peu à peu. Des plaques Summerfield sont installées sur la piste. Les C. 47 et les Ju. 52 s'y posent bientôt sans aucune difficulté. L'ambiance de ruche affairée qui règne sur toute la région n'est pas pour déplaire à Leguéré.

Les jours, pour les parachutistes, passent en patrouilles et en protection de travaux. Le paysage se métamorphose. Un colonel de cavalerie, de Castries, prend bientôt le commandement de la zone en transformation. De l'artillerie est installée en abondance. Des stocks de tonnes de nourriture, qui permettaient, en cas de besoin, à la garnison grossissante de Diên Biên Phu de tenir plus d'une semaine coupée du reste de l'Indochine, sont accumulés dans des magasins bien protégés.

Blessés
attendant leur évacuation.

Des troupes fraîches viennent remplacer celles qui ont supporté les chocs du nettoyage de la zone. La base de Lai Chau, située à quatre-vingts kilomètres au nord de la nouvelle implantation, se replie sur Diên Biên Phu. Lorsque les parachutistes quittent la longue cuvette, la garnison comprend plus de dix mille hommes, vingt canons de 105, une vingtaine de mortiers de 120, dix chars et une batterie de 155.

– Ils sont prêts pour la guerre de 14-18 !, plaisante Leguéré en survolant la cuvette après le décollage du C. 47 qui le ramène à Hanoi.

Les bérets rouges retrouvent les pièges du delta. A Hanoi, tout le monde parle de ce qui se trame à Diên Biên Phu. L'ampleur des travaux engagés, les douze bataillons d'infanterie que le haut commandement dirige peu à peu sur la vaste position, laissent rêveurs les stratèges de la contre-guérilla qui poursuivent leurs combats personnels contre un ennemi de plus en plus insaisissable.

Leguéré, adjoint de compagnie ou pas, sort en patrouille, goûtant chaque fois les lourdes senteurs des rizières, le chant des batraciens, le lent mouvement des buffles et des bœufs attelés à leurs charrues et les vifs engagements des escarmouches qui éclatent de temps en temps.

Le sous-lieutenant se sent chez lui dans la boue. Il réagit comme un Viet Minh, devançant à chaque occasion les manœuvres de l'ennemi. « Je me demande ce que sont devenus mes Chinois, mes Nhungs et mes Thos », s'interroge-t-il parfois en regrettant que sa nouvelle unité ne lui offre pas l'occasion de poursuivre l'expérience enrichissante du commandement d'une grosse section uniquement composée de Vietnamiens.

Le Blésois est persuadé que les soldats tonkinois doivent être employés en commando. Mélangés aux Européens, ils ne sont plus que des combattants comme les autres. « Ce qui chez nous, parachutistes, n'est déjà pas si mal, se dit Leguéré. Mais ailleurs, le nivellement par le bas ne doit pas donner de fameux résultats... »

Hanoi s'alanguit dans la routine. Les bordels font florès, les commerçants s'enrichissent, le trafic s'est instauré à la hauteur d'une institution nationale.

– C'est ça l'Indochine, avoue le para à un de ses jeunes sergents qui entame son premier séjour en Extrême-Orient. Un beau mélange de merde et de beauté...

Le sergent, les yeux avides, écoute son chef tenter de matérialiser par des mots simples l'incroyable confusion de sentiments que la terre noyée du delta, le sang versé et ses compagnons morts lui ont plaquée au cœur.

– Parlons d'autre chose, décide soudain le sous-lieutenant, renonçant à exprimer l'inexplicable.

37

GIAP ATTAQUE

Quelque temps après le retour du bataillon de l'opération « Castor » à Diên Biên Phu, la compagnie Périou est engagée dans un mouvement de bouclage du village de Truc Khe, dans le secteur de Haiduong. La nuit est assez claire. Noël aura lieu dans cinq jours, il fait tiède. Les diguettes se découpent, toutes droites, au-dessus des rizières luisantes et calmes. Des grondements de canonnades montent du sud-ouest. La R.C. 5 court au nord de la position de guet des parachutistes.

Des Viets Minhs, sortis silencieusement de la nuit, viennent donner en plein sur l'embuscade. La fusillade est tout de suite très nourrie. Les parachutistes manœuvrent pour tenter de prendre le parti ennemi en tenaille. Leguéré, non loin de Périou, n'a guère le temps de réagir. Il ressent un violent coup de fouet dans la jambe gauche, à la hauteur de la cuisse.

– Merde !, rugit le sous-lieutenant. C'est trop bête...

Tout autour du blessé, les tirs s'intensifient pendant qu'un infirmier lui place un garrot. La nuit éclate sous les rafales et les déchirements de mortiers. Les bo doîs qui ont donné contre la compagnie manœuvrent bien et se perdent dans la nuit. Plusieurs cadavres restent en arrière de leur repli. Les parachutistes fouillent rapidement la rizière et ramènent quelques armes boueuses. Leguéré est brancardé vers une route-digue et se retrouve très vite dans l'infirmerie du secteur de Haiduong.

Le blessé frissonne malgré la tiédeur ambiante.

« Sinistre ! » se dit-il en constatant qu'il est allongé tout seul dans une grande pièce aux murs chaulés.

Les cachets de tranquillisants qu'on lui a donnés font vite leur effet. Le corps cassé sombre, mou, dans un sommeil lourd.

Le lendemain matin, alors que ses compagnons poursuivent inlassablement l'unité rebelle en fuite, le sous-lieutenant est dirigé en ambulance vers l'hôpital Lannessan, à Hanoi. Cette fois, allongé sur un lit tout blanc, le para est bien obligé de subir la loi des infirmières et des médecins.

Dès la fin de l'opération, le commandant Bréchignac vient rendre visite à son adjoint de compagnie. L'homme, sec et avare de paroles, sourit à peine. Seuls les yeux vifs du chef prestigieux trahissent un peu de son émotion.

— Alors, Leguéré, on a fait des siennes ?, lâche-t-il de sa voix métallique, habituée au commandement, en serrant la main du blessé.

Leguéré se redresse de son mieux contre son oreiller immaculé.

— J'espère, poursuit le chef de bataillon, que vous ne vous attendez pas à recevoir une citation pour cette petite chose-là...

Lorsque le commandant a quitté la chambrée, Leguéré sourit en repensant à ses paroles.

— Dire que je suis le seul blessé du bataillon dans cette histoire. C'est tout de même trop con !, enrage-t-il.

Apprenant que le bataillon a quitté Hanoi pour rejoindre les bords du Mékong, le blessé malchanceux s'impatiente.

— Quand est-ce que je pourrai quitter l'hôpital ?, demande-t-il chaque jour à l'heure de la visite des médecins.

Le sous-lieutenant s'attire invariablement la même réponse, peu encourageante :

— Quand nous aurons décidé que vous pourrez le faire !

Lorsqu'il a estimé que la plaisanterie a assez duré, l'officier têtu passe outre à toutes les recommandations qu'on peut lui faire et, à peine en règle, réussit à fausser compagnie à ses anges gardiens empressés.

Au P.C. du bataillon, situé au sud-ouest de Hanoi, dans une grande villa, l'adjoint de Périou, appuyé sur une canne, s'enquiert de l'endroit exact où se trouvent ses compagnons.

Après quelques jours de dure rééducation de sa jambe blessée et dûment muni d'un ordre de mission, Leguéré réussit à prendre place dans un avion en partance pour Séno, à la frontière laotienne.

A l'aérodrome de Séno, en pleine effervescence et agrandissement de ses défenses, le sous-lieutenant boiteux rejoint Périou et prend place dans un Dodge 6/6 qui le mène sur la rive est du Mékong.

Les premiers jours de marche en direction du nord sont durs. Leguéré souffre mille morts mais ne se plaint pas, de peur qu'on ne le renvoie dans un hôpital. Un matin, il décide de jeter sa canne dans la forêt et, grimaçant un peu plus, emboîte le pas de ses hommes en direction de Takhek au nord de Savannaket.

La compagnie se place chaque soir en embuscade sur les passages obligés des Viets Minhs débusqués par une colonne terrestre et chassés de Takhek par les commandos du capitaine Delayen.

Le lieutenant Cesarini, le patron des pièces de mortiers du bataillon, réussit de beaux pilonnages. Les parachutistes se font très bien à leur nouvelle vie dans la jungle.

Les sentinelles des points d'appui ont parfois une fâcheuse tendance à tirer un peu trop facilement au cours de leurs vieilles nocturnes.

– Il y en a marre, enrage Périou. Maintenant, si quelqu'un s'avise de tirer et qu'on ne retrouve pas un cadavre ou au moins des traces de sang le lendemain matin, je lui botte sérieusement les fesses et il fera de la taule en rentrant à Hanoi !

Leguéré apprécie la colère de son chef que certains de ses hommes semblent craindre au moins autant que le Viet Minh.

Quelques jours après la menace de punition, Périou fait grise mine dans le petit matin tiède qui libère la forêt des bords du Mékong de sa magie nocturne.

– Je suis bien emmerdé, confie-t-il à son adjoint. Ils ont encore tiré, et il y a un cadavre !

Leguéré sourit :

– Alors c'est bon, avance-t-il. Tout va bien, pas de punition...

Périou fait une nouvelle grimace.

– C'est que, reprend-il, le mort : c'est un chien !

Le capitaine de compagnie décide de surseoir aux sévices promis en cas de tirs intempestifs.

– C'est ma faute, tranche-t-il. J'avais bien dit du sang ou un cadavre. J'aurais dû préciser un peu plus...

Leguéré sent que sa jambe blessée guérit au mieux malgré les efforts qu'il lui demande et commence à trouver le temps long car il progresse toujours en queue de colonne, se tenant en réserve au cas où quelque chose de fâcheux arriverait à son chef irascible.

Les groupes de tête tombent souvent sur des Viets Minhs en fuite. Les accrochages brutaux résonnent sous les immenses frondaisons de la forêt. Chaque fois, à l'écoute radio, Leguéré maudit le sort qui l'empêche de ne pas être lui-même pris sous le feu de l'ennemi.

Les parachutistes restent dans le secteur frontalier jusqu'au début du mois de mars 1954. Leguéré a touché ses galons de lieutenant, tout en regrettant ceux d'adjudant qui lui permettaient de commander une section.

Retrouvant Hanoi, le nouveau lieutenant commence à apprendre les bruits pessimistes qui courent au sujet de ce qui se passe à Diên Biên Phu. L'ambiance s'alourdit au rythme des nouvelles, souvent déformées et amplifiées, qui traînent dans les bistrots de la ville et les cantonnements parachutistes.

— Il semblerait, commente le lieutenant, l'air dubitatif, que les Viets Minhs aient installé des batteries d'artillerie à l'est de la cuvette. Ils seraient ravitaillés par des dizaines de milliers de coolies qui descendraient du nord, tranquilles comme des papes. Sale coup si c'est vrai...

Chaque jour du mois de mars apporte sa dose de mauvaises nouvelles. Des unités de renfort sont aérotransportées sur la Porte du Laos qui n'a jamais si bien porté son nom. Des convois aériens décollent sans arrêt des pistes de Bach Mai et Gia Lam. Les parachutistes ignorent tout des négociations qui commencent à Genève au sujet de leur guerre.

Le 13 mars, la nouvelle de l'attaque en masse des unités du général Giap envahit toutes les popotes du Tonkin. Le stratège du Viet Minh a engagé en appui de ses mouvements de fantassins une division lourde qui crache un feu d'enfer sur les positions françaises à partir de casemates inexpugnables qui n'abritent chacune qu'une ou deux pièces d'artillerie.

Le ravitaillement de Diên Biên Phu devient vite un problème capital. La garnison encerclée a besoin en effet de cent tonnes de nourriture par jour.

Leguéré, à l'affût de la moindre nouvelle en provenance de l'ouest du pays, suit les événements avec attention. Des bataillons sautent sur la zone battue par l'artillerie de Giap.

— J'espère que notre tour viendra bientôt, souhaite après chaque départ le lieutenant. Ils ne vont tout de même pas nous oublier ici !

A Diên Biên Phu, les choses se précipitent. Les Viets Minhs emploient des milliers de coolies pour creuser des boyaux approchant de plus en plus du centre de la garnison qui a déjà, paraît-il, subi de grosses pertes en hommes et en matériel. La fin du mois de mars, après dix-sept jours de bataille éprouvants, n'arrange pas les choses. Le commandant Bréchignac reçoit l'ordre de préparer son bataillon pour un aérotransportage sur la cuvette encerclée. L'ordre se transforme vite en mission aéroportée. Le chef de bataillon précise l'ordre de départ de ses compagnies. Périou enrage en obtenant la dernière rotation.

Dans la fièvre, les Vietnamiens et les Français, conscients de ce qui les attend, préparent leur matériel.

La première compagnie du bataillon saute le soir du premier avril. Les avions décollent de Bach Mai à vingt et une heure trente. Le largage ne se passe pas très bien, un canon est perdu dans l'opération, les parachutistes ont eu six blessés sous le matraquage viet minh.

Leguéré suit, heure par heure, le déroulement des opérations. Le lendemain, un message du haut commandement fait partir de Bach Mai une nouvelle vague du R.C.P. La zone de saut est réduite à cinq cents mètres de long, les sticks sont amaigris.

— Il va falloir un siècle pour larguer tout le monde, prévoit l'adjoint de Périou en continuant à préparer le matériel de sa compagnie.

Le 3 avril, le commandant Bréchignac fait partie de l'opération de largage. Il saute à la tête de trois cent quatre hommes qui composent son P.C., la troisième compagnie, la moitié de la deuxième et un fort élément de la C.C.B.

La quatrième compagnie qui se bat depuis déjà deux jours a perdu seize hommes. Le 5 avril, le reste de la deuxième compagnie, commandé par le sous-lieutenant Albéric Pottier, embarque à son tour dans les avions qui décollent de Bach Mai. Enfin, la compagnie Périou quitte la dernière le sol de Hanoi.

CINQUIÈME PARTIE

L'HOLOCAUSTE

38

LA PISTE MEURTRIÈRE

L'instant de vérité est arrivé. Les flammes qui balisent la zone de saut déchirent la nuit sous l'avion numéro 666. Leguéré échange un coup d'œil avec son largueur et, jugeant que le Dakota est en bonne position par rapport au repère, jette les deux gaines de matériel dans le vide. Il plonge derrière elles dans le gouffre noir, les yeux fixés sur les lueurs dansantes du balisage qui l'attirent irrésistiblement.

Les épaules du lieutenant accusent le choc de l'ouverture de sa voilure, les parachutes de ses hommes claquent au-dessus de lui. Leguéré compte machinalement les secondes qui le rapprochent du sol, essayant de distinguer quelque chose de précis sous ses jambes. Des éclairs strient la nuit sur toute la longueur du camp menacé.

« Normalement, se dit le parachutiste, le plan directeur du saut prévoit que nous tombions sur la piste d'aviation. »

Le lieutenant découvre au fil des trois cents mètres de sa chute quelques détails du relief de Diên Biên Phu. Il ne reconnaît rien de ce qu'il a longuement étudié au cours des briefings de Hanoi et, à dix mètres de son point d'atterrissage, comprend que les choses ne se passeront pas comme prévu.

« On est en plein sur le point d'appui central ! », a-t-il tout juste le temps d'estimer en heurtant durement la terre près d'un trou bourré de rouleaux de barbelés entremêlés.

Le lieutenant se déharnache en un tour de main et tente de se situer avec plus de précision. Tout autour de lui, des appels, des jurons, des galopades furtives résonnent dans la nuit coupée par les éclatements des tirs viets minhs et des ripostes amies qui ont repris dès que le dernier appareil de la vague d'assaut s'est perdu au-dessus des montagnes.

Leguéré enrage de ne pas se retrouver au point prévu.

« La manœuvre de regroupement ne va pas être facile à effectuer, se dit-il. J'ai bien l'impression qu'on nous a menés en bateau : il n'est pas possible de se tromper autant. Le commandement devait très bien savoir, dès le départ, où nous allions sauter. Il n'avait qu'à le dire. Pour nous, ça n'aurait rien changé du tout ! »

Les yeux du parachutiste se posent sur une forme massive qu'il reconnaît presque tout de suite :

« Tiens, se dit-il, le bulldozer de l'opération " Castor ", on se retrouve ! »

Regroupés en un peu plus d'une heure, les parachutistes casqués se faufilent dans des tranchées embarrassées de matériel en vrac. Au bout de cinquante mètres de progression dans l'inconnu, Leguéré rencontre des défenseurs de la position. Des tirailleurs roulent des yeux étonnés en voyant les parachutistes émerger de la nuit. Les Nord-Africains, dans les éclairs, ont les traits marqués par les heures de matraquage viet minh qu'ils viennent de subir. Ils se collent sans parler contre la paroi de leur tranchée pour laisser le passage aux chasseurs.

Le lieutenant Périou est rejoint.

— On a eu de la chance, confie-t-il à son adjoint, nous n'avons pas de casse, ou presque... On est pourtant tombés sur un sale coin !

Dans le matin clairet, le dernier renfort retrouve, en suivant les pas de guides habitués au fouillis des défenses de Diên Biên Phu, le gros du bataillon Bréchignac qui tient des points d'appui ceinturés de longs boyaux.

La compagnie Périou s'installe, en relève d'une unité exsangue, sur Eliane 2, située à l'est du point d'appui central au-dessus de la rivière Nam Youm. Les parachutistes font face à la division viet minh numéro 316. Leguéré découvre un paysage lunaire, ravagé.

— On reste en réserve dans les tranchées, annonce Périou après avoir reçu les ordres du commandant Bréchignac.

Les chasseurs vietnamiens et français se dispersent dans les boyaux aménagés par ceux qui les ont précédés sur la place. Vers neuf heures, les Viets Minhs reprennent leurs pilonnages d'artillerie.

« C'est comme en Alsace ! » se dit Leguéré en sentant le sol vibrer sous lui, répercutant les ondes de choc de centaines d'éclatements d'obus.

Les hommes gardent tous sur la tête leur casque lourd couvert d'un filet de camouflage. Entre la tôle protectrice et le tissu ajouré, la petite trousse de pansements individuelle forme une protubérance d'une largeur de huit centimètres sur quinze de long.

Il devient vite impossible de circuler sur les pitons des Eliane sans emprunter les conduits qui les sillonnent sur des centaines de mètres. Au moindre dépassement de tête, des rafales viets minhs s'abattent sur la défense.

Le lieutenant Clédic, qui a sauté depuis déjà trois jours a été durement engagé à plusieurs reprises. Il lance une nouvelle contre-attaque au bout de la piste d'aviation pour enrayer les infiltrations des bo doïs.

Leguéré ne se fait aucune illusion sur l'avenir : « C'est la fin, s'avoue-t-il sans appréhension. Nous sommes là pour supporter le dernier choc. Nous ne partirons plus de Diên Biên Phu que les pieds devant ! »

Autour de l'adjont de compagnie décidé à vendre chèrement sa peau, les chasseurs, graves, semblent eux aussi avoir compris ce qui les attend.

L'holocauste des parachutistes vient de commencer.

Les missions sont simples, les ordres laconiques : « Tenir ! »

Les soldats de Giap se sont installés sur le piton d'Eliane 1 qui domine une bonne partie de la position encerclée et surtout une station d'épuration d'eau près de la rivière. Les corvées qui descendent au ravitaillement sont poursuivies par les rafales ennemies et des

Une tranchée de Diên Biên Phu (photo E.C.P.A.).

hommes tombent sur la terre fouaillée par les obus. Le commandement de Diên Biên Phu décide de reconquérir le promontoire vital. Les parachutistes du commandant Bigeard héritent de la mission et ceux de Bréchignac de l'occupation qui doit suivre le nettoyage.

Le 10 avril, à six heures du matin, une formidable pression de tirs de mitrailleuses lourdes, d'artillerie et de mortiers prend l'objectif sous une chape de feu. Après un quart d'heure de matraquage, les parachutistes coloniaux attaquent, protégés par des blindés et soutenus par des avions de chasse qui coupent l'arrivée des renforts viets minhs.

Leguéré est aux premières loges pour suivre l'action furieuse qui s'engage. Il suit dans ses jumelles les hommes qui bondissent de boyau en boyau et approchent du sommet du piton à enlever. Ses yeux s'attardent sur la lourde silhouette d'un porteur de lance-flammes qui arrose de longs jets orange et bleu les approches d'une sorte de bunker. Le combat dure un peu plus de quatre heures. Les coloniaux des deux compagnies commandées par les lieutenants Trapp et Lepage ont perdu près de soixante hommes. Les Viets Minhs décrochent en catastrophe, abandonnant plus de trois cents cadavres sur les flancs labourés d'Eliane 1.

Leguéré repose ses jumelles : « C'est à nous de jouer maintenant, se dit-il. Ça ne va certainement pas être facile de garder ce foutu piton... »

Le commandant Bréchignac fait monter sur la position enlevée à l'ennemi ses troisième et quatrième compagnies menées par les capitaines Minaud et Charles. Les Viets Minhs de la division 316 lancent immédiatement de vigoureuses attaques d'artillerie. Les chasseurs tiennent sous des tonnes de bombes et repoussent plusieurs contre-attaques de bo doîs hallucinés. Dans la nuit du 11 au 12 avril, les capitaines Charles et Minaud sont blessés, leurs compagnies décimées.

Ce sont des fantômes hagards et ensanglantés qui descendent d'Eliane 1 après la relève, effectuée par la compagnie Clédic et des parachutistes vietnamiens du commandant Botella, du 5e B.P.V.N.

Bréchignac regroupe en une seule compagnie de marche les rescapés des deux journées et des deux nuits d'enfer.

Le 12 avril, Leguéré est appelé par radio à son P.C. tassé sous des sacs de sable et des rondins en Eliane 4.

— Leguéré, annonce sèchement le chef de bataillon, vous prenez le commandement de la nouvelle compagnie. Rompez !

L'adjoint de Périou en a le souffle coupé.

« Il n'y a que quelques semaines que je suis lieutenant, se dit-il en regardant les tranchées de son ancienne compagnie pour y prendre ses maigres affaires. Et il reste encore au bataillon des officiers plus anciens que moi... »

Leguéré rejoint rapidement les hommes qu'il doit commander. Il les trouve, las, en Eliane 4 après leur relève.

Le lieutenant est le seul officier de la compagnie. Le sergent-chef Lair, un homme pas très grand, volontaire, solide et brun, lui présente les maigres sections. Les blessés des anciennes compagnies Charles et Minaud ont pour la plupart refusé de se faire évacuer sur l'infirmerie du commandant Grauwin, surpeuplée de mourants, au cœur du point d'appui central. Leur nouveau chef découvre dans leurs yeux des lueurs qui trahissent leur combativité toujours intacte.

Quelques jours passent, monotones dans la démesure. Les Viets Minhs resserrent chaque heure leur étau de feu. Le commandant Bréchignac convoque le 16 avril le nouveau commandant de compagnie à son P.C. Le jour décroît sur Diên Biên Phu. Avare de paroles inutiles, le chef de bataillon trapu explique :

— Une mission pour vous, Leguéré. Toute simple.

Le lieutenant se raidit. Il connaît trop son chef pour prendre le mot « simple » comme argent comptant.

— Voilà, poursuit le commandant au visage marqué par la fatigue de plus de dix journées de commandement au feu, regardez...

Leguéré se penche sur la carte de la position étalée dans une niche dans un coin du P.C. de bataillon, au milieu du fouillis des postes de radio en veille continuelle. La main nerveuse de Bréchignac indique ce qu'il attend de son lieutenant.

— Il s'agit, explique-t-il en mots précis, d'aller aider une compagnie du 5e B.P.V.N. commandée par le capitaine Bizard à décrocher de sa position intenable. Vous suivrez les gens du B.E.P. et vous vous tiendrez en réserve dans une tranchée. C'est tout simple !, répète le patron des chasseurs en parcourant d'un doigt le chemin à parcourir pour gagner les approches de Huguette 6 où les hommes de Bizard sont entourés par les Viets.

Huguette 6 ne peut plus être ravitaillée. Le commandement a décidé de l'évacuer car les corvées lancées dans sa direction ne parviennent à bon port qu'au prix de trop lourdes pertes.

La nuit tombe. Les légionnaires du B.E.P. sont en position face à l'objectif. Leguéré traverse le point d'appui central avec ses hommes en colonne et les place dans une tranchée, en attente de l'heure « H ».

Les légionnaires progressent. Immédiatement repérés, ils sont pris sous le barrage hurlant des mortiers ennemis. Des mitrailleuses, lourdes et légères, encadrent de leurs rafales les impacts des obus qui déchirent la piste de Diên Biên Phu recouverte de plaques Summerfield.

Leguéré reçoit l'ordre d'avancer à son tour. Ses hommes, courbés sous les éclats miaulants, font un bond de deux cents mètres. Des avions lâchent des lucioles en arrière du point d'appui central d'où Bigeard et Langlais dirigent l'opération de sauvetage. Lorsqu'elles balaient de leur lumière blanche les approches de Huguette 6 encagée sous les tirs viets minhs, Leguéré découvre les légionnaires tassés sous l'orage de fer qui les bloque. Les plaques Summerfield sur lesquelles les hommes sont à plat ventre vibrent sous les dizaines de chocs répétés.

— Si c'est ça, la tranchée !, s'exclame Leguéré en se rappelant les ordres reçus. On nous fait progresser sur un véritable billard !

Touchés par des éclats, des paras hurlent en se roulant sur les plaques d'acier ajourées.

— Il faut bouger d'ici !, enrage le lieutenant à l'écoute radio du P.C. central. On va crever comme des rats...

Sur la gauche de la position ravagée, un Curtiss-Commando à demi détruit se dessine dans les éclatements d'obus et les lueurs des lucioles.

Les heures passent. Pas un parachutiste ne pense à reculer. Le jour va bientôt se lever. Les artilleurs viets minhs augmentent encore la cadence de leurs tirs. Tout autour de Leguéré des cadavres jonchent le billard de la piste. Plaqués de leur mieux sur les Summerfield, leurs compagnons épargnés leur ressemblent comme des frères. Ils ne réagissent plus aux explosions. Devant la compagnie et sur ses flancs, les légionnaires n'ont pas bougé d'un pouce.

Leguéré, espérant toujours un ordre qui sortira ses hommes du piège de feu, a une réaction nerveuse quand le lieutenant-colonel Bigeard*, « Bruno », prend lui-même contact avec lui.

La voix nette du parachutiste colonial ordonne un changement de manœuvre. Leguéré doit avancer, dépasser les légionnaires et protéger le repli de Bizard.

— Dis-moi ce qu'il te faut, propose le béret rouge, je te donne ce que tu veux !

Devinant le petit jour, Leguéré attend le renfort des trois chars que lui a promis Bigeard et guette les salves d'artillerie qu'il a demandées en contre-batterie des pièces viets minhs qui matraquent

* Bigeard a été promu lieutenant-colonel la veille.

la piste. Les tanks débouchent entre les explosions des obus ennemis et, dépassant la compagnie du lieutenant, se dirigent en grondant vers les défenses à l'agonie des paras vietnamiens. Les accrochages incertains se poursuivent sous Huguette 6.

« Il va falloir précipiter les choses ! », se dit Leguéré en rendant compte de temps en temps au P.C. de Bigeard et Langlais de ce qui se joue dans la tourmente.

Une brume traîne au ras de la piste, cachant heureusement les parachutistes de Bréchignac et ceux de la Légion à la vue des bo doïs.

– Bon Dieu !, jure Leguéré. Les chars foutent le camp !

Bigeard, immédiatement averti, le rassure :

– T'en fais pas, René ! Ils vont revenir. Ils sont allés faire le plein d'essence et de munitions.

Les trois blindés épargnés par les tirs d'artillerie, rassurants, passent à nouveau tout près des survivants du recueil pris sous le feu démentiel depuis maintenant dix bonnes heures. La brume se dissipe par endroits, Leguéré suit des yeux les masses grondantes qui se rapprochent de l'enfer.

Le commandant Bréchignac, toujours au contact radio, encourage son chef de compagnie.

– Il faut tenir le coup !, répète-t-il, Bizard va décrocher. Couvrez-le !

Les blindés ont repris leur travail d'appui avec efficacité. Les parachutistes vietnamiens sortent enfin de leur gangue de feu. Fonçant en masse compacte sur la piste torturée, les hommes de Bizard enjambent les parachutistes à l'aigle sans même s'apercevoir de leur présence. Les derniers défenseurs de Huguette 6 traînent leurs blessés et disparaissent dans les dernières langues de brume vers le P.A. central.

– Ils sont sauvés !, souffle Leguéré en faisant tirer toutes ses pièces vers les Viets Minhs pour les empêcher de poursuivre les traînards.

Les légionnaires survivants du matraquage de la nuit s'extirpent par petits groupes du piège ennemi. Les parachutistes de Leguéré se retrouvent seuls devant les bo doïs de la division 308 qui avance. Lorsque Bizard est à l'abri, Bigeard donne à Leguéré l'ordre de se replier à son tour.

Les chars sont rapidement chargés de morts et de blessés graves. Ils s'ébranlent vers le point d'appui central. Des corps sanglants, mal installés sur les arêtes des blindés, retombent, pantins flasques, sur la piste. Leguéré, qui ne veut pas laisser un seul de ses hommes en vie sur le terrain, fait empoigner les blessés par ce qui lui reste encore d'hommes indemnes.

Ses pièces tirent leurs dernières munitions pour tenter de retarder les bo doïs qui se ruent à la poursuite des fantômes hagards de Bizard. Des tirs d'artillerie amis prennent le repli amorcé en protection. Des obus s'abattent sur l'ancienne position de Bizard, déchiquetant les cadavres des paras vietnamiens en même temps que leurs vainqueurs.

Leguéré, jetant un dernier coup d'œil sur les morts de sa compagnie et les corps brisés de quelques légionnaires, emboîte la foulée de ses hommes valides. Il arrive presque à l'abri d'une tranchée lorsqu'un obus de 105 s'abat à quelques mètres de lui.

Couvert de terre et de débris divers, le lieutenant reste quelques secondes sans bouger.

« Pas possible ! se dit-il à voix haute. Je dois être touché mais je ne sens rien... »

L'officier épargné, remuant un à un ses membres et faisant jouer ses muscles, se relève et franchit d'un bond nerveux les cinq à six mètres qui le séparent du boyau encombré par ses hommes essoufflés.

La mission « toute simple » est accomplie. A prix de sang.

Leguéré fait évacuer ses blessés les plus graves sur le P.A. central. La soixantaine d'hommes qui ont survécu à la nuit d'enfer se traînent dans les tranchées étroites pour regagner Eliane 4. Il y a un kilomètre à parcourir dans une boue immonde, au milieu d'une unité placée en ultime recueil de l'opération de sauvetage. Les parachutistes hagards, soutenant leurs blessés, les lèvres en feu, assoiffés, passent comme des zombies près des hommes qui s'écartent devant eux.

Le chef de bataillon Bréchignac accueille Leguéré.

— Et alors ?, s'enquiert-il.

Leguéré, raidi machinalement dans un garde-à-vous impeccable, souillé de terre et de quelques taches de sang de ses hommes meurtris par le fer ennemi, ne trouve pas facilement ses mots :

— C'était dur !, lâche-t-il.

39

ON N'ENTERRE PLUS LES MORTS

La compagnie Leguéré est à nouveau reconstituée avec les restes des restes. Le commandant Bréchignac, dans son P.C. d'Eliane 4 – petite niche carrée encombrée des postes du lieutenant Abadie –, déplace au fil des ordres de Langlais et Bigeard ce qui lui reste de combattants.

– Avez-vous eu beaucoup de pertes cette nuit ?, demande-t-il à Leguéré.

Aucune émotion ne transparaît sur le visage du lieutenant encore creusé par des heures de combats aveugles.

– Je ne sais pas exactement, lâche-t-il. Mais beaucoup !

Les morts ne sont plus enterrés à Diên Biên Phu. Ils sont alignés dans une longue fosse commune au bord de la rivière Nam Youm et recouverts de terre par le bulldozer parachuté il y a six mois. Comme il y en a de plus en plus, ils sont simplement aspergés d'un produit désinfectant.

Leguéré, après le recueil de Bizard, jouit d'un repos tout à fait relatif, parvenant à somnoler dans les moments d'accalmie. Il veille à l'entretien des armes et aux acheminements de munitions de complément.

Un matin, une pause de feu surprend la position des Eliane après une furieuse attaque repoussée par les hommes de Périou. Launay, hagard, saignant du cou, se cogne contre son ancien chef de section du 10e B.P.C.P. Le sous-officier brun titube.

– Mon lieutenant, crache-t-il dans une bulle de sang qui sort de sa bouche tordue par la douleur, je vais mourir !

Leguéré voit des jets de sang gicler par saccades du cou de son ami. Dans le vacarme renaissant d'une salve ennemie, il le pousse à l'abri d'une niche taillée dans la tranchée qu'il occupe.

– Ce n'est rien, ment-il. Mettez un doigt dessus.

Launay obéit. Son cou enfle tout de suite comme une baudruche. Le lieutenant détourne les yeux.

« C'est foutu ! », se dit-il.

Pourtant blindé par tout ce qu'il a vécu depuis son saut de nuit sur Diên Biên Phu, Leguéré sent son cœur se serrer. Lorsqu'il se retourne, Launay a disparu. Il le cherche vainement des yeux sous les éclatements d'obus viets minhs qui s'abattent aux bords de la tranchée.

— Il est parti se cacher pour mourir !, souffle-t-il tristement. Pauvre gars...

Le boyau déjà malmené par les précédents pilonnages s'écroule sur quelques mètres. Des parachutistes vietnamiens se jettent sur la brèche et la comblent rapidement avec des sacs de terre et tout ce qu'ils peuvent trouver comme débris des anciennes casemates dévastées depuis un mois.

— Tout ça ne va plus tenir longtemps, constate Leguéré en mettant lui aussi la main à la pâte, la gorge obstruée par la poussière avalée lors de l'écroulement.

Pendant qu'il aide aux travaux désespérés de soutènement, son radio se tient derrière lui, le commandant Bréchignac exigeant que ses commandants de compagnie soient en mesure de réagir à ses ordres dans la seconde qui suit leur émission.

A un peu plus de deux cents mètres du boyau miné, Eliane 1 est prise sous un formidable tir concentré d'obus de mortiers à retard. Leguéré braque ses jumelles sur les pentes torturées de la position. Un cri lui échappe, à peine contrôlé, lorsqu'il pose les yeux sur deux parachutistes touchés par des éclats de mortiers. Les deux hommes ne sont plus qu'un magma de chairs taillées et de sang. Tous les deux, troncs gesticulants, essayent de remonter vers l'abri de la tranchée d'où ils ont été projetés. Leurs membres sont sectionnés net. Ils meurent en se vidant de tout leur sang. Leguéré, comme hypnotisé par les deux chenilles sanguinolentes, ne détourne ses yeux du massacre que longtemps après la mort des deux hommes.

Un ordre de Bréchignac l'arrache à sa contemplation morbide. La voix du chef de bataillon grésille dans le combiné du poste que lui tend son radio.

— « René » de « Brèche »... venez tout de suite à moi !

Le lieutenant se faufile dans les tranchées qui ceinturent la position matraquée par les pièces ennemies installées dans l'est de Diên Biên Phu. Il arrive vite au réduit du P.C. de son chef.

Launay. Photo prise à Philippeville.

— Il faut, lui ordonne ce dernier, que vous lanciez un coup de main cette nuit sur les boyaux viets en construction et que vous arrêtiez un peu leur sale travail de sape. Compris ?

Leguéré suit sur la carte de son patron les traits au crayon de couleur qui matérialisent les progrès constants des Viets Minhs.

— Mais..., commence-t-il à plaider.

— Il n'y a rien à dire !, tranche durement Bréchignac dont les traits accusent de plus en plus la lassitude. Débrouillez-vous comme vous l'entendez et faites-moi sauter tout ce que vous pourrez.

Le chef de bataillon suit un instant du regard Leguéré qui regagne sa position en se demandant comment il va s'y prendre pour réussir le coup de main demandé. Les yeux du chef implacable se font las.

La petite étincelle vive qui les anime toujours s'éteint un court instant. Bréchignac, une fraction de seconde, n'est plus qu'un homme comme les autres, mais son relâchement ne dure pas. Balayant de son esprit tout ce qui n'est pas le mot « tenir », il se repenche sur la carte de ses positions pour fignoler encore ses plans de défense et de contre-attaques.

Leguéré demande au lieutenant Cesarini qui s'occupe des mortiers du bataillon de l'aider dans sa manœuvre.

— A vingt-deux heures, demande-t-il à son ami corse, tu me balances un feu d'enfer de tes 81 sur les tranchées viets avant que j'envoie mes gars en promenade...

Le patron des mortiers accepte tout en élevant des réserves.

— Il faut que j'économise les obus qui nous restent, avoue-t-il en accent roulant. Je n'ai plus grand-chose, René, tu le sais bien...

— Débrouille-toi, coupe Leguéré, mais fais au mieux. Merci !

Les mortiers du Corse aboient à l'heure prévue. Plaqué contre la paroi d'une tranchée qui fait face aux boyaux ennemis en construction, Leguéré lance les hommes qu'il a désignés pour le coup de main dans la nuit.

Chaque équipe comprend deux hommes, l'un armé d'une mitraillette et l'autre emportant une musette de grenades à main. Les trente parachutistes de la mission se perdent dans les ténèbres secouées d'explosions pendant que les coolies du Viet Minh se tassent sous les impacts précis des obus de Cesarini.

Leguéré, tapi dans son abri précaire, braque ses jumelles sur la position pilonnée. Il enrage de ne pas être avec ses voltigeurs qui se coulent, furtifs et rapides, sur leur objectif.

— Pour une fois, reconnaît-il, je suis persuadé que mon devoir est de rester là où je me trouve. Je n'ai pas à jouer au petit soldat ! Il n'y a déjà plus tellement d'officiers valides au bataillon. Et d'ailleurs, poursuit-il, Lair se débrouillera certainement aussi bien que moi !

Les hommes du coup de main débouchent à portée de grenade des boyaux à détruire. Les éclatements de leurs engins de mort prennent le relais des mortiers de Cesarini qui se sont tus à la seconde prévue dans le déroulement de l'action. Avec des hurlements sauvages, les parachutistes mitraillent de longues rafales les tranchées ennemies. Lorsque tout le monde ou presque est mort dans les boyaux, les chasseurs du commando disparaissent dans la nuit vers leur ligne de départ, couverts à nouveau par quelques volées de mortiers de 81 des pièces de l'officier corse.

L'action n'a pas duré plus de quatre minutes.

(photo E.C.P.A.)

Lair, essouflé, ramène tous ses hommes indemnes. Les parachutistes ont pris le temps d'emporter des sacs de jute qui étaient entassés dans la tranchée détruite en attendant d'être remplis de terre.

– On n'en a jamais assez, affirme un caporal en jetant les sacs encombrants dans une tranchée d'Eliane 4.

– C'était facile, mon lieutenant!, conclut le sergent-chef qui a mené l'action brutale.

Devant les tranchées des parachutistes, à deux cents mètres à peine, les Viets Minhs ne se manifestent plus pendant deux nuits. Le coup de main réussi a une action bénéfique pour le moral des assiégés. Les parachutistes vietnamiens se laissent aller à sourire de temps en temps.

La tranchée de liaison entre Eliane 1, position plusieurs fois perdue et reprise depuis la mi-mars, est sans cesse battue par les tirs ennemis qui empêchent les relèves de s'effectuer normalement tous les deux jours, comme prévu.

Les barbelés du réseau entourant les points d'appui sont laminés. Le sol des collines martyrisées par les milliers d'obus qui s'abattent chaque jour est devenu si friable que les toitures des casemates ne tiennent plus. Les parachutistes installent sur Eliane 1, en étais de fortune, des armes de 57 sans recul et des fusils mitrailleurs abandonnés là par les unités qui les ont précédés sur le site. Pour couvrir le tout, insensibles à toute horreur, les hommes de Bréchignac entassent des cadavres ennemis les uns sur les autres. L'odeur de putréfaction qui règne sur la position devient très vite insoutenable.

« Et on dit que le cadavre d'un ennemi sent toujours bon », se dit Leguéré, monté à son tour sur Eliane 1 avec ce qui reste de sa compagnie — et saisi par une bouffée de vent chaud qui entraîne tout au long de son boyau une infernale pourriture.

Des cadavres, gonflés sous le soleil de la fin de saison sèche, gisent à quelques mètres seulement de la tranchée sur une piste inlassablement labourée par les obus amis et ennemis.

— On ne peut même plus savoir si ce sont des gars de chez nous ou des Viets, enrage le lieutenant en portant le regard sur les morts des affrontements passés.

Profitant d'une accalmie, un groupe de ravitaillement réussit à apporter de la nourriture sur les Eliane.

— Bordel de merde !, s'emporte Leguéré en réceptionnant les maigres rations attribuées à sa compagnie décimée, qu'est-ce qu'ils veulent qu'on foute de ça ?...

Le lieutenant se calme très vite en se rendant compte que les hommes de la corvée ont risqué leur vie pour acheminer le riz cru qui a fait naître sa colère.

« Même au plus profond de l'enfer, regrette-t-il, il y aura toujours de foutues andouilles qui croiront toujours vivre en caserne peinarde... »

Après un échange furieux de messages avec le point d'appui central, une nouvelle corvée approvisionne en riz cuit les boyaux pris presque constamment sous le feu de l'ennemi.

— Ils ont vraiment l'air de croire, répète encore Leguéré en prenant Lair à témoin, que nous pouvons encore nous permettre de faire de la cuisine...

Un avion, passant très bas au-dessus de la position, interrompt les considérations désabusées du lieutenant. L'appareil plonge directement sur le centre de Diên Biên Phu, mitraille et bombarde.

— C'est un avion chinois ! propose Lair en suivant l'appareil du regard lorsqu'il s'éloigne dans le ciel après avoir déversé sa cargaison de mort sur le P.A. central.

Leguéré hoche la tête.

– Non ! C'est un avion de chez nous, tranche-t-il, il a fait une petite erreur...

Le lieutenant admire depuis son arrivée à Diên Biên Phu le travail précis des aviateurs et des marins de l'Aéronavale et excuse sans amertume l'équipage de l'avion qui a dû se tromper de quelque quatre cents mètres dans ses appréciations, au milieu des champignons de fumée des tirs d'artillerie et poursuivi par la D.C.A. ennemie.

L'incident est vite oublié, les Viets Minhs augmentent encore leur pression.

Un deuxième appareil plonge dans le ciel. Il est touché par une salve des bo doîs. Le pilote saute. Leguéré suit des yeux le petit point noir qui tombe comme une pierre. Les parachutistes attendent l'ouverture de la corolle salvatrice. Elle ne vient pas. L'homme s'écrase en plein milieu des lignes ennemies.

L'artillerie viet minh, installée en D.C.A., ouvre un feu d'enfer sur une vague de transport qui vient ravitailler Diên Biên Phu dont le périmètre rogné ne représente plus qu'un carré d'un peu plus d'un kilomètre de côté.

Les unités du réduit, prévenues du largage, tirent sur les positions des pièces ennemies pour tenter de les empêcher de viser juste. Mais les munitions de mortier sont de plus en plus comptées et les Viets Minhs ont beau jeu.

« C'est un miracle, se dit Leguéré lorsque la vague est passée. Ils auraient pu tous se faire descendre... »

Les largages des jours suivants s'effectuent de haute altitude. Les parachutes ont été munis d'un système de retard d'ouverture. La méthode a du bon, les avions sont hors d'atteinte des tirs de la D.C.A. ennemie, mais une grande partie de la manne larguée, poussée par les vents d'altitude, tombe sur les positions ennemies.

– Regardez, mon lieutenant !, avertit un matin un caporal européen alors que des avions passent dans le ciel. On n'est pas tout seuls...

Leguéré découvre dans ses jumelles des avions de transport américains.

Les parachutistes qui se raccrochent à la moindre espérance suivent longtemps de leurs regards fiévreux les porteurs U.S. qui disparaissent après avoir jeté dans le vide leurs cargaisons de ravitaillement.

Les parachutistes sont de plus en plus dépenaillés. Leguéré ne s'est pas changé depuis son départ de Hanoi. Il réussit de temps en temps à se raser avec la seule lame de rasoir qui lui reste, juste en se frottant la peau du visage avec un peu d'eau.

« On commence à puer autant que les cadavres d'Eliane 1 ! », se dit-il en descendant de son tour d'occupation de la position infernale.

Profitant d'une corvée d'eau pas trop matraquée par les Viets Minhs, le lieutenant se débarrasse en un tour de main de ses vêtements souillés et s'asperge le corps du précieux contenu des deux casques lourds.

— Et voilà une bonne douche!, conclut-il en se rhabillant. C'est pas grand-chose, mais ça fait bigrement du bien...

Ses hommes l'imitent un à un, sacrifiant à la détente de l'arrosage une bonne partie des rations d'eau de la compagnie.

— C'est surtout bon pour le moral!, souligne le lieutenant amaigri en faisant un signe complice à Lair.

Le sergent-chef Launay, miraculeusement en vie, revient à la compagnie Périou. Leguéré croit voir un fantôme lorsque le jeune sous-officier brun passe devant lui.

— C'est ça le cou, plaisante le blessé, tout l'un ou tout l'autre! Ou on crève tout de suite ou on se remet rapidement.

Au soir de son retour, l'artillerie viet minh pilonne à feu roulant et ininterrompu, pendant des heures, la position d'Eliane 1 et ses alentours.

« Comme ça, le gars Launay se retrouve tout de suite dans le bain... », se dit Leguéré, guettant une possible attaque en règle des fantassins ennemis.

Le moral des compagnies de Bréchignac, malgré toutes les atteintes subies, ne faiblit presque pas. Les bruits les plus fous courent dans les boyaux martyrisés.

— Les Viets ont trop de casse, avancent certains optimistes, ils ne vont pas tenir longtemps!

D'autres, plus doctes, enchaînent:

— C'est bientôt la saison des pluies... On va s'en sortir comme des rois!

Leguéré, plus réaliste, sait que les choses ne se présentent pas au mieux pour les assiégés.

Le 30 avril arrive. Le commandant de compagnie ne pense pas du tout à la fête traditionnelle des légionnaires mais à la fête du Travail qui aura lieu le lendemain.

— Avec ceux d'en face, avance-t-il, il va sûrement se passer quelque chose de pas ordinaire !

La compagnie Leguéré est sur Eliane 1, avec celle de Périou qui a installé son P.C. à quelques mètres au-dessus de celui du lieutenant. Les parachutistes n'ont pas été relevés la veille comme prévu. Ils sont à bout. Les positions des deux commandants de compagnie sont reliées par radio et téléphone de campagne au P.C. du chef de bataillon Bréchignac qui ne dort jamais la nuit.

Périou a pour adjoints les sous-lieutenants Bonneville de Marsangy — un ami de Leguéré — et Delafontaine. Au soir du 30 avril, les deux compagnies, comptant cent quatre-vingts parachutistes, ont subi toute la journée des tirs violents de mortiers de 120 à retard qui ont conforté Leguéré dans ses appréhensions.

— Vous allez voir, avance-t-il en rendant une rapide visite au P.C. de Périou pour faire le point de la situation qui s'aggrave, ils vont essayer de tout foutre en l'air pour de bon...

La nuit tombe sur Diên Biên Phu. Leguéré, comme tous ses hommes, ne dort pas.

40

TENIR JUSQU'AU BOUT

Le soir tombe sur le Premier Mai, fête du Travail. Les Viets Minhs intensifient leur bombardement sur Eliane 1. Périou et Leguéré, toujours pas relevés, s'attendent au pire.

Les cent quatre-vingts défenseurs de la position, espacés de deux mètres dans leurs boyaux nauséabonds, soûlés de vacarme, ayant depuis déjà des heures perdu la notion du temps qui passe, scrutent l'est de Diên Biên Phu d'où, ils le savent, l'ennemi ne va pas tarder à surgir.

Leguéré, en dessous du P.C. de Périou, pointe ses jumelles sur les glacis dévastés dans lesquels les coolies du Viet Minh ont encore creusé des conduits étroits à coups de pioche tout au long de la nuit précédente.

Deux parachutistes, couverts de poussière, les yeux fous, débouchent à sa hauteur.

— Les Viets !, hurle le premier des deux hommes, ils sont là, en dessous. Il y en a des centaines !

Il est un peu plus de vingt heures. Depuis près de quatre heures, la position est secouée sans répit par les explosions ennemies. Leguéré essaye de distinguer la menace dans les boyaux qui serpentent en dessous d'Eliane 1. Ce qu'il réussit à apercevoir lui dévoile l'imminence du dernier assaut. Il prend contact dans la seconde qui suit avec le commandant Bréchignac et réclame, en utilisant les codes du jour, les tirs d'artillerie préalablement repérés.

Le calque des plans de tirs ne tremble pas sur sa carte de Diên Biên Phu. Le parachutiste sent qu'il est arrivé au bout de la route. Plus rien ne le rattache au monde extérieur. Dans quelques minutes, quelques heures au plus tard, les vagues du Viet Minh déborderont Eliane 1.

La réponse à ses demandes d'appui ne se fait pas attendre.

– Pas de tirs possibles !, annonce le commandant Bréchignac. Pas assez de munitions...

Et, comme si cela pouvait consoler le lieutenant, le chef de bataillon qui n'a pourtant pas l'habitude d'expliquer les choses poursuit :

– Les Viets bougent partout ! C'est une attaque générale...

Leguéré obtient tout de même, en appui dérisoire, le tir de la seule mitrailleuse placée encore en batterie en Eliane 4, non loin du P.C. du bataillon. L'arme tient sous ses rafales l'issue d'une tranchée dans laquelle les bo doïs du régiment 174 risquent de se précipiter d'un moment à l'autre.

Les hommes de Leguéré ont pour mission d'empêcher les groupes ennemis de profiter des interruptions de tir de la mitrailleuse pour passer en dessous d'Eliane 1.

Les rebelles s'entassent bientôt dans le goulet étroit de la tranchée, attendant la curée et le dernier assaut vers le P.A. central. Le lieutenant Cesarini engage ses mortiers de 81 en tirant au plus près de ses compagnons pris sous le rouleau compresseur de l'attaque. Les parachutistes vietnamiens du commandant Botella sont sur Eliane 4. Leguéré fait rapidement le point.

– C'est foutu, admet-il, mais il faut tenir jusqu'au bout. Il y a toujours un espoir !

Le lieutenant sait pourtant que, depuis le début des actions viets minhs sur Diên Biên Phu, aucun des points d'appui attaqués en force n'a pu résister.

Les parachutistes les plus proches de leur chef se tournent vers lui.

– Les tirs d'artillerie ?, demande le sergent-chef Lair dans le vacarme des rafales de la pièce amie et les matraquages des mortiers viets.

Leguéré hésite une seconde à avouer la vérité au solide sous-officier. Les yeux des hommes qui se serrent alentour dans le boyau matraqué, secoué de vibrations continues, se braquent sur lui.

– Tout est en ordre, ment-il, ça va bientôt commencer...

Lair regagne son poste de combat. Les minutes passent, rien ne vient enrayer l'approche des bo doïs de plus en plus nombreux dans les tranchées qui montent de l'est de Diên Biên Phu.

Le sous-lieutenant Albéric Pottier réclame, par radio, un tir d'obus de mortiers de 60 éclairants. Leguéré hésite à lui répondre franchement qu'il est presque complètement démuni de munitions.

« Il ne faut pas, se dit-il, que les Viets, qui sont certainement à l'écoute, sachent trop vite la vérité... »

Malheureusement, Leguéré et Pottier ne parlent pas le breton comme Clédic et Périou qui communiquent sans risques dans leur langue maternelle, au grand dam des espions ennemis qui ne comprennent rien à leur jargon.

— Je ne suis pas Rotschild !, hurle Leguéré pour toute réponse.

Pottier comprend tout de suite. Il n'insiste pas. Les tirs de la préparation de l'assaut se resserrent encore. Des hommes tombent dans les boyaux tenus par les sections de Leguéré, morts pour la plupart.

— Faites venir Leflon !, demande le lieutenant en reposant le combiné de son poste de radio.

Le sergent-chef Leflon, responsable de la pièce de mortier de 60 de la compagnie exsangue, se coule dans les tranchées.

— Qu'est-ce qui vous reste comme obus ?, lui demande son chef.

Le sous-officier, blême, hausse les épaules :

— Un peu plus d'une centaine, répond-il. C'est pas lourd...

Leguéré réfléchit.

— A partir de maintenant, décide-t-il, vous tirez sans arrêt, à cadence moyenne et au rythme de trois explosifs et un éclairant jusqu'à épuisement du stock. Bonne chance !

Le sergent-chef s'éloigne dans la nuit.

« De toute façon, se dit Leguéré, autant tout foutre en l'air ! Demain matin, nous ne serons plus là... »

Leflon, revenu près de son tube vert, obéit. Les obus de sa pièce montent haut dans le ciel zébré d'éclats lumineux et retombent juste en dessous d'Eliane 1, sur les boyaux viets minhs, à vingt mètres seulement des derniers parachutistes.

Les équipes de la compagnie, reliées par radio et téléphone de campagne au P.C. de Leguéré, lui signalent des mouvements ennemis de plus en plus proches. N'espérant plus aucun secours du point d'appui central, le lieutenant se sent comme délivré.

« Cette fois, se dit-il à la réception des derniers comptes rendus, la fête va commencer !

Un nouveau tir, brutal, d'une incroyable densité, s'abat sur sa position.

— Bon sang, s'exclame Leguéré, je n'ai jamais ressenti pareil sentiment d'écrasement. C'est pas Dieu possible...

La terre friable tremble. Les éclatements déchirent les tympans des défenseurs assourdis et figés dans les boyaux. Les explosions sont aussi violentes que celles que feraient naître les tumultes d'un orage tonnant à quelques mètres au-dessus de leurs têtes. Dans les yeux des Vietnamiens et de leurs compagnons français, unis dans l'attente de la mort, aucune émotion ne passe plus. Les parachutistes ont atteint le bout de l'enfer. La peur ne peut plus exister. Ils ne sont plus que des bêtes de guerre prêtes au sacrifice suprême. Leur chef les observe dans les lueurs des éclatements d'obus.

« Il en restera combien en vie demain matin ? », se demande-t-il.

Les Viets Minhs concentrent sur Eliane 1 les tirs groupés de ses 75 et 57 sans recul, 105 fusants et mortiers de 120 à retard. Des grenades à fusil, tirées par les bo doîs les plus proches des tranchées, se mêlent au concert furieux.

Sous la position inondée de fer brûlant, des centaines de soldats de la division 316 se serrent dans leurs boyaux étroits. Les tranchées s'effondrent, brisées par les ondes de choc des explosions de plus en plus rapprochées. Le mortier de Leflon n'aboie plus.

– Il n'y a plus rien à tirer, se dit Leguéré, en ne reconnaissant plus dans le tumulte les « flops » des coups de départ de la pièce du sergent-chef.

Le parachutiste suffoque. Sa gorge, encrassée par la poussière qui vole sans arrêt dans la tranchée, est sèche, douloureuse.

« Bon sang, se demande-t-il, toujours au contact par radio et téléphone de campagne avec le commandant Bréchignac, comment se fait-il que toute la colline ne s'effondre pas d'une seule pièce ? C'est un véritable miracle qu'elle tienne encore debout... »

En bas de la position à l'agonie, les invectives des Viets Minhs qui se préparent à bondir à l'assaut accompagnent les cris de douleur des parachutistes fouaillés par les éclats d'obus et de mortiers.

Des armes automatiques de faible calibre prennent tout à coup le relais des matraquages de pièces lourdes.

– Cette fois, prévoit Leguéré, ils vont arriver !

Après avoir averti Bréchignac de l'imminence du choc, le lieutenant donne l'ordre à ses hommes de commencer à lancer les grenades à main qu'ils ont depuis longtemps préparées pour les utiliser en toute dernière ressource. Périou, couvert de poussière, le pistolet à la main, fait brusquement irruption dans le P.C. de son compagnon dans les lueurs laiteuses des lucioles lâchées sur l'est du camp retranché. Dans le vacarme, Leguéré remarque que Périou a mis son casque lourd à l'envers.

– Les Viets sont là !, souffle le grand lieutenant sec.

Leguéré murmure :

— Pas possible...

Périou poursuit en mots crachés l'exposé rapide de la situation sur ses positions.

— Si ! Ils ont pris mes tranchées. Ils sont derrière moi !

Son compagnon, incrédule, ne veut pas se rendre à l'évidence. Le dialogue surréaliste, qui s'engage sur fond de hurlements de douleur et de fracas d'artillerie, d'éclatements de grenades et de sèches rafales, se poursuit :

— Mais non ! Ce n'est pas possible...

Périou fait un geste de sa main armée :

— Ils sont là, je vous dis !, poursuit-il. Il faut nous replier vers Eliane 4...

Le lieutenant Leguéré dévisage son ancien commandant de compagnie et se rend compte que ce dernier est très lucide. Il bondit alors sur le combiné de son poste de radio et reprend contact avec le commandant Bréchignac pour lui annoncer en quelques mots la tragédie qui se dénoue.

Puis, prenant ses deux radios, il sort de son réduit vibrant. D'un mouvement réflexe il froisse machinalement les cartes portant les angles de tir et les positions amies de Diên Biên Phu dans ses poches de tenue camouflée sale. Périou lui indique du canon de son pistolet le chemin à emprunter.

Leguéré sort lui aussi son pistolet M.A.C. 50 de son étui de grosse toile et l'arme aussitôt.

« Pourvu, se dit-il, que cette foutue pétoire ne s'enraie pas comme elle en a l'habitude... »

Les lucioles, de plus en plus nombreuses, qui tombent du ciel écrasent de leur lumière dure les silhouettes fantomatiques des survivants de la position.

Les ordres du commandant Bréchignac tombent :

— Tenez le coup jusqu'au bout...

Périou est l'officier le plus ancien. Il occupe donc le commandement de la position. Leguéré, après le dernier message du P.C. d'Eliane 4, lui passe un de ses postes de radio.

Quelques minutes passent encore dans le vacarme intense.

— Rejoignez les abords d'Eliane 4 et empêchez les Viets de passer..., ordonne alors, de son P.C. pris à son tour par les tirs viets minhs, le chef de bataillon Bréchignac.

La mitrailleuse d'Eliane 4 tire toujours, rassurante. Leguéré tente de retrouver, dans les lueurs dansantes des éclatements, la silhouette de Lair, en vain. Un formidable tir de 105 s'abat sur la position.

L'ennemi invisible se tasse quelques mètres en dessous des tranchées d'Eliane 1. Le sol tremble de plus belle.

« Ce sont des obus de chez nous ! se dit Leguéré, les Viets ne tireraient pas aussi près de leurs gars... »

Sous la tranchée, les Viets Minhs, durement secoués par les salves qui s'abattent sur leur position d'attente, sont obligés de reculer de quelques mètres.

Leguéré n'est plus que réflexes. Il agit comme un robot. Enjambant des cadavres sans les reconnaître, il laisse passer l'orage des 105 en rentrant la tête dans les épaules.

Des hurlements stridents montent des boyaux tenus par l'ennemi.

– Au moins, grommelle le lieutenant, nous ne sommes pas les seuls à trinquer...

Une silhouette haletante se dirige vers lui au milieu des blessés prostrés et des morts. Elle s'abat à ses pieds chaussés de rangers. Leguéré baisse les yeux. Une large tache de sang grandit de seconde en seconde sur le dos de l'homme qui ne bouge plus.

– Foutu !, comprend le lieutenant en obligeant le parachutiste à se traîner encore vers le boyau de dégagement qui mène à Eliane 4.

Un autre parachutiste, placé à trois mètres de Leguéré, se met à hurler :

– Mon pied ! J'ai le pied coupé !

Le commandant de compagnie, qui a depuis longtemps perdu le rythme réel du temps, découvre dans la poussière de la tranchée le pied du para vietnamien, encore chaussé de sa botte de saut.

Les blessés, de plus en plus nombreux, se ruent en direction du conduit de repli. Leguéré essaie de les calmer. Un ordre tombe du P.C. du bataillon.

– Les blessés devront se débrouiller seuls à partir de maintenant !, ordonne, à contrecœur, le commandant Bréchignac. Interdiction de brancarder qui que ce soit...

Leguéré serre les dents.

– Nous ne sommes plus assez nombreux, balbutie-t-il en renvoyant à leur poste de combat des parachutistes qui aidaient des compagnons ensanglantés à se porter à l'abri.

Périou calme, dirige les dernières défenses. Un blessé qui a quitté la tranchée infernale par ses propres moyens revient bientôt.

– On ne peut plus passer, annonce-t-il à Leguéré. Le boyau est bouché par un tas de cadavres.

Leguéré réfléchit et trouve une solution possible.

– Vous n'avez qu'à passer sur le glacis, ordonne-t-il. Avec un peu de chance...

Le seul axe de repli praticable court sur près de quatre-vingts mètres à découvert, battu par les pièces ennemies.

Les blessés pantelants saisissent la dernière chance de s'évacuer et se hissent difficilement sur le plateau dénudé encombré de barbelés épars. Touchés pour la deuxième ou troisième fois, ils s'écroulent dans les balayages crus des lucioles.

Tout ce qui s'offre aux yeux rougis de Leguéré n'est plus qu'une tranchée pleine de corps affalés. Autour de lui, il n'y a plus que des morts ou des agonisants.

Périou lui fait un signe d'impuissance. Le moment de rejoindre Eliane 4 est arrivé. Leguéré accepte l'irrémédiable et quitte son emplacement de combat. Périou lui a ordonné d'aller se poster à l'autre bout des tranchées, vers le P.C. de Bréchignac, et de l'attendre. Le lieutenant, emmenant avec lui son deuxième radio et quelques survivants, doit franchir lui aussi le glacis mortel.

Prenant son souffle, Leguéré bondit entre les barbelés enchevêtrés et s'abat au bout de trente mètres de course folle, indemne, à l'abri d'une nouvelle morsure de tranchées. Il se retourne, son radio a reçu un éclat. Le blessé réussit à se traîner jusqu'aux pieds de son chef. Le poste est inutilisable.

Ayant placé les quelques hommes qui l'ont suivi en attente de Périou, Leguéré patiente une heure sous les tirs viets minhs qui ne faiblissent pas. Il est plus de minuit.

— Bon sang, gronde le lieutenant isolé, cette fois il n'y a plus rien à faire...

Décidant de regagner le P.C. de son chef de bataillon, Leguéré hésite encore quelques minutes et part vers Eliane 4. Lorsqu'il parvient au réduit du bataillon, Bréchignac l'accueille froidement.

— Je suis tout seul, souffle Leguéré, je n'ai plus rien, plus de radio, plus d'hommes. Rien !

Le chef de bataillon ne semble pas croire ce que lui annonce le commandant de sa compagnie détruite.

— Il faut tenir !, répète-t-il, comme s'il n'avait rien entendu.

Leguéré ne répond rien, prêt à obéir encore, même sans moyens.

Le patron du 2/1 R.C.P. met un radio à la disposition de son lieutenant qui ramène ses quelques survivants au feu, entre les positions tenues par les hommes du commandant Botella et ceux de Clédic. Ils ne comblent qu'un trou de quinze à vingt mètres dans la ligne de défense.

« Ça n'est tout de même pas avec mes blessés que je vais arrêter les Viets ! », se dit Leguéré en attendant le tout dernier assaut. Même si on doit tous crever ici, on pourra toujours les retenir un peu, le temps de prévenir les autres de leur arrivée...

Les heures passent, folles, sanglantes.

— Bon sang que c'est long!, souffle Leguéré en essayant de deviner l'approche du jour qui le libérera de l'infernale pression des tirs d'artillerie viets minhs.

Le lieutenant, le corps agité des tremblements que lui communique le sol éventré sur tout le site qui entoure la colline d'Eliane 1, a la folle sensation que l'aube ne viendra jamais plus.

Leguéré est installé à l'air libre dans un trou, au point de jonction de la compagnie Clédic et des parachutistes vietnamiens de Botella. Quelques hommes l'entourent. Les autres survivants de sa compagnie anéantie se sont coulés en défense du boyau qui mène à Eliane 4.

Le commandant Bréchignac appelle son lieutenant isolé par radio.

— Qu'est-ce qui se passe, Leguéré?, s'enquiert-il. Botella me signale qu'il n'y a personne sur votre position.

Le parachutiste sursaute.

— Impossible, répond-il, je viens de les voir: ils sont en position!

Le lieutenant, pour en avoir le cœur net, fonce dans le boyau encombré de blessés, et débouche à l'accès d'Eliane 4.

Le spectacle qui le cueille le laisse muet: tous ses hommes sont morts! Déchiquetés par des éclats d'obus. Derrière lui, le radio prêté par Bréchignac est figé dans l'horreur. Les 75 sans recul qui ont pris le boyau en enfilade continuent leur pression avec acharnement. La tranchée s'effondre, fracassée. La terre éboulée recouvre à demi les corps ensanglantés des parachutistes.

« Ils vont donner l'assaut maintenant », se dit Leguéré en reprenant contact avec son chef de bataillon inquiet.

Dans les éclatements, le lieutenant est obligé de hurler son message dramatique:

— Ils sont tous morts! Les Viets vont nous tomber dessus...

Le commandant Bréchignac réagit rapidement et fait glisser les hommes de Clédic et ceux de Botella vers leur droite et leur gauche pour combler la brèche sanglante. Leguéré se poste une nouvelle fois sous l'orage pour guetter l'arrivée de l'ennemi et prévenir son chef en temps voulu.

« Lair a dû se faire tuer », se dit-il en ne reconnaissant pas la silhouette familière du sous-officier dans le maigre groupe de ses derniers rescapés.

Le lieutenant n'a pas perdu l'espoir de voir Périou sortir de la nuit. « Mais qu'est-ce qu'il peut bien foutre ?, se demande-t-il en fouillant la pénombre magnifiée d'embrasements colorés, il a dû perdre son radio. Il va revenir... »

Les hommes de Clédic manœuvrent pour se porter sur l'ancienne position de Leguéré et se mettent en défense au-dessus des cadavres de leurs compagnons.

L'aube déchire enfin le paysage meurtri. Les Viets Minhs ont subi de très lourdes pertes eux aussi. Tout ce qui se dévoile dans les langues de brumes matinales n'est plus que débris lamentables. Il n'y a plus de barbelés. Les tranchées sont écroulées. Les tirs d'artillerie ont presque cessé. D'où il se trouve, Leguéré ne peut rien voir de ce qui se passe en arrière des Eliane.

Braquant ses jumelles sur l'enfer, le lieutenant, obsédé par l'arrivée certaine des Viets Minhs, ne peut détacher ses yeux brûlants de leurs lignes incertaines.

— Périou, Nom de Dieu ! souffle-t-il, qu'est-ce qui lui est arrivé ?

Un capitaine du P.C. de Bréchignac se glisse doucement derrière lui. Leguéré se retourne. Son visage décomposé par la fatigue doit être horrible à regarder. Le capitaine a un mouvement de recul.

— Allez vous reposer, lâche-t-il tout doucement. Le commandant vous attend et m'envoie vous relever...

41

LES VIETS MINHS SONT LÀ !

Glissant comme une ombre au milieu des tranchées encore intactes qui mènent au P.C. du commandant Bréchignac, ayant laissé son radio dans son ancien poste de veille, Leguéré coule un œil glacé sur les corps figés dans la mort. Il est froid, insensible. Son corps ne tient plus éveillé que par un réflexe de survie.

« Je ne suis plus un homme, se dit-il. J'ai la sale impression de sentir vivre quelqu'un d'autre dans ma carcasse... »

Bréchignac, pâle, les traits tirés, l'accueille.

Les yeux d'acier du chef de bataillon fouillent dans le regard sans vie du rescapé d'Eliane 1.

– Il n'y a plus de compagnie, souffle Leguéré, plus personne. Périou n'est pas revenu... Les autres non plus.

Le chef de bataillon ne répond pas tout de suite. Puis il desserre ses mâchoires crispées :

– Allez vous reposer au P.C. de Clédic..., dit-il.

Leguéré s'éloigne du P.C. en empruntant une tranchée. Il chemine comme dans un rêve, se demandant comment il peut être encore en vie.

– Nous étions cent quatre-vingts sur Eliane 1 hier, se répète-t-il, et maintenant à peine une vingtaine...

Ses pas, automatiques, le mènent au petit P.C. de son ami Clédic. Sans même ouvrir la bouche, attiré irrésistiblement par une niche taillée dans l'angle du réduit, il se pelotonne et s'endort en quelques secondes.

Le lieutenant émerge de la torpeur après un sommeil de bête de somme crevée. Il mange un peu de riz et essaie de faire le point sur tout ce qui s'est passé au cours de la nuit mortelle.

« Périou, Launay et de Marsangy ont dû être matraqués alors qu'ils revenaient vers moi », se dit-il en essayant d'imaginer le sort cruel de ses compagnons.

Marqué par les horreurs endurées, Leguéré, esseulé, erre comme un damné dans les boyaux puants d'Eliane 4. Le lendemain de la catastrophe, Bréchignac s'adresse à lui.

— Je viens de voir passer Périou, annonce le commandant d'une voix éteinte.

Leguéré sursaute, croyant encore à l'impossible, il bondit, le cœur battant, dans la direction que lui indique son chef de bataillon. L'espérance ne dure pas. Périou est là, mort. Deux parachutistes qui l'ont attaché à des suspentes de voilure le traînent sur le sol dévasté d'un glacis. Leguéré se fige dans l'absolue froideur des gens qui ont vu le fond de l'horreur. Le grand corps de l'officier breton disparaît de sa vue. Il remonte lentement vers le P.C. de Bréchignac où il apprend qu'une sortie va peut-être avoir lieu.

— Des guides méos vont nous infiltrer au travers des lignes viets une fois que nous aurons bousculé leurs premières implantations, lui explique un officier.

Le plan est abandonné aussitôt et, au matin du 6 mai, les Viets Minhs endiablent une nouvelle fois leurs tirs d'artillerie et de mortiers de 120. Ils ont encore avancé dans les boyaux qu'ils font creuser chaque nuit par des centaines de coolies sacrifiés.

Les mortiers à retard s'abattent tout autour d'Eliane 4, tout comme le Premier Mai. Leguéré sent que les compagnies de bo doîs vont attaquer le soir venu.

— Et cette fois, devine-t-il, c'est le dernier acte...

Le soir enveloppe la position écrasée par l'artillerie. Les réguliers de Giap s'entassent dans leurs tranchées dans l'attente de l'assaut.

Dans le petit P.C. de Clédic, Leguéré, toujours sans fonctions précises, observe l'officier breton. Ce dernier, très calme, a saisi la gravité de la situation et mesure au plus juste l'étalement de ses maigres défenses pilonnées depuis des heures.

Albéric Pottier, le sous-lieutenant à la tête blonde, jaillit plusieurs fois des tranchées, entraînant de folles contre-attaques qui obligent le Viet Minh à reculer le bond final. Il pleut sur Diên Biên Phu et la nuit est tombée depuis pas mal de temps déjà lorsque le commandant Bréchignac fait appeler Leguéré.

— Vous allez vous poster vers le point d'appui central pour accueillir un char qu'on nous envoie en renfort...

Le lieutenant sort dans l'humidité tiède brisée par les lucioles et

Trois morts de Diên Biên Phu :
Périou,
Launay,
de Marsangy
lors d'un défilé à Hanoi.

les éclatements. La mission que son chef lui a confiée est une action de deuxième classe. Leguéré ne s'en inquiète pas et se plante à l'endroit prévu pour la rencontre avec le « Chaffee ».

De son observatoire épargné par le feu ennemi, le parachutiste découvre ce qui reste encore de Diên Biên Phu éclairé *a giorno*. Il a tout le loisir de contempler le spectacle de la préparation du dernier assaut des divisions viets minhs 312, 316 et 308 qui enserrent les derniers bastions de la position. Témoin passif de tout ce qui se déroule, il observe jusqu'à la dernière miette de lumière le formidable ballet de mort qui se déroule devant ses yeux froids.

Le Chaffee se fait entendre dans la nuit. Il entame la montée du glacis dégarni qui mène à Eliane 4. Leguéré se dresse devant l'engin lent et agite les bras pour se faire reconnaître. Le chef de bord prend rapidement connaissance des appuis de feu commandés par Bréchignac et poursuit son avance bruyante. Leguéré, sans se presser, revient au P.C. de Clédic.

Tous les hommes valides du P.C. de bataillon sont passés en voltige. Malgré les coups furieux des contre-attaques de Pottier, les bo doîs ont réussi à s'emparer des tranchées qui mènent au P.C. central. La position de Bréchignac est maintenant isolée comme une île au milieu de la mer furieuse.

Des obus de 105 non explosés traînent çà et là au milieu des blessés et des morts. Impuissant, dans l'éclairement des lucioles, Leguéré se penche au-dessus des défenses de sacs de terre de la tranchée qui mène au P.C. du bataillon en sursis. Il aperçoit des colonnes serrées de Viets Minhs qui se faufilent comme des rats vers le centre de Diên Biên Phu.

Lorsque le jour se lève, calmant les ardeurs des artilleurs ennemis, la moitié d'Eliane 4 est encore aux mains des chasseurs parachutistes et de quelques tirailleurs algériens et légionnaires envoyés en dernier renfort.

Les munitions d'armes légères commencent à manquer cruellement. Tout à coup, des ululements sinistres se font entendre. Inquiet du bruit nouveau, Leguéré lève la tête.

« Qu'est-ce que c'est que ce truc-là ? se demande-t-il.

Des explosions très resserrées déchirent les arrières de la position. Les Viets Minhs emploient pour la première fois des orgues de Staline dont les fusées groupées passent sur la gauche d'Eliane 4. L'effet démoralisant des projectiles qui survolent les derniers défenseurs du point d'appui est plus important que les véritables destructions produites par les impacts.

Les parachutistes casqués se tassent sous les miaulements lugubres, les tympans torturés. Le P.C. de Langlais et Bigeard est pris sous le feu de l'arme russe.

Le bataillon vietnamien du commandant Botella est complètement anéanti. Bréchignac n'a plus d'unité organisée. Clédic a perdu les trois quarts de son effectif, Pottier, soûlé de fureur par ses contre-attaques suicidaires, sale, hagard, se retrouve presque seul. Isolés, encerclés, les survivants du massacre attendent, comme absents, les coups de boutoir qui les délivreront de l'enfer.

Leguéré, descendu dans la tranchée courant juste au-dessous du P.C. de Bréchignac, se rend à l'évidence affreuse : il n'y a plus de 2/1 R.C.P. !

Lorsque le parachutiste remonte dans le réduit de son chef, Abadie, l'officier de transmissions du bataillon anéanti, est seul avec son patron. Clédic, Cesarini et Pottier, libérés par le chef de bataillon, sont partis vers le P.A. central.

« Je n'ai pas le temps de les rejoindre », se dit Leguéré et, à voix haute :

— Je reste avec vous !

Bréchignac se retourne vers lui.

— C'est bon, répond-il simplement.

Calmement, en attendant l'arrivée des bo doïs, les trois officiers détruisent le matériel radio pour éviter qu'il ne tombe dans les mains du Viet Minh. Puis Bréchignac commence à brûler ses papiers secrets, ses cartes et les ordres de Bigeard et Langlais. Leguéré l'aide sans parler. Le vacarme a perdu de son intensité autour de la position où il ne reste plus que quelques blessés graves et des morts. Le feu a coulé vers le P.A. central.

Leguéré brise son compas, sort son pistolet de son étui, le démonte rapidement et lance les pièces de l'arme aux quatre vents empuantis des Eliane mortes.

« Comme ça, se dit-il, ils me tueront peut-être mais n'auront pas mon arme... »

Le lieutenant fouille rapidement ses poches pour jeter encore ce qui pourrait être utile aux bo doîs. Il ne garde que trois petites rations de survie dans la poche-soufflet de son pantalon de treillis camouflé, son gros couteau de marin à forte alêne aussi longue que la lame, et sa montre-bracelet qui marque dix heures trente.

Le commandant Bréchignac, affairé aux dernières destructions des codes de transmissions de la position, se retourne vers l'ancien commandant de sa compagnie de marche.

– Leguéré, dit-il d'une voix très calme, allez voir où « ils » sont...

Sortant du réduit dévasté, le lieutenant avance à l'air libre sur quelques mètres aux bords effrités de la tranchée. Les Viets Minhs sont là ! A trois mètres seulement. Allongés au sol, braquant les gueules de leurs armes sur le P.C. de Bréchignac.

Les bo doîs, sans doute pour se protéger des miasmes putrides qui montent des cadavres abandonnés depuis une semaine, ont le visage à demi dissimulé par un foulard de tissu noir.

Un des Viets Minhs aperçoit Leguéré et lui fait signe d'avancer à droite dans la tranchée. Comme un automate, le lieutenant obtempère. Sans un mot, le chef de groupe ennemi indique du bras à son prisonnier la direction des boyaux occupés par des centaines de réguliers. Leguéré ne se retourne même pas une seconde vers le P.C. investi. Il marche.

« C'est fini, se dit-il. On a tenu jusqu'au bout... »

Le parachutiste hésite quelques secondes à se faire tuer en tentant de fuir au milieu des glacis défoncés. L'instinct de la survie est le plus fort. Il ne bouge pas.

Sans daigner jeter un coup d'œil sur le fantôme désarmé qui les côtoie, les yeux fixes, les Viets Minhs s'insinuent au trot dans les tranchées, en direction des derniers points de feu de Diên Biên Phu.

Un gradé semble tout de même s'apercevoir de la présence de l'officier vaincu. Lui barrant le passage de son arme, il le pousse dans un réduit aménagé au flanc de la tranchée piétinée.

Dans le trou, le Français découvre plusieurs Viets Minhs en grande discussion qui se taisent à son arrivée. L'un des officiers – certainement un commissaire politique – lui adresse la parole d'un débit saccadé. Leguéré saisit tout de suite ce qu'on lui demande en vietnamien.

« Tu peux compter sur moi ! », ricane l'officier en comprenant que les Viets veulent tout simplement qu'il prenne un mégaphone pour aller demander aux derniers défenseurs du P.A. central de se rendre.

Quelques minutes après, le commandant Bréchignac fait à son tour son apparition dans le réduit des officiers ennemis. Il regarde Leguéré dans les yeux sans dire un mot, sans sourire. L'interrogatoire du chef de bataillon commence. Leguéré ne peut en suivre le détail, les Viets Minhs le poussent dans la tranchée.

Obligé d'obéir, le parachutiste emboîte le pas d'un bo doî muni du fameux mégaphone. On le fait remonter vers le centre de Diên Biên Phu en passant sous les Eliane conquises et silencieuses.

Le Viet Minh à courtes jambes prend peu à peu de l'avance sur son prisonnier. Leguéré ralentit le pas. Au bout de deux cent cinquante mètres parcourus au milieu des groupes de bo doîs qui attendent la curée, le parachutiste bifurque vivement dans un boyau qui le ramène vers l'arrière. Son cerbère confiant poursuit sa route sans se retourner. Le lieutenant remonte une longue colonne de soldats de Giap qui ne s'émeuvent pas de sa présence dans la tranchée.

Enjambant des dizaines de corps ennemis broyés par le feu de ses anciennes défenses, le lieutenant se retrouve bientôt dans l'incapacité de poursuivre sa route. Le boyau est obturé par un tas de corps entremêlés qui lui interdisent le passage. Il fait demi-tour. De temps en temps, un cadavre français gît au milieu des bo doîs morts. Les corps sont méconnaissables et à demi recouverts de terre.

Un Viet Minh arrête l'officier français.

– Où allez-vous ?, lui demande-t-il en roulant des yeux fous.

Leguéré ne répond pas, faisant mine de ne pas avoir saisi la question. Le bo doî le pousse dans un nouveau boyau encombré en direction des premières collines de l'est de Diên Biên Phu. Marchant sans entrain, le lieutenant débouche en fin d'après-midi sous les couverts des hauteurs d'où s'est écoulé le flot des vainqueurs.

Leguéré espère un instant pouvoir poursuivre sa route et se perdre dans la forêt. Un bo doî semble deviner son intention et l'arrête en le prenant par le bras. Le rebelle lui indique d'un mouvement de sa baïonnette une clairière où commencent à se regrouper des dizaines de prisonniers de tous grades.

La nuit tombe. Des avions straffent encore sur les collines, en aveugle. Diên Biên Phu ne se défend plus depuis déjà quelques heures.

Leguéré passe la nuit au milieu du campement viet minh animé, sans manger. Au matin, il retrouve le lieutenant Armandi, officier de transmissions du bataillon Botella. Les deux hommes ont la sensation de vivre dans un autre monde. Le silence qui a pris possession de Diên Biên Phu semble hurler à leurs oreilles trop habituées aux fracas des éclatements.

Les Viets Minhs se désintéressent complètement des prisonniers qu'ils gardent d'une manière très souple. Des coolies brancardent dans le petit matin des dizaines de blessés qu'ils remontent de Diên Biên Phu investi.

– Ils ont payé salement cher, constate Leguéré sans un soupçon de satisfaction vengeresse, en suivant des yeux les douloureux cortèges d'hommes en sang.

Les prisonniers sont acheminés, toujours sans brutalités, dans une cuvette en arrière des collines d'où les anciennes positions françaises sont invisibles. Vers midi, affamés, les captifs reçoivent pour toute nourriture une petite boule de riz cuit sans sel qu'ils dévorent en deux secondes.

« Ils ne pensent même pas à nous fouiller ! », se dit Leguéré en serrant machinalement dans sa poche le gros couteau de marin que lui a offert son frère.

L'ancien commandant de compagnie décide de risquer l'évasion.

– On se sauve !, annonce-t-il à Armandi. D'accord ?

Les deux officiers enterrent discrètement leurs galons de lieutenants dans le sol mou de la cuvette lorsque le soir tombe. Les Viets Minhs distribuent à nouveau du riz sans sel et un peu d'eau.

Le lendemain matin, la colonne des prisonniers est dirigée vers un point de rassemblement plus important. Noyés dans la masse des caporaux et des deuxième classe, les deux officiers parachutistes suivent le lent mouvement très étiré qui marche au rythme des gardiens indolents.

La colonne silencieuse emprunte bientôt une courbe de piste. Leguéré saisit tout de suite l'occasion. Il fait un signe à Armandi qui se rapproche de lui.

– Quand nous arriverons au milieu du virage, précise rapidement le para à son compagnon, les gardes nous auront perdus de vue. A nous de jouer !

Le cœur battant, les deux hommes agissent exactement selon le plan rapidement échafaudé. Ils bondissent dans la forêt épaisse et se plaquent au sol au bout d'une course fulgurante d'une trentaine de mètres. Les deux officiers parachutistes laissent passer la longue colonne captive. Les Viets Minhs marchent en groupe bavards ; ils ne se sont aperçus de rien.

Lorsque les derniers traînards, blessés et malades, ont disparu dans la forêt, Leguéré se relève.

— On doit être à une dizaine de kilomètres de Diên Biên Phu, apprécie-t-il. On va voir ça sur ta carte...

Armandi a conservé une carte de la région au 1/500 000e, trop vague, et une toute petite boussole à l'aiguille affolée.

Leguéré fait rapidement un point imprécis.

— On va s'en tirer, avance-t-il, très optimiste. Si on tient le coup un mois ou même un peu moins, on peut tranquillement passer au Laos en descendant par le sud-est, tout au large de Diên Biên Phu, pour contourner les troupes de Giap...

Armandi accepte le défi. Les deux hommes se mettent en marche dans la forêt magnifique où les animaux, comme les deux parachutistes, réapprennent le silence.

42

PRISONNIER

Les deux évadés marchent dans la forêt avec le secret espoir de rencontrer la colonne de secours lancée sur Diên Biên Phu dont les parachutistes parlaient tant dans leurs tranchées détruites.

La petite boussole d'Armandi indique à peine le nord et les détails du pays qu'ils traversent n'apparaissent pas sur sa carte à trop grande échelle.

Leguéré entame sa première ration de survie. Armandi fait la grimace. L'ancien du bataillon vietnamien du commandant Botella est un gros mangeur. Le para s'en rend compte tout de suite.

« On ne va pas tenir bien longtemps avec ce qui nous reste », se dit-il en restreignant au maximum sa maigre pitance pour en laisser le plus possible à son compagnon affamé.

Leguéré a conservé son casque lourd.

— On marchera la nuit, propose-t-il à Armandi. On se guidera sur les étoiles...

La forêt devient de plus en plus dense. De grosses et longues lianes pendent des hauteurs sombres. Après une nuit de marche en aveugle, les deux hommes s'abattent pour récupérer un peu, ivres de fatigue.

— D'après toi, interroge Armandi en soufflant, où sommes-nous ?

Leguéré défroisse la carte de son compagnon en faisant la moue.

— A quinze kilomètres au sud-est de Diên, peut-être un peu plus, estime-t-il.

Les deux hommes, harassés, se taisent. Après deux heures de repos, estimant qu'ils ne risquent plus de tomber sur des Viets Minhs, les deux évadés se remettent en route. Leguéré marche en tête, à une vingtaine de mètres devant son compagnon affamé. Il commence à gravir une haute colline, espérant trouver un bon point d'observation sur son sommet.

A mi-hauteur de l'obstacle, le parachutiste en sueur est saisi par une épouvantable odeur de charogne.

« C'est peut-être un tigre ! », se dit-il en reconnaissant les effluves écœurants qu'il avait déjà sentis, quelques années auparavant, dans la région de Hoa Binh lorsqu'une de ses sentinelles avait ouvert le feu sur un fauve.

Serrant prudemment son couteau, prêt à parer au pire, l'évadé redescend le fouillis des taillis qui se referme derrière lui.

— On va contourner la colline, annonce-t-il lorsqu'il parvient au bas de la hauteur.

Sans donner d'explications à son compagnon, Leguéré trace une nouvelle route au ras du promontoire dangereux. Les deux hommes marchent encore pendant deux heures, sans parler.

Le lieutenant casqué s'arrête soudain. Il s'accroupit, se retourne et fait signe à Armandi de le rejoindre.

— Écoute, chuchote-t-il en lui prenant un bras.

Les deux hommes tendent l'oreille. Des chants leur parviennent dans les bruits de la forêt, accompagnant des coups sourds portés sur les arbres.

— Ce sont certainement des coolies du Viet Minh qui tracent une piste, avance Leguéré, prudent. On doit passer au large...

Armandi réclame à manger, Leguéré lui donne le reliquat de la dernière ration de survie.

« Maintenant, se dit-il, il va falloir trouver de la nourriture. Et rapidement. »

Pourtant bien entraîné à la vie de jungle, l'ancien commandant de compagnie se rend vite compte qu'il n'est pas facile, sans armes, d'attraper des animaux. Les oiseaux sont bien trop haut dans les futaies serrées et il n'y a pas trace de gibier à poil au ras du sol.

En fin d'après-midi, laissant derrière eux les chants des travailleurs viets minhs, assoiffés autant qu'affamés, les deux hommes découvrent une piste tracée par les vainqueurs de Diên Biên Phu.

— Ils sont tout de même costauds !, constate Leguéré. Regarde : ils ont replanté les bambous taillés pour échapper aux aviateurs...

Le lieutenant sans galons décide d'emprunter le long couloir qui a dû servir à acheminer des renforts autour de Diên Biên Phu. Les deux hommes progressent beaucoup plus rapidement qu'à travers les taillis. Ils arrivent bientôt aux abords d'un village.

Les deux parachutistes, tapis à une centaine de mètres des premières habitations indigènes, observent longuement.

« Ce sont sans doute des Méos, se dit Leguéré, en reconnaissant les petits hommes à demi nus qui vaquent tranquillement à leurs travaux domestiques au milieu de paillotes rectangulaires, on ne risque pas grand-chose... »

Les deux hommes se relèvent de leur observatoire et avancent tranquillement vers le village.

Ils sont tout de suite repérés. Des femmes, des enfants braillards et quelques hommes souriants courent vers eux pour leur souhaiter la bienvenue dans un dialecte que ni Armandi, ni Leguéré, ne sont à même de saisir.

— Les Méos, à ce qu'il paraît, répète Leguéré à son compagnon, sont attachés à la présence française...

Entraînant les Européens sortis de la forêt, la colonne piaillante et sautillante pénètre dans le village du bout du monde.

La civilisation ne semble pas avoir effleuré les gens qui y vivent. Armandi sort quelques piastres de la poche de son battle-dress souillé de terre et de sueur. Agitant les billets et aidé par les mimiques expressives de Leguéré, l'affamé réussit à se faire comprendre assez vite. Les femmes s'éloignent un moment en riant aux éclats et reviennent avec du riz cru.

Armandi les paie généreusement. Voyant la prodigalité des intrus, les villageois les installent dans une cagna. Un homme fait signe aux femmes de s'éloigner encore. Elles reviennent bientôt en portant dans des jattes du riz cuit et bien salé.

Les deux parachutistes se ruent sur l'aliment et le dévorent rapidement. Autour d'eux, les villageois en cercle éclatent de rire. L'ambiance joyeuse éloigne les deux hommes des horreurs vécues à Diên Biên Phu. En quelques instants, ils ont l'impression d'être libérés pour toujours des menaces du Viet Minh. Tout ce que sait Leguéré des mœurs des tribus isolées, méos ou autres, le porte à se croire définitivement sauvé.

— On va aller prendre un bain dans la rivière là-bas, décide-t-il, tu viens ?

Les deux évadés s'amusent dans l'eau courante comme des gosses en vacances.

— Ça fait tout de même un sacré bien, souffle Armandi en s'aspergeant copieusement d'eau claire et fraîche. Depuis le temps que je rêvais d'un bain...

Les parachutistes lavent leurs tenues camouflées informes et les étendent aux derniers rayons du soleil pour les faire sécher.

En retournant à la case mise à leur disposition par leurs hôtes, les deux hommes sont saisis par une bonne odeur de soupe aux champignons et au poulet. Leguéré ferme les yeux en savourant le mets fumant.

— C'est le meilleur potage que j'aie mangé de ma vie, avoue-t-il en souriant de ses lèvres enfiévrées à Armandi qui ingurgite rapidement une grande quantité de soupe parfumée d'herbes riches.

Les deux hommes, propres, repus, détendus, oublient leur avenir incertain. Le village est silencieux tout autour de leur cagna. Le soleil décline vers l'ouest.

— On va dormir ici, propose Leguéré, ça nous fera du bien et demain on partira. Avec le riz qu'ils nous ont vendu, poursuit-il, on a de quoi tenir au moins quinze jours...

Leguéré ne termine pas sa phrase. Une galopade furieuse annonce un danger. Un groupe de Viets Minhs, haineux, pénètre dans la paillote parfumée de l'odeur du repas terminé. Les intrus sont armés de mitraillettes et deux d'entre eux tiennent des grenades dégoupillées serrées dans leurs mains.

« Ce sont des du kichs, se dit Leguéré en constatant que les Viets Minhs ne sont pas en uniforme. On est foutus...

Les rafales attendues ne viennent pas. Armandi, figé, ne semble pas comprendre que les villageois ont trahi.

Silencieux, les auxiliaires du Viet Minh, avec des gestes durs, poussent leurs prisonniers en dehors de l'habitation. Leguéré et Armandi, à demi nus, se retrouvent au milieu d'une vingtaine d'ennemis bien armés.

Quelques minutes passent, lourdes de menaces. Leguéré reprend peu à peu de l'espoir.

— Ils ne vont plus nous tuer maintenant, espère-t-il.

Un homme en uniforme flambant neuf pénètre dans le village. Les du kichs poussent les prisonniers au-devant de l'officier.

— Qu'est-ce que vous faites ici ?, interroge aussitôt le nouvel arrivant, comme si la chose n'était pas évidente.

Leguéré ne se démonte pas.

— Nous nous sommes égarés dans la jungle après avoir quitté Diên Biên Phu, répond-il calmement.

L'interrogateur fronce ses maigres sourcils.

— Vous n'étiez pas prisonniers ? s'enquiert-il.

Armandi fait un mouvement véhément de dénégation de la tête. Leguéré enchaîne rapidement :

— Non ! Nous n'avons rencontré personne de chez vous, ment-il, persuadé que le commissaire politique serait tenté des les faire abattre s'il était certain d'avoir capturé des évadés.

Deux Viets Minhs tendent à leurs prisonniers les tenues camouflées à peine sèches qu'ils ont trouvées au bord de la rivière. Leguéré et Armandi les revêtent en gestes lents pendant que deux du kichs s'emparent de la provision de riz qu'ils ont achetée aux villageois.

L'officier viet minh fait un geste nerveux en direction des villageois pendant que les parachutistes lacent leurs bottes de saut. Le chef des indigènes silencieux qui contemplent sans remords la scène qu'ils ont provoquée s'approche de l'officier. Les deux Vietnamiens échangent quelques paroles animées. Le chef du village s'éloigne et revient très vite avec les piastres d'Armandi.

– Reprenez votre argent capitaliste, ordonne en souriant l'officier ennemi en faisant remettre les billets aux prisonniers. Nous ne sommes pas des voleurs.

Leguéré récupère son casque lourd. Les deux Français sont entraînés dans la forêt. Les villageois les regardent partir en riant très fort. Les captifs silencieux marchent d'un bon pas, serrés de près par leurs gardiens attentifs. Leguéré se rapproche du chef de la bande.

– Où sommes-nous ?, lui demande-t-il, sans espérer de réponse très précise.

Le masque lisse du commissaire politique se crispe. Il ne répond pas. Le lieutenant prisonnier n'insiste pas. Après une journée de marche entrecoupée de haltes courtes, le cortège parvient aux abords d'un camp viet minh.

Des coolies s'affairent à la construction de bat-flanc. Armandi et Leguéré en reçoivent chacun un et on leur fait signe de s'allonger.

– Enlevez d'abord vos souliers !, ordonne un gradé qui les a pris en charge à leur arrivée au campement animé.

Leguéré et Armandi se regardent, hésitants.

– Nous vous les rendrons demain matin, assure le bo doî en zézayant un français rudimentaire.

Les officiers vaincus s'exécutent lentement, à contrecœur, et s'allongent. Au milieu de la nuit, on les tire de leur sommeil cauchemardesque.

– Vous devez changer de place, leur annonce le bo doî qui leur a confisqué les rangers. Avancez. Vite !

Les deux captifs inquiets sortent de leur abri de branchages installé par les coolies. Ils sont guidés jusqu'à une nouvelle cahute à claire-voie, tout au milieu du campement assoupi. Le bo doî fouille

Leguéré et découvre dans une de ses poches le gros couteau de marin.

— Nous vous le rendrons quand vous serez libéré, promet le Viet Minh en souriant.

Leguéré s'inquiète pour ses chaussures de cuir.

— Ils sont persuadés que nous n'oserons pas tenter de nous évader nu-pieds, se dit-il en cherchant vainement des yeux, dans la pénombre de l'abri où on les pousse, les précieuses chaussures à tiges hautes.

— Couchez-vous là !, leur intime le garde. Sous les moustiquaires...

Au matin, très tôt, lorsque les prisonniers s'éveillent, le bo doî qui les garde, toujours souriant, leur rend leurs rangers. Soulagés, les deux officiers les chaussent et reprennent la marche au milieu des Viets Minhs et de leurs coolies chargés de ballots très lourds qu'ils portent au bout de longs fléaux de bambou en balancier.

La colonne marche toute la journée et, au soir, rejoint un camp de prisonniers. Leguéré ne découvre que des officiers captifs dans la clairière très large.

« Comment ont-ils deviné que nous n'étions pas des sous-offs ou des caporaux ?, se demande Leguéré. Mystère... »

Les deux hommes, dans la masse de leurs compagnons de malheur, se sentent définitivement rassurés quant à leur sort.

« Ils ne vont certainement plus nous tuer maintenant », se dit, soulagé, Leguéré en cherchant des amis parachutistes dans le troupeau captif.

Le commandant Bréchignac est là. Clédic aussi. Leguéré explique à son chef tout ce qui lui est arrivé depuis que les deux hommes se sont croisés dans le réduit des officiers ennemis quelques minutes après l'envahissement d'Eliane 4 par les Viets Minhs.

Après son compte rendu détaillé, Leguéré découvre qu'il y a au moins trois cents prisonniers dans la vaste clairière nue. Armandi se tient toujours près de son compagnon d'équipée. En fin de soirée, deux Viets Minhs viennent le séparer de ses compagnons, assez durement.

— Il faut venir avec nous, intime au grand parachutiste las un gradé au treillis impeccablement repassé, à la légionnaire.

Armandi ne peut rien faire d'autre qu'obéir à l'injonction pressante. Leguéré suit longtemps des yeux la silhouette massive de son ami. Les conversations entre prisonniers vont bon train. Les captifs s'interrogent.

— Ils l'ont certainement pris pour un officier de renseignements, estime Leguéré en se disant que, pour les Viets Minhs, transmissions et renseignements doivent avoir la même signification.

Albéric Pottier semble bizarre. Leguéré pose un regard inquiet sur la tête blonde du sous-lieutenant qui avait lancé de si furieuses contre-attaques pour retarder l'agonie inévitable des Eliane. Son compagnon ne semble pas le reconnaître.

– C'est la tête, avertit un des nouveaux compagnons de captivité de Leguéré, le pauvre gars a reçu de sales coups sur le crâne quand il s'est évadé et que les Viets l'ont repris...

Les Viets Minhs donnent à chacun de leurs prisonniers une boule de riz, toujours sans sel, accompagnée d'une ration d'eau qu'ils ont pris soin de faire bouillir.

– Ils ont l'air de tenir à nos petites santés, grommelle un officier Ils feraient mieux de nous donner des cachets pour éviter les maladies qui nous guettent !

Après le maigre repas de la fin d'après-midi, les captifs ont droit à un discours prononcé par un commissaire politique.

– Vous avez perdu la guerre !, crache-t-il, c'est fini pour vous. Ici, vous n'êtes plus rien : il n'y a plus de capitaines, plus de lieutenants, plus de galons ! Rien.

Le Viet Minh reprend plusieurs fois de suite :

– Plus de galons. Plus de galons...

Lorsqu'il se calme un peu, le Viet poursuit d'une voix plus posée :

– Ici, vous êtes tous égaux. Vous avez compris ? Égaux !

Se coulant de groupe en groupe, Leguéré retrouve Commerçon, le miraculé du Junker abattu au-dessus de Cao Bang en 1947 et qui servait à Diên Biên Phu dans les parachutistes de la Légion étrangère. De nombreux blessés restent sans soins. Langrognet, un adjudant-chef du 1er B.P.C., a perdu un œil sur Eliane 2 sapée par une tranchée de mine qui a explosé dans la nuit du dernier assaut. Une longue traînée de sanie purulente coule de son orbite.

La première nuit au camp se passe assez tranquillement. Des officiers se réveillent en hurlant pour fuir leurs obsédants cauchemars. Leguéré trouve difficilement le sommeil. Au matin, les Viets regroupent leurs prisonniers, sans brutalités. Leguéré se tient près de Langrognet.

– Ça va, vieux ?, s'enquiert-il en constatant que la plaie de l'adjudant-chef s'est encore envenimée au cours de la nuit.

Le sous-officier esquisse un semblant de sourire.

– Ça pourrait être pire, lâche-t-il en se détournant pour aller se laver un peu dans une large baille mise à la disposition des prisonniers par des coolies silencieux.

Instinctivement, les officiers parachutistes se regroupent. Leguéré découvre la silhouette du lieutenant-colonel Bigeard, un peu à l'écart de son groupe, car les Viets Minhs ont séparé les officiers supérieurs de leurs compagnons d'infortune moins élevés en grade.

Les captifs reçoivent une nouvelle fois une boule de riz, infecte et fade.

— Oncle Hô est trop bon avec vous, dit un des gradés de la chiourme du camp provisoire en surveillant la maigre distribution. Vous mangez le riz du peuple que vous avez trop longtemps affamé...

Certains prisonniers ont eu le temps d'emporter de Diên Biên Phu balayé leurs sacs de combat. Leguéré, complètement démuni, ne possède que son casque lourd et sa montre-bracelet.

Alors qu'il s'attendait à passer une nouvelle nuit dans le campement de la clairière, il est poussé sur une piste avec ses compagnons lorsque la nuit tombe.

— C'est à cause de l'aviation qui rôde au-dessus de la région, estime le lieutenant. Ils ont toujours la trouille : la guerre n'est pas terminée. C'est bon signe !

La colonne des trois cents captifs marche à une cadence régulière de quatre à cinq kilomètres à l'heure sur des pistes aisées. Par roulement, les prisonniers portent, deux à deux, pendues sur un long bambou solide, les grosses marmites qui servent à cuire le riz journalier. Leguéré fait équipe avec Commerçon. Le rescapé de l'avion de Cao Bang grommelle.

— C'est pas facile de marcher avec cette saloperie !

La mousson du sud-ouest prend possession de la région. Il pleut sans discontinuer.

« Si nous avions pu tenir jusque-là, se dit Leguéré pris dans les trombes d'eau qui s'abattent sur la forêt, on avait une chance encore... »

Souvent, aux haltes, dans les bruissements monotones des gouttes de pluie tièdes, les parachutistes sont obligés d'arracher de leurs jambes et de leurs bras des petites sangsues voraces qui montent du sol ou tombent des basses branches.

Les Viets Minhs se protègent des intempéries de la mousson à l'aide de carrés de plastique transparent qu'ils portent en poncho. Leguéré, qui n'a que sa tenue camouflée usée, est rapidement transpercé. Il frissonne, mordu par des accès de fièvres paludiques.

— Tiens, prends ça, lui propose Commerçon en lui tendant une serviette-éponge kaki. Mets-la autour de ton cou, ça te protégera toujours un peu...

Chaque matin, les Viets Minhs commandent la halte sous le couvert de la forêt. Les captifs allument péniblement des feux de bois humides pour cuire le riz de la journée. Des orages d'une violence inouïe accompagnent la lente progression vers le nord-est. Les officiers supérieurs captifs ont quitté leurs compagnons en camions Molotova, tout au début de la longue marche vers l'inconnu.

Leguéré espère toujours fausser compagnie à ses gardiens. Au soir, lorsque la colonne silencieuse se remet en branle sous la pluie bruissante qui ruisselle des voûtes d'arbres, des avions de bombardement passent juste au-dessus des prisonniers. Leguéré lève la tête, souhaitant un *bombing* imminent qui lui permettrait de s'éclipser dans la pagaille. Soutes ouvertes, les bombardiers passent, visibles de temps en temps dans des trouées de feuillages.

Le bruit de leurs moteurs se perd dans le lointain.

Couvrant une trentaine de kilomètres par nuit, les captifs croisent de temps en temps des colonnes de coolies qui marchent appuyés sur des bicyclettes incroyablement chargées de ballots bien arrimés qui dépassent parfois de beaucoup la taille des marcheurs inlassables.

Un soir, un bruit de moteurs attire l'attention de Leguéré et de ses compagnons. Des camions Molotova, qui ressemblent fort aux G.M.C. américains, se traînent en enragements de bielles sur une piste de fortune aménagée à l'aide de troncs d'arbre enfoncés en long dans la glaise humide.

Leguéré, toujours à l'affût de ce qu'il peut découvrir, apprécie l'ingénieux système de ravitaillement en carburant de la colonne de camions. Des fûts de deux cents litres sont posés aux pieds des arbres de la forêt tous les dix kilomètres environ, amenés là par des centaines de coolies travaillant comme des fourmis.

Après une dizaine de nuits de marche, les Viets Minhs, plus sûrs d'eux, décident de faire avancer la colonne en plein jour. La cadence de marche s'accélère encore. Le paysage change bientôt. La forêt s'éclaircit. Des parachutistes reconnaissent au passage un camp viet minh où ils avaient réalisé un coup de main fructueux quelques années plus tôt.

Les conversations entre les hommes de plus en plus fatigués et affamés ne sont pas captivantes. Ils ne parlent que de mangeaille. Leguéré et Commerçon échangent pendant des heures de succulentes recettes de cuisine et l'énoncé de menus fabuleux dont ils rêvent en marchant, bavant d'envie.

Leguéré est souvent obligé de se couler hors de la colonne pour se plier au rythme de ses intestins rongés par les amibes. Un soir, lorsqu'il ressort du taillis dans lequel il vient de se soulager pour la dixième fois au moins de la journée, accompagné par un gardien prudent, il apprend que ses compagnons de marche l'ont désigné comme chef de leur groupe.

— Ah, mes salauds !, proteste-t-il, vous me foutez une bien sale corvée sur le dos. C'est moi qui vais hériter de tous les emmerdements avec les Viets. Merci bien !

Les Viets Minhs ont formé des groupes d'une douzaine de prisonniers placés sous la responsabilité de l'un d'entre eux. Toutes les fractions sont regroupées sous l'autorité du capitaine Jean Lamouliatte, du 8e bataillon de parachutistes de choc.

Un matin, les prisonniers sont réunis dans une large clairière. Les Viets Minhs les invectivent, tentant de les placer en rangs serrés.

— On dirait qu'ils veulent nous faire défiler, commente Commerçon en s'adressant à Leguéré.

L'ancien commandant de compagnie découvre des cameramen européens qui s'apprêtent à filmer la parade des prisonniers.

— Ce sont des Russes ou des gens de l'Europe de l'Est, avance Leguéré en marchant d'un pas qui n'a pas grand-chose de martial.

— Regarde, souffle encore Commerçon à son compagnon, on dirait de Castries !

Leguéré découvre l'ancien chef de Diên Biên Phu, assis sur un tronc d'arbre, l'œil absent.

« Il a certainement fait tout ce qu'il a pu pour obéir jusqu'au bout, se dit le lieutenant. Comme nous l'avons tous fait à notre niveau. Je le plains... »

Au bout de la première répétition du défilé humiliant, Leguéré sort brusquement des rangs en prétextant une violente crise de colique. Il s'éloigne des rangs grotesques.

— Ils ne me feront jamais faire le clown pour leur propagande, grommelle-t-il en s'enfonçant sous les arbres humides, accompagné par un cerbère vigilant.

Les gardes se fatiguent autant que leurs prisonniers. Leguéré, quelques jours après la séance de défilé, jubile en suivant la progression catastrophique de la lassitude sur un de ses gardiens qui marche près de lui depuis le tout premier jour de l'avance vers le Nord-Est.

— T'en fais pas, face de rat, lui dit-il en souriant. C'est bientôt fini...

Le Viet Minh a compris, il sourit à son tour au prisonnier, en balançant la tête en signe d'approbation.

– Eh oui, poursuit alors le lieutenant, je te dis que c'est presque fini : encore cinq ou six cents kilomètres et on touche au but!

Les compagnons de Leguéré s'esclaffent. Le Viet Minh se renfrogne et les menace de son fusil en activant la cadence.

Des B. 26 survolent une nouvelle fois la colonne.

« La guerre dure encore! », se dit Leguéré en plaquant un sourire de satisfaction sur sa face rongée par la fatigue et les privations.

Après le passage des avions, la colonne stoppée en catastrophe se secoue pour reprendre la marche.

Des hurlements éclatent soudain à quelques mètres en avant de la position de Leguéré dans les rangs serrés. Un captif est tiré sans ménagement hors du rang. Les Viets Minhs le fouillent et trouvent un couteau à lame courte qu'il dissimulait depuis le début de la marche.

– Il a été mouchardé!, enrage Leguéré. C'est dégueulasse.

L'ambiance de la colonne se détériore au fil des jours. Des hommes à bout de forces sont brancardés par leurs compagnons plus solides. Les tours de portage donnent lieu à des discussions sordides. Leguéré, toujours égal à lui-même, observe les scènes lamentables. Il a honte. « C'est comme cela qu'ils nous auront, se dit-il en pensant à l'inexplicable absence de méchanceté de ses gardiens. Ils laissent tout pourrir lentement pour nous briser. »

– Il ne faut surtout pas tomber dans leur sale piège, explique-t-il à Commerçon qui l'aide, sans jamais rouspéter, à porter un parachutiste blême, vidé de toutes ses forces par la dysenterie.

Au bout d'un mois environ de marche sous une pluie presque constante, les bottes de saut du Blésois commencent à s'ouvrir, leur cuir détrempé a pourri petit à petit.

– Bon sang!, enrage-t-il. Il est bien temps que nous arrivions enfin quelque part...

A chaque passage de rivière, Leguéré et ses compagnons les plus vifs se roulent dans l'eau pour se laver, sous la surveillance inquiète de leurs gardes qui ont reçu l'ordre formel de les empêcher de boire de l'eau non bouillie au préalable.

Le sens du courant de ces rivières donne des indications topographiques aux parachutistes qui corroborent celles fournies par des officiers aviateurs qui font le point en se repérant sur les plus larges coupures de forêts qu'ils ont jadis survolées.

Au bord de la dernière rivière franchie, les Viets Minhs annoncent à leurs captifs que les plus malades d'entre eux vont être abandonnés dans un hôpital tout proche. Leguéré se fait porter pâle. Il est amibien et défèque du sang en traînées nauséabondes. Il garde toujours en tête l'image de la barque des deux légionnaires récupérés par ses hommes en embuscade sur une rivière de Vietri.

« Si je réussis à rester au bord de l'eau dans leur foutu hôpital, se dit-il, je trouverai bien le moyen de dénicher un truc qui flotte et je ferai comme les deux gars que nous avions failli tuer... »

43

L'HÔPITAL

Reconnu suffisamment atteint pour être hospitalisé, Leguéré laisse Maurice Commerçon et ses compagnons poursuivre la marche sans lui. Il se retrouve dans un sinistre bagne qui n'a d'hôpital que le nom.

Le dysentérique découvre quelques habitations d'un étage, sans murs, recouvertes de toitures de branchages dégoulinantes d'eau de pluie. Les paysans ont déserté le village mais la chaude odeur de leurs buffles traîne encore dans les cagnas. Leguéré s'installe sur une couche sale disponible au rez-de-chaussée d'une des longues maisons, au milieu de quelques sous-officiers et hommes de troupe hâves et muets.

Un médecin parachutiste, maigre à faire peur, s'approche du lieutenant aux joues creuses.

– Est-ce que vous êtes vraiment malade ?, s'enquiert-il.

Leguéré répond par l'affirmative, agacé par la question.

– Bon, poursuit le docteur en lui tendant une gamelle douteuse, allez chier là-dedans.

Leguéré s'éloigne et revient bientôt tendre au médecin soupçonneux ses excréments sanguinolents.

– Ça vous va ? lui demande-t-il, énervé par l'humiliante démarche.

– C'est bon, tranche d'une voix éteinte le docteur parachutiste, je vais vous donner de quoi vous soigner un peu...

Leguéré comprend alors que le capitaine n'a pas assez de cachets pour tout le monde car les Viets Minhs ne lui donnent des remèdes qu'avec une infinie parcimonie.

Le lieutenant retrouve Albéric Pottier au triste hôpital. Il l'avait perdu de vue avant même le départ des approches de Diên Biên Phu.

— Pottier !, hurle-t-il presque en découvrant la tête blonde de son ami allongé sur un bat-flanc. Tu vas bien ?

Le sous-lieutenant ne semble pas reconnaître son compagnon des Eliane. Le capitaine Amstrong, un médecin martiniquais, s'approche du nouvel arrivé et le prend doucement par le bras.

— Il est fou, souffle-t-il en éloignant le lieutenant de son blond compagnon. Je peux même affirmer, poursuit le Martiniquais, qu'il devient dangereux pour nous...

Leguéré plonge un regard étonné dans les yeux du médecin, cherchant à comprendre en quoi Pottier peut être dangereux. Un cadre viet minh du camp de malades pénètre dans la paillote.

— Tenez, reprend Amstrong, vous allez voir...

Le Viet Minh sans armes passe entre les couches nauséabondes des allongés. Lorsqu'il arrive à la hauteur de celle de Pottier, le parachutiste blond se redresse d'un bond et commence à l'invectiver.

— Sale bou cak de rat jaune, hurle-t-il, tu vas crever avant moi. Salopard. Mouche à merde !

Le sous-lieutenant, les yeux fous, poursuit l'Indochinois de ses insultes jusqu'à ce que l'homme, impassible, ait disparu à son regard halluciné.

— Vous comprenez maintenant ce que j'ai voulu dire par dangereux ?, reprend la voix douce du médecin noir. Un jour, les Viets vont se fâcher.

Leguéré se demande un instant si son compagnon des Eliane ne joue pas un jeu pour précipiter les choses et se faire tuer par ses geôliers.

Les Viets Minhs appellent le sous-lieutenant « le fou » et semblent supporter ses écarts de langage de plus en plus fréquents. Entre deux crises furieuses, Pottier est un charmant compagnon qui rêve de l'avenir.

— Tu vas voir, René, confie-t-il à Leguéré, quand tout sera fini, tu viendras à la maison. Je te présenterai ma belle-sœur. Tu seras à la fête, vieux frère...

Des malades arrivent au fil des jours en groupes lamentables. Leguéré retrouve des images vues sur des photos prises dans les camps nazis. Certains prisonniers sont des squelettes aux yeux morts.

— D'où venez-vous ?, interroge à chaque lamentable arrivage le lieutenant.

Sans forces, les prisonniers lâchent par bribes quelques renseignements qui permettent, par recoupements patients, au candidat à l'évasion d'apprendre ce qui se passe dans le monde de la guerre dont il est isolé, comme en purgatoire, depuis plus d'un mois.

La plupart des rescapés de camps lointains meurent quelques jours après leur arrivée au sinistre hôpital. Leguéré supporte mal le spectacle des corps inertes que les Viets Minhs jettent dans une fosse commune, un peu à l'écart du camp.

Au bout de quatre semaines de privations, les Viets Minhs annoncent aux survivants du mouroir qu'ils doivent se préparer à partir une nouvelle fois.

– La guerre est finie, leur annonce un commissaire politique, nous allons vous conduire dans un camp où vous retrouverez tous vos compagnons.

Leguéré apprend vite ce que les Viets Minhs entendent par « conduire ». C'est une colonne de squelettes flottant dans des restes sales d'uniformes qui se met en mouvement, bien gardée. Des petits groupes de dix unités sont formés. Pottier, trop faible, est resté avec les grabataires agonisants. Leguéré ne l'a abandonné qu'à contrecœur.

« Pourvu qu'il s'en tire, se dit-il en emboîtant machinalement le pas de l'homme qui marche devant lui.

Les malades, officiers et subalternes séparés, marchent très lentement. Il leur faut quatre jours pour arriver au camp annoncé.

Leguéré oublie d'un seul coup ses souffrances et ses fatigues en retrouvant les visages amis de Clédic, Commerçon, Allaire – un lieutenant du 6e B.P.C. –, et de quelques autres.

– Loth !, s'exclame-t-il en découvrant l'homme qu'il avait largué au-dessus de That Ké au moment de l'abandon de la Haute-Région le 17 septembre 1950. C'est pas possible !

Le grand lieutenant raconte brièvement tout ce qui lui est arrivé depuis le désastre des combats de Cao Bang :

– La plupart des rescapés de la colonne Charton sont avec moi depuis quatre ans déjà, annonce-t-il à son largueur en désignant d'un mouvement de bras les groupes qui encombrent la cuvette boisée dans laquelle le camp numéro un est installé.

Une rivière coule auprès du village de cagnas où s'entassent les prisonniers dont certains sont captifs depuis plus de cinq ans. L'un d'eux, le lieutenant Hery, offre un bas de ligne au nouvel arrivant.

– Avec ça, lui explique-t-il, tu ne crèveras pas de faim. Il y a un peu de poisson dans les rizières et la rivière...

Détressant un bout de suspente de parachute soigneusement conservé par un de ses compagnons, Leguéré confectionne une ligne pour tenter d'améliorer le maigre ordinaire offert par la chiourme viet minh.

La pêche est maigre dans le courant de la rivière. Le para décide de tenter sa chance dans un angle de rizière.

— Bon sang !, jubile-t-il. Là au moins, il y en a...

Tout heureux de l'aubaine, le parachutiste pêche coup sur coup une bonne douzaine de poissons.

Un nha qué aperçoit son manège et court en hurlant sur la diguette.

« Qu'est-ce qu'il me veut celui-là ? », se demande le pêcheur en réamorçant son hameçon avec un grain de riz cuit.

Le Vietnamien, hors de lui, fait facilement comprendre au Français qu'il est en train de piller sa réserve de poissons et qu'il doit aller pêcher plus loin.

Leguéré s'éloigne de quelques mètres seulement et trempe son fil dans le courant peu poissonneux. Le paysan, rassuré, regagne ses travaux coutumiers. Dès qu'il a le dos tourné, le prisonnier, qui fait face à la rivière, lance adroitement sa ligne dans son dos et pêche une nouvelle douzaine de poissons bruns et gluants. Rasséréné par la position du Français, le nha qué se désintéresse de lui et s'éloigne bientôt tout à fait, confiant en l'honnêteté du prisonnier.

Leguéré partage la pêche avec ses compagnons affamés. Un médecin s'approche du groupe qui mange en silence les poissons bouillis sans sel.

— Ne jetez surtout pas les arêtes, leur conseille l'homme qui salive en voyant les parachutistes dévorer leur maigre pitance. Nous les mangerons, poursuit l'officier de santé en expliquant que les arêtes de poisson sont très bonnes pour la santé car riches en éléments indispensables à la survie en captivité.

Leguéré laisse de plus en plus de chairs blanchâtres autour des déchets des poissons qu'il mange. Le médecin recueille soigneusement tous les restes et, ravi, va retrouver son groupe.

Au bout de quelques jours au camp, Leguéré s'inquiète, torturé par de violents maux de tête. « Et en plus, se dit-il en passant et repassant une main devant ses yeux brûlants de fièvre, je crois bien que je suis en train de devenir aveugle... »

Le médecin amateur d'arêtes de poisson le rassure un peu.

— Mon vieux, explique-t-il pour éloigner le spectre de la cécité de l'esprit de son compagnon, vous êtes tout simplement en état d'avitaminose A. Il faudrait manger autre chose que du riz.

Leguéré apprend à manger des crosses de fougères bouillies et écrasées en purée.

– C'est dégueulasse mais ça bourre tout de même l'estomac, constate le pêcheur en faisant la grimace. Et en plus, poursuit-il à l'adresse de ses compagnons qui s'efforcent d'ingurgiter le brouet infâme, j'espère que c'est bon pour la vue...

Les Viets Minhs demandent de temps en temps des volontaires pour des corvées de bois dans les collines enserrant le camp surpeuplé. Leguéré fait toujours partie des mouvements et en profite pour cueillir des pousses tendres de bambous dans la forêt. Un matin, le parachutiste se mêle à une corvée de sel.

– Tu vas voir, lui annonce le sous-lieutenant Gilbert Orhon, du 1er B.P.C. Si tu es malin tu vas pouvoir en garder un peu pour toi et les copains. Tu n'auras qu'à faire comme moi...

Des colonnes de coolies amènent le sel des salines du delta au plus profond de la Moyenne-Région où se trouve le camp de prisonniers.

– Regarde, confie Orhon à son compagnon de corvée, j'ai troué ma poche de pantalon et je vais laisser couler le sel le long de mes jambes, les Viets ne vont y voir que du feu...

Au soir, la colonne des volontaires harassés revient du camp. Les bo doîs soupçonneux fouillent les officiers qui la composent. Leguéré suit des yeux la silhouette d'Orhon qui se fait palper par un Viet Minh. Le bo doî se met soudain à glapir comme un forcené. Un gradé approche du duo gesticulant et découvre les quelques grammes de sel que le sous-lieutenant a réussi à dérober au cours de la corvée.

Le malheureux parachutiste est obligé de se livrer à une grotesque séance d'autocritique devant ses compagnons.

Deux jours après, Leguéré se met en route pour une nouvelle corvée de bois. Ses compagnons le regardent partir, nu-pieds.

– Tu es fou !, lui fait remarquer un officier qui ne peut savoir que le parachutiste cherche tout simplement à s'endurcir la plante des pieds en vue d'une fuite éventuelle sans ses rangers complètement usées qui ne supporteraient pas une nouvelle longue marche.

Les Viets Minhs ont installé dans le camp un semblant de théâtre de verdure où, de temps en temps, des commissaires politiques viennent faire des discours passionnés aux prisonniers.

« Moi, se jure Leguéré dès la première séance de lavage de cerveau, ils ne m'auront jamais avec ce truc-là. Plutôt mourir ! »

Le para n'est pas dupe du lent travail de sape moral auquel il est exposé. Un soir, le commissaire politique de service annonce aux officiers réunis pour l'écouter que des aviateurs ont bombardé sérieusement des villages pas trop éloignés du camp.

Leguéré, qui, une fois encore, a réussi à couper à la réunion en se coulant à l'abri d'une paillote des bords du village, entend nettement la voix aigre du Viet Minh qui fustige les hommes qui ont participé au bombardement.

— Vos aviateurs sont des lâches ! Ils ont tué des femmes et beaucoup d'enfants innocents, crie l'officier d'action psychologique.

Les voix des officiers prisonniers montent dans la nuit.

— Oh ! Les vilains !, ânonnent-elles en chœur à chaque fin de phrase qui stigmatise les hommes des bombardiers.

— Qu'est-ce qu'ils peuvent être cons !, sourit Leguéré en cueillant les lambeaux de phrases pompeuses, qu'inlassable le commissaire politique débite à ses auditeurs ravis de la clownerie.

Décidant de parfaire encore leur travail de destruction psychique, les Viets Minhs distribuent des exemplaires de *l'Humanité* amenés de France. Les commissaires politiques pavoisent franchement au bout de quelques expériences car le quotidien communiste s'arrache.

— S'ils savaient, jubile Leguéré, que leur torchon sert à confectionner des cigarettes, ils seraient moins fiers...

La nouvelle de l'abandon prochain du camp court de cabane en cabane. Elle fait oublier aux officiers toutes les peines endurées, toutes les privations et les maladies.

— Ça veut surtout dire, enrage Leguéré, que tout est fini en Indochine : les Viets ont gagné.

Le moral est pourtant au beau fixe lorsque les prisonniers s'éloignent, à pied, du camp n° 1. Les parachutistes, du moins ceux qui entourent Leguéré, reprennent leurs antiennes culinaires. Langrognet, seul sous-officier de la colonne, borgne à tout jamais, est guéri et plaisante avec Commerçon. Leguéré a rafistolé une nouvelle fois ses rangers pourries.

« En avant pour la liberté », se dit-il lorsque la colonne encadrée par ses gardiens s'est éloignée du camp dans le matin clairet.

44

RÉAPPRENDRE À VIVRE

Après une longue marche, les Viets Minhs font monter leurs prisonniers libérables dans des camions Molotova.

– Ils sont aux petits soins pour nous, constate Leguéré. Pourvu que tout cela ne cache pas quelque chose de louche...

Les parachutistes et leurs compagnons déchantent bientôt, les camions les abandonnent à leur pénible progression. La colonne marche pendant plus de trois semaines pour arriver près du but. Durant tout le voyage, les parachutistes font tout ce qu'ils peuvent pour maintenir un semblant d'allure à leurs uniformes usés.

– Viens que je te coupe les cheveux, ordonne un grand capitaine à Leguéré qui vient de finir de se raser, sans glace, avec une vieille lame Gillette plus de mille fois aiguisée et qui passe de main en main à chaque halte.

Avec une mauvaise paire de ciseaux qui a échappé aux fouilles du Viet Minh, le grand parachutiste taille inégalement dans les cheveux qui poussent dru malgré les privations.

Les sinistres accompagnateurs de la colonne demandent souvent des corvées de riz.

– On va essayer de leur en piquer encore un peu, décide Leguéré toujours volontaire avec deux ou trois parachutistes de son groupe.

Des officiers qui ont entendu le conciliabule tentent de s'opposer au vol.

– Si vous vous faites prendre, plaident-ils, nous allons tous payer pour vous.

– On n'en a rien à foutre, tranche un lieutenant de parachutistes coloniaux. C'est juste pour les emmerder un peu.

Leguéré, ulcéré par les remarques de ceux qui reprochent aux parachutistes de risquer la sécurité commune par leurs larcins coutumiers, se laisse aller à des réflexions désabusées.

« Si on en revient, se dit-il, il ne faudra jamais qu'on me parle de solidarité. Cette longue marche vers la liberté n'est qu'une sale lutte pour la survie. C'est dommage ! »

Les Viets Minhs semblent s'énerver de plus en plus.

— C'est qu'on approche du but !, espère Leguéré.

Quelques jours après la dernière corvée de riz au cours de laquelle les parachutistes ont réussi à dissimuler la totalité d'un sac puisé dans une réserve viet minh, la colonne se repose aux abords d'un village.

Quelques déserteurs français y vivent. Les Viets Minhs ne les traitent pas mieux que leurs compagnons prisonniers. Ils ne semblent pas leur accorder une grande confiance et encore moins d'amitié.

— Ils doivent être plus malheureux que nous, maintenant que la guerre est finie, estime Leguéré en posant un œil dégoûté sur les silhouettes, gonflées par le béribéri, des égarés qui sont devenus des larbins serviles de leurs maîtres marxistes.

Peu de temps après, les premiers éléments de la colonne débouchent dans la région de Vietri.

Rassemblés au milieu de leurs gardes, les officiers aux yeux creux sont harangués une dernière fois par un commissaire politique qui leur rappelle les fautes graves commises contre l'humanité par les valets du colonialisme qu'ils sont, souligne la trop grande mansuétude de Hô Chi Minh et exprime la certitude que les prisonniers, libérés, pourront témoigner au monde des grands bonheurs du communisme.

Le Viet Minh bavard conclut :

— Vous serez libérés demain !

— Il fallait commencer par là !, souffle Leguéré qui réalise tout d'un coup, en vacillant presque, que son calvaire touche à sa fin.

Les visages maigres des captifs qui entourent le parachutiste se sont tout d'abord fermés, figés, puis, comme des enfants, certains hommes se mettent à crier leur joie. Leguéré se tient à l'écart des manifestations bruyantes.

— Je les comprends, souffle-t-il à Commerçon, il y en a là-dedans qui sont chez les Viets depuis plus de cinq ans. Ça va être dur pour eux, ils vont avoir du mal à retrouver le rythme normal de la vie...

Les Viets Minhs, tout au long de la journée, distribuent aux libérables tout ce qu'ils leur avaient confisqué au fil des fouilles des transferts de camp à camp. Leguéré remonte le mécanisme de sa vieille montre retrouvée.

— Et mon couteau ? réclame-t-il.

Le Viet Minh qui inscrit sur un registre la liste des objets rendus à leurs propriétaires fait un signe d'incompréhension. Leguéré n'insiste pas. Il s'éloigne en caressant machinalement sa montre, premier symbole de dignité retrouvée.

Des cris de rage éclatent. Le lieutenant se retourne. Trois parachutistes entourent la petite table d'un fourrier viet minh qui rend de l'argent à ceux qui en avaient au moment de leur capture.

Un des trois parachutistes, hilare après l'algarade, s'approche à longues enjambées de Leguéré.

— Je les ai eus ces bou caks, claironne l'officier en agitant une liasse de piastres. Je leur ai fait avaler que je n'avais pas mon compte. Ils ont gueulé comme des veaux mais ont tout de même rajouté une bonne partie de ce que je prétendais avoir eu à mon arrivée dans leurs sales camps de la mort... On boira ça à leur santé !

La nuit tombe sur les bords du fleuve. Les prisonniers ne dorment presque pas. Des conversations animées ne meurent qu'au petit matin du 2 septembre 1954. Leguéré, lui, a dormi comme les autres nuits. Les parachutistes se sont une dernière fois regroupés à l'approche de leur libération. Le camp de transit leur apparaît transformé. Les Viets Minhs eux-mêmes sont souriants.

Ils distribuent de bonnes rations de riz salé, un treillis propre à chaque prisonnier libérable et une paire de chaussures de basket en toile caoutchoutée. Un civil s'est installé dans une cagna et vend du lait concentré et quelques babioles.

— On a même droit à un concert d'adieu, s'amuse Leguéré en suivant des yeux le manège d'un orphéon qui s'installe près de la rive, sur une estrade.

Bientôt, les notes aigres de deux violons se marient dans le matin aux tenus d'un accordéon. Leguéré, qui vient de recevoir un casque de latanier en complément d'uniforme de libéré, serre soudain les dents, secoué par une attaque de fièvre.

« Il faut tenir, René ! se dit-il. S'ils voient que je suis trop malade, ils sont foutus de me garder encore pour me rendre en meilleur état... »

Deux engins de la Marine nationale empuantissent la rivière des effluves d'échappement de leurs moteurs bruyants.

« Bon sang ! Que ça peut sentir bon », se dit Leguéré en retrouvant les odeurs familières tandis que le courant de la rivière se couvre de nuages de gaz d'essence brûlés.

Les prisonniers, difficilement contenus par leurs derniers gardiens, se ruent vers le point d'embarquement. Les deux premiers chargements s'effectuent dans la cohue.

Les engins culent et s'éloignent du bord. Une fois arrivés au milieu du courant, les prisonniers libérés qui s'entassent dans les cuves et sur les rebords des embarcations se mettent à hurler leur joie folle, couvrant le crincrin de l'orchestre viet, et lancent leurs casques de latanier dans le courant brassé par les hélices des bateaux à fond plat.

« Ça, se dit Leguéré luttant toujours contre son mal, ce n'est vraiment pas malin. Si les Viets se foutent en rogne, ils peuvent très bien décider de ne pas nous libérer aujourd'hui... »

Les craintes, justifiées, du parachutiste ne se confirment pas. Les gardiens font une grimace réprobatrice mais continuent de pousser leurs anciennes victimes vers les embarcations qui font un ballet incessant et grondant d'une rive à l'autre.

Leguéré prend place avec une trentaine de compagnons dans la cuve d'un des engins. La rivière, large d'une cinquantaine de mètres, est vite franchie. Le L.C.V.P. beatche. Leguéré et ses amis sautent à terre.

Le para s'arrête, alors que la plupart des passagers de la barge qui repart charger un nouveau contingent de libérés impatients se ruent vers les éléments d'accueil.

Il se retourne et contemple longuement la rive opposée sur laquelle attendent encore une centaine de prisonniers, les yeux fixés sur la rive libre de la rivière. L'orchestre viet minh, inlassable, continue à jouer des airs sautillants et guillerets.

« Allez, René, se dit le lieutenant en détournant difficilement la tête, il faut y aller... C'est fini ! »

Jetant le casque offert par l'intendance de l'Oncle Hô dans les herbes du bord de la rivière, le lieutenant, malade, en sueur et secoué par la fièvre, se dirige vers un camion où des hommes de troupe distribuent des sandwiches et des bouteilles de bière aux libérés.

« Bon sang que ça fait plaisir ! se dit Leguéré en palpant religieusement les deux pains fourrés de beurre et de jambon blanc qu'on vient de lui tendre sans un mot. Je croyais bien ne plus jamais retrouver ça... »

Le parachutiste mord à pleines dents dans le pain frais. Ses mâchoires se crispent douloureusement. Elles n'arrivent pas à mastiquer le sandwich très tendre.

« Mes muscles se sont atrophiés à force de manger du riz sans avoir besoin de mâcher, se dit le lieutenant en s'efforçant, malgré la crampe douloureuse, d'absorber une bonne partie de son premier festin d'homme libre.

La gorgée de bière qu'il boit pour faire passer une bouchée de pain et de jambon lui brûle le gosier.

« Il va falloir tout réapprendre, se dit le libéré. Il faudra sans doute un bon bout de temps avant que nous redevenions comme les autres... »

La route qui mène vers Hanoi est dégagée.

— Ça fait tout drôle de passer tranquillement par là, constate Leguéré en voyant défiler des villages jadis occupés par le Viet Minh. Pour ça aussi : il faudra s'y faire...

Leguéré ne sait pas très bien ce qui s'est passé depuis la chute d'Eliane 4, les seules nouvelles qui l'ont touché étant celles données par le Viet Minh et quelques lectures de *l'Humanité*.

Les camions déposent leurs passagers à l'hôpital Lannessan. Le soir est bien entamé. Leguéré s'abat sur un lit bien propre.

— Ça, souffle-t-il, luttant contre la fièvre, c'est vraiment le paradis retrouvé...

Malgré sa fatigue, alors qu'il réussissait toujours à dormir dans les pires conditions au cours de la longue marche vers la liberté, le parachutiste ne trouve pas le sommeil dans ses draps lisses. Le jour le surprend, somnolant en soubresauts de fièvre.

Les infirmières de l'hôpital prennent en main les libérés. Leguéré passe toutes sortes d'examens, radios, et subit sans s'énerver des questionnaires précis.

Sans attendre les résultats des tests de dépistage de maladies infectieuses qu'on leur a fait subir, les parachutistes descendent sur Saigon en Dakota. Leguéré, qui vit une légère accalmie de ses fièvres, ne regrette pas le départ précipité.

— Avec les résultats des analyses, reconnaît-il, on ne nous aurait certainement pas laissés partir de l'hôpital.

Clédic, Pottier et Leguéré, après avoir touché des tenues décentes et retrouvé avec fierté leurs bérets rouges, sortent dans Saigon ensoleillée.

La guerre est loin. Les permissionnaires qui les croisent, souriants, ne peuvent pas deviner que le trio sort de l'enfer. Leur forte constitution leur a permis de retrouver forme humaine en quelques jours seulement de liberté.

Pottier lui-même, que Leguéré a retrouvé avec plaisir et surprise à son arrivée à Hanoi, ne paraît pas marqué du tout. Un franc sourire illumine son visage de jeune homme. Clédic, fines moustaches impeccablement taillées, hautes chaussettes crème moulant ses mollets musclés en dessous d'un short kaki, suit ses compagnons de sortie en humant tous les vents de la vie libre retrouvée. Ses deux compagnons, trouvant sans doute leurs jambes trop maigres pour être exposées en ville, ont opté pour un pantalon long.

Le chef de bataillon Bréchignac fait très vite le point avec les rares rescapés de son bataillon.

– On va avoir un sacré travail de paperasses à effectuer pour débrouiller toutes les situations délicates : disparus, décorations et historique des faits, annonce-t-il : je compte sur vous !

Leguéré fait l'état de son ancienne compagnie anéantie.

– Tu viens avec nous, René ? lui demande Clédic, prêt à repartir en ville une dernière fois avant le départ pour la France prévu le lendemain.

Leguéré hésite un instant. Il lui reste encore pas mal de travail à faire, il est épuisé.

– Non, les gars, je ne peux pas sortir, je suis vraiment crevé, souffle-t-il en frottant ses yeux rougis par la fièvre qui le reprend brutalement.

Ses deux compagnons de captivité restent un instant indécis devant lui, puis s'éloignent. Leguéré se repenche sur ses feuilles à remplir.

– Périou, Launay, de Marsangy, Leflon, Duret et tous les autres, Vietnamiens et gars de chez nous qui n'avaient pour la plupart même pas vingt ans, souffle-t-il en lugubre litanie. Quel gâchis ! Les pauvres gars...

Un étourdissement plus violent que les précédents l'oblige à s'allonger sur son lit. Autour du malade, des parachutistes qui se préparent à sortir en ville pour faire leurs adieux à l'Indochine ne s'aperçoivent de rien.

Leguéré se réveille en sueur. La nuit est tombée depuis longtemps déjà. La grande chambrée qu'il partage avec une vingtaine d'officiers est vide et sombre. Emergeant de sa torpeur, il essaie de remuer. Un cri de douleur sort de sa bouche sèche.

« Bon sang ! se dit-il à haute voix. On dirait que mes jambes et mes bras se tordent... »

Une fulgurante traînée de feu laboure soudain le ventre du parachutiste, l'obligeant à se redresser à demi malgré les crampes qui le mordent.

« Je vais crever, se dit le rescapé de Diên Biên Phu. Je vais crever... J'en suis sûr... »

La douleur, en éclairs imprévisibles, taille dans tous les muscles du soldat meurtri. Les battements de son cœur affolé cognent comme des coups de gong dans sa poitrine en feu. La porte de la chambrée s'ouvre, un brouhaha joyeux envahit la pièce en même temps que la lumière jaillit.

— Merde, René !, crie Pottier en découvrant le gisant brisé agité de soubresauts de plus en plus faibles. Qu'est-ce que tu as ?

— Rien, souffle Leguéré en desserrant difficilement ses dents. Je veux partir avec vous en France...

Une ambulance vient charger rapidement le malade à bout de forces pour le conduire à l'hôpital Grall. Encore conscient, Leguéré se sent à peine transporté du véhicule à l'accueil des urgences de l'établissement hospitalier. Les brancardiers le déposent doucement sur un banc. Les infirmières qui ont accueilli le Dodge à croix rouge disparaissent.

Amorphe, Leguéré supporte son mal sans broncher. Le temps passe, personne ne semble plus s'occuper de lui. Trois médecins, revenant sans doute d'une intervention chirurgicale, passent tout près de lui. L'un d'eux pose, par hasard, les yeux sur le parachutiste.

— Qu'est-ce que vous foutez là ?, demande-t-il.

Leguéré essaie d'ouvrir la bouche. Aucun son ne sort de sa gorge nouée par la douleur. Devant ses yeux, les formes floues des trois médecins dansent comme des flammes pâles. Se rendant compte de la gravité de son état, le médecin qui l'a aperçu le premier se penche sur lui et, prenant son bras gauche raide, lui tâte le pouls.

— Nom de Dieu !, grommelle le docteur. Vite ! Il faut s'occuper de lui. Il est en train de crever !

Des infirmières, alertées à grands cris, s'emparent du mourant et le couchent dans un lit. Le médecin le met tout de suite sous perfusion. Leguéré sombre une nouvelle fois dans l'inconscience.

— Il était temps !, entend-il le lendemain, comme dans un rêve, en sortant de sa torpeur.

Découvrant le tuyau de perfusion planté par une grosse aiguille de seringue dans sa cuisse, Leguéré ne réalise pas tout de suite qu'il est à l'hôpital. Ce n'est que lorsque ses yeux détaillent un peu mieux les formes incertaines qui l'entourent qu'il se rend à l'évidence.

Soigné énergiquement, malaxé, trituré, ponctionné, gavé de drogues et de piqûres, le lieutenant, sauvé d'une mort certaine par la réaction rapide de Pottier et Clédic, reprend peu à peu du tonus.

Les résultats des analyses de toutes sortes qu'on lui a fait subir sont tous positifs : le parachutiste est atteint de tout ce qui peut s'attraper en Indochine, ou presque.

— Le pire, lui avoue un jeune médecin respectueux des épreuves endurées par son patient, c'est certainement la dysenterie bacillaire. Vous n'êtes pas prêt de vous en libérer... Et, poursuit le docteur, je ne parle pas du paludisme ni du reste...

Les médecins s'étonnent de la forme musculaire du rescapé des camps viets minhs qui pèse, malgré toutes les privations et les atteintes de ses maladies, un peu plus de soixante kilos.

– Il fallait que vous n'ayez pas un gramme de graisse et des muscles durs comme du bois pour tenir encore le coup après tout ce que vous avez souffert, lui dit le jeune médecin.

Leguéré n'ose pas répondre que tous les parachutistes sont dans le même cas.

« Il ne comprendrait pas... », se dit-il, renonçant à expliquer que les corps secs qui émerveillent les gens des hôpitaux se sont sculptés peu à peu en près de douze années d'entraînement intensif et de combats furieux.

Au bout de quinze jours de soins, le lieutenant miraculé obtient l'autorisation de partir en France où ses compagnons les plus chers se trouvent déjà depuis quinze jours.

– A condition, précise un médecin-chef, que vous rejoigniez un hôpital là-bas dès votre arrivée. Nous sommes bien d'accord ?

Leguéré hoche la tête, affirmatif. Lorsqu'un Armagnac d'Air France le dépose après vingt-neuf heures de vol, le 3 octobre 1954, à Orly, le parachutiste en civil découvre aisément quelques médecins qui sont venus accueillir les rapatriés. L'un d'eux s'approche de lui. Leguéré lui tend ses papiers médicaux. L'homme les parcourt rapidement et interroge :

– Comment vous sentez-vous ?

Le lieutenant n'a qu'une hâte, retrouver les bords de la Loire pour tenter d'oublier l'enfer. Il décide de mentir.

– Je vais comme un charme !, avance-t-il en s'efforçant au sourire.

Le médecin n'est pas dupe. Il parcourt une nouvelle fois les papiers de Saigon en faisant la grimace. Le flot pressé des passagers de l'Armagnac déboule dans le hall, bousculant tout ce qui se trouve devant lui.

– Vous étiez à Diên ?, demande le médecin de l'accueil à Leguéré alors que la vague joyeuse des rapatriés s'est écoulée.

Le parachutiste hausse les épaules. Le médecin lit dans ses yeux la réponse qu'il tait, par pudeur.

– C'est bien, décide-t-il alors. Allez vous reposer et soignez-vous. On vous reverra à la fin de vos congés...

Leguéré souffle, le spectre de l'hôpital s'éloigne. Il prend aussitôt un taxi qui, par la porte d'Italie, le mène à la gare d'Austerlitz. Paris est assourdissant de klaxons et insultant de vie pour le soldat vaincu qui décide de rejoindre Blois par le premier train.

Dans la maison familiale des bords de Loire, vide de la présence de ses parents morts tous deux dans le même accident de voiture, Leguéré, taciturne, réapprend peu à peu à vivre dans la muette humilité des soldats qui ont accompli leur devoir jusqu'au bout.

17 décembre 1981. Il est neuf heures du matin. La sonnerie de son téléphone arrache le chef de bataillon Leguéré à la retraite à ses travaux de radioamateur.

L'homme, qui a à peine forci depuis l'Indochine, décroche le combiné gris. Il reconnaît tout de suite la voix du secrétaire de l'association des anciens de Diên Biên Phu.

— Ici Chanteux, annonce ce dernier, j'ai une sale nouvelle : Albéric Pottier est mort hier...

Leguéré raccroche et reste longtemps debout, figé devant l'appareil. Le visage blond et franc de son compagnon de l'enfer s'impose devant ses yeux qui ne cillent pas, étrangement fixes.

Quelques jours après, dominant sa retenue naturelle, marqué par la disparition de son ami, Leguéré téléphone à l'épouse du disparu :

— Vous savez, lui apprend la voix troublée de la veuve du héros des Eliane, il vous a tous réclamés pendant les derniers jours de sa vie. Tous...

Leguéré ferme les yeux. Sa gorge se noue.

— La veille de sa mort, poursuit la femme, je voyais qu'il voulait parler. Je me suis approchée de lui, ses lèvres bougeaient mais je n'entendais rien. Alors, il m'a pris le bras et voilà ce qu'il m'a dit : « Je suis le sous-lieutenant Albéric Pottier, prisonnier sur Eliane 4 et, tout commissaire politique que vous êtes, je vous emmerde ! »

Leguéré ne peut en supporter plus. Ses yeux bleus s'embuent. Il interrompt la conversation.

« Pauvre vieux Pottier..., se dit-il. Il est mort " là-bas "... Comme nous le ferons tous... »

TABLE DES MATIÈRES

L'impression de ce livre
a été réalisée sur les presses
des Imprimeries Aubin
à Poitiers/Ligugé

pour les Éditions Grasset

Achevé d'imprimer le 4 mai 1982

N° d'édition : 5827. – N° d'impression : L 14520
Dépôt légal, mai 1982
ISBN 2-246-24821-3

Imprimé en France

04 mai 82.